HEYNE
BÜCHER

SCIENCE FICTION

Herausgegeben
von Wolfgang Jeschke

Ein vollständiges Verzeichnis aller
im HEYNE VERLAG erschienen STAR TREK-Romane
finden Sie am Schluß des Bandes.

STAR TREK
DEEP SPACE NINE

JOHN PEEL

DER SCHWARM

Roman

Star Trek®
Deep Space Nine™
Band 18

Deutsche Erstausgabe

WILHELM HEYNE VERLAG
MÜNCHEN

HEYNE SCIENCE FICTION & FANTASY
Band 06/5518

Titel der amerikanischen Originalausgabe
OBJECTIVE: BAJOR
Deutsche Übersetzung von Bernhard Kempen

Umwelthinweis:
Dieses Buch wurde auf chlor- und säurefreiem Papier gedruckt

Redaktion: Rainer-Michael Rahn

Erstausgabe by Pocket Books/Simon & Schuster, Inc., New York

http://www.heyne.de
Printed in Germany 2000
Umschlagbild: Pocket Books/Simon & Schuster, New York
Umschlaggestaltung: Nele Schütz Design, München
Technische Betreuung: M. Spinola
Satz: Schaber Datentechnik, Wels
Druck und Bindung: Ebner Ulm

ISBN 3-453-16196-3

Zur Erinnerung an
Harold F. Taylor,
nunmehr der größte Trekker von allen

1

»Das Ziel kommt jetzt in unsere Reichweite, Captain.«

Captain Benjamin Sisko nickte. »Danke, Major.« Er beugte sich im Kommandosessel der *U.S.S. Defiant* vor und starrte konzentriert auf den Sichtschirm. »Sämtliche Waffen auf volle Energie. Schilde aktivieren.«

»Alle Waffen einsatzbereit.« Kira Nerys blickte von ihrer Konsole auf, die sich links von Sisko befand. Ihre Augen leuchteten vor Aufregung, und ihre Lippen hatten sich zur Andeutung eines Lächelns verzogen. »Ich warte nur auf Ihr Kommando.«

Sisko konnte ihre Empfindungen sehr gut verstehen. Es war mehr als einen Monat her, daß einer von ihnen *Deep Space Nine* verlassen hatte, und es war wirklich ein gutes Gefühl, sich wieder im Weltraum und im Einsatz zu befinden. Obwohl die Leitung von *DS Nine* keineswegs ein einfacher Schreibtischjob war, tat es gut, wieder einmal die Flügel auszubreiten und sich zwischen den Sternen zu bewegen. »Halten Sie sich bereit.«

»Schilde auf voller Energie, Captain«, meldete Chief O'Brien von seiner Station.

»Danke, Chief.« Sisko spürte, daß er vom Jagdfieber gepackt worden war. Er beobachtete aufmerksam den Sichtschirm und wartete darauf, daß…

»Da ist sie, Captain!« sagte Jadzia Dax. Sie saß an der Navigationskonsole zwischen Sisko und dem

Sichtschirm. Ihre scharfen Augen hatten die Andeutung einer Bewegung entdeckt, die er nun verspätet bemerkte.

»Es ist ein Piratenschiff der Calderisi«, fügte Odo von seiner Station aus hinzu. »Die klassische Konfiguration. Auch sie haben ihre Waffensysteme aktiviert.« Der Gestaltwandler war der einzige, der sich nicht auf diese Abwechslung zu freuen schien. Doch das lag zum Teil daran, daß es ihm immer noch nicht gelingen wollte, seinen verhältnismäßig rudimentären Gesichtszügen menschliche Gefühlsregungen zu verleihen.

»Sie sind schneller als die meisten Schiffe dieses Quadranten«, brummte Sisko. »Aber sie können uns nicht abhängen. Öffnen Sie die Grußfrequenzen«, rief er etwas lauter.

»Geöffnet«, erwiderte Dax.

»Hier spricht Captain Benjamin Sisko vom Föderationsraumschiff *Defiant*. Ich rufe das Calderisi-Schiff«, sagte er langsam und deutlich. »Ich weise Sie an, Ihre Waffensysteme zu deaktivieren und das Eintreffen eines Inspektionsteams abzuwarten. Wir haben Grund zu der Annahme, daß Sie eine illegale Waffenlieferung für den Maquis an Bord haben.« Er machte Dax ein Zeichen, daß Sie die Kommunikation beenden sollte. »Und jetzt bin ich gespannt, wie ihre Antwort lautet«, sagte er und beugte sich wieder in seinem Kommandosessel vor, während er spürte, daß seine Anspannung zunahm.

»Sie haben den Kurs geändert«, meldete Odo. »Sie kommen direkt auf uns zu.« Er schüttelte den Kopf. »Eine dumme Reaktion. Typisch für Humanoide. Außerdem eröffnen sie das Feuer.«

Die Helligkeit des Sichtschirms wurde automatisch gedämpft, als das pfeilförmige Schiff einen doppelten Phaserstrahl abfeuerte. Die *Defiant* erzitterte leicht, als die Energie in die Deflektoren des Schiffes schlug.

»Ich schätze, diese Antwort können wir als ein klares *Nein* interpretieren«, bemerkte Kira.

»Keine Schäden an den Schilden«, meldete O'Brien.

Sisko hob eine Augenbraue. Er hatte nicht wirklich daran geglaubt, daß die Calderisi kapitulierten. Sie waren als recht impulsive Spezies bekannt, und er war überzeugt, in ihnen die Waffenschmuggler gefunden zu haben, denen er auf der Spur war. Trotzdem hatte er nicht damit gerechnet, daß sie sich zu einer Dummheit hinreißen ließen und die *Defiant* angriffen. »Trotzdem sollten wir uns verteidigen, Chief.« Er drehte sich zu Major Kira um. »Feuern Sie ihnen einen Warnschuß vor den Bug.«

»Vor den Bug?« wiederholte Kira mit einer gewissen Enttäuschung.

»Exakt«, bestätigte er mit einem leichten Lächeln. »Zumindest, was den ersten Schuß betrifft. Und... Feuer!«

Kira gehorchte. Die *Defiant* vibrierte, als die Phaser ihre Energie dem Piratenschiff entgegenschleuderten.

»Öffnen Sie einen Kanal«, sagte Sisko zu Dax, »und bleiben Sie ihnen so dicht wie möglich auf den Fersen.« Als Dax nickte, rief er laut: »Sisko an das Calderisi-Schiff. Ich wiederhole: Deaktivieren Sie ihre Waffensysteme, sonst sind wir gezwungen, Sie kampfunfähig zu schießen. Und ich kann Ihnen nicht garantieren, daß dabei niemand von Ihnen das Leben verliert.«

Die Antwort bestand in einer weiteren Doppelsalve, die ebenfalls an den Schilden zerstob, ohne Schaden anzurichten. Mit grimmiger Miene wandte Sisko sich an seinen bajoranischen Ersten Offizier. »Also gut, Major – zielen Sie auf ihre Triebwerksgondeln und stoppen das Schiff.«

»Verstanden, Captain«, erwiderte Kira mit sichtlicher Befriedigung. Ihre Hände flogen über die Phaserkontrollen.

»Captain«, rief O'Brien plötzlich. »Ich registriere einen Abfall der Deflektorenergie.« Er klang bestürzt und verwirrt. »Die Schilde sind auf fünfundneunzig Prozent runtergegangen und fallen weiter.«

»Was?« Sisko wirbelte zu ihm herum. »Wodurch wird der Energieverlust verursacht, Chief?«

O'Brien starrte auf seine Kontrollen. »Externe Interferenzen«, sagte er. »Vom Piratenschiff kommt ein Störsignal, das irgendwie mit dem Generator zu interferieren scheint. So etwas habe ich noch nie gesehen. Jetzt sind die Schilde auf achtzig Prozent runter.«

Sisko drehte sich wieder zu Kira um. »Jetzt wäre ein guter Augenblick, um das Feuer zu eröffnen«, sagte er leise.

»Ich bin ganz Ihrer Meinung, Captain«, sagte Kira mit offensichtlicher Verzweiflung. »Aber das Störsignal beeinträchtigt auch unsere Zielsensoren. Ich kann einfach das Ziel nicht klar erfassen. Und die Energie der Phaser läßt ebenfalls nach«, setzte sie verärgert hinzu. »Bald werden wir gar nicht mehr in der Lage sein, auf sie zu feuern.«

»Dann zielen Sie nach Gefühl«, befahl er stirnrunzelnd. »Richten Sie irgendeinen Schaden an, der diesen Angriff stoppen könnte.« Er drehte sich wieder zu O'Brien herum. »Haben Sie eine Ahnung, was dahinterstecken könnte, Chief?«

»Nein«, entgegnete der Ingenieur, dem es sichtlich zuwider war, eine solche Antwort geben zu müssen. »Wie Major Kira sagte, sind auch alle unsere Sensoren betroffen, so daß ich keine eindeutigen Daten über das Schiff erhalte. Wenn ich raten müßte, würde ich sagen, sie benutzen einen modifizierten Delta-Emitter, aber ich kann mir nicht vorstellen, woher man auf einem so kleinen Schiff die nötige Energie nehmen könnte. Ich müßte die Sache genauer untersuchen. Vielleicht könnte ich Ihnen in ein paar Wochen mehr sagen.« Er grinste unsicher.

»Das ist nicht komisch, Chief«, tadelte Sisko ihn. »Zustand?«

Verlegen konsultierte O'Brien seine Anzeigen. »Schilde auf sechzig Prozent. Energie fällt weiter.«

»Sie drehen bei«, gab Odo bekannt. »Ich vermute, sie bringen sich in eine günstigere Schußposition. Die Instrumente liefern keine klaren Daten mehr, aber es sieht danach aus, daß sie sich bereitmachen, wieder das Feuer zu eröffnen.«

Als Sisko auf den Sichtschirm blickte, sah er, wie sich das pfeilförmige Schiff näherte. Der doppelte Phaserstrahl leuchtete auf und traf die *Defiant*. Das Schiff erbebte, als die Trägheitsabsorber sich bemühten, es auf Position zu halten. Die Beleuchtung der Brücke flackerte, wurde schwächer und pegelte sich dann bei etwa 50 Prozent des ursprünglichen Werts ein.

»Das war es«, meldete O'Brien. »Die Schilde sind jetzt völlig ohne Energie. Die Interferenzen toben sich inzwischen in sämtlichen Systemen aus.«

»Wir haben die Phaser verloren«, gab Kira verbittert bekannt. »Ich feuere einen Photonentorpedo ab.« Sie blickte auf und zeigte ein zaghaftes Lächeln. »Nach Gefühl – also sollten Sie hoffen, daß ich heute keine Pechsträhne habe.«

Sisko nickte. Ihnen blieben nur noch sehr wenige Möglichkeiten. Er wußte nicht, welche Waffe die Calderisi einsetzten, aber sie richtete verheerende Schäden an seinem Schiff an. Ein weiterer Angriff wie dieser letzte würde sie vernichten. Er verfolgte auf dem Schirm, wie sich das fremde Schiff drehte. Dann löste sich das Bild auf, als die Energieversorgung der Systeme zusammenbrach. »Verdammt!« murmelte er. Wenn er sterben mußte, hätte er es vorgezogen, seinem Schicksal mit offenen Augen entgegenzusehen.

Dann gab es einen Ruck, als der Photonentorpedo abgefeuert wurde, und das Schiff erzitterte unter dem Rückstoß, den sie unter normalen Umständen dank der Trägheitsabsorber niemals gespürt hätten. Jetzt sah es danach aus, als würde ihnen die *Defiant* unter den Füßen auseinanderbrechen.

Der nur noch sporadisch funktionierende Sichtschirm zeigte einen hellen Blitz – die Detonation des Torpedos.

Hatte Kira das Ziel getroffen?

Mehrere Sekunden lang starrte jedes Mitglied der Brückenbesatzung auf den Schirm und hielt den Atem an. Doch es war nichts zu erkennen. Schließlich rief Odo: »Ich registriere Trümmer. Das Piratenschiff wurde vollständig zerstört.«

»Gut gemacht«, sagte Sisko und seufzte vor Erleichterung. »Ein sauberer Schuß.«

»Danke«, erwiderte Kira lächelnd.

Julian Bashir, der im Hintergrund saß und die anderen bislang schweigend beobachtet hatte, meldete sich zu Wort. »Ich muß unbedingt eine Runde Darts mit Ihnen spielen, Major. Ich glaube, Sie würden mich sogar schlagen, wenn Sie eine Augenbinde tragen.«

Der einzige der Besatzung, der nicht lächelte, war O'Brien. »Ich hätte mir gewünscht, wir wären nicht gezwungen gewesen, das Schiff zu zerstören«, sagte er mit finsterer Miene und schüttelte dann den Kopf. »Ich hätte mir gerne einmal diese Waffensysteme angesehen.«

»Uns allen geht es genauso, Chief«, stimmte Sisko ihm zu. »Aber unter den gegebenen Umständen hatten wir Glück, daß wir überlebt haben. Wie verhalten sich die Systeme, nachdem das Piratenschiff nicht mehr existiert?«

»Sie erholen sich ein wenig«, antwortete O'Brien. »Aber nur sehr langsam. Wir werden den Rückweg nach *DS Nine* humpelnd antreten müssen, Captain.«

Sisko nickte. »Im Augenblick habe ich es nicht besonders eilig. Wie lange wird es dauern, die *Defiant* wieder in Schuß zu bringen, wenn wir die Station erreicht haben?«

O'Brien schüttelte den Kopf. »Das hängt davon ab, wie viele Systeme wie schwer beschädigt wurden«, erklärte er. »Aber von hier aus bekomme ich keine vernünftigen Daten herein. Es könnte Tage oder sogar Wochen dauern – falls wir die Ersatzteile zur Verfügung haben und meine Leute nicht von zu vielen Reparaturen an der Station in Atem gehalten werden.«

»Ich verstehe.« Sisko drehte sich zu Dax um. »Setzen Sie Kurs auf *DS Nine*. Mit optimaler Geschwindigkeit.« Er erlaubte sich ein Lächeln. »Wenn Sie eine grobe Schätzung abgeben könnten, wie lange die Reise dauern wird, wäre ich Ihnen sehr verbunden.«

»Sobald es mir möglich ist, Benjamin«, sagte Dax und machte sich an die Arbeit. Sisko bemerkte, daß ihre Hände sich nicht mit der gewohnten Sicherheit über die Kontrollen bewegten, sondern daß sie immer wieder zögerte und bestimmte Schaltungen mehrfach vornahm. Schließlich blickte sie auf. »Kursdaten sind eingegeben und werden ausgeführt.« Sie schüttelte den Kopf. »Sie bewegt sich jedoch recht schwerfällig, fürchte ich. Es dürfte mindestens sechs Stunden dauern, bis wir die Station erreicht haben.«

»Verstanden. Können Sie eine Verbindung zu *DS Nine* herstellen? Ich möchte gerne Bescheid sagen, daß wir uns zum Abendessen verspäten.«

»Ich werde es versuchen.« Sie beugte sich wieder über ihre Konsole. Wenig später meldete sie: »Ich habe eine schwache Audio-Verbindung, Benjamin. Mehr ist zur Zeit nicht möglich.«

»Ich bin froh, daß es überhaupt eine Verbindung gibt«, sagte Sisko zu ihr. »Sisko an Zentrale. Können Sie mich hören?«

»Hier *DS Nine*«, war eine leise Stimme im Rauschen zu hören. »Ihr Signal ist sehr schwach, Captain. Ist alles in Ordnung?«

»Nicht ganz, Mr. Soyka«, erwiderte Sisko. »Wir haben das Piratenschiff der Calderisi zerstört, aber erhebliche Schäden erlitten. Wir dürften in sechs Stunden wieder zu Hause sein.«

»Verstanden«, erwiderte Lieutenant Soykas Stimme. »Benötigen Sie Hilfe? Ich könnte Ihnen einen Flitzer entgegenschicken.«

»Danke, das ist nicht nötig«, sagte Sisko. »Wir werden uns aus eigener Kraft auf den Weg machen und unsere Wunden lecken. Sisko Ende.« Er unterbrach die Verbindung, blickte dann auf den Sichtschirm und seufzte. Das Bild war immer noch undeutlich – ein unübersehbares Anzeichen für die Beschädigung des Schiffes. Trotzdem hatten sie überlebt und die Waffenlieferung gestoppt. Jetzt lag es in den Händen von Starfleet, Genaueres über die neue Waffe der Calderisi herauszufinden und zu versuchen, sie zu neutralisieren. Er würde O'Brien anweisen, einen ausführlichen Bericht zu übersenden, wenn sie wieder auf der Station waren.

Dann würde der Chief alle Hände voll zu tun

haben, die *Defiant* wieder in Ordnung zu bringen. Sisko konnte nur hoffen, daß sie das Schiff nicht benötigten, bis er die Reparaturen abgeschlossen hatte.

Aber er wußte genau, wie gering die Chancen dafür standen. Denn an Bord von *Deep Space Nine* waren Krisen an der Tagesordnung…

2

»Du hast uns alle verraten – und alles, woran wir glauben!«

Auch wenn Tork mit dieser Anschuldigung gerechnet hatte, zuckte er doch bei den Worten zusammen, die Harl ihm entgegenschleuderte. Er spürte einen tiefen Schmerz in der Brust, als er seinem ältesten und bislang besten Freund gegenüberstand. »Harl, so ist es nicht! Glaube mir, ich hatte nicht die Absicht…«

»Es spielt keine Rolle, was du jetzt dazu sagst«, gab Harl mit unverhohlener Wut und Enttäuschung zurück. »Sie haben dich vereinnahmt. In Kürze wirst du genauso wie sie sein. Und ich dachte, du hättest wirklich an das geglaubt, worüber wir sprachen.« Er schnaufte verächtlich. »Ich hätte es besser wissen müssen.«

»Harl, es genügt.« Wie immer war Sahnas Stimme ruhig und dennoch eindringlich. Und Harl gab tatsächlich nach. Sahna gelang es immer wieder, ihren Willen durchzusetzen – und sogar ohne besondere Anstrengung. »Du bist ungerecht zu Tork, und in deinen beiden Herzen weißt du es ganz genau. Du hast ihm noch gar keine Gelegenheit gegeben, sich zu erklären.« Ihre Lippen zuckten verschmitzt. »Ist das nicht dein schwerster Vorwurf gegen die Schwarmmeister? Daß sie niemals zuhören?« Sie deutete auf Tork. »Hier steht ein Schwarmmeister in der Ausbildung, und du gestattest ihm nicht zu sprechen. Ist das gerecht?«

»Er ist kein Schwarmmeister in der Ausbildung«, erwiderte Harl schmollend, aber auch ein wenig besänftigt. »Er ist unser ehemaliger Freund, der zum Feind übergelaufen ist.«

»Bitte!« flehte Tork. »Hör mir zu, Harl! Ich habe dich nicht verraten. Du weißt genau, daß die Berufung mich dazu ausersehen hat, eines Tages zum Schwarmmeister zu werden. Ich habe mir diese Position nicht ausgesucht, sie wurde mir auferlegt.«

»Natürlich!« erwiderte Harl verächtlich mit aufgeblähten Nüstern, um keinen Zweifel an seinem Widerwillen zu lassen. »Aber *warum*? Weil solche höheren Positionen in deiner Familie vererbt werden?« Er schnaufte erneut. »Oder weil die anderen Schwarmmeister dein Schweigen zu erkaufen versuchen, indem sie dir diese Stellung anbieten? Während sie als Gegenleistung von dir erwarten, daß du auch die anderen kritischen Studenten zum Verstummen bringst? Haben Sie dich bereits um diesen Dienst gebeten? Oder warten sie damit, bis du festgestellt hast, daß du nicht mehr ohne all die Privilegien der erhöhten Stellung eines Schwarmmeisters leben kannst?«

Tork wußte, daß in erster Linie die Wut aus Harl sprach, doch er fühlte sich nichtsdestotrotz durch seinen alten Freund verletzt und gereizt. »Harl«, sagte er in möglichst vernünftigem Tonfall. »Du kennst mich. Du weißt, wie sehr ich mich der Wahrheit verpflichtet fühle. Du mußt doch erkennen, daß ich nicht alles, woran ich glaube, aufgeben werde, nur weil man mir den Posten eines Schwarmmeisters angeboten hat.«

»Ich erkenne nur«, gab Harl zurück, »daß du dieses Abzeichen an deinem Panzer trägst.« Er deutete auf das Symbol des Schwarms, das sich seit kurzer Zeit dort befand. »Das Abzeichen, das unserer gemeinsamen Ansicht nach für die Unterdrückung der Gedanken und die Aufrechterhaltung des Status quo steht. Wie konntest du es nur anlegen?«

Tork verlor allmählich die Geduld. »Weil ich daran glaube, daß einige Schwarmmeister nicht gegen uns sind«, erwiderte er. »Weil ich denke, daß nicht das *Amt* als solches falsch ist, sondern höchstens die Person, die es innehat. Weil ich glaube, daß ich etwas erreichen kann, wenn ich von innen heraus Veränderungen bewirke. Weil die Öffentlichkeit, wenn sie sieht, daß es einen Schwarmmeister gibt, der zuhört, statt einfach nur zu befehlen, erkennen wird, daß Veränderungen möglich sind. Weil ich glaube, daß ich in dieser Sache recht habe und du ein dickköpfiger Narr bist!«

Harl richtete anklagend einen langen, knochigen Finger auf Tork. Er zitterte vor Wut. »Vielleicht... vielleicht glaubst du es jetzt wirklich«, knurrte er. »Aber das wird nicht so bleiben. Hast du bereits vergessen, was du selbst geschrieben hast? *Die Macht führt zu ihrer eigenen Belohnung – und zu ihrer eigenen Verdammnis.*« Er schnitt eine Grimasse. »Hast du deine eigenen Studien schon so nachhaltig verdrängt?«

»Ich habe nichts verdrängt und nichts vergessen«, erwiderte Tork, der sich um Beherrschung bemühte. »Aber wie es scheint, hast du etwas anderes vergessen, nämlich unsere Freundschaft.«

»Freundschaft?« Harl wandte Tork verächtlich den Rückenpanzer zu. »Du hast unsere Freundschaft getötet. Der Tork, den ich einmal kannte und respektierte, ist tot. Was noch von ihm übriggeblieben ist, hat sich in einen *Schwarmmeister* verwandelt.« Er spuckte das vorletzte Wort geradezu aus, bevor er aus dem Versammlungsraum stürmte. Die Tür schloß sich zischend hinter ihm.

Sahna legte eine Hand auf Torks Schulter. »Ich muß sagen«, bemerkte sie sanft, »daß es besser verlief, als ich befürchtete.«

Bei ihrer Berührung schlugen seine Herzen wie gewöhnlich schneller, aber sie konnte nicht den Schmerz, den er empfand, verschwinden lassen. »Er wollte mir nicht zuhören«, sagte Tork verbittert. »Er hat nicht einmal versucht, mich zu verstehen.«

Sahna schüttelte lachend den Kopf. »Harl? Wer hat jetzt unrealistische Erwartungen? Du weißt doch, wie er ist. Er läßt sich viel zu häufig vom Zorn mitreißen.« Sie schüttelte den wohlgeformten Kopf. »Aber es wird vorübergehen. *Die Flamme, die am hellsten brennt, wird am schnellsten verglimmen*«, zitierte sie. »Sein Zorn wird in Kürze verraucht sein, und dann wird er wieder denken können.«

»Ich hoffe es.« Tork stieß einen schweren Seufzer aus. »Ich weiß, daß es dumm von mir war, etwas anderes zu erwarten, aber ich hatte gehofft...«

»Ja«, sagte Sahna sanft. »Und das ist der große Unterschied zwischen dir und Harl. Du hast *Hoffnung*. Du arbeitest hart und strebst nach Vernunft und Veränderung. Harl will einfach nur das Alte aus dem Weg räumen und etwas Neues errichten. Aber das ist nicht möglich. Dein Weg ist der bessere Weg.«

Es wärmte seine Brust, als er sie so sprechen hörte. »Dann bist du einverstanden, daß ich angenommen habe?« fragte er eifrig.

Sahna lächelte ihn an. »Ich habe immer große Stücke auf dich gehalten, Tork«, erwiderte sie. »Du hast ein besonnenes, vernünftiges und rücksichtsvolles Wesen.« Sie berührte erneut seinen Panzer, worauf Tork eine erregende Mischung aus Liebe und Verlangen spürte. »Und du bist meine Hoffnung.«

Tork mußte all seine Selbstbeherrschung aufbringen, um die brennenden Empfindungen zu ersticken. Er hatte seine Berufung hinter sich und war nun offiziell erwachsen, Sahna jedoch nicht. Wenn er ihr zeigte, was er für sie empfand, wäre es nicht nur unmoralisch, sondern auch ungesetzlich. Als Schwarmmeister wäre er gegen jeden Vorwurf unmoralischen Verhaltens immun, aber er durfte das Risiko einfach nicht eingehen. Es war nicht nur die Angst, daß man ihn erwischte – er wußte, daß Sahna ihn nicht verraten würde, selbst wenn er ihr unwillkommene und illegale Avancen machte –, sondern auch das Bewußtsein, daß er sein Amt nicht als Schutzschild für eigene Verbrechen benutzen durfte. Schließlich war es genau das, was ihn an den Schwarmmeistern immer am meisten abgestoßen hatte. Ein Gesetz für den Schwarm – und ein anderes für die Meister?

Er durfte sich einfach nicht von der Macht verführen lassen! Nicht nur zum Wohl seiner eigenen Seele, sondern auch als Vorbild für alle anderen. Vor allem für Sahna.

Sie blickte ihn mit ihren weisen Augen an, die ihn wie ein Strahl der Gewißheit durchdrangen. Sie wußte, was er gedacht hatte.

»Es tut mir leid, Tork«, sagte sie und zog ihre Hand zurück. »Ich hätte es nicht tun dürfen. Es war falsch von mir, dich auf diese Weise zu prüfen.«

»Du…«, begann er, um ihr zu sagen, daß sie nichts Unrechtes getan hatte, doch sie ließ ihn nicht ausreden.

»Ich habe dich absichtlich in Versuchung geführt«, sagte sie mit einem leichten Lächeln. »Ich hätte wissen müssen, daß du ihr nicht erliegen würdest.«

»Ich… wollte es«, erwiderte er. Als Erwachsener war er moralisch verpflichtet, sich niemals einem weiblichen Kind ohne Begleitung zu nähern. Obwohl Sahna aus demselben Schlüpfjahrgang wie er stammte, hatte sie sich noch nicht der Berufung unterzogen. Damit war sie praktisch noch ein Kind.

»Aber du hast es nicht getan«, sagte sie gütig. »Ganz gleich, was Harl glaubt, du hast bewiesen, daß dein Ehrgefühl intakt ist. Und als *Kind*«, fügte sie ironisch hinzu, »ist es mir erlaubt zu sagen, was du zu diesem Zeitpunkt nicht sagen darfst. Ich liebe dich, Tork, und ich möchte mit dir eins werden.« Sie hob eine Hand. »Sag nichts – noch nicht.«

Tork wurde erneut bewußt, über welch große Weisheit sie verfügte. Sahna wußte immer ganz genau, wie weit sie gehen durfte. Sie hatte sich ihm soeben versprochen, ohne seine Moral zu verletzen. Mit ihrer Liebe und seiner neuen Position hatte er nahezu alles, was er sich jemals vom Leben erträumt hatte. »Weißt du schon, wann deine Berufung stattfinden wird?« fragte er sie. Natürlich sollte es eine Überraschung sein – wie seine eigene es zweifellos gewesen war –, doch es gab immer Wege, auf denen sich derartige Nachrichten verbreiteten.

»Innerhalb der nächsten Zyklen«, erwiderte sie. »Und ich habe auch schon einen Verdacht, zu welchem Ergebnis sie kommen wird.« Als sie seine Verblüffung sah, lachte sie. »Sei nicht so naiv, Tork. Einige Berufungen sind recht offensichtlich. Sogar die meisten, um genau zu sein.«

»Meine war es nicht«, entgegnete er.

»Vielleicht.« Wieder zuckten Sahnas Lippen. »Aber sie war auch nicht gerade eine Überraschung. Ich glaube, daß du zu einem vorbildlichen Schwarmmeister werden wirst. Vielleicht zum ersten seit mehreren Jahrhunderten.«

Ihre Unterstützung und Liebe wärmten ihm wieder die Brust. Tork verdrängte seine Gefühle und bemühte sich, so zu sein, wie sie es von ihm erwartete. »Und wozu hat deine Berufung dich deiner Meinung nach bestimmt?« fragte er.

»Zur Astronomin.«

Sie hätte ihn nicht stärker schockieren können, wenn sie geantwortet hätte, sie rechnete damit, zu einer Sexdienstleisterin zu werden. »Zur… Astronomin?« keuchte er fassungslos. »Das kann nicht dein Ernst sein!«

»Warum nicht?« Sahna neigte den Kopf zur Seite und betrachtete ihn gleichmütig. »Zugegeben, es ist ein unangenehmer Beruf, aber er ist wichtig. Vor allem jetzt.«

»Aber… du…« Tork rang mit seinen Vorurteilen. »Sahna, wie *kannst* du nur?«

»Weil ich es *kann*, rechne ich damit, zur Astronomin berufen zu werden«, entgegnete Sahna. »Wenn es dich so sehr anwidert, dann tut es mir leid.« Sie lächelte bedauernd. »Das ist neben der Unangemessenheit ein weiterer Grund, warum ich nicht möchte, daß du mir deine Liebe erklärst. Wenn du dich nicht mehr mit mir abgeben willst, kann ich das verstehen. Es wäre nicht gut für dein öffentliches Ansehen.«

»Mein Ansehen sei verdammt!« gab er zurück, während er immer noch darum kämpfte, diese neue Vorstellung zu akzeptieren. »Und an meinen Gefühlen für dich hat sich nichts geändert.«

»Natürlich hat sich etwas geändert«, sagte Sahna nur. »Ich verstehe dich.«

»Ich nicht«, sagte Tork völlig offen. »Ich verstehe nicht, wie du dir wünschen kannst, eine *Astronomin* zu werden.« Er erstickte beinahe an diesem Wort. »Aber…« Er holte tief Luft. »Wenn es das ist, was du sein möchtest, dann werde ich deine Entscheidung mit aller Kraft unterstützen. Ich kann es kaum verstehen, aber das soll mir gleichgültig sein. Ich werde *versuchen*, es zu verstehen.« Er sammelte seinen ganzen Mut und sprach den Wunsch seiner zwei Herzen aus. »Zeig es mir!«

Sahna starrte ihn mit leichtem Entsetzen an. »Tork, es besteht kein Grund…«

»Für mich ist der Grund ausreichend«, sagte er beinahe grob. »Wenn es dein erwählter Weg ist, dann bin ich gezwungen, ihn gemeinsam mit dir zu gehen. Ich muß es verstehen. Zeig es mir!«

Sie neigte leicht den Kopf. »Das ist nicht sehr vernünftig«, sagte sie.

»Die Liebe ist nicht immer vernünftig«, entgegnete er.

»Dann sei es so.« Sahna hob den Kopf, und er konnte die Liebe in ihren Augen sehen. Und er sah die Leidenschaft, die ihm heute nacht durch die Schranken, die zwischen ihnen standen, vorenthalten würde. »Also gut«, gab sie sich geschlagen. »Folge mir.«

Sie führte ihn durch das Netz der Studentenquartiere. Tork folgte ihr und versuchte sich für die bevorstehende Prüfung zu wappnen. Er hatte Angst davor – das konnte er weder vor sich selbst noch vor Sahna verleugnen. Aber er *mußte* es einfach tun – ihretwegen und seinetwegen. Sie ließen die stärker frequentierten Gänge hinter sich, bis Tork wußte, daß sie sich der Außenhülle des Schwarmschiffs näherten.

Ihr Ziel war ein nahezu leerer Raum. Die Wände bestanden wie überall aus Metall, aber hier gab es keine Verzierungen oder Möbel. Das einzige, was sich in diesem Raum befand, war eine kleine Kontrollkonsole. Nachdem Sahna die Tür verschlossen hatte, um eine zufällige Begegnung mit einem Unvorbereiteten auszuschließen, wandte sie sich Tork zu.

»Ich liebe dich«, sagte sie zu ihm. »Du mußt es nicht für mich tun. Ich würde dich auch verstehen und respektieren, wenn du es nicht tust.«

»Das weiß ich«, sagte er. »Aber ich will es für *uns* tun. Und ich könnte mich selbst nicht mehr respektieren, wenn ich es nicht mit dir teile.«

Sahna seufzte und neigte den Kopf. »Also gut«, nahm sie seine Erklärung an. Sie trat an die Konsole und zögerte, bevor sie die Kontrollen berührte. »Gib dir Mühe, es zu ertragen, mein Liebster.«

Er wagte nicht zu sprechen. Statt dessen nickte er ihr knapp zu. Dann tanzten ihre Finger über die Schaltungen.

In der Wand vor ihnen öffnete sich eine Irisblende. Die Elemente zogen sich zischend in die Aussparungen zurück. Gleichzeitig wurde die Beleuchtung des Raumes gedämpft.

Und die Sterne wurden sichtbar.

Tausende, vielleicht sogar Millionen von Sternen waren vor Tork über die Weiten des Weltraums verstreut. Sie brannten mit wunderschöner, betörender Intensität. Sie erstreckten sich ohne Ende in der Offenheit des Alls.

Tork spürte, wie die gewaltige Leere durch das zerbrechliche, durchsichtige Fenster griff und sein Innerstes berührte. Die Unendlichkeit ließ seine Seele erstarren.

Er wurde von der Unermeßlichkeit überwältigt. Er wollte vor dem allumfassenden Nichts fliehen und stieß einen leisen Schrei aus, bevor er sich instinktiv zu einer embryonalen Kugel zusammenrollte. Sein Panzer schirmte ihn vor dem äußeren Universum ab und beschränkte seine Welt auf sein eigenes Wesen.

Und er schrie immer noch angesichts des Nichts hinter der riesigen, schützenden Metallhülle des Schwarmschiffs.

3

»Bei den Göttern! Ich hasse diesen Beruf!« – Garaia blickte von ihrer wissenschaftlichen Station auf und betrachtete den Captain des cardassianischen Forschungsschiffes *Vendikar*. Wie gewöhnlich ging er neben ihr wie ein gefangenes Tier auf und ab. Es war nicht das erste Mal, daß sie diese Beschwerde hörte, und sie bezweifelte sehr, daß es das letzte Mal sein würde. Tak war ein gutaussehender junger Offizier, mit schlankem Hals und sehr aparten Augenwülsten, aber trotzdem war er gleichzeitig ein karrierebesessener Soldat und ein Versager. Es war eine Schande. Andernfalls hätte er zumindest eine angenehme Abwechslung auf dieser Routinemission darstellen können.

»Wir führen eine sehr wichtige Aufgabe durch«, warf Garaia diplomatisch ein.

»Die Vermessung eines Haufens blöder Steine?« fauchte er und deutete auf den Sichtschirm des Schiffes, der den Asteroidengürtel zeigte. »Es ist langweilig, es ist sinnlos, und es nimmt kein Ende.«

Obwohl auch Garaia von der Routine gelangweilt war, fühlte sie sich verpflichtet, ihre Mission zu verteidigen. »Es ist wichtig, daß wir sichere Routen durch den Gürtel finden«, bemerkte sie.

Die übrige Brückenbesatzung war so klug, sich aus dieser Diskussion herauszuhalten. Die Leute interessierten sich auf einmal brennend für die Anzeigen ihrer Instrumente. Doch ohne Zweifel verfolgten sie den Wortwechsel mit höchster Aufmerksamkeit. Obwohl Tak Unsinn redete, hatte Garaia nicht die Absicht, etwas zu sagen, das gegen sie verwendet werden konnte, wenn es an die falschen Leute weitergeleitet wurde – wie das unvermeidlich geschehen würde. Ihr war rätselhaft, wie sich Tak mit dieser negativen Haltung so lange auf seinem Posten hatte halten können.

»Warum?« fragte er theatralisch. »Wir befinden uns hier am äußersten Rand der cardassianischen Einflußsphäre. Praktisch am Rand der Galaxis. Von hier aus geht es nicht mehr weiter.« Er deutete auf den Schirm. »Nur noch leerer Raum. Und wenn wir tatsächlich aus einem logisch nachvollziehbaren Grund hergekommen wären, hätten wir diesen dummen Asteroiden einfach ausweichen können. Nein, diese Arbeit ist eine Strafe für uns.« Er lachte verbittert. Garaia vermutete, daß er sich einen oder zwei Drinks genehmigt hatte, bevor er seinen Dienst angetreten hatte, wie das in letzter Zeit zu seiner Gewohnheit geworden war. Je länger diese Mission dauerte, desto unerträglicher wurde der Mann. Ein weiterer Hinweis auf einen Verlierertypen. »Nun, ich weiß zumindest, wofür *ich* bestraft werden soll. Welches Verbrechen haben Sie begangen, wissenschaftlicher Offizier?«

Garaia brachte ein Lächeln zustande. »Neugierde«, antwortete sie, ohne allzusehr lügen zu müssen. »Ich bin von dieser Arbeit fasziniert, also wurde ich ihr zugeteilt.« Da der Captain recht redselig schien, wagte sie sich weiter vor, als sie es unter normalen Umständen riskiert hätte. »Und was ist *Ihr* Verbrechen?«

»Dummheit«, erwiderte Tak. Das Verbrechen überraschte sie weniger als das Eingeständnis. Er stieß wieder ein bellendes Lachen aus. »Ich dachte, ich könnte mich aus den üblichen Intrigen heraushalten«, sagte er und schlug sich auf die Brust. »Man dürfte mir kaum ansehen, daß ich einmal der vertrauenswürdigste Assistent von Gul Gavron war, oder?«

Nein, dachte Garaia. »Doch«, log sie. »Es besteht kein Zweifel an Ihren überragenden Fähigkeiten, Captain.«

»Es ist schon eine Weile her«, sprach er weiter. Es war schwer zu entscheiden, ob er ihre Bemerkung überhaupt registriert hatte. »Ich war sein Günstling und ging davon aus, ich sei unantastbar. Aber ich vergaß die wichtigste Regel des cardassianischen Militärs: Ganz gleich, wie sehr dein vorgesetzter Offizier dich mag, sein Rang ist ihm in jedem Fall wichtiger.« Tak schnaufte verächtlich. »Als man ihn wegen einer schlechten Entscheidung anklagte, wurde ich dafür verantwortlich gemacht – obwohl ich ihm dringend davon abgeraten hatte. Die Aufzeichnungen über meine Einwände schienen zufällig gelöscht worden zu sein.« Er warf Garaia einen finsteren Blick zu. »Daraufhin wurde ich versetzt.«

Diese Geschichte überraschte sie keineswegs, da sie wußte, wie es im cardassianischen Militär zuging. Im Grunde hatte er sogar Glück gehabt, daß man ihn nicht einfach exekutiert hatte. Das wäre die übliche barbarische Form der Bestrafung gewesen. Wenn er dagegen immer noch lebte und arbeiten durfte – seien seine Aufgaben auch noch so sinnlos –, mußte er doch noch über einige politische Beziehungen verfügen. Sie zuckte umständlich die Schultern. »Und wenn Sie diese Aufgabe zufriedenstellend erledigen«, sagte sie, »wird man Ihnen zweifellos eine bessere geben.«

»Hah!« rief Tak verächtlich. »Ich werde noch mehr Steine vermessen dürfen!« Er schlug die rechte Faust in die linke Handfläche. »Ich würde lieber dort draußen Jagd auf den verdammten Maquis machen, statt den Babysitter für einen Haufen weiblicher Wissenschaftler zu spielen.« Er funkelte sie an. »Das war nicht persönlich gemeint, aber ich bin nicht gerne hier.«

Und wir haben dich nicht gerne hier bei uns, dachte sie. Der Navigationsoffizier sorgte dafür, daß es ihr erspart blieb, sich eine höfliche Erwiderung ausdenken zu müssen.

»Captain«, rief er. »Ich empfange etwas Merkwürdiges direkt vor uns.«

Tak wirbelte herum. »Identifizieren!« befahl er.

»Es... tut mir leid, Captain«, entgegnete der Navigator mit verblüffter Miene. »Es entspricht keinem mir bekannten Objekt.«

Tak wandte sich wieder an Garaia. »Wissenschaftlicher Offizier – warum haben Sie nichts davon bemerkt?«

Weil ich mich mit dir unterhalten habe, du Idiot! dachte sie. Doch dann studierte sie ihre Instrumente, ohne auf die dumme Frage einzugehen. Ihre Augenbrauenwülste hoben sich vor Erstaunen. »Was immer das für ein Raumfahrzeug ist«, sagte sie langsam, »wir sind etwas Ähnlichem noch nie begegnet. Und wir haben auch nie davon gehört.«

Tak starrte sie an, als er wieder zu seinem Kommandosessel zurückgekehrt war. »Ich hätte gerne etwas präzisere Aussagen«, sagte er sarkastisch. »Wovon reden Sie überhaupt?«

»Bugsensoren ausrichten«, befahl Garaia. »Sektor drei neun vier grün.« Der Navigator folgte ihren Anweisungen, woraufhin das fremde Schiff auf dem Sichtschirm erschien.

Garaia war schon immer sehr neugierig gewesen und hatte viele Jahre damit verbracht, Daten über möglichst viele Alien-Spezies zu studieren. Was sie nun auf dem Schirm der *Vendikar* sah, erinnerte sie entfernt an einen terranischen Fisch namens Manta.

Das Raumfahrzeug hatte einen großen zentralen Rumpf mit weit ausgebreiteten Flügeln. Am Heck befand sich eine lange, schwanzartige Antenne.

Tak runzelte die Stirn. »Das ist eine ungewöhnliche Konfiguration«, stellte er ebenfalls fest, »aber es gibt doch sicherlich Vergleichsfälle, oder?«

»Ja, was die Form betrifft«, bestätigte Garaia. »Aber die Größe...« Sie blickte wieder auf ihre Instrumente. »Captain, dieses Schiff ist schätzungsweise zwölftausend Kilometer lang, und die Spannweite beträgt ungefähr sechzehntausend Kilometer. Bei unserer gegenwärtigen Geschwindigkeit sind wir immer noch etwa eine Stunde von seiner jetzigen Position entfernt.«

Tak erbleichte, während sein Blick am Sichtschirm zu haften schien. »Zwölf...tausend... Kilometer?« wiederholte er atemlos. Dann schüttelte er ungläubig den Kopf. »Was ist das für ein Raumschiff?« fragte er.

Garaia antwortete mit einem Schulterzucken. Sie war genauso verblüfft wie er, aber sie weigerte sich, ihre wissenschaftliche Effizienz darunter leiden zu lassen. »Captain, der Zentralrumpf des Schiffes ist zwölftausend Kilometer lang und hat einen Durchmesser von etwa zweihundert Kilometern. Damit besitzt der Lebensraum auf der inneren Oberfläche eine Ausdehnung von über siebeneinhalb Millionen Quadratkilometern. Das entspricht der Fläche eines kleineren planetaren Kontinents.«

Tak mochte gelangweilt und leicht angetrunken sein, aber er war nicht dumm. »Sie meinen, daß es sich um ein Kolonieschiff handeln könnte?« fragte er und beugte sich vor, um weiter auf das Bild zu starren.

»Es wäre eine logische Schlußfolgerung«, pflichtete Garaia ihm bei. »An Bord könnten sich mehrere Milliarden Individuen befinden.«

Tak schnappte hörbar nach Luft. »Dann sollten wir uns lieber sofort darum kümmern«, entschied er und wirbelte zum Kommunikationsoffizier herum. »Senden Sie eine Nachricht ans cardassianische Zentralkommando, die alle Informationen enthält, über die wir gegenwärtig verfügen«, wies er ihn an. »Und teilen Sie mit, daß wir Kontakt mit dem Eindringling aufnehmen werden.« Ohne auf eine Bestätigung zu warten, wandte er sich wieder an den Navigator. »Programmieren Sie einen Abfangkurs«, befahl er. »Maximale Geschwindigkeit.« Dann war Garaia an der Reihe. »Geben Sie mir so viele Informationen wie möglich über dieses Ding, bevor wir in Reichweite kommen. Ich will genau wissen, womit wir es hier zu tun haben. Halten Sie insbesondere nach militärischen Kapazitäten Ausschau.«

Männer! dachte Garaia angewidert. *Es wird Zeit, daß er endlich einen Angriffsplan macht!* »Verstanden.« Sie versuchte, sich nichts von ihren Gefühlen anmerken zu lassen, und wandte sich wieder ihren Instrumenten zu, um ihnen so viele Informationen wie irgend möglich zu entlocken.

Zumindest stand mit einiger Sicherheit fest, daß dieses Raumschiff von außerhalb der Galaxis gekommen war. Als sie den Kurs zurückverfolgte, bestätigte sich diese Vermutung. Wenn es einen energiesparenden Kurs eingehalten hatte, mußte es nach der Berechnung des Computers aus einer der Magellanschen Wolken gekommen sein.

Und wenn es den intergalaktischen Leerraum mit derselben langsamen Geschwindigkeit wie jetzt durchflogen hatte, mußte die Reise fast eine halbe Million Jahre gedauert haben...

Diese Zahlen waren atemberaubend. Die Bewohner des Schiffs konnten während dieses Zeitraums keinerlei Kontakt mit anderen Spezies gehabt haben. Doch das würde sich nun ändern. Innerhalb der nächsten Stunde würde die *Vendikar* in ihre Nähe kommen.

Garaia gönnte sich keine Atempause, während sie ihre Instrumente bearbeitete und jeden Trick ausprobierte, der ihr möglicherweise eine winzige Zusatzinformation verschaffte. Schließlich stand sie auf und ging zu Tak hinüber. »Ich habe alle Daten gesammelt, die auf diese Entfernung zu eruieren sind«, gab sie leise bekannt. Wenn der Captain auch den Rest der Besatzung von ihren Entdeckungen in Kenntnis setzen wollte, konnte er sie jederzeit weitergeben. »Wenn wir mehr erfahren wollen, müssen wir ins Innere des Schiffs vordringen.«

»Und?« fragte er streng.

»Es ist ein sehr altes Raumfahrzeug«, antwortete Garaia, während sie versuchte, sich nicht von seiner schroffen Art reizen zu lassen. »Ich spreche von einem Zeitraum, der ungefähr eine halbe Million Jahre umfassen dürfte. Es scheint aus einer der Magellanschen Wolken zu stammen und hat so viel Zeit benötigt, um den Leerraum zu überwinden und hier einzutreffen. Die riesigen Flügel dienen zum Einsammeln von Materie. Sie sind deshalb so groß, weil der Staub im intergalaktischen Raum äußerst fein verteilt ist. Im Innern des Schiffes werden daraus zweifellos Energie und Rohstoffe gewonnen.« Sie schüttelte den Kopf. »Dazu wären allerdings sehr effiziente Systeme nötig. Das Schiff bewegt sich mit Unterlichtgeschwindigkeit. Angesichts der Konstruktion vermute ich, daß es keine Überlichtgeschwindigkeit erreichen kann. Wenn es zu sehr beschleunigt wird, dürften die Flügel auseinanderreißen. Wir haben es also mit einem sehr langsamen und schwerfälligen Schiff zu tun. Wir können ihm buchstäblich vor der Nase herumtanzen.«

Tak trommelte ungeduldig mit den Fingern auf der Armlehne seines Sessels. »Und wie steht es mit den

Waffensystemen, nach denen ich ausdrücklich gefragt habe?« wollte er wissen.

Garaia erbleichte vor Zorn, sprach jedoch mit ruhiger Stimme weiter. »Ich konnte keinerlei Waffen entdecken. Allerdings können unsere Sensoren die Hülle des Schiffes nicht durchdringen. Es ließ sich nicht einmal feststellen, aus welchem Material die Hülle besteht. Die Aliens könnten ohne jede Verteidigungsmöglichkeit sein – oder sie könnten uns mit einem Augenzwinkern vernichten. Ich weiß es nicht.«

»Das ist mir keine große Hilfe«, erwiderte Tak.

Garaia zuckte nur die Schultern. »Das ist alles, was ich vorläufig feststellen kann.« Sie zeigte auf das Bild des Mantas. »Die Sensoren haben jedoch Anzeichen gefunden, daß es Öffnungen am Bug des Schiffes gibt und weitere an den Seiten. Es handelt sich vermutlich um Luftschleusen oder andere Zugänge. Wenn wir näher herangekommen sind, gelingt es mir vielleicht, dort mit den aktiven Sensoren einzudringen, um einige Antworten auf die Fragen zu erhalten, die Sie erwarten. Bis dahin kann ich nichts weiter tun.«

»Na gut«, brummte der Captain. Er beugte sich vor und starrte wieder angestrengt auf den Sichtschirm. »Wenn das alles ist, können Sie auf Ihren Posten zurückkehren, bis Sie neue Fakten für mich haben.« Als sie sich nicht von der Stelle rührte, warf er ihr einen ungeduldigen Blick zu. »Nun?«

»Da ist noch etwas, das mich irritiert«, fügte sie hinzu. »Dieses Schiff hat mit ziemlicher Sicherheit kleinere Einheiten an Bord. Erkunder, Shuttles oder vielleicht sogar Kampfschiffe.«

»Und?«

»Nun«, sagte sie mit wachsendem Unbehagen. »Wenn Sie sich eine halbe Million Jahre im Leerraum aufgehalten hätten, würden Sie dann nicht einige kleinere Schiffe losschicken, um das erste Sonnensystem zu erkunden, das Sie in Ihrem Leben gesehen haben?« Sie deutete auf den Schirm. »Doch sie haben es nicht getan. Warum?«

Tak dachte über diese Frage nach und nickte schließlich. »Das ist ein interessanter Aspekt«, gestand er ein und kniff konzentriert die Augenlider zusammen. »Das Schiff hat eine sehr lange Reise hinter sich«, mutmaßte er. »Vielleicht ist sie nicht unbedingt erfolgreich verlaufen.«

Offensichtlich hatte er den gleichen Gedanken, der auch schon Garaia in den Sinn gekommen war. »Also glauben Sie, daß sich vielleicht gar keine Bewohner mehr in diesem Schiff befinden?«

»Das ist eine Möglichkeit«, stimmte er ihr zu. Dann schenkte er ihr ein unverhofftes Lächeln. »Ich erinnere mich, einmal eine Geschichte gelesen zu haben, in der die Besatzung eines Generationenschiffs in die Barbarei zurückfiel. Als das Schiff das Ziel erreicht hatte, waren die Leute zu unzivilisierten Wilden geworden, die nicht einmal mehr eine Luftschleuse bedienen konnten. Auch diese Möglichkeit könnte hier zutreffen. Schließlich kann sich in einer halben Million Jahre sehr viel verändern.«

»In der Tat«, pflichtete sie ihm bei. »Allerdings auch zum Positiven. Vielleicht haben sie ein neues Stadium der Evolution erreicht und benötigen gar keine Maschinen mehr?« Jetzt lächelte sie den Captain an. »Auch ich habe ähnliche spekulative Literatur gelesen.«

Tak nickte. »Im Augenblick bleibt uns nichts anderes übrig, als zu warten«, sagte er. »In Kürze werden wir die Antworten auf all unsere Fragen erfahren.« Er drehte sich zum Kommunikationsoffizier um. »Versuchen Sie eine Verbindung zum Schiff herzustellen und senden Sie auf einem möglichst breiten Frequenzspektrum«, befahl er. »Senden Sie unseren Identifikationskode und verlangen Sie eine Antwort. Informieren Sie mich unverzüglich, wenn Sie irgend etwas empfangen.« Er wandte seine Aufmerksamkeit wieder Garaia zu. »Und jetzt warten wir ab«, sagte er, während ein Funkeln in seine Augen trat.

Als Garaia an ihre Station zurückkehrte, mußte sie still lächeln. Das war zweifellos interessanter, als Asteroiden zu untersuchen. Und Tak schien die Teile seiner sich auflösenden Persönlichkeit wieder in den Griff zu bekommen. Er würde wieder einen Sinn in seiner Aufgabe sehen, ganz gleich, was geschah. Aus ihrer Routine- und Strafmission war plötzlich etwas sehr Wichtiges geworden. Wenn er keine Fehler machte, würde er die Gunst des Militärs wiedergewinnen.

Und wenn er versagte, würde er sterben. Das Ergebnis dieser Mission wäre für ihn in jedem Fall wünschenswerter als eine Fortsetzung dieser Vermessungsflüge.

Während der Annäherung scannte Garaia immer wieder das fremde Schiff, um nach jedem noch so geringfügigen Anhaltspunkt zu suchen. Doch sie hatte kein besonderes Glück. Das Schiff wollte seine Geheimnisse nicht offenbaren. Und sie konnte die Hülle immer noch nicht durchdringen, so daß sie keine Ahnung hatte, ob sie sich einer dahintreibenden Grabkammer oder einer fliegenden Festung näherten. Die Ungewißheit zerrte an ihren Nerven, und sie vermutete, daß es den anderen Besatzungsmitgliedern genauso ging. Gelegentlich hörte sie, wie Tak wieder nervös mit den Fingern trommelte. Doch jedesmal riß er sich zusammen und zwang sich, damit aufzuhören. Worauf das Spiel nach einigen Minuten von neuem begann.

Dann veränderte sich etwas. »Captain!« rief sie.

»Die Sensoren registrieren, daß sich das Hauptportal des Schiffes öffnet.«

Tak blickte auf den Schirm. »Ich sehe nichts.«

Dummkopf! dachte sie. Allein der Bug des Schiffes war zweihundert Kilometer breit. Eine Öffnung, die weniger als hundert Meter durchmaß, war auf diese Entfernung niemals zu erkennen. »Ich registriere, daß kleinere Schiffe daraus hervorkommen«, gab sie bekannt. »Insgesamt zwölf, in loser Formation.« Sie versuchte, einen Sensorstrahl an den Schiffen vorbei in die Schleuse zu schicken, doch sie erhielt keine klare Ortung. Dann schloß sich das Portal wieder. *Verdammt!* Doch immerhin hatte sie jetzt neben dem Mutterschiff etwas anderes, mit dem sie sich beschäftigen konnte. Also konzentrierte sie die Sensoren auf die kleineren Schiffe. »Sie sind etwa dreißig Meter lang«, rief sie. »Sie besitzen eine wesentlich geringere Stabilität als das Mutterschiff, und... sie sind bewaffnet, Captain! Die Sensoren registrieren, daß ihre Waffensysteme geladen werden.«

»Geben Sie Alarm!« befahl Tak, dessen Augen vor Freude glitzerten. Jetzt war er in seinem Element. »Schilde und Waffensysteme aktivieren!«

Der taktische Offizier kam dem Befehl sofort nach. Garaia runzelte die Stirn. Sie verstand, warum diese Reaktion nötig war, und sie hatte auch keine Bedenken wegen eines Kampfes, aber sie sorgte sich um den möglichen Verlust von Forschungsdaten.

»Haben sie schon auf unsere Rufe geantwortet?« wollte Tak wissen.

»Ich habe bislang nichts empfangen, Captain«, meldete der Kommunikationsoffizier. »Ich versuche es immer wieder, auf verschiedenen Frequenzen und... Captain, jetzt empfange ich ein Audiosignal.«

»So klingt es schon besser«, sagte Tak zufrieden. »Legen Sie es auf die Lautsprecher.«

Ein oder zwei Sekunden lang war nur Rauschen zu hören, während sich der Übersetzungscomputer einschaltete und das Signal analysierte. Dann wurden die ersten Worte hörbar.

»Fremdes Raumschiff, identifizieren Sie sich!«

Tak runzelte die Stirn. »Hier ist das cardassianische Forschungsraumschiff *Vendikar*«, antwortete er. »Und wer sind Sie?«

»Wir sind der Schwarm.« Die Stimme klang neutral und ließ keinerlei Emotionen erkennen.

»Sie dringen in cardassianisches Gebiet ein«, sagte Tak ohne Umschweife. »Dazu haben Sie keine Genehmigung. Halten Sie Ihr Schiff an und bereiten Sie sich auf einen Kontakt mit uns vor.«

Es gab eine kurze Pause. »Diese Forderung ist nicht akzeptabel«, erwiderte die Stimme schließlich. »Wir werden unsere Reise fortsetzen. Sie werden uns nicht daran hindern.«

Tak richtete sich in seinem Sessel auf. »Sie werden nicht unbefugt in cardassianisches Territorium eindringen«, erwiderte er. »Stoppen Sie unverzüglich Ihr Schiff, sonst sind wir zur Gewaltanwendung gezwungen.«

»Dieser Kontakt ist beendet«, entgegnete die Stimme kühl. Die Verbindung wurde unterbrochen.

Garaia runzelte die Stirn. »Wie in aller Welt wollen Sie dieses Schiff mit Gewalt aufhalten?« fragte sie. »Wir könnten sämtliche Waffen, die wir an Bord haben, gleichzeitig explodieren lassen, und würden ihm einmal eine Delle zufügen.«

»Sie wissen nicht, daß wir allein sind«, entgegnete Tak. »Sie werden keinen Konflikt riskieren, ohne über genauere Informationen zu verfügen. Wir müssen sie nur lange genug aufhalten, bis Verstärkung eingetroffen ist.«

Garaia wollte dazu einen Einwand vorbringen, aber sie kam nicht mehr dazu.

»Die Schiffe nähern sich«, gab der Navigator bekannt. »Ihre Waffensysteme sind angriffsbereit.«

»Bereitmachen auf Reaktion!« befahl Tak begeistert. Er wirkte wie ein wildes Tier, das gerade aus dem Käfig freigelassen worden war und nun seine erste Beute witterte. »Alle Waffen feuerbereit!«

Garaia beobachtete, wie zwei der kleinen Schiffe auf sie zuschossen. Sie hielt die Sensoren darauf gerichtet, um zu erkennen, welche Art von Waffen sie einsetzen würden. Die Schiffe waren deutlich kleiner als die *Vendikar* und vermutlich schlechter bewaffnet und geschützt. Sie konnten diesen Kampf auf keinen Fall siegreich überstehen.

Dies war ihr letzter Gedanke, als sie starb. Die zwei Schiffe rasten auf entgegengesetzten Seiten an der *Vendikar* vorbei. Es gab keine Anzeichen für eine Energieentladung, keinen Hinweis, daß irgendwelche Waffen zum Einsatz kamen.

Doch nach dem Angriffsmanöver waren vom cardassianischen Schiff nur noch winzige Trümmer aus Metall und Plastik und noch kleinere Stücke ehemals lebenden Gewebes übrig, die sich von dem Punkt ausbreiteten, an dem die *Vendikar* vernichtet worden war.

4

Die Operation war ein voller Erfolg!« – Schwarmmeister Dron blickte abrupt auf. Er schob seinen Berichtcomputer betont auffällig an seinem Platz am Konferenztisch hin und her, bis Schwarmmeister Pakat nachgab.

Pakat senkte den Blick. »Entschuldigen Sie bitte meine unangemessene Begeisterung«, sagte er leise.

»Schon gut.« Dron erlaubte sich ein leichtes Lächeln. »Und Ihre Reaktion ist zum Teil sogar verständlich. Die Flotte Ihrer Schützlinge hat sich ausgezeichnet geschlagen. Aber wir werden uns Ihren Bericht zum angebrachten Zeitpunkt anhören. Bitte!« Er deutete auf einen leeren Platz am Tisch. Pakat setzte sich demütig zu seinen dreizehn Kollegen.

Nachdem er jetzt die ganze Aufmerksamkeit der Anwesenden hatte – die er natürlich stets erwartete –, konnte Dron die Konferenz eröffnen, die er einberufen hatte. Er nickte seinem rechten Nachbarn zu. »Sie können mit der Aufzeichnung beginnen.« Jede Beratung mußte der Nachwelt erhalten bleiben. Schließlich war der entscheidende Punkt in der Geschichte des Schwarms eingetreten, und Dron wollte alles daransetzen, daß künftige Generationen ihn als großen Visionär und Retter seines Volkes im Gedächtnis behielten. »Ich sehe, daß eins unserer Mitglieder nicht erschienen ist«, sagte er und tat, als müßte er nachdenken. »Ach ja, unser junger Kollege Tork.«

»Er läßt sich entschuldigen, Großer Schwarmmeister«, erklärte Boran, der zwei Plätze links von Dron saß. »Er befindet sich zur Zeit in ärztlicher Behandlung.«

»Ich hoffe, es ist nichts Ernstes!« Dron hatte große Pläne mit dem jungen Rebellen, die er nur ungern durch eine ungelegene Krankheit oder gar den Tod vereiteln lassen wollte.

Boran räusperte sich. »Wie ich hörte, wurde er krank, als er… äh… die Sterne betrachtete.«

Am Tisch erklang ein Raunen der Überraschung und Verärgerung, das Dron mit einer Handbewegung verstummen ließ. »Ich bin sicher, daß Tork einen guten Grund für seine Handlungsweise angeben kann. Wenn er sich erholt hat, wird er es uns zweifellos erklären können.« Insgeheim hatte Dron bereits eine recht genaue Vermutung, was geschehen war, aber es bestand kein Grund, seine Überlegungen zu Protokoll zu geben. »Kommen wir jetzt zur Sache.« Er sah sich sorgfältig die erwartungsvollen Gesichter rings um den Konferenztisch an. »Wie ich überzeugt bin, ist Ihnen allen bewußt, daß wir nun in die Galaxis, die unser Ziel ist, eingedrungen sind. Die Durchquerung des leeren Raums ist vollendet, so daß wir nun zur nächsten Phase des Großen Plans übergehen können.« Er wartete eine Weile, bis die Anwesenden seine Worte aufgenommen hatten und um sich zu vergewissern, daß es keine unangemessenen Gefühlsregungen gab. Obwohl mehrere von ihnen den Eindruck machten, als wollten sie vor Stolz und Freude platzen, waren sie klug genug, sich keine Gefühlsausbrüche zu leisten. Dron nickte zufrieden und wandte sich an Premon. »Schwarmmeister Premon, wie hat das Schwarmschiff die Reise überstanden?«

Premon war im Grunde ein alberner Narr, aber er

hatte seine Abteilung fest im Griff. Seine Ingenieure kümmerten sich um die einwandfreie Funktion des Schiffs. »Wie Sie wissen«, begann er, »haben meine Ingenieure und ich in den vergangenen Monaten das Schiff mit größter Aufmerksamkeit inspiziert. Wir haben uns auch um die winzigsten Details gekümmert. Wir haben die primären, sekundären und die tertiären Systeme gründlich geprüft.« Er gestattete sich ein Lächeln. »Und in manchen Fällen sogar die Funktion der Kinderspielzeuge.« Er klopfte auf seinen Berichtcomputer. »Die Statistiken und Ergebnisse sind allesamt hier drinnen gesammelt und werden vorschriftsgemäß an die offiziellen Archive überspielt werden. Doch ich möchte Sie nicht mit Fakten und Zahlen langweilen, da ich unsere Ergebnisse recht einfach zusammenfassen kann. Das Schiff ist in einem wesentlich besseren Zustand, als selbst die Gründer des Ersten Schwarms hätten voraussehen können. Unser Volk hat sich ausgezeichnet um seine Welt gekümmert, und wir haben die Durchquerung in bemerkenswert gutem Zustand überlebt. Natürlich müssen hier und dort noch einige Reparaturen ausgeführt werden – aber es sind bemerkenswert wenige und keine an den kritischen Systemen.«

Dron unterbrach ihn, bevor er zu einem weiteren Abschnitt seines endlosen Geplappers ansetzen konnte. »Wie es scheint, schuldet jedes Mitglied des Schwarms Ihnen und Ihrem Personal größte Dankbarkeit, Premon. Sie haben ein Wunder bewirkt.« Dann wandte sich Dron an die Gesamtheit der Anwesenden. »Ich plädiere dafür, daß wir eine offizielle Anerkennung für die großartige Arbeit aussprechen, die von den Ingenieuren geleistet wurde – sowohl denen unserer Generation als auch denen aller vorausgegangenen. Einverstanden?« Natürlich taten alle Anwesenden ihre Zustimmung kund. »Ausgezeichnet.«

Dron wandte sich wieder Premon zu. »Also steht von Ihrer Seite der Einleitung der nächsten Phase des Großen Plans nichts im Wege?«

»Wir sind bestens vorbereitet«, erwiderte Premon stolz und glücklich.

Es war erstaunlich, wie wenig nötig war, um gewisse Leute zufriedenzustellen. Dron seufzte innerlich. Nur einige Worte des Lobes, und Premon geriet in Ekstase. Nun, vielleicht war auf diese Weise gewährleistet, daß er für den Rest der Versammlung ausnahmsweise den Mund hielt. »Sehr lobenswert.« Nun sprach er Boran an, den Leiter der Industrie. »Ihren Bericht, bitte, Schwarmmeister Boran.«

»Alle meine Abteilungen sind bereit«, erwiderte er. »Sobald die Rohstoffe zugänglich sind, können wir mit der nächsten Phase beginnen.«

»Gut.« Dron blickte Makarn an. »Und wie steht es um Ihre Abteilung, Schwarmmeister Makarn?«

Makarn räusperte sich mit einer gewissen Verlegenheit. Er mochte es überhaupt nicht, wenn er wegen dieser Treffen seine Arbeit im Stich lassen mußte, und konnte es offensichtlich gar nicht erwarten, daß es beendet wurde, damit er zurückeilen konnte. »Die Wissenschaft ist mobilisiert«, antwortete er. »Zur Zeit arbeiten wir... äh... in drei Schichten, um sämtliche Details zu analysieren.« Er deutete auf seinen Computer. »Alle Details sind... äh... hier gespeichert und stehen für den Bericht zur Verfügung. Zusammenfassend kann ich jedoch sagen... äh... daß wir bereits ein Ziel entdeckt haben, das unseren Anforderungen angemessen zu sein scheint.« Er bediente seine Kontrollen, worauf eine holographische Darstellung des Raumsektors erschien, in den sie eingedrungen waren. Mehrere Dutzend Sterne waren zu sehen, von denen Makarn einen heranzoomte. Die höhere Auflösung zeigte eine gelbe Sonne mit sechs Planeten. »Die vierte

Welt dieses Systems erfüllt alle Anforderungen für die nächste Phase.«

»Und wie lange werden wir benötigen, um ihn zu erreichen?« fragte Dron geduldig.

»Die Kurskorrekturen wurden bereits in die Navigationssysteme eingegeben«, antwortete Makarn. »Die Computer haben berechnet, daß wir die Zielwelt in drei Tagen erreicht haben.« Er hüstelte. »Äh... natürlich können unsere kleineren Schiffe innerhalb von zwei Tagen genauere Daten liefern.«

»Vielen Dank.« Dron waren diese Fakten natürlich schon vor Beginn der Konferenz bekannt gewesen – zumal er selbst den Kurswechsel genehmigt hatte. Der Sinn der Versammlung bestand nicht darin, ihn zu informieren, sondern die anderen Schwarmmeister und die Nachwelt. »Pakat, jetzt sind Sie an der Reihe.«

Pakat nickte. Er konnte sich vor Aufregung kaum beherrschen. »Als wir in dieses Sternensystem einflogen, wurden wir durch das Kriegsschiff einer einheimischen Spezies herausgefordert und angegriffen, die sich selbst als *Cardassianer* bezeichnete. Trotz dieses nicht provozierten Angriffs konnten sich unsere Krieger verteidigen und den Aggressor auslöschen. Falls dieser Empfang charakteristisch für das Verhalten der einheimischen Spezies war, sind sie kriegerisch und aggressiv – und unserer Technologie weit unterlegen.«

Dron ließ ihn bereitwillig mit dem Erfolg seiner Abteilung prahlen. Auf diese Weise wurde in der Aufzeichnung festgehalten, daß die anderen die Aggressoren waren. Es spielte zwar im Grunde keine Rolle, doch Dron gefiel der Hauch von Moral, der dem Ganzen dadurch verliehen wurde. Er hatte die Aufzeichnung der Kommunikation mit dem cardassianischen Schiff bereits geändert, damit die Fakten mit Pakats Propaganda übereinstimmten. »Und unsere Piloten haben keine Schäden davongetragen?«

»Nicht die geringsten«, erwiderte Pakat zufrieden. »Sie haben sich bestens geschlagen.«

»Verzeihen Sie mir.« Schwarmmeister Hosir hatte gesprochen. Er war der älteste unter ihnen, fast doppelt so alt wie Dron, und das einzige Mitglied der Schwarmmeister, dessen Motive und Reaktionen Dron niemals mit absoluter Gewißheit vorhersagen konnte. »Das verstehe ich nicht ganz. Wollen Sie uns damit sagen, daß mehrere Ihrer jungen Piloten außerhalb des Schwarms ein Angriffsmanöver flogen und daß diese Erfahrung bei ihnen keine Beeinträchtigung hinterlassen hat? Während eins unserer hochgeschätzten Mitglieder« – er deutete auf Torks leeren Platz – »nicht einmal den Anblick der Sterne ertragen konnte, ohne schwer krank zu werden?«

»Ja«, antwortete Pakat eifrig. »Wissen Sie, die Piloten in meinen Schiffen haben den Weltraum niemals mit eigenen Augen gesehen. Mit Hilfe meines Kollegen Boran wurden Kampfschiffe ohne optischen Zugang zur Außenwelt konstruiert. Die Besatzung erledigte die Navigation ausschließlich anhand von Computersimulationen. Und es hat ausgezeichnet funktioniert. Für sie war es praktisch genauso wie irgendeine Flugübung innerhalb des Schwarmschiffs.«

Hosir nickte. »Ich verstehe. Entschuldigen Sie meine Frage.«

»Es besteht kein Grund, sich für eine völlig sinnvolle Frage zu entschuldigen«, sagte Dron. Wenn Hosir sie nicht gestellt hätte, wäre er selbst dazu gezwungen gewesen, weil er wollte, daß ihre saubere Lösung des Problems protokolliert wurde. »Ich bin sicher, daß wir alle sehr zufrieden mit der Lösung sind, die Pakat und Boran fanden, um den Gefahren des offenen Weltraums zu begegnen.« Natürlich erklang zustimmendes Gemurmel. »Dann soll es entsprechend festgehalten werden«, befahl er. »Wenn es keine weiteren Tagesordnungspunkte gibt, möchte ich dieses Treffen hiermit abschließen.« Natürlich erhob niemand Einwände gegen diesen Vorschlag.

Als die Schwarmmeister den Raum verließen, um wieder auf ihre Posten zurückzukehren, schleppte sich Hosir mühsam zu Dron. »Mein Kompliment für diese Lösung des Agoraphobie-Problems.« Da er nicht mit einer Erwiderung rechnete, folgte er humpelnd den anderen nach draußen. Nach wenigen Minuten waren nur noch Pakat und Raldar anwesend. Raldar hatte zwar nichts Direktes zur Konferenz beigetragen, aber das wurde auch gar nicht von ihm erwartet. Er war Drons starke rechte Hand und für die Sicherheit des Schwarms verantwortlich.

»Inoffiziell gesprochen«, sagte Dron leise, »bin ich sehr mit Ihren Resultaten zufrieden, Pakat. Die Waffensysteme und Piloten haben tadellose Arbeit geleistet. Natürlich werden wir jetzt die Ausbildung beschleunigen, nachdem wir eine Zielwelt gefunden haben. Jeder muß bereit sein.«

»Natürlich«, stimmte Pakat zu. Mit einem glücklichen Lächeln und einer tiefen, respektvollen Verbeugung verabschiedete er sich.

»Ein sehr fähiger Offizier«, bemerkte Raldar.

»Sehr«, pflichtete Dron ihm bei. »Seine Arbeit erleichtert die Verwirklichung des Großen Plans. Doch genug davon. Was hat es mit Torks Krankheit auf sich? Hat die Angelegenheit etwas mit einer Frau zu tun?«

Der Sicherheitsoffizier lächelte. »Selbstverständlich. Die Jugend läßt sich oft zu unvernünftigen Handlungen hinreißen, wenn ein potentieller Lebenspartner beeindruckt werden soll. Aber man hat mir versichert, daß Tork in Kürze entlassen wird, ohne dauerhafte

Beeinträchtigungen davonzutragen. Er hat zu den Sternen hinausgeschaut.«

Dron runzelte die Stirn. »Und warum hat er eine solche Dummheit versucht? Nur um eine Frau zu beeindrucken? Das sieht Tork nicht ähnlich. Normalerweise handelt er sehr überlegt – auch wenn er starrsinnig ist und von fehlgeleitetem Enthusiasmus getrieben wird.«

»Ja.« Raldar lächelte erneut. »Die spezielle Frau, die er zu beeindrucken versuchte, wird von der Berufung höchstwahrscheinlich zur Astronomin bestimmt werden.«

»Ach, ich verstehe.« Dron kicherte. Das war interessant. »Also liegt ihm sehr viel an dieser Frau?«

»Ja. Ihre Berufung hat noch nicht stattgefunden, so daß er ihr gegenüber natürlich noch nicht offen auftreten darf.«

Dron nickte. »Und Torks Moral ist viel zu gefestigt, um eine illegale Beziehung in Erwägung zu ziehen, auch wenn er weiß, daß man ihn nicht zur Verantwortung ziehen würde.«

Raldar neigte den Kopf zur Seite. »Er hält sich selbst für unkorrumpierbar.«

»Davon bin ich überzeugt.« Der Große Schwarmmeister überlegte eine Weile. »Deshalb ist es an der Zeit, daß wir ihn korrumpieren, meinen Sie nicht auch? Ich glaube, daß die Berufung dieser Frau überfällig ist. Und ich habe den starken Verdacht, daß sie tatsächlich zur Astronomin bestimmt wird. Sorgen Sie dafür, daß Sie der Gruppe Zwei zugewiesen wird.« Er lächelte. »Ich bin sicher, daß Tork sehr bald davon erfahren und versuchen wird, ihr einen anderen Arbeitsplatz zuzuweisen.«

Raldar nickte verstehend und sagte: »Und er wird fordern, daß ihre Berufung geändert wird…«

»Exakt. Und ich werde selbstredend dafür sorgen,

daß er und seine Frau eins werden können.« Wieder kicherte Dron. »Mit dieser ersten kleinen Korruption wird sein Niedergang beginnen, Raldar. Und der zweite Schritt... Was ist mit seinem vorlauten und rebellischen Freund?«

»Harl?« Raldar breitete die Hände aus. »Er ist immer noch ein Unruhestifter. Er fordert, daß die Schwarmmeister gestürzt werden müssen – und zwar sollten die Wände und Fußböden mit unseren inneren Organen verziert werden.« Der Sicherheitsoffizier runzelte die Stirn. »Er könnte uns gefährlich werden. Wir sollten ihn exekutieren.«

Dron schüttelte den Kopf. »Er könnte uns *nützlich* werden. Außerdem wäre es nicht gut für die Moral, ein Kind zu exekutieren. Solange er seine Berufung noch vor sich hat, können wir nichts gegen ihn unternehmen. Ich würde daher vorschlagen, daß seine Berufung möglichst bald erfolgen sollte. Und danach...« Er blickte zu Raldar auf. »Könnte einer Ihrer Agenten ihn vielleicht davon überzeugen, einen kleinen, aber gemeinen Sabotageakt durchzuführen? Bei dem es nach Möglichkeit zu Todesopfern kommt? Sagen wir, ein oder zwei Kinder?«

»Ihn überzeugen?« erwiderte Raldar schroff. »Ich bezweifle, daß er dazu irgendeinen Anstoß benötigt. Gegenwärtig ist er beinahe zu allem bereit. Er ist zusätzlich frustriert, seit Tork zum Schwarmmeister ernannt wurde.«

»Genau, wie ich erwartet habe.« Dron dachte kurz über die Angelegenheit nach. »Sorgen Sie dafür, daß diese Dinge geschehen, und dann verhaften Sie ihn. Beim nächsten Treffen der Schwarmmeister werden wir gezwungen sein, einen Prozeß abzuhalten. Ich denke, es wäre sehr interessant, wenn der Zufall Tork dazu auserwählt, die Untersuchung zu leiten, meinen Sie nicht auch?«

»Sie meinen, er soll um das Leben seines Freundes bitten?« fragte Raldar nachdenklich.

»Entweder das, oder er wird gezwungen sein, seinen Freund zum Tode zu verurteilen.« Dron zuckte die Schultern. »In jedem Fall wird das Problem gelöst sein. Wenn er seinen Freund verdammt, wird Tork sich schuldig fühlen und leichter zu manipulieren sein. Wenn er Harl verschont, ist seine moralische Integrität kompromittiert, und damit haben wir ihn in der Hand. In Kürze werden wir uns auf seine volle Unterstützung verlassen können.« Er stand auf und steckte seinen Computer ein. »Und zu einem Zeitpunkt, der für die Fortsetzung des Großen Plans von entscheidender Bedeutung ist, müssen wir einmütig in unserer Entschlossenheit sein. Wir müssen die Gelegenheit ergreifen, die sich uns bietet. Wir müssen die Ressourcen der Zielwelt ausnutzen, um das Überleben des Schwarms zu sichern.«

5

Sisko mußte dem mit Ersatzteilen beladenen Wagen ausweichen, um auf die Brücke der *Defiant* zu gelangen. Er blieb entsetzt stehen, als er das Chaos sah, das hier herrschte. Die meisten Verkleidungen waren abgenommen worden, und es sah aus, als hätte sich ein Zwerg mit einer Axt und sehr schlechter Stimmung an sämtlichen Systemen des Raumes ausgetobt. Es herrschte ein völliges Durcheinander aus Drähten, Verbindungen, Platinen, Kristallen und Schaltkreisen.

Er konnte nur hoffen, daß all dies auf Chief O'Brien einen ganz anderen Eindruck machte.

Zuerst war niemand zu sehen, als er vorsichtig über die Brücke schritt und darauf achtgab, auf nichts zu treten. Es konnte sich um Schrott handeln, aber auch um etwas, das für die Reparatur seines Schiffes eminent wichtig war. Er konnte es nicht unterscheiden. Als er sich der Navigationskonsole näherte, entdeckte er schließlich zwei Beine, die aus dem Chaos hervorragten.

»Chief?« fragte er, um den Ingenieur nicht zu erschrecken.

»Mmpf«, lautete die Erwiderung. Dann bewegten sich die Beine. Die Form des Unterkörpers ließ keinen Zweifel, daß es sich nicht um den Chief handelte, bis das hübsche Gesicht der blonden Frau zum Vorschein kam. Die Technikerin Fontana nahm den Laserschraubenzieher aus dem Mund.

»Tut mir leid, Captain«, sagte sie grinsend. »Ich bin's nur.«

Sisko erwiderte das Lächeln und deutete auf die Brücke. »Sagen Sie mir bitte, daß es gar nicht so schlimm ist, wie es aussieht.«

»Sie verlangen von mir, daß ich Sie anlüge?« fragte sie unumwunden. Sie strich sich das Haar aus dem Gesicht und hinterließ dabei eine weitere Schmutzspur in ihrem bereits verschmierten Gesicht. »Es sieht nicht allzugut aus, Captain.« Sie zeigte auf die wissenschaftliche Station. »Ich glaube, der Chief ist da drüben – sofern das verdammte Ding ihn nicht verschlungen hat. Was mich keineswegs überraschen würde.«

»Machen Sie bitte nicht so einen Lärm«, kam eine barsche Stimme aus der angezeigten Richtung. »Ich versuche mich zu konzentrieren.« Dann war ein Lichtblitz zu sehen und ein Fluch zu hören, bis O'Briens Kopf hinter einem Stapel Wafer-Chips auftauchte. »Verdammte Nora!« keuchte er und schüttelte die rechte Hand. »Das hat weh getan!« Damit verschwand er wieder unter der Konsole.

Sisko hob eine Augenbraue und blickte auf Fontana herab. »Ist er schon seit längerem in dieser Stimmung?« fragte er mitfühlend.

»Schon seit Beginn meiner Schicht«, erwiderte sie mit einem leichten Grinsen. »Sein Repertoire an Flüchen scheint unbegrenzt zu sein, wenn Sie mich fragen, Captain.«

»Dann hätten Sie bestimmt nichts dagegen, wenn ich ihn von hier fortbringe.«

»Wo denken Sie hin? Ich werde Sie in meinem Testament berücksichtigen.« Sie grinste noch breiter. »Vorausgesetzt, der Chief hat mich nicht umgebracht, bevor ich die Gelegenheit erhalte, es aufzusetzen.«

Sisko nickte nur und durchquerte dann mit übertriebener Sorgfalt die Brücke. »Chief«, sagte er mit strenger Stimme. »Kommen Sie sofort da heraus!«

O'Brien warf ihm einen mürrischen Blick durch die offene Wartungsklappe zu. »Captain, ich bin ziemlich beschäftigt«, beklagte er sich. »Kann es nicht warten, was immer es sein mag?«

»Nein.« Sisko sah ihn ernst an. »Nach Auskunft von Dr. Bashir haben Sie vier Schichten durchgearbeitet und sich höchstens ein oder zwei Tassen Kaffee gegönnt. Ich befehle Ihnen, mit mir eine Pause zu machen. Kommen Sie!«

O'Brien schnaufte. »Das sieht ihm ähnlich! Ständig macht er Ärger und übertreibt maßlos. Ich hatte *vier* Tassen Kaffee!« Er streckte Sisko flehend die Hände entgegen. »Hören Sie, Captain, ich habe hier wirklich eine Menge zu tun, und ich...«

»...und Sie gehen Ihren Leuten auf die Nerven«, vervollständigte Sisko den Satz. »Chief, ich weiß es wirklich zu schätzen, daß Sie so viele Überstunden investieren, aber Sie sind inzwischen so erschöpft, daß Sie Fehler machen. Gönnen Sie sich eine Pause, eine gute Mahlzeit und eine Mütze Schlaf.« Er hob eine Hand, um den Protest des Ingenieurs zu ersticken. »Das ist ein Befehl. Wollen Sie mich zwingen, Odo kommen zu lassen, damit er Sie in eine Arrestzelle bringt?«

Seufzend legte O'Brien seine Werkzeuge nieder und kam umständlich auf die Beine. »Nein«, sagte er. »Diesen Spaß will ich ihm nicht gönnen.« Er wischte sich die Hände an der Rückseite seiner Hose ab. »Nachdem Sie es erwähnt haben, scheine ich tatsächlich etwas Hunger zu verspüren.« Er blickte zu Lieutenant Fontana hinüber. »Kommen Sie hier für eine Weile allein zurecht?«

»Blöde Frage!« erwiderte Fontana mit einem breiten Grinsen. »Ich werde überglücklich sein, Chief. Mir tun immer noch die Ohren von Ihrer letzten Schimpfkanonade weh.«

»War es so schlimm?« fragte O'Brien und brachte ein bedauerndes Lächeln zustande. »Gut, aber reparieren Sie nicht zuviel, während ich fort bin. Ich möchte nicht, daß der Captain glaubt, ich sei ersetzbar.«

»Ich kann Ihnen nichts versprechen.« Fontana bedachte den Chief mit einem Augenzwinkern und verschwand wieder unter der Konsole.

»Sie können sich auf Ihre Leute verlassen, Chief«, sagte Sisko, als er vorsichtig in Richtung Turbolift vorausging. »Sie werden es überstehen, wenn Sie sich etwas Ruhe gönnen.«

»Das weiß ich«, sagte O'Brien stolz. »Es ist nur so, daß es noch soviel zu tun gibt«, fügte er hinzu und ließ die Schultern hängen.

»Nachdem Sie bereits soviel geschafft haben«, warf Sisko ein. »Wie viele Systeme der *Defiant* sind schon wieder funktionsfähig?« Die Türen des Lifts schlossen sich zischend, nachdem sie hineingetreten waren.

»Nun, wir haben die Lebenserhaltung und die Energieversorgung auf den meisten Decks wieder zum Laufen gebracht.« O'Brien runzelte die Stirn. »Mit der Navigation müßten wir in ein paar Stunden fertig sein. Fontana bewirkt wahre Wunder an der Station. Aber die Waffen sind immer noch außer Betrieb, und die Schilde wollen auch nicht so recht. Sie haben die schwersten Schäden durch die Waffe der Calderisi davongetragen.« Er schüttelte den Kopf. »Ich habe immer noch keine Ahnung, wie sie es gemacht haben, aber sie haben damit auf sehr effektive Weise die Kommandosysteme lahmgelegt – sogar durch die Schilde hindurch.«

»Starfleet wird die *Hood* zur Heimatwelt der Calderisi schicken, um ihnen ein paar ernste Fragen zu stellen«, teilte Sisko ihm mit. »Dann haben wir vielleicht ein paar Antworten für Sie, Chief. Ich will nicht drängen, aber wie lange wird es noch dauern, bis die *Defiant* wieder voll einsatzfähig ist?«

Der Ingenieur zuckte die Schultern. »Schwer zu sagen. Gegen Ende dieses Tages dürfte sie wieder fliegen können, aber Sie müßten dann auf die Phaser und die volle Kapazität der Schilde verzichten. Ansonsten hoffe ich, daß wir es in zwei Tagen geschafft haben, aber es kann immer etwas Unvorhergesehenes dazwischenkommen, nicht wahr?«

Sisko nickte. »Ich hatte schon immer den Eindruck, daß die Entropie die wichtigste Elementarkraft in diesem Universum darstellt«, gab Sisko zu. »Trotzdem war es in den vergangenen drei Tagen bemerkenswert ruhig. Vielleicht bleibt es ja so friedlich, bis Sie die Arbeiten abgeschlossen haben.«

»Darauf würde ich nicht wetten«, murmelte O'Brien. »Ich bezweifle sogar, daß Quark es tun würde.«

»Wahrscheinlich haben Sie recht«, erwiderte Sisko. »Wo möchten Sie gerne essen? Ich lade Sie ein.« Er grinste. »Auf der Promenade hat ein neues bajoranisches Restaurant eröffnet, in dem es herrliche Fledervogel-Suppe gibt...«

Sahna war von Verzweiflung geplagt, als sie das Berufungszentrum verließ. Sie klammerte sich an ihren Computer, dessen Botschaft sich unauslöschlich in ihr Gehirn gebrannt hatte. Theoretisch sollte die Berufung der glücklichste Tag in ihrem Leben sein, weil sie jetzt erwachsen war und ihr Lebensweg bestimmt war. Nun konnte sie eins werden, konnte an den alltäglichen Entscheidungen innerhalb des Schwarms mitwirken und konnte sich bei Problemen an die Schwarmmeister wenden.

Natürlich mit Ausnahme des Problems, das ihr jetzt Kummer bereitete.

Sahna entfernte sich taumelnd vom Zentrum, ohne auf die anderen zu achten, die hinein- oder hinausgingen. Sie stieß mit mehreren von ihnen zusammen, doch sie selbst war zu benommen und die anderen waren viel zu aufgeregt, um es zu registrieren.

Dann wurde sie plötzlich von jemandem festgehalten, gegen den sie gestoßen war. Sahna murmelte eine Entschuldigung, doch dann gelang es ihr, sich auf das Gesicht des Betreffenden zu konzentrieren. »Ach, Harl.«

»Auch ich bin höchst erfreut, dich zu sehen«, erwiderte Harl mit sarkastisch verzogenem Mundwinkel. »Ich vermute, daß du deine Berufung erlebt hast und nun so benommen vor Glück bist, daß du gar nicht mehr auf deine Umgebung achtest.«

»Ja, ich war bei meiner Berufung«, sagte sie. »Aber ich bin niemals zuvor unglücklicher gewesen.«

»Was ist geschehen?« fragte er. »Hat man dich zur Arbeit in der Kanalisation bestimmt? Oder der Sexdienstleistung zugewiesen?« Er grinste. »Ich könnte damit leben, allerdings bezweifle ich, daß Tork es genauso sehen würde.«

»Nein«, erwiderte Sahna, die viel zu deprimiert war, um sich über diese Bemerkung zu amüsieren oder sich beleidigt zu fühlen. »Ich werde als Astronomin arbeiten.«

Harl zog eine Grimasse. »Oh, das sind in der Tat schlechte Neuigkeiten. Aber es ist doch genau das, was du erwartet hast, nicht wahr?«

»Ja, das ist es«, bestätigte sie. »Ich habe zum Ersten Schwarm gebetet, mir diese Berufung zukommen zu lassen. Ich habe mich immer danach gesehnt, als Astronomin zu arbeiten. Ich liebe es, die Sterne zu beobachten.«

»Im Gegensatz zu mir«, erwiderte Harl. »Das einzige, was ich sehen würde, wenn ich vor einem Fenster zum All stünde, wäre, wie meine letzte Mahlzeit wieder ans Tageslicht kommt.« Er legte zärtlich einen Arm um ihren Panzer. Im Grunde beging er ein Vergehen, da sie nun erwachsen war und er noch nicht. Doch im Augenblick war es beiden ziemlich gleichgültig, und sie war ihm dankbar für diese Geste. »Was ist so schlimm daran, das zu bekommen, was du dir gewünscht hast?«

»Weil man mich der Gruppe Zwei zugewiesen hat.«

»Oh!« Harl benahm sich manchmal wie ein Idiot, aber er war nicht dumm. Er wußte genau, wo das Problem lag. »Und Tork arbeitet in der Gruppe Eins«, stellte er fest. »Das ist in der Tat ein Problem.« Dann zuckte er verächtlich mit der Nase. »Aber jetzt ist er doch Schwarmmeister. Ich bin sicher, daß er für deine Versetzung sorgen wird.«

Sahna blickte ihn schockiert an. »Das würde er niemals tun!«

Harl brummte. »Warum nicht?«

»Weil...« Sahna konnte nicht fassen, daß Harl eine solche Frage stellte. »Du weißt genau, daß sich die Berufung niemals irrt. Der Computer beurteilt unsere Fähigkeiten, unsere Persönlichkeit und weist uns eine Aufgabe zu, für die wir am besten geeignet sind, in der wir die größtmögliche Erfüllung und Produktivität erzielen.«

»Ich kann nicht behaupten, ich wüßte, daß es so wäre«, erwiderte er unverhohlen. »Und du auch nicht. Du wiederholst lediglich, was man uns gelehrt hat. Die Berufung könnte sich beliebig oft irren, doch es würde sich niemand darüber beschweren, weil sie angeblich unfehlbar ist.«

Sahna starrte ihn fassungslos an. Sie wußte seit Jahren, daß Harl ein Rebell war und viele Dinge in Frage stellte, aber sie hätte niemals erwartet, daß er so weit gehen würde. »Die Berufung ist die Basis unserer Gesellschaft«, sagte sie, während sie darum kämpfte, nicht die Beherrschung zu verlieren. »Sie *kann* nicht falsch sein.«

»Kein Wunder, daß du zur Astronomie berufen wurdest«, erwiderte Harl sarkastisch. »Deine Gedanken sind bereits draußen bei den Sternen statt hier, wo sie hingehören.« Er überlegte, wie er es ihr erklären sollte. »Wenn ich dir sagen würde, daß die Sterne nur Illusionen sind, daß es außerhalb des Schwarms gar nichts gibt, daß sie nur Illuminationen sind, die meinen Glauben prüfen sollen, was würdest du dazu sagen?«

»Daß du die Häresien des Sechshundertvierten Schwarms wiederholst«, gab sie zurück. »Heutzutage glaubt niemand mehr an solche Dinge.«

»Aber damals hat man daran geglaubt«, stellte er fest. »Und du hast für die Annahme der Unfehlbarkeit der Berufung genausowenig Beweise. Du bist Wissenschaftlerin, Sahna, und du hast einen wachen Verstand. Also benutze ihn auch! Stelle Fragen! Akzeptiere nicht einfach, was man dir erzählt hat! Verlange Beweise!«

Sahna schüttelte den Kopf. »Ich wäre eine schlechte Revolutionärin«, erwiderte sie. »Diese Aufgabe überlasse ich dir. In der Zwischenzeit muß ich Tork die schlechten Neuigkeiten überbringen.« Sie blickte ihren Freund an. »Ich weiß, daß du glaubst, er würde seine Macht mißbrauchen, um meine Versetzung zu bewirken, aber ich glaube nicht, daß er es tun wird. Seine Moral verbietet es ihm.«

Harl schnaufte erneut. »Seine Moral verbietet es ihm, ein idiotisches System zu verändern, um mit der Frau eins werden zu können, die er liebt? Ich würde es nicht als Moral, sondern als *Dummheit* bezeichnen.«

Sahna ließ sich nicht beleidigen, sondern brachte sogar ein schwaches Lächeln zustande. »Und wenn er tatsächlich die Berufung ändern würde, hättest du einen Grund, ihn als korrupt zu bezeichnen.«

»Ja«, stimmte Harl ihr zu. »Es ist wunderbar, ein Rebell zu sein. Man kann jederzeit eine Rechtfertigung für das finden, woran man glauben möchte. Selbst wenn diese Gründe einer anderen Sache widersprechen, an die man ebenfalls glaubt. Jeder erwartet, daß ich gegen alles bin – und daß ich inkonsequent bin.« Er strich über ihren Panzer. »Und trotz meiner Launen mag ich dich und Tork. Ich glaube, er ist ein Narr, aber er ist offenbar ein ehrlicher Narr. Nur dieses eine Mal würde ich mich freuen, wenn er seine Macht mißbraucht, um mit dir zusammensein zu können. Ihr beide gehört zusammen.« Sein Computer gab ein akustisches Signal. »Und ich gehöre ins Zentrum«, setzte er hinzu. »Auch ich wurde zu meiner Berufung bestellt.«

Das entlockte Sahna ein kurzes Lächeln. »An die du gar nicht glaubst. Warum bist du also gekommen?«

»Weil es mir bis dahin verboten ist, mit reifen Frauen wie dir zu kommunizieren. Und ich möchte weiterhin mit dir reden dürfen.«

Sahna blickte ihn freundlich an. »Ich wünsche dir viel Erfolg«, sagte sie. »Was glaubst du, was du werden wirst?«

Er machte sich lächelnd auf den Weg. »Ich weiß es nicht. Meinst du, es gibt noch offene Stellen für Revolutionäre? Mit etwas Glück werde ich vielleicht zum Sexdienstleister.« Er winkte ihr noch einmal zu und verschwand dann wieder in der Menge.

Sahna fühlte sich ein wenig besser, nachdem sie mit Harl gesprochen hatte, doch nun dachte sie wieder an ihre Probleme. Es war falsch von ihm, an der Berufung zu zweifeln. Es mußte falsch sein. Schließlich fand Harl Vergnügen daran, alles in Frage zu stellen. Im Grunde hatte er gar keine Zweifel an der eigentlichen Einrichtung. Immerhin war es die Grundlage ihrer Zivilisation.

Sahna sammelte ihren Mut und tippte den Kode für Torks Computer in ihr Gerät. Sie mußte sich so schnell wie möglich mit ihm treffen, um ihn über ihren veränderten Status zu informieren. Sie hatte keine Ahnung, was er dazu sagen würde, aber sie wußte, daß er sehr traurig sein würde.

»Schwarmmeister Tork ist nicht zu erreichen«, teilte der Computer ihr mit.

Er hatte noch nie zuvor einen Anruf von ihr verweigert! Sahna starrte den Computer fassungslos an. »Aber warum nicht?« fragte sie. »Ist er krank?«

»Nein«, antwortete der Computer. »Er befindet sich in einer Sitzung mit den anderen Schwarmmeistern. Es ist verboten, ihn dabei zu stören.«

»Oh.« Sahna wußte genau, was jetzt geschah. Es war genau das, was sie ihm neulich zu erklären versucht hatte, bevor er darauf bestanden hatte, in den Weltraum zu blicken. Sie hatte ihre eigenen Beobachtungen angestellt und wußte, daß der Schwarm seinem Ziel nahe war. Irgendwo vor ihnen im Weltraum befand sich die Welt, die sie mit allem versorgen würde, was sie benötigten, um den Großen Plan zu erfüllen – und damit war der Augenblick nicht mehr fern, in dem sie Tork für immer verlieren würde.

6

Gul Dukat saß entspannt in seinem Kommandosessel und beobachtete die reibungslose Effizienz der Mitarbeiter des cardassianischen Zentralkommandos. In diesem Raum waren etwa fünfunddreißig Offiziere tätig, doch der Geräuschpegel war sehr niedrig. Dukat mochte keinen unnötigen Lärm. Sein Personal wußte das und war stets darauf bedacht, alle Aufgaben möglichst leise auszuführen.

Von diesem Raum auf Cardassia Prime ließen sich die militärischen Raumschiffe des Imperiums überwachen und kontrollieren. Dukat hielt sich gerne hier auf, im Herzen der Kraft und des Willens des cardassianischen Volkes. Er konnte genau beobachten, was im cardassianischen Einflußbereich geschah, und sogar die gelegentlichen Probleme waren nicht ärgerlich, sondern anregend.

Der Techniker am Kommunikationspult vor ihm drehte sich halb mit seinem Stuhl herum. »Eine Nachricht von der *Karitan*, Gul«, meldete er. Seine Stimme war gerade laut genug, um bis an Dukats Ohren zu dringen.

»Auf meinen Schirm«, befahl Dukat und betätigte eine Schaltung, um ihn zu aktivieren. Das Gesicht des Raumschiffcaptains erschien auf dem Schirm. »Bericht!« befahl Dukat.

»Wir haben den fremden Eindringling gestellt«, antwortete der Captain. Er sah angespannt und besorgt aus. »Wir können die Meldungen von der *Vendikar* bestätigen. Das Schiff ist mehrere tausend Kilometer lang.«

»Faszinierend.« Dukat kratzte sich geistesabwesend auf dem linken Handrücken. »Und es befindet sich nach wie vor in cardassianischem Territorium?«

»Ja, Gul«, erwiderte der Captain. »Doch es wird in knapp zwei Stunden in das Darane-System eindringen. Es bleibt noch genügend Zeit, um es abzufangen.«

Dukat seufzte. »Seien Sie vernünftig, Captain. Was könnten Sie wohl gegen ein Schiff dieser Größe ausrichten, wenn Sie es tatsächlich abfangen würden?« Zufrieden bemerkte er den betretenen Gesichtsausdruck des jungen Offiziers. »Gibt es immer noch keinen Hinweis, wie es die Aliens angestellt haben, die *Vendikar* zu zerstören?«

»Meine wissenschaftliche Besatzung hat die Trümmer untersucht, die wir bergen konnten«, antwortete der Captain. »Sie konnten nur feststellen, daß das Schiff auf irgendeine Weise im Flug buchstäblich zerfetzt wurde. Die Schilde konnten den Angriff nicht abwehren.«

Das war keine sehr ergiebige Information, aber Dukat hatte im Grunde gar nicht mit mehr gerechnet. »Gut, Captain«, sagte er. »Sie erhalten jetzt sehr einfache Befehle: Verfolgen Sie den Eindringling, aber unternehmen Sie nichts, solange Sie nicht angegriffen werden. Beobachten Sie aufmerksam, und melden Sie mir alles, was geschieht.«

Der Captain runzelte die Stirn. »Verstanden«, sagte er zögernd.

Dukat starrte wütend auf den Bildschirm. »Gefallen Ihnen diese Befehle nicht?« fragte er mit trügerischer Freundlichkeit. Einige der jüngeren Captains waren recht unverschämt. Die militärische Disziplin ließ in letzter Zeit erheblich zu wünschen übrig.

»Das nicht, Gul«, erwiderte der Captain hastig. »Es ist nur... Nun, ich frage mich, ob Sie ungestraft davonkommen sollen, obwohl sie eins unserer Schiffe zerstört haben.«

Dukat schüttelte leicht den Kopf. »Was hat man Ihnen beigebracht, bevor man Ihnen erlaubte, ein Schiff zu kommandieren?« tadelte er den Mann. »Die Fremden werden ihre gerechte Strafe erhalten. Doch wenn Sie versuchen sollten, sie anzugreifen, hege ich den starken Verdacht, daß die *Karitan* genauso wie die *Vendikar* in winzige Stücke zerrissen wird.« Er erlaubte sich die Andeutung eines Lächelns. »Und ich bin sicher, daß Ihnen diese Vorstellung nicht sehr behagt. Auch mir behagt sie nicht, weil ich dann ein weiteres Schiff abstellen müßte, um das Ihre zu ersetzen, und das wäre eine unnötige Zeitverschwendung. Wie Sie mir meldeten, dringen die Fremden in Kürze ins Darane-System ein. Damit wird die Angelegenheit zu einem bajoranischen Problem. Sollen die Bajoraner das Schiff angreifen und ihre Einheiten opfern! Sie dagegen werden die Ereignisse beobachten und aufzeichnen. Auf diese Weise können wir in Erfahrung bringen, welche Art von Waffen die Fremden besitzen, ohne daß Sie Ihr Leben opfern müssen und ich ein Erkundungsschiff verliere. Haben Sie jetzt verstanden?«

Der Captain lächelte. »Ja, Gul«, sagte er voller Bewunderung. »Das ist ein kluger Plan.«

»Natürlich«, entgegnete Dukat. »Also halten Sie sich strikt an meine Befehle. Ende.« Er unterbrach den Kontakt und lehnte sich in seinem Sessel zurück. Der Mann war kein sehr fähiger Offizier, aber er mußte mit dem arbeiten, was ihm zur Verfügung stand. Dann dachte er über seinen nächsten Schachzug nach. Der Eindringling wurde zu einem Problem der Bajoraner, was ihn amüsierte. Sollten diese Schwächlinge probieren, dem Rätsel auf die Spur zu kommen! Natürlich würde ihre erste Handlung darin bestehen, Captain Sisko von *Deep Space Nine* um Unterstützung zu bitten. Sie winselten ihn jedesmal um Hilfe an, wenn es zur winzigsten Provokation kam.

Es würde sehr interessant werden. Der Föderation war viel eher zuzutrauen, etwas über dieses Schiff in Erfahrung zu bringen. Und wenn die *Karitan* alles genau beobachtete, würde auch Dukat diese Informationen erhalten.

Ein Schiff von zwölftausend Kilometern Länge… Normalerweise ließ sich Dukat nicht von technischen Dingen beeindrucken, sofern es sich nicht um Waffen handelte. Aber in diesem Fall sah es anders aus. Die Fremden schienen über Geheimnisse zu verfügen, die sich als äußerst nützlich erweisen konnten.

Sollte er Sisko anrufen und ihn auf das Problem aufmerksam machen? Man würde es zweifellos als freundschaftliche Geste interpretieren. Und Dukat gefiel es, auf freundschaftlicher Basis mit dem Menschen zu verkehren… zumindest von Zeit zu Zeit. Für einen Menschen war Sisko richtig sympathisch. Anderseits bestand kein Grund, es mit der Freundschaft zu übertreiben. Vielleicht war es besser, einfach abzuwarten, bis die Bajoraner Captain Sisko riefen. Es würde bestimmt mehr Spaß machen, in aller Ruhe zuzusehen, wie er im dunkeln tappte.

Ja, das war es. Er würde einfach abwarten, was geschah, entschied Dukat. Er hatte das Gefühl, daß der Eindringling irgend etwas Interessantes im Darane-System vorhatte. Es würde bestimmt sehr lehrreich, den weiteren Verlauf der Dinge zu verfolgen.

Dron sah sich im Konferenzraum um und stellte befriedigt fest, daß alle Schwarmmeister anwesend waren, einschließlich Tork. Der Jüngste in der Runde wirkte noch etwas blaß, doch er schien seine Erfahrung ansonsten unbeschadet überstanden zu haben. Auch wenn er ein idealistischer Narr war, ließ er sich offenbar nicht ohne weiteres aus der Bahn werfen.

Im Raum herrschte eine angespannte Atmosphäre, da jeder bereits wußte, was geschah. Dron befahl, daß alles aufgezeichnet würde, und klopfte dann auf den Tisch.

»Schwarmmeister«, sagte er in festem und deutlichem Tonfall, »die Stunde unseres Schicksals ist gekommen. Das nächste Stadium des Großen Plans steht unmittelbar bevor. Makarn?«

Der Meister der Wissenschaften sprang auf. »Äh… der Zielplanet ist ausgewählt worden«, gab er bekannt. »Es ist der vierte Planet der Sonne, der wir uns gegenwärtig nähern. Dort gibt es bereits eine kleine Industrie, die uns von großem Nutzen sein dürfte, und sehr viel Vegetation. Die vorläufigen Erkundungen deuten auf reichhaltige Vorkommen an Mineralien und Metallen hin, obwohl dort bereits ein gewisser Bergbau betrieben wurde – vermutlich durch eine Spezies von außerhalb, da es an der Oberfläche dieser Welt kaum Hinweise auf verarbeitete Metalle gibt.«

Dron warf ihm einen strengen Blick zu. »Ich hoffe, daß noch genügend Vorräte für unsere Bedürfnisse vorhanden sind, oder?«

»Äh… ja, ohne Zweifel«, antwortete Makarn. »Es wird keine Verzögerungen im Großen Plan geben.«

»Ausgezeichnet.« Dron wandte sich erleichtert an Pakat. »Und wie steht es um unsere Bereitschaft?«

»Wir halten ständig drei Einsatzstaffeln kampfbereit«, meldete Pakat. »Sämtliche Piloten haben die Tests an den Simulatoren mit Bestnoten bestanden, so daß ich keinerlei Probleme erwarte. Wir haben weniger als einhundert Schiffe festgestellt, die sich zur Zeit in diesem System aufhalten. Ihre Bewaffnung ist der unseren unterlegen.«

Tork rührte sich und beugte sich vor. »Sie bereiten sich darauf vor, die Bewohner des Planeten anzugreifen?« fragte er voller Besorgnis.

»Wir sind bereit, uns zu *verteidigen*«, erwiderte Pakat mit einem lauten Schnaufen, um sein Mißfallen anzuzeigen. »Wenn Sie an unserer letzten Sitzung teilgenommen hätten, wüßten Sie, daß die hier heimische Spezies – die sich als *Cardassianer* bezeichnet – unsere Schiffe ohne vorausgegangene Provokation angriff, als wir erstmals ihren Vertretern begegneten. Ich bin sicher, daß niemand von uns warten möchte, bis sie erneut angreifen, bevor wir darauf vorbereitet sind, uns zu verteidigen!« Er starrte Tork herausfordernd an, der sich zurücklehnte und den Mund hielt.

»Offensichtlich ist dieser Punkt nun geklärt«, sagte Dron. Es gab keine weiteren Kommentare. Er hatte auch nicht damit gerechnet. Selbst Tork konnte sich nicht darüber beschweren, daß sie sich verteidigten. »Boran?«

Der Meister der Industrie erhob sich. »Meine Einsatzgruppen sind bereit«, meldete er stolz. »Wir können jederzeit mit der Arbeit beginnen. Sämtliche Produktionskapazitäten stehen zur Verfügung und warten nur noch auf die Rohstoffe.«

»Hervorragend«, lobte Dron ihn. »Dann besteht kein Zweifel mehr, daß wir auf alles vorbereitet sind – daß der Große Plan fortgesetzt werden kann. Nach einer halben Million Jahre gelangen die Pläne des Ersten Schwarms zur Verwirklichung, und wir werden unsere Bestimmung erfüllen.« Er zeigte auf die holographische Darstellung des Planeten, der über dem Tisch in der Luft rotierte. »Alle Abteilungen werden mit vollem Einsatz arbeiten«, befahl er. Dann drehte er sich zu seinem Sicherheitsmeister um und sagte:

»Raldar, die Zeit ist gekommen, mit den *Cardassianern* in diesem System zu sprechen. Lassen Sie unverzüglich eine Verbindung herstellen.«

»Selbstverständlich«, bestätigte Raldar. Er begann damit, Anweisungen in seinen Computer zu tippen. Nur Dron und er wußten, daß für diese Kontaktaufnahme ein umfangreiches Repertoire an Aufzeichnungen zur Verfügung stand. Dron wollte nicht das Risiko eingehen, daß es zu einer Panne kam und die Protokolle verdorben wurden, die für künftige Schwärme aufbewahrt werden sollten. Wenn die Aliens etwas Unpassendes sagten oder taten, konnte in den geschichtlichen Aufzeichnungen alles richtiggestellt werden.

Kurz darauf wurde der rotierende Globus durch das Hologramm einer fremden Spezies ersetzt – der ersten, die die anderen Schwarmmeister jemals zu Gesicht bekamen. Am Tisch wurde ein schockiertes und angewidertes Raunen hörbar. Selbst der liberale Tork und der alte Hosir konnten sich nicht beherrschen.

Das Fremdwesen war in der Tat häßlich. Und es handelte sich ganz offensichtlich nicht um einen Cardassianer, doch es bestand kein Grund, auf diesen Umstand hinzuweisen. Es konnte beispielsweise ein unterworfenes Volk sein. Das Wesen hatte annähernd die Gestalt eines Mitgliedes des Schwarms, und es stand aufrecht, doch damit hatten sich die Ähnlichkeiten bereits erschöpft. Es – möglicherweise ein *Er* – hatte keinen Panzer, und die Hautfarbe war ein blasses Rosa, statt eines hellen Graus. Oben auf dem häßlichen Kopf wuchsen Haare, und das Wesen schien den größten Teil seines Körpers in eine Art Tuch gehüllt zu haben. Dron war nicht allzu überrascht – ein so grotesk gestaltetes Wesen *mußte* sich einfach bedecken.

Das Wesen sprach eine Weile, bevor die Übersetzungscomputer die Lautäußerungen dekodieren konnten. »... Minister Worin auf Darane Vier«, sagte das Geschöpf. »Bitte identifizieren Sie sich.«

Dron atmete durch und sagte dann: »Ich bin Schwarmmeister Dron vom Schwarm. Sie werden diese Welt unverzüglich verlassen. Wir geben Ihnen zwei Tage, um Ihre Bevölkerung zu evakuieren.«

»Wie bitte?«

War dieses Fremdwesen nicht nur mißgestaltet, sondern auch dumm? Dron wiederholte geduldig seine Botschaft. »Haben Sie mich jetzt verstanden?« fügte er hinzu.

»Sie sind... offensichtlich verrückt«, brachte Worin stockend hervor.

»Nein«, erwiderte Dron. »Wir sind nicht verrückt. Sie haben zwei Tage. Wenn Sie Unterstützung bei der Evakuierung Ihres Volkes benötigen, werden wir sie Ihnen gerne zur Verfügung stellen.« Er gab das Zeichen, die Verbindung zu unterbrechen.

»Warten Sie!« rief Worin und hob eine Hand. »Sie... meinen es wirklich ernst?«

»Natürlich meinen wir es ernst«, bestätigte Dron. »In dieser Angelegenheit würden wir uns keine Scherze erlauben.«

»Aber das ist unmöglich!« Das Wesen schien in Panik zu geraten. »Das, worum Sie uns bitten, ist... unvorstellbar!«

Dron seufzte. »Es ist nicht unvorstellbar«, erklärte er. »Und wir *bitten* nicht darum. Wir lassen Ihnen zwei Tage Zeit, und anschließend werden wir mit der Ernte dieser Welt beginnen. Wenn Ihr Volk sich bis dahin nicht zurückgezogen hat, wird es die entsprechenden Konsequenzen erdulden müssen. Wir verfolgen nicht die Absicht, jemanden zu verletzen, aber wir werden unsere Zeitplanung nicht ändern.«

»Nein!« Worin schien wieder in der Lage zu sein,

seine geringfügige Intelligenz zu nutzen. Die Botschaft hatte nun zumindest teilweise ihren Weg in sein Gehirn gefunden. »Das ist unsere Welt, und wir werden sie Ihnen nicht kampflos überlassen!«

Dron hatte genau diese Reaktion befürchtet, also war der Fremde zweifellos nicht ganz bei Verstand. »Sie haben keine Verwendung für den Planten, deshalb werden wir ihn nutzen. Bitte entfernen Sie sich und behindern Sie uns nicht bei der Arbeit.«

»Darane Vier ist unsere Heimat!« rief Worin. »Wir werden sie Ihretwegen nicht aufgeben!«

»Heimat?« Dron schüttelte erstaunt den Kopf. »Sie gehören offenbar keiner sehr intelligenten Spezies an, wenn Sie einen Ball aus Stein und Dreck als Ihre *Heimat* bezeichnen. Es ist ein Rohstoffvorkommen, nicht mehr und nicht weniger. Da Sie diese Vorkommen nicht nutzen, werden wir es tun.«

»Das kann er unmöglich ernst meinen«, raunte Premon den Anwesenden am Tisch zu. »Er glaubt, diese Welt sei seine Heimat? Was sind das für merkwürdige Wesen?«

»Die Art von Wesen, mit denen wir Schwierigkeiten bekommen werden«, sagte Pakat voraus. »Sie sind offenbar intelligent genug, um primitive Waffen zu konstruieren, aber zu dumm, sich eine eigene Welt zu bauen.«

Worin hatte sich in fiebriger Hast mit jemandem besprochen, der sich außerhalb von Drons Blickfeld befand. Nun wandte er sich wieder dem Schwarmmeister zu. »Sie werden Ihren Kurs ändern«, befahl er. »Wenn Sie weiter in unser System vordringen, werden wir Ihr Verhalten als feindselige Haltung interpretieren und zu Verteidigungsmaßnahmen greifen.«

Die Situation entwickelte sich besser, als Dron für möglich gehalten hätte. Für die anderen Konferenzteilnehmer bestand kein Zweifel, daß sie als erste provoziert worden waren. Es gab überhaupt keinen Grund, irgend etwas an der Aufzeichnung dieses Gesprächs zu verändern. »Wir sind keine aggressive Spezies«, erwiderte Dron behutsam. »Wir möchten Ihnen keinen Schaden zufügen. Aber wir benötigen den Planeten, den Sie als...« Er erschauderte. »...als *Heimat* bezeichnen. Wenn Sie jedoch versuchen, den Großen Plan zu stören, müssen wir Vergeltung üben. Falls es zu Verletzungen oder Todesfällen innerhalb Ihres Volkes kommt, haben Sie es selbst zu verantworten.«

»Sie bekommen unseren Planeten nicht!« heulte Worin und unterbrach die Kommunikationsverbindung.

Dron sah zu, wie das Bild verblaßte, und wartete ein paar Herzschläge ab, bevor er wieder sprach. »Wie es scheint, haben wir es hier mit einer Spezies zu tun, die einem gefährlichen Wahnsinn anhängt«, sagte er bedauernd. »Pakat, offensichtlich werden Ihre tapferen Piloten den Schwarm verteidigen müssen.«

»Für diese Aufgabe wurden sie ausgebildet«, erwiderte Pakat stolz. »Die fremden Aggressoren werden dem Schwarmschiff keinen Schaden zufügen. Das schwöre ich.«

»Gut.« Dron lächelte. »Wir alle wissen, daß wir uns auf Sie verlassen können.« Dann breitete er resigniert die Hände aus. »Nun, wir haben alles versucht, um Schmerz und Blutvergießen zu vermeiden. Bedauerlicherweise scheinen diese Aliens über keinerlei logische Denkfähigkeit zu verfügen. Also sind wir gezwungen, gegen sie zu kämpfen, um zu bekommen, was wir brauchen. Hat irgend jemand weitere Fragen oder Bemerkungen?«

Wie er erwartet hatte, stand Tork auf. »Ist es wirklich nötig?« fragte er. Dron sah den schmerzvollen Ausdruck auf seinem Gesicht. Torks Nase runzelte sich, so sehr hatte er bereits die Beherrschung verloren. »Müssen wir… wirklich töten, um unsere Ziele zu erreichen?«

»Wir alle haben den Sprecher der Fremden gehört«, entgegnete Dron. »Sie haben uns bedroht. Wenn es jetzt zu Kampfhandlungen kommt, haben sie es allein vor ihrem eigenen Gewissen zu verantworten.«

»Nein, ich meine, ob es keine andere Welt gibt, die wir statt dessen benutzen können?« erklärte Tork. »Eine, auf der keine verrückten Bewohner leben. Ich zögere, meine Zustimmung zur Beseitigung einer Spezies zu geben, die unter einem so offensichtlichen Mangel an Intelligenz leidet.«

»So dürfte es uns allen gehen«, pflichtete Dron ihm scheinheilig bei. Bestimmte Entscheidungen mußten einfach durchgesetzt werden. »Und es gibt in der Tat weitere Welten, die für unsere Zwecke geeignet sind.«

»Warum benutzen wir dann nicht eine solche andere Welt?« fragte Tork beinahe verzweifelt.

»Makarn?« gab Dron das Wort weiter.

»Äh… weil sie weiter als diese entfernt sind«, erklärte der Wissenschaftsmeister. »Aber auch sie werden wir nutzen. Nachdem die Dekonstruktion von Darane Vier abgeschlossen ist, benötigen wir mindestens zwei weitere Planeten. Und… äh… es gibt keine Garantie, daß ihre Bewohner vernünftiger als diese hier sind. Wir müssen mit der Möglichkeit rechnen, daß wir uns in einer Weltraumregion befinden, deren sämtliche Bewohner unheilbar dem Wahnsinn verfallen sind.«

»Vielen Dank.« Dron gab Tork ein Zeichen, daß er sich wieder setzen sollte. »Niemand von uns möchte einer solchen halbintelligenten Spezies Leid zufügen. Aber wir haben keine andere Wahl. Wenn sie uns angreifen, müssen wir uns verteidigen. Darane Vier wird uns die Materialien liefern, die wir für die nächste Phase des Großen Plans benötigen. Wenn es keine weiteren Einwände gibt, hätte ich jetzt gerne das Zeichen der Zustimmung von Ihnen.«

Pakat und Raldar erklärten sich unverzüglich mit dem Entschluß einverstanden. Einer nach dem anderen folgten die übrigen Schwarmmeister. Wie zu erwarten war, gab Tork seine Stimme als letzter ab. Aber selbst er hatte zugestimmt.

»Also sei es!« verkündete Dron. »Der Große Plan schreitet von nun an der Vollendung entgegen!«

Gul Dukat verfolgte die Übertragung von der *Karitan* mit großem Interesse. Die Kommunikation zwischen dem Eindringling und Darane IV ließ sich problemlos abhören. Die Aliens wollten nicht zurückweichen, und die dummen bajoranischen Kolonisten auf dem Planeten verhielten sich genauso störrisch. Das Schiff der Eindringlinge flog ins Darane-System ein, und die kleine Flotte, die den Kolonisten zur Verfügung stand, sammelte sich, um die Bedrohung aufzuhalten.

Es versprach ein höchst interessanter Tag zu werden…

7

Worin drehte sich entsetzt zu seinem Adjutanten um. Er rieb sich den Nasenrücken mit Daumen und Zeigefinger, wie es seine Angewohnheit war, wenn er sich Sorgen machte. »Diese Wahnsinnigen wollen unseren Planeten zerstören!« keuchte er fassungslos. Dann zwang er sich, einen Augenblick lang nachzudenken. »Nehmen Sie Kontakt mit Major Marel auf und sagen Sie ihm, daß sofort alle Kampfschiffe starten sollen, die wir haben. Sagen Sie ihm, unsere Existenz hängt davon ab, daß er keine Fehler macht.«

»Ja, Minister«, erwiderte der Adjutant diensteifrig und machte sich auf den Weg zum Kommunikationsraum.

Kurz darauf folgte Worin ihm, während er sich bemühte, nicht unter dem Schock zusammenzubrechen. Es war unvorstellbar, daß jemand das tat, womit die fremden Eindringlinge gedroht hatten, aber sie waren offensichtlich fest entschlossen, ihren Wahnsinn durchzusetzen. Angesichts der Größe ihres Schiffes war Worin überzeugt, daß sie diesen Angriff niemals allein abwehren konnten. Er brauchte Hilfe, und zwar schnell. Als er den Kommunikationsraum betreten hatte, eilte er an die nächste Konsole.

»Schließen Sie Ihre Arbeit sofort ab, was immer Sie gerade tun«, befahl er. »Und geben Sie mir eine Verbindung mit Bajor, höchste Priorität.«

»Ja, Minister.« Die Frau gehorchte sofort, indem sie

einfach den Kanal schloß, den sie benutzt hatte, und einen neuen öffnete. »Wen soll ich verlangen?«

»Premierminister Shakaar und niemanden sonst«, antwortete Worin hektisch. Er trommelte ungeduldig mit den Fingern auf der Konsole, während die Frau versuchte, die Verbindung herzustellen. Einige Augenblicke später erschien Shakaars abgehetzt wirkendes Gesicht auf dem Schirm.

»Ja?« sagte er mit leichter Nervosität in der Stimme. »Ich bin sehr beschäftigt, also...«

»Darane Vier wird von einer unbekannten fremden Spezies angegriffen!« platzte es aus Worin heraus, der seine Panik nicht mehr unter Kontrolle halten konnte. »Sie haben damit gedroht, unsere Welt zu vernichten und uns alle zu töten!«

Shakaars Gesicht wurde fast völlig ausdruckslos, doch Worin konnte seinen Augen ansehen, daß er angestrengt nachdachte. »Gut«, sagte Shakaar schließlich. »Halten Sie sie so lange wie möglich hin. Wie steht es um Ihre Verteidigung?«

»Nicht sehr gut«, antwortete Worin. »Wir haben nur ein paar Dutzend Abfangjäger. Wir haben nicht im Traum daran gedacht, daß etwas Derartiges mit uns geschehen könnte!«

»Ich werde alle Kräfte mobilisieren, die ich entbehren kann«, versprach Shakaar. »Und ich werde Kontakt mit Captain Sisko aufnehmen und die Föderation um Unterstützung bitten. Halten Sie diesen Kanal geöffnet, und senden Sie uns sämtliche Informationen, die Sie haben.« Er wandte den Blick von der Kamera ab. »Sie«, rief er. »Kommen Sie hierher. Zeichnen Sie alles auf, was in diese Konsole übermittelt wird.« Dann wandte er sich wieder Worin zu. »Geben Sie Ihr Bestes. Hilfe ist unterwegs.« Er trat aus dem Erfassungsbereich der Kamera, worauf eine junge Frau seinen Platz einnahm.

Worin rang die Hände. *Hilfe ist unterwegs…* Aber es würde Stunden dauern, bis die ersten Schiffe von Bajor hier eintrafen – und das auch nur, wenn sie sich bereits im Weltraum aufhielten. Und was die Unterstützung durch die Föderation betraf – wie lange würde sie auf sich warten lassen? Laut Vertrag mit den Cardassianern war es der Föderation verboten, ständig in diesem Sektor präsent zu sein. Ihre Raumschiffe würden Tage benötigen, bis sie das Darane-System erreicht hatten…

Es sah sehr schlecht für diese Welt aus…

»An alle Einheiten«, ließ Marel übermitteln. »Melden und identifizieren Sie sich!« Er stand auf der Brücke der *Morava*, dem größten Schiff der Darane-Flotte. Dem größten! Es war ein winziger Kampfkreuzer mit einer achtundfünfzigköpfigen Besatzung. Es besaß nicht genügend Feuerkraft, um sich gegen ein richtiges Raumschiff durchzusetzen, ganz zu schweigen von den Mitteln, die der unbekannte Feind mobilisieren konnte. Und nach dem, was die Sensoren anzeigten, mußten die Aliens über eine gewaltige Durchschlagkraft verfügen. Das Mutterschiff war mehrere Tausend Kilometer lang. Wie viele Kampfschiffe mochte es an Bord haben?

Trotzdem waren alle diese Überlegungen letztlich irrelevant. Für Marel gab es keinen Zweifel an seinen Pflichten und seiner Verantwortung. Er mußte alles unternehmen, um Darane IV zu verteidigen, damit der Planet zumindest genügend Zeit gewann, bis die Verstärkung eintraf.

»Alle Schiffe haben sich gemeldet«, gab sein Erster Offizier bekannt. Die Frau verzog das Gesicht. »Sechsundachtzig Schiffe, die meisten leichte Abfangjäger. Wir haben nur drei weitere Kreuzer zur Verfügung, Major.«

»Dann werden wir damit auskommen müssen«, erwiderte er entschlossen. »Gibt es schon etwas Neues von den Fremden?«

»Noch nicht.« Sie deutete auf den Schirm, der das gewaltige Schiff bereits zeigte, obwohl es das System erst zur Hälfte durchquert hatte. »Bislang wurden keine Einheiten gestartet.« Sie kaute nervös auf der Unterlippe. »Glauben Sie, daß sie das gesamte Schiff als Kampfkreuzer einsetzen werden?«

»Wir wollen beten, daß es nicht so kommt«, erwiderte er. »In diesem Fall kann ich mir nichts vorstellen, was sie aufhalten könnte – außer vielleicht ein Borg-Schiff.« Er dachte eine Weile nach. »Also gut. Signalisieren Sie allen Schiffen, daß wir mit dem Anflug beginnen. Der Kampf soll so nahe wie möglich beim Feind stattfinden.«

Sie nickte. »An alle Schiffe«, rief sie. »Das Manöver beginnt. Ziel auf Position eins neun null Komma vier. Entfernung…«

Marel hörte ihr nicht mehr zu, sondern studierte das Bild auf dem Schichtschirm. *Was für Waffen besitzen sie?* fragte er sich. *Und warum sind sie so arrogant und selbstsicher?*

Pakat trat näher an Dron heran. Alle Schwarmmeister hielten sich immer noch im Konferenzraum auf, wo sie auch bleiben würden, bis der Kampf vorbei war, doch sie hatten sich in kleinere Gruppen aufgeteilt, um sich leise zu unterhalten. Nur Dron saß allein und beobachtete seinen Computer, um sich über die Ereignisse auf dem laufenden zu halten.

»Sie haben Angriffsschiffe gestartet«, meldete Pakat. »Sie haben den Kampf eröffnet.«

»Ausgezeichnet.« Dron bedachte seinen Freund mit einem zufriedenen und zuversichtlichen Lächeln. »Ihre Piloten werden die Situation meistern, vermute ich?«

»Natürlich!« Pakat schien schockiert zu sein, daß deswegen überhaupt Bedenken möglich waren. »Auf Ihren Befehl werde ich die erste Staffel starten lassen.«

Dron dachte kurz nach, bis er zu einem Entschluß kam. »Sie sollen noch etwas näher herankommen«, sagte er. »Ich will jeden Zweifel ausräumen, daß *sie* mit dieser Aktion begonnen haben. Sie haben Angst«, fügte er hinzu. »Sie werden die ersten Schüsse abgeben. Erst dann werden wir sie auslöschen.«

»Verstanden.« Pakat ging zu seiner Kommunikationsstation. Seinen schwungvollen Schritten war anzusehen, wie sehr er sich auf den bevorstehenden Kampf freute. Dron lächelte erneut.

Der Große Plan stand kurz vor der Erfüllung, und er hatte die Ehre und den Ruhm, den Schwarm ans Ziel zu führen! Er blickte sich im Raum um und musterte die Gesichter der anderen Schwarmmeister. Alle wirkten angespannt, aber niemand besorgt – mit Ausnahme von Tork. Er war nervös wie ein *Shallath*, den man ins Wasser geworfen hatte.

Und er diskutierte angeregt mit dem alten Narren Hosir. Dron runzelte die Stirn. Welche Gemeinsamkeit hatten die beiden nur entdeckt? Dann tat er die Angelegenheit mit einem Schulterzucken ab. Es war nicht besonders wichtig. Keiner der beiden hatte Einwände gegen seine Politik geäußert. Keiner der beiden würde es wagen, die Vollendung des Großen Plans zu behindern.

»Wir nähern uns dem Ziel«, meldete der Erste Offizier.

Marel nickte. »Immer noch keine fremden Einheiten?« In seinem Kopf jonglierte er mit verschiedenen Plänen. Mit einer so kleinen Flotte bestand keine Aussicht, das Mutterschiff erfolgreich angreifen zu können.

»Noch nicht«, antwortete die Bajoranerin.

»Und was verraten uns die Sensoren über den Eindringling?«

»Überhaupt nichts«, erwiderte der Erste Offizier. »Die Sensoren scheinen sozusagen am Metall abzuprallen – falls es wirklich Metall ist. Ich kann nichts aus dem Innern des Schiffes empfangen… oder der Stadt oder was immer es sein mag. In der Außenhülle gibt es mehrere Stellen, die wie Schleusen aussehen und…« Sie verstummte und beugte sich über ihren Monitor. »Major, eine der Schleusen hat sich soeben geöffnet. Die Aliens haben ihre Schiffe gestartet… insgesamt einhundert.«

»Auf den Schirm!« befahl Marel. Das Bild flackerte und zeigte dann eine Ausschnittvergrößerung des Mutterschiffs. Ein Portal hatte sich nach Art einer Irisblende geöffnet, und Dutzende kleiner pfeilförmiger Schiffe kamen daraus hervor. Marel fiel sofort auf, daß sie in Zweiergruppen flogen. War es eine spezielle Angriffsformation, oder gab es einen zwingenden Grund dafür?

»Rufen Sie alle Schiffe!« befahl er. »Jeder setzt sich nach eigenem Ermessen mit dem Feind auseinander.«

»Ja, Major.« Sie beugte sich über die Konsole, um den Befehl weiterzugeben.

Marel beobachtete die Einheiten, während sie sich vom Mutterschiff lösten. Sie waren noch kleiner als die meisten seiner Schiffe. Sie sahen gar nicht so respekteinflößend aus.

Warum hatte er trotzdem ein ungutes Gefühl?

»Waffen?« rief er.

»Geladen und einsatzbereit«, meldete der taktische Offizier. »Schilde auf Maximum.«

»Bringen Sie uns näher heran!« befahl er der Pilotin. »Unterlichtantrieb auf halbe Kraft, Sensoren auf höchste Empfindlichkeit.« Er wandte sich wieder an seinen

Ersten Offizier. »Haben Sie irgendwelche Daten über diese Schiffe?«

Die Frau studierte ihre Anzeigen. »Ähnliche metallische Konstruktion wie das Mutterschiff«, antwortete sie nachdenklich. »Nicht so dicht, aber trotzdem nahezu undurchdringlich. Ich kann die Energie der Reaktoren anmessen, doch es gibt kein Anzeichen, daß sie ihre Waffen scharfmachen. Aber sie besitzen Schilde.« Die Frau runzelte die Stirn. »Sogar recht gute.«

»Keine Waffen?« Marel schüttelte den Kopf. »Das ergibt keinen Sinn«, beklagte er sich. »Sie wollen uns angreifen. Sie müssen doch über irgendeine Art von Waffen verfügen!«

»Ich registriere keine Energiekonzentrationen«, bestätigte sie. »Nichts, was auf die Aktivierung von Waffensystemen hindeutet, wie wir sie besitzen.«

Was ging hier vor? Marel kaute nervös an einem Daumennagel. »Wie sieht es mit Projektilwaffen aus?« Vielleicht waren sie technisch doch nicht so hoch entwickelt.

»Ich kann nichts Entsprechendes feststellen«, erwiderte sie genauso verblüfft wie er. »An Bord dieser Schiffe gibt es nichts, was ich als Waffe interpretieren kann.«

»Selbstmordkommandos?« überlegte er. Vielleicht bestand ihr Plan darin, mit den bajoranischen Schiffen zu kollidieren und gemeinsam mit ihnen in der folgenden Explosion vernichtet zu werden.

»Es gibt auch kein Anzeichen für eine Überladung der Reaktoren«, warf der Erste Offizier ein. »Das wäre eine Möglichkeit, ihre Schiffe als fliegende Bomben einzusetzen.«

»Vielleicht«, sagte Marel unsicher. Er war noch nie mit einer derartigen Situation konfrontiert worden. Die fremden Schiffe näherten sich nun seinen Einheiten, während sie immer noch in Zweiergruppen flogen. Wie konnte jemand ohne Waffen in den Kampf ziehen?

Das war offensichtlich Unsinn. Also mußten sie über andere Arten von Waffen verfügen.

Aber welche?

»Vorsichtig«, murmelte er leise, als die ersten seiner Abfangjäger auf die Staffel der Fremden zuflogen. »Sie haben etwas vor.«

Und dann begann das Gefecht. Die zwei führenden Schiffe feuerten mit den Phasern auf die nächsten Feindschiffe. Vorübergehend leuchteten die Schilde auf. »Meldung!« rief Marel.

»Die Schilde der fremden Schiffe halten«, antwortete der Erste Offizier. »Im Bugbereich sind sie besonders stark«, fügte sie hinzu. »Sie können im Kampf einiges einstecken.«

Er nickte, um anzuzeigen, daß er ihre Meldung verstanden hatte, während er weiterhin mit leicht zusammengekniffenen Augen den Bildschirm beobachtete. Der Feind hatte das Feuer immer noch nicht erwidert, und es gab immer noch kein Anzeichen für das Vorhandensein von Waffen. Was hatte das alles nur zu bedeuten?

Die erste Zweiergruppe der Fremden näherte sich einem Abfangjäger. Marel konzentrierte sich, um zu sehen, was sie unternehmen würden.

Doch allem Anschein nach unternahmen sie gar nichts. Die zwei Schiffe flogen einfach nur auf gegenüberliegenden Seiten am Abfangjäger vorbei...

...der plötzlich nur noch aus winzigen Trümmern bestand, die sich im Weltraum verteilten.

»Verdammt! Was ist passiert?« knurrte Marel frustriert, verwirrt und wütend. »Was haben sie gemacht?«

Der Erste Offizier blickte verblüfft auf. »Ich weiß es

nicht«, sagte sie. »Sie haben überhaupt keine Energie eingesetzt. Unser Schiff ist einfach... auseinandergeplatzt.«

»Schiffe fallen nicht einfach so auseinander!« rief er. »Sie müssen irgend etwas getan haben, und ich will wissen, was!« Er ließ den Sichtschirm nicht aus den Augen, als zwei andere Alien-Schiffe einen weiteren Abfangjäger in die Mitte nahmen.

Wie beim ersten Mal schien er sich ohne erkennbaren Anlaß in winzige, kaum noch zu registrierende Bruchstücke aufzulösen.

Was ging hier vor sich? Was für Waffen besaßen diese Aliens?

Und gab es dagegen irgendeine Verteidigung?

Marel wußte, daß ihm nicht viel Zeit blieb, um eine Antwort auf diese Fragen zu finden. Phasersalven zuckten über den Sichtschirm, doch ihre Energien zerstoben an den unerschütterlichen Schilden. Ein dritter und vierter Abfangjäger hörten auf zu existieren.

Sie verloren diesen Kampf, und er verlor seine Leute. Die Aliens bewegten sich durch die Verteidigungsstaffel, als würde sie gar nicht existieren. Und in Kürze würde sie tatsächlich nicht mehr existieren...

Tork ballte nervös die Hände zu Fäusten, um sie wieder zu entspannen und neu zu verkrampfen, während er die holographische Darstellung der Schlacht über dem Konferenztisch beobachtete. Die Fremden hatten den Kampf eröffnet, das entsprach den Tatsachen, doch nun wurden sie von den Streitkräften des Schwarms ausgelöscht.

Warum verursachte ihm dieser Anblick ein solches Unbehagen?

»Es ist niemals angenehm, zusehen zu müssen, wie jemand stirbt«, sagte Hosir freundlich zu ihm. »Ich weiß es. Ich bin schon sehr alt, und ich habe gesehen, wie die meisten meiner Freunde, meiner Kollegen und meiner Familienangehörigen starben.« Er deutete auf die Kampfszene. »Selbst wenn es unvernünftige Aliens sind, ist es trotzdem bedauerlich, wenn sie sterben.«

»Ja«, stimmte Tork ihm zu. »Ich wünschte mir, es wäre nicht so weit gekommen. Wenn sie doch nur vernünftig gewesen wären!«

Hosir lächelte. »*Wenn Snarks Flügel hätten, könnte man sein Frühstück darauf abrichten, einem in den Mund zu fliegen*«, zitierte er. »Es ist so, wie es ist. Das ist etwas, das auch du mit zunehmendem Alter lernen wirst. Mit Bedauern ist niemandem geholfen, am wenigsten dem, der bedauert. Die Aliens sind so, wie sie sind. Und wir sind so, wie wir sind.« Er zeigte wieder auf das Getümmel. »Deshalb war es unvermeidlich.«

Tork seufzte. »Und wie oft wird es noch unvermeidlich sein?« fragte er.

»Das hängt allein von den Völkern dieser neuen Galaxis ab, mein Junge.« Auch Hosir seufzte ausgiebig. »Um ehrlich zu sein, glaube ich, daß wir vermutlich gezwungen sind, es jedesmal zu wiederholen. Trotzdem wollen wir versuchen, von weniger schrecklichen Dingen zu sprechen. Du bist noch recht neu in der Runde der Schwarmmeister, und ich weiß nur wenig über dich. Erzähle mir von dir.«

Tork konnte seinen Blick nicht von der Schlacht losreißen und runzelte leicht die Nase. »Jetzt ist nicht der richtige Zeitpunkt, um von friedlichen Dingen zu sprechen.«

»Im Gegenteil«, erwiderte der Ältere. »Jetzt ist die beste Zeit. *Wenn draußen der Krieg tobt*«, zitierte er, »*gibt es nur drinnen Frieden.*«

»Im Original«, konnte sich Tork einen Einwand nicht verkneifen, »heißt es eigentlich: *Wenn draußen der Krieg tobt, dann suche drinnen nach Frieden.*«

»Tatsächlich?« sagte Hosir mit der Andeutung eines Lächelns. »Wie konnte ich das Zitat nur so verfälscht wiedergeben?«

»Es ist nicht Ihre Schuld, Meister«, sagte Tork hastig, während er froh war, daß er den Älteren mit seiner unbedachten Erwiderung anscheinend nicht beleidigt hatte. »Es ist nur so… nun, ich bin Schriftgelehrter. Ich habe eine Zeitlang die alten Texte studiert.«

»Und dabei sind Sie auf… Fehler gestoßen?« fragte Hosir, der ihn offenbar herausfordern wollte.

»Das nicht«, sagte Tork bestürzt. »Nur einige… geringfügige Veränderungen.«

»Tatsächlich?«

Hosir schien aufrichtiges Interesse für seine Worte zu zeigen, ganz im Gegensatz zu den meisten Älteren. Tork hatte befürchtet, daß seine Studien ihn eines Tages in Schwierigkeiten bringen würden. Statt dessen hatten sie ihm das Abzeichen eines Schwarmmeisters eingebracht. »Sie erinnern sich zweifellos an die Zeit des Zweihundertdritten Schwarms«, sagte er.

»Nicht aus eigener Anschauung«, antwortete Hosir lachend. »*So* alt bin ich noch nicht. Aber ich kenne natürlich alle Geschichten über die Meuterei und ihre Niederschlagung. Und die Versuche der Rebellen, die Texte und den Großen Plan zu verändern. Aber sie hatten keinen Erfolg.«

»Das ist nicht ganz richtig«, erwiderte Tork. »Wissen Sie, ich habe nämlich die Kommentare der frühen Schwärme studiert – insbesondere des Zweihundertvierten bis Zweihundertsiebten Schwarms.«

Hosirs Nase zuckte. »Heutzutage werden diese Kommentare nicht mehr oft gelesen«, sagte er langsam. »Sie gelten nun schon seit fünfzig Jahrtausenden als überholt und im allgemeinen recht abwegig. Ich hoffe, Sie haben sich nicht davon beeinflussen lassen.«

»Nicht von den Kommentaren«, stimmte Tork ihm

mit leichtem Tadel zu. »Ich versichere Ihnen, daß sie genauso abwegig sind, wie die Legende behauptet. Nein, mich hat vielmehr interessiert, wie die alten Gelehrten die Texte zitierten. Ihre Versionen sind unseren sehr ähnlich, aber in manchen Fällen treten leichte Abweichungen auf. Wie zum Beispiel in dem Zitat, das Sie soeben anführten. Man sollte meinen, daß die alten Gelehrten den Texten wesentlich näher waren als wir und sie deshalb besser gekannt haben müßten. Es ist kaum zu glauben, daß sie falsch zitiert wurden – und zwar immer wieder.«

»Und was glauben Sie statt dessen?« bohrte Hosir nach.

»Meine Schlußfolgerung lautet, daß es im Laufe der Jahrtausende verschiedene geringfügige Veränderungen an den Texten gegeben hat«, antwortete Tork bedächtig. »Nichts Umfangreiches, nicht Bedeutendes, aber nichtsdestotrotz Veränderungen.«

»Eine interessante Überlegung«, sagte Hosir mit gewisser Ironie, »und eine nicht sehr populäre, würde ich meinen. Und wie kommen Sie mit Ihren Studien voran?«

»Nicht allzugut«, gestand Tork ein. »Die Stellung eines Schwarmmeisters nimmt einen praktisch ohne Unterbrechung in Anspruch. Und da der Große Plan jetzt so kurz vor der Erfüllung steht...« Er breitete hilflos die Hände aus.

Hosir nickte und wandte den Blick zum Tisch. Tork folgte ihm und sah, daß Dron sie aufmerksam beobachtete. Als er bemerkte, daß sie ihn gesehen hatten, schaute Dron sofort in eine andere Richtung.

»Ich frage mich, ob das der Grund ist, warum Sie zum Schwarmmeister wurden«, sagte Hosir. »Damit Sie keine Zeit für Ihre Forschungen mehr haben.«

Tork konnte diese Überlegung nicht nachvollziehen. »Entschuldigung, das verstehe ich nicht.«

Hosir kicherte heiser. »In meiner Jugend war auch ich ein Rebell«, gab er zu. »Ihre Gedanken können mich nicht schockieren, aber ich bin überzeugt, daß viele Mitglieder des Schwarms anders reagieren würden. Vielleicht hat man Sie absichtlich mit Arbeit eingedeckt, damit Sie ihre Studien nicht fortsetzen können. Es wäre zumindest eine Überlegung wert. Schließlich können nur die Schwarmmeister dafür verantwortlich sein, falls die Texte wirklich verändert wurden. Und ich bezweifle, daß der gegenwärtige Große Schwarmmeister daran interessiert wäre, diese Tatsache bekanntwerden zu lassen.«

Tork reagierte entsetzt. »Sie können unmöglich das andeuten, was ich verstanden zu haben glaube!«

»So, ich kann es nicht?« Hosir zuckte die Schultern. »Ich bin alt, vielleicht schon viel zu alt. Vielleicht sollte man die Worte eines Greises nicht zu ernst nehmen.« Er runzelte die Nase. »Oder vielleicht sind Sie noch zu jung, um der Wahrheit ins Auge sehen zu können.« Er klopfte dem Jüngeren auf den Rückenpanzer. »Denken Sie trotzdem über das nach, was ich gesagt habe. Und dann überlegen Sie, wie Sie darauf reagieren wollen.«

Kira blickte auf, als ihre Konsole eine Nachricht von Bajor anzeigte. In den vergangenen Tagen war es recht friedlich auf der Station zugegangen – wenn man von zwei Prügeleien in Quarks Bar, der Verhaftung eines Schmugglers und mehreren technischen Pannen absah. Es schien noch ruhiger geworden zu sein, seit O'Brien und seine Ingenieure den größten Teil ihrer Schicht in der *Defiant* verbrachten, um sie wieder in einen raumflugtauglichen Zustand zu versetzen. Es war ungewohnt, wenn O'Brien nicht ständig an irgendwelchen Systemen im OPS herumbastelte.

Es handelte sich vermutlich nur um einen belanglosen Routineanruf, aber Kira empfand trotzdem eine gewisse Anspannung, als sie den Befehl eintippte, die Kommunikation auf ihren Monitor zu legen. Ihre Sorgen verflüchtigten sich, als sie Shakaars Gesicht erkannte. »Shakaar!« rief sie freudig. Er war der Anführer der Widerstandsgruppe gewesen, in der sie gekämpft hatte, als Bajor von den Cardassianern besetzt gewesen war, und jetzt sahen sie sich viel zu selten. »Ich habe nichts mehr von Ihnen gehört, seit Sie die Wahlen gewonnen haben! Habe ich Ihnen überhaupt schon gratul...?«

»Das ist kein privater Anruf, Nerys«, sagte er streng, worauf Kira sofort verstummte. In jeder Falte seines gutaussehenden Gesichts standen tiefe Schmerzen. »Könnte ich bitte mit Captain Sisko sprechen? Es ist sehr dringend.«

»In zehn Sekunden«, versprach sie, nachdem sie seinem Tonfall angehört hatte, wie dringend es wirklich war. Sie blickte zu Sisko hinüber, der sich gerade an der wissenschaftlichen Station leise mit Dax unterhielt. »Captain«, rief sie. »Premierminister Shakaar möchte Sie sprechen – in einer äußerst wichtigen Angelegenheit.«

Sisko seufzte. »Und ich hatte schon gedacht...«, murmelte er. Dann kam er an ihre Konsole. Kira trat zur Seite, damit er das Gespräch entgegennehmen konnte, blieb jedoch in der Nähe, um alles mithören zu können. »Premierminister, es ist mir wie immer ein Vergnügen.«

»Diesmal nicht«, erwiderte Shakaar ohne Umschweife. »Ich habe soeben einen Notruf von Darane Vier erhalten. Die Kolonisten werden von einer unbekannten fremden Spezies angegriffen und benötigen dringend Hilfe. Ich habe bereits so viele Schiffe wie möglich abgestellt, aber...«

»Verstanden«, sagte Sisko. Kira konnte beobachten,

wie sich seine Anspannung steigerte, während er sprach. »Ich werde tun, was ich kann. Wir werden uns wieder bei Ihnen melden, wenn wir uns auf den Weg gemacht haben. Sisko Ende.« Er unterbrach die Verbindung und wandte sich an Kira. »Sagen Sie O'Brien, daß wir die *Defiant* brauchen«, wies er an. »Rufen Sie die Besatzung zusammen. Ich werde ein Ersuchen um Hilfestellung an Starfleet weiterleiten.«

Kira wußte, daß sie ihm mit ihrem Einwand nichts Neues sagte. »Captain, die Reparaturen der *Defiant* sind noch nicht abgeschlossen. Nach O'Briens letztem Bericht stehen die Schilde nur teilweise und die Waffensystem gar nicht zur Verfügung.«

»Dessen bin ich mir bewußt, Major«, sagte Sisko leise. »Aber erwarten Sie, daß wir deshalb hier herumsitzen und nichts tun?« Sie schüttelte entschieden den Kopf. »Ich auch nicht. Sagen Sie ihm, daß wir in fünfzehn Minuten starten. Meinetwegen kann er während des Fluges weiterarbeiten. Aber wir starten in jedem Fall, ob wir auf einen Kampf vorbereitet sind oder nicht.«

8

Die Schlacht verlief wesentlich schlechter, als Marel in seinen schlimmsten Befürchtungen angenommen hatte. Bis jetzt waren über zwanzig Einheiten seiner kleinen Flotte durch die eigenartige Waffe der Aliens ausgelöscht worden, während sie den feindlichen Schiffen nicht einmal geringfügige Schäden zugefügt hatten. Die Eindringlinge waren hervorragend geschützt, und die wenigen im Darane-System stationierten Schiffe waren nicht sehr gut bewaffnet. Bislang hatte dieses System als verhältnismäßig ungefährdet gegolten, so daß kein Grund bestanden hatte, die Verteidigungskräfte zu verstärken.

Was würde er jetzt für einen einzigen schweren Kampfkreuzer geben…

Aber dies war nicht der rechte Zeitpunkt zum Träumen. Marel rief seinem Ersten Offizier zu: »Befehlen Sie der Staffel Rot, daß sie die sechs Alien-Schiffe an der Position eins null neun Komma vier angreifen soll. Zwei Schiffe sollen frontal angreifen und die übrigen vier von hinten. Der Kommandant der Staffel soll sich ein Feindschiff aussuchen und es mit sämtlicher Feuerkraft angreifen.«

Sie nickte. »Sie haben eine Idee?«

»Eher eine Hoffnung.« Im Grunde war es kaum mehr als ein sehnsüchtiger Wunsch, aber mehr konnte Marel zur Zeit nicht erwarten. Bisher hatten die Eindringlinge stets paarweise und in konstantem Abstand operiert. Vielleicht funktionierte ihre Waffe nur, wenn sie in dieser Formation blieben. Und in diesem Fall…

Er beobachtete die taktische Darstellung, als die Rot-Staffel den Kurs änderte, um die feindlichen Schiffe anzufliegen. Marel erstarrte, als er sah, wie zwei seiner Schiffe direkt auf die drei Schiffspaare der Fremden zuhielten. Die anderen vier Schiffe der Staffel scherten aus und setzten sich hinter die Feinde. Alle vier eröffneten gleichzeitig das Feuer auf ein einziges Feindschiff.

»Ihre Schilde überladen sich«, meldete sein Erster Offizier. »Wenn sie nur noch etwas länger durchhalten…«

Auf dem Sichtschirm erstrahlte ein weißer Lichtblitz. »Ein Feindschiff vernichtet!« rief die Frau begeistert. Dann fügte sie leiser hinzu: »Und zwei Einheiten der Staffel Rot wurden ebenfalls zerstört.«

Es war eine schlechte Statistik, aber Marel fühlte sich ein wenig besser, nachdem er wußte, daß die Aliens nicht unbesiegbar waren. »Und der Partner des zerstörten Schiffes?« erkundigte er sich.

Der Erste Offizier studierte die Anzeigen. »Das Schiff… zieht sich zurück«, meldete sie. »Der Kommandant der Staffel befiehlt, es zu verfolgen.«

»Nein!« widerrief Marel. »Er soll es in Ruhe lassen. Sagen Sie ihm, daß er statt dessen ein anderes Schiff attackieren soll.« Seine Vermutung hatte sich also bestätigt – die Fremden konnten wirklich nur paarweise kämpfen. »Wir müssen nur ein Schiff jeder Zweiergruppe vernichten, um die Angriffe aufzuhalten. Befehlen Sie allen Einheiten, nach dieser Taktik vorzugehen. Wir können es schaffen.« Seine letzte Bemerkung klang zuversichtlicher, als er sich fühlte. Sie hatten ein feindliches Schiff zerstört – nachdem sie fast zwei Dutzend eigene verloren hatten. Wenn es so weiterging, wäre die Schlacht sehr schnell vorbei und seine eigenen Schiffe vollständig vernichtet…

Pakat blickte mit ernster Miene von der Projektion auf. »Eins unserer Schiffe wurde zerstört«, teilte er Dron mit. »Das Partnerschiff kehrt zum Schwarm zurück.«

»Wann ist die nächste Staffel einsatzbereit?« fragte Dron.

»In Kürze«, antwortete der Meister der Verteidigung. »In höchstens zwei Zeiteinheiten. Die Bewohner dieses Systems können unmöglich eine größere Anzahl unserer Schiffe zerstören.«

Dron nickte und wandte sich an Boran. »Wann können wir mit der Rohstoffgewinnung beginnen?«

»In etwas weniger als drei Einheiten«, antwortete Boran. »Die Generatoren verfügen beinahe über volle Energie. Die Felder werden bereits erzeugt. Sobald wir den Orbit dieser Welt erreicht haben, können wir mit der Arbeit beginnen.«

»Gut.« Dron betrachtete wieder die Projektion der Schlacht. »Je weniger von unseren Jungen sterben, desto besser.« Er machte eine Faust, als wollte er den Planeten packen, der vor ihnen lag. »Und die Aliens werden für diesen Angriff büßen.«

»Geben Sie uns volle Energie«, befahl Sisko, als er im Kommandosessel der *Defiant* Platz nahm.

O'Brien seufzte. »Ich wünschte, ich könnte es, Captain.« Er zuckte die Schultern. »Achtzig Prozent sind das Maximum. Und die Waffen sind immer noch nicht funktionsfähig. Fontana arbeitet weiter daran, aber ich kann Ihnen nichts versprechen.«

»Ich weiß, Chief«, erwiderte Sisko etwas sanfter. »Sie werden alles bewerkstelligen, was menschenmöglich ist. Aber wir müssen versuchen, den Leuten da draußen zu helfen.«

»Ja«, stimmte O'Brien zu. »Wir tun, was wir können.«

»Wir sind startbereit«, meldete Dax von der Navigationskonsole. »Der Kurs ist eingegeben.«

Sisko nickte und schaute sich auf der Brücke um. Es sah viel ordentlicher als beim letzten Mal aus, nachdem die meisten Schaltkreise ersetzt und die ausgetauschten Systeme weggeräumt worden waren. »Dann kann es losgehen«, sagte er. »Gehen Sie so schnell wie möglich auf Warp.«

»Verstanden«, bestätigte Dax. Sie gab die Befehle ein, worauf die Verbindungen zwischen der *Defiant* und *Deep Space Nine* getrennt wurden. Dax brachte das Schiff mit den Manövrierdüsen von der Station weg und schaltete dann auf Impuls. Sie entfernten sich rasch von der Station, die auf dem Hauptsichtschirm kleiner wurde.

Sisko fragte sich plötzlich, ob sie *Deep Space Nine* jemals wiedersehen würden. Es gab dort noch soviel zu tun. Und Jake wartete auf ihn... Würde er seinen Sohn je wiedersehen? Sisko verdrängte diese deprimierenden Gedanken und versuchte sich auf die Mission zu konzentrieren. Auch ohne Waffen mußten sie irgend etwas tun können, um den bedrohten Bajoranern zu helfen.

Oder?

Sahna erschrak, als das Signal ihres Computers sie aus ihren Gedanken riß. Sie nahm den Anruf entgegen und sah Harls Gesicht auf dem Monitor. »Harl...«, sagte sie mit hörbarer Enttäuschung.

»Ja, ich weiß, daß du gehofft hast, Tork würde sich endlich melden«, sagte ihr Freund mit zuckender Nase. »Leider bin ich es nur. Du hast ihn also noch nicht erreichen können, um ihm von deinem Problem zu erzählen?«

»Nein«, sagte Sahna. »Er befindet sich in einer Konferenz mit den anderen Schwarmmeistern und darf nicht gestört werden.«

»Ich weiß, warum«, teilte Harl ihr mit. »Der Große Plan macht Fortschritte, Sahna. Wir stehen kurz vor der zweiten Phase.«

Sahna starrte sein Bild an. »Wie kannst du davon wissen?«

Er lachte bellend. »Ich habe soeben meine Berufung hinter mich gebracht«, sagte er. »Jetzt bin ich ein stolzer Verfahrenstechniker. Und man hat mir mitgeteilt, daß die Produktionsmittel für den Notfall mobilisiert werden. Die Vorbereitungen haben begonnen. Du weißt, was das bedeutet?«

Ihr Panzer fühlte sich vor Schreck plötzlich eiskalt an. »Ja«, sagte sie leise. »Ich wußte, daß wir uns dem Zielstern nähern. Das heißt, wir müssen uns bereitmachen, die Rohstoffe zu gewinnen, die wir benötigen.«

»Genau. Und Tork nimmt an der Konferenz der Schwarmmeister teil, weil es Fremde auf dieser Welt gibt. Sie weigern sich, uns zu überlassen, was wir benötigen.«

Sahna ließ diese Neuigkeit auf sich einwirken. »Dann befinden wir uns… im Krieg?« fragte sie und brachte kaum das ungewohnte Wort hervor.

»Ja.« Harls Gesicht verzerrte sich vor Zorn. »Diese Mistkerle schrecken vor nichts zurück. Sie haben vor, eine fremde Zivilisation auszulöschen, um ihre Ziele durchzusetzen. Und Tork hat ihren Plänen offenbar zugestimmt. Was denkst du jetzt über seine hochstehende Moral?«

Sahna stand einen Moment wie unter Schock. Sie konnte nicht glauben, daß Tork jemals einer so unmoralischen Entscheidung zustimmen würde, ganz zu schweigen von der Vernichtung eines Volks fremder Wesen. Harl mußte sich irren. Es konnte nicht anders sein! »Ich weiß es nicht«, sagte sie schließlich. »Aber ich werde die Wahrheit herausfinden.« Sie stand auf und war zum Handeln entschlossen. »Ich werde die Räume der Schwarmmeister aufsuchen und verlangen, daß ich mit Tork sprechen kann.«

»Das werden sie niemals erlauben«, erwiderte Harl.

»Sie werden mich töten müssen, um mich aufzuhalten«, sagte Sahna nur. »Ich muß die Wahrheit erfahren.«

Harl zögerte, doch dann nickte er. »Du bist tapfer, Sahna. Hör zu, hier gibt es jemanden, mit dem ich zusammenarbeiten soll und der meine Ansichten über die Schwarmmeister teilt. Wir sind dabei, einen Plan zu entwickeln, wie wir ein wenig Unruhe stiften können.«

»Harl!« protestierte sie aus Angst um ihren Freund. Er war immer noch ein Heißsporn, und wenn er nicht achtgab, beging er möglicherweise eine große Dummheit. »Du bist jetzt erwachsen«, ermahnte sie ihn. »Und du kannst nun für deine Taten bestraft werden, statt wie bisher mit einem Tadel davonzukommen.«

»Das weiß ich«, erwiderte er. »Ich bin nicht dumm. Ich werde vorsichtig sein. Auch du solltest vorsichtig sein. Und…« Er schnitt wieder eine Grimasse. »Ich weiß, wie schwer es dir fällt, schlecht von Tork zu denken, aber du mußt in Betracht ziehen, daß er sich möglicherweise bereits verändert hat. Er ist jetzt ein Schwarmmeister.«

»Er mag ein Schwarmmeister sein«, gab Sahna ihm recht. »Aber er ist immer noch Tork. Er wird sich nicht verändern.« Sie neigte ein wenig den Kopf. »Und ich bin auch nicht dumm. Ich werde mir anhören, was er zu sagen hat, und dann werde ich meine eigenen Entscheidungen treffen.«

Harl nickte. »Sei stark«, sagte er und unterbrach die Verbindung.

Sahna wirbelte herum und verließ ihr kleines Quartier. Zu den Räumen der Schwarmmeister war es nicht weit, so daß sie es in weniger als zwei Einheiten schaffen konnte. In dieser Zeit würde sie darüber nachdenken, was sie zu Tork sagen wollte – falls man sie zu ihm ließ. Trotz ihrer Behauptung war sie nämlich gar nicht sicher, ob man ihr erlauben würde, ihn zu sehen.

Was sollte sie in diesem Fall tun?

»Was können Sie mir über Darane Vier sagen?« wollte Sisko von Major Kira wissen, die neben ihn getreten war. »Gibt es dort eine ausreichende Verteidigung?«

»Kaum.« Kira verzog das Gesicht, als sie ihr Gedächtnis bemühte. »Der Planet war ursprünglich ein cardassianisches Sklavenlager. Er enthält reichhaltige Metallvorkommen. Die Cardassianer haben Bajoraner dorthin verschleppt, damit sie in den Lagern arbeiten und sterben. Wir haben den Planeten schließlich befreit, konnten aber nicht alle Gefangenen nach Bajor zurückbringen.« Kira hielt inne und atmete tief durch. »Es waren über vierhunderttausend Zwangsarbeiter, viele davon in schlechter gesundheitlicher Verfassung. Die provisorische Regierung schickte ihnen soviel medizinische Ausrüstung, wie sie entbehren konnte, und dazu einige freiwillige Helfer. Die ehemaligen Sklaven wurden zu Farmern und Kolonisten.« Sie verzog wieder das Gesicht. »Bis jetzt hat sich die Kolonie recht gut entwickelt. Darane Vier besitzt guten Boden, auf dem sich eine breite Palette landwirtschaftlicher Nutzpflanzen anbauen läßt. Die Kolonisten konnten sich bald selbst versorgen und exportieren inzwischen sogar Lebensmittel nach Bajor.« Sie seufzte. »Es gibt dort ein paar Schiffe, Captain, aber größtenteils veraltete Modelle. Sie dürften kaum noch für anspruchsvolle Manöver zu gebrauchen sein und erst recht nicht für eine Raumschlacht.«

Genau das hatte Sisko befürchtet. »Shakaar sagte, er würde jede Hilfe schicken, die er entbehren kann.«

»Ich bin überzeugt, daß er das getan hat«, stimmte Kira ihm zu. »Das Problem ist nur, daß es nicht sehr viel sein wird. Wie Sie wissen, besitzen wir keine große Flotte, Captain. Wenn die Eindringlinge es ernst meinen, können sie Darane Vier ohne besondere Anstrengung ausradieren.« Sie schlug mit der Faust auf ihre Konsole. »Verdammt! Und wir verfügen nicht einmal über unsere normale Feuerkraft! Wir fliegen ohne jeden Schutz in ein Kriegsgebiet. Was können wir dort ausrichten?«

»Ich bin mir nicht sicher, Major«, gestand Sisko ein. »Aber wir werden tun, wozu wir imstande sind. Wir können nur hoffen, daß wir nicht in eine Schießerei verwickelt werden.« Während er versuchte, sich nicht die tiefe Besorgnis anmerken zu lassen, die er empfand, kehrte Sisko langsam zu seinem Kommandosessel zurück und nahm darin Platz. Nach Lage der Dinge standen ihre Aussichten nicht sehr gut, und es sah nicht danach aus, als würden sie in absehbarer Zeit besser werden.

Er konnte nur hoffen, daß sich ihre Situation nicht verschlechterte!

»Was tun sie jetzt?« Marel starrte verwirrt auf seinen Schirm. Der Kampf – falls man diesen Begriff für eine derartig einseitige Schlacht verwenden konnte – neigte sich dem Ende zu. Die meisten seiner Schiffe waren durch den Feind zerstört worden. Es war ihnen gelungen, sechs Einheiten der Aliens zu vernichten, aber das war alles. In den vergangenen Minuten waren sechs schwere Abfangjäger von Bajor eingetroffen. Ihre Feuerkraft war wesentlich größer als die von Marels Schiffen, aber sie waren der Waffe des Feindes genauso schutzlos ausgesetzt. Zwei der neu eingetroffenen Einheiten waren bereits in Wolken aus treibendem Staub verwandelt worden.

Und jetzt das!

Das riesige Mutterschiff der Aliens war sichtlich langsamer geworden. Jetzt näherte es sich Darane IV auf wenige tausend Kilometer. Es sah wie ein gewaltiger Raubfisch aus, der sich auf eine kleinere, kugelförmige Beute stürzte. Marel hatte keine Ahnung, was geschehen würde, aber er mußte kein Genie sein, um sich denken zu können, daß es nichts Gutes war.

»Ich registriere ungewöhnliche Energiekonzentrationen an Bord des Schiffes«, rief der Erste Offizier alarmiert. »Dort spielt sich etwas Unglaubliches ab, Captain! Ich habe so etwas noch nie zuvor gesehen.«

»Bei den Propheten!« fluchte Marel. Dann wandte er sich an den Kommunikationsoffizier. »Nehmen Sie Verbindung zu Worin auf. Sagen sie ihm, daß jeder von Darane verschwinden soll, der noch die Gelegenheit dazu hat!« Er starrte schockiert und entsetzt das feindliche Schiff an. Was ging dort vor sich?

Die zwei breiten Flügel begannen sich zu bewegen. Es sah aus, als wollten sie sich langsam um den Planeten legen, aber Marel wußte, daß der Vorgang nur aufgrund der Größenordnungen so zeitlupenhaft wirkte. Die Flügel mußten sich mit unglaublicher Geschwindigkeit bewegen. Der Eindringling machte sich bereit, Darane IV auf eine unfaßbare Weise zu umarmen.

»Die Energiewerte steigen«, sagte der Erste Offizier mit erstickter Stimme. »Was immer sie vorhaben, es wird jeden Moment beginnen...«

Während Marel hilflos auf den Schirm starrte, ließ die Energie die Unterseiten beider Flügel aufleuchten.

Flackernde, glühende Lichtblitze zuckten über die metallische Oberfläche. Dort sammelten sich unvorstellbare Energien. Die Lichterscheinungen flimmerten und schienen die Flügel versengen zu wollen. Dann – wie in einem Schulexperiment zur Demonstration statischer Elektrizität – sprangen die Blitze plötzlich von den Flügeln durch den leeren Raum in die Atmosphäre des Planeten.

»Bei den Propheten…«, keuchte Marel vor Entsetzen.

Dort, wo die blendend hellen Lichtstrahlen die Planetenoberfläche berührten, wurden gewaltige Wolken aus Staub, Rauch und Dampf aufgewirbelt. Dann bewegten sich die Wolken langsam auf das Schiff zu, das über dem Planeten stand.

»Sie… verdampfen die Oberfläche«, stieß Marel hervor. »Die Strahlen zerstören Darane!« Hilflos und mit entsetzter Faszination starrte die Brückenbesatzung auf die grauenerregenden Vorgänge, die der Sichtschirm zeigte.

Lichtblitze der Vernichtung wurden vom Eindringling auf die Oberfläche von Darane geschleudert und rissen sie auseinander. Gleichzeitig stiegen wirbelnde Rauchsäulen auf und wurden von den unbegreiflichen Energien in das Alien-Schiff gesogen.

Sie mußten mitansehen, wie Darane ausgelöscht wurde, ohne irgend etwas unternehmen zu können, um ihre Welt oder ihr Volk zu retten.

9

Im Bergwerk von Formax brannten sich die Energiestrahlen durch mehrere hundert Meter Boden bis zu den reichhaltigen Mineralvorkommen. Ein paar hundert Bergarbeiter wurden von den tödlichen Strahlen atomisiert, und auch die Spuren von Metallen in ihren aufgelösten Körpern wurden zusammen mit den unterirdischen Erzen in den Weltraum gesogen. Der Boden riß auf, bebte und fiel schließlich unter dem Dauerfeuer in sich zusammen. Die alten Tunnel stürzten ein, wodurch es zu vielen weiteren Todesopfern kam. Die Leiterin des Bergwerks erhielt kaum die Gelegenheit zu schreien, bevor auch sie verbrannte. Sie hatte sich fünf Kilometer vom Brennpunkt der Strahlen entfernt aufgehalten, doch auch der schwache Schatten, den sie auf dem ausgetrockneten Boden hinterlassen hatte, verschwand, als die Erde erzitterte und infolge des Angriffs implodierte.

Ähnliche Szenen der Verwüstung spielten sich überall auf der Oberfläche von Darane IV ab, während der Planet im Sterben lag.

Worin war nicht mehr imstande, Schrecken zu empfinden. Sein Geist hatte zu diesem Zeitpunkt bereits zuviel Schmerz und Entsetzen erlebt. Seine Welt wurde rings um ihn herum vernichtet, und es gab nichts, was er dagegen tun konnte. Die Bildschirme zeigten nur noch Katastrophen, die sich auf dem friedlichen Planeten abspielten, über den er noch an diesem Morgen regiert hatte. Die Hochenergiestrahlen rissen die Welt auseinander, während sie nach Metallen, Mineralien und sonstigen Substanzen suchten, die die Invasoren benötigten. Worin bemühte sich gar nicht mehr, die Angaben über die Todesopfer zu verfolgen, weil in jeder Minute Tausende hinzukamen. Ein Teil starb im Sperrfeuer und die anderen, wenn sie von der überhitzten Atmosphäre versengt wurden oder den verheerenden Erdbeben zum Opfer fielen.

Nur wenigen war es gelungen, dieser unglaublichen Vernichtung zu entgehen. Jedes einigermaßen raumtüchtige Gefährt auf Darane war bis zur maximalen Kapazität beladen und in den Weltraum geschickt worden. Die Invasoren würden die Überlebenden vermutlich während ihrer Flucht massakrieren, aber vielleicht bestand eine Chance, daß einige entkamen.

Um dafür zu sorgen, daß dieser Genozid gerächt wurde.

»Wir müssen von hier verschwinden!« schrie einer seiner Adjutanten, der im furchtbaren Lärm von draußen kaum zu verstehen war. Die Luft, die in den Weltraum gerissen wurde, hinterließ ein Vakuum. Stürme von Hurrikanstärke tobten über den Planeten, als die Natur versuchte, die Leere auszufüllen. Und diese Stürme zerfetzten die wenigen Gebäude, die noch nicht von den Energiestrahlen oder den Erdbeben vernichtet worden waren.

»Und wohin sollen wir gehen?« schrie Worin zurück. »Es gibt keinen Ort, an den wir uns flüchten könnten. Und keine Schiffe, mit denen wir flüchten könnten.«

Doch der Adjutant war nicht mehr imstande, logisch zu denken. Er stürzte einfach zur nächsten Tür hinaus und rannte um sein Leben. Eine Sekunde lang überlegte Worin, ob er ihm folgen sollte. Doch welchen Sinn hatte es? Ob draußen oder hier drinnen – er würde in jedem Fall sterben. Es spielte keine Rolle mehr.

Dann hörte er das vertraute Summen eines Transporterstrahls, und für einen kurzen Moment faßte der Minister wieder Hoffnung. Sie wurden gerettet! Irgendwie mußte es die Föderation geschafft haben, ihnen zu helfen...

Doch dann verflüchtigte sich die Hoffnung, als er erkannte, daß die Transporter gar nicht die Überlebenden erfaßten. Unter flimmernden Lichtvorhängen lösten sich Computer, Instrumente und jede andere noch intakte technische Ausrüstung auf.

Die Eindringlinge gaben sich nicht damit zufrieden, die Bewohner von Darane IV zu vernichten. Sie plünderten sogar ihre Leichen...

»Nein!« schrie Worin und stieß hilflos eine Faust gegen den Himmel. Dieser strahlte inzwischen in reinem Weiß, während der Horizont von Energieblitzen eingehüllt war. Der Boden erzitterte unter seinen Füßen und warf ihn gegen eine nun leere Wand. Diese brach in einem Trümmerregen aus Glas und Mörtel zusammen. Worins toter Körper war für kurze Zeit unter einer halben Tonne aus Ziegelsteinen und Stahltrümmern begraben, bevor ein Energiestrahl darüberstrich und alles verdampfte.

»Beim Herz der Propheten!« keuchte Marel. Er konnte kaum noch klar denken, während er die Vernichtung seiner Heimatwelt beobachtete. »Das ist ein totaler Genozid...« Er sah, wie Teile der Planetenkruste auseinanderbrachen, so daß Magma hervorquoll und in Geysiren aus flüssigem Fels in den Weltraum schoß. »Das kann niemand überlebt haben...«

Endlich riß er den Blick vom Sichtschirm los und starrte in die schockierten Gesichter seiner Besatzung. Sie litten schwerer als er, erkannte er. Jeder einzelne von ihnen hatte in diesem Holocaust seine Familie, seine Freunde und Nachbarn verloren. Als Darane aufbrodelte, zerbrach und sich auflöste, gab es keine Hoffnung mehr, daß dort irgend jemand oder irgend etwas die Vernichtung überstanden hatte.

Marel versuchte sich zu konzentrieren. Der Eindringling verleibte sich immer noch Materie ein. Das energetische Feuer brannte nach wie vor, doch es gab keine Atmosphäre mehr, die die gewaltigen Entladungen leiten konnte. Grelle Blitze zerrissen nun den Kern des Planeten.

»Genug!« rief er. Es war nun unmöglich, der Welt noch irgendwie zu helfen, aber vielleicht war es noch nicht zu spät für einen Akt der Rache. Er drehte sich zu seinem Ersten Offizier um und befahl: »Setzen Sie Kurs auf die nächste Schleuse des Mutterschiffs. Maximale Geschwindigkeit.« Dann wandte er sich an seinen technischen Offizier und fügte hinzu: »Sorgen Sie dafür, daß sich alle Warptriebwerke überladen. Und schalten Sie sämtliche Eindämmungsfelder ab!«

Keiner von ihnen mußte fragen, was das zu bedeuten hatte. Und zum Glück verweigerte sich niemand seinen Befehlen. Als seine Leute gehorchten, sah er nur den Wunsch nach Rache in ihren ansonsten leeren Augen.

Marel brach in seinem Sessel zusammen, als in ihm nur noch der Gedanke an Rache war. Auch wenn seine Phaser nichts gegen das fremde Schiff ausrichten konnten, so mochte ein Raumschiff mit kollabierendem Warpkern durchaus Schaden anrichten, wenn es mit dem Eindringling zusammenstieß…

Dron war voller Zufriedenheit, als er die Projektion des Zielplaneten über dem Konferenztisch betrachtete. Wie erwartet extrahierten die Energiestrahlen die dringend benötigten Metalle und anderen Chemikalien aus der sterbenden Welt. Der Computer zeigte Zahlen und Meldungen in rasend schneller Reihenfolge an, während die Menge der gewonnenen Rohstoffe verbucht wurde. Die Transporterräume bargen alle noch intakten Maschinen, um sie später auszuschlachten. Und die botanischen Rezeptoren hatten Milliarden von pflanzlichen und anderen eßbaren Einheiten an Bord geholt.

Die Verwertung dieser Welt verlief ausgezeichnet.

Dron blickte auf, als er bemerkte, daß einer seiner Boten neben ihm stand. »Was gibt es?« fragte er verärgert über diese Störung im Augenblick des Triumphes. »Sehen Sie nicht, daß ich beschäftigt bin?«

»Ich bitte um Entschuldigung, Großer Schwarmmeister«, sagte der Bote, während er demütig den Kopf neigte. »Am Eingang zu den Räumen steht eine Frau, die darauf besteht, dringend mit Schwarmmeister Tork sprechen zu müssen.«

»Schicken Sie die Närrin fort!« warf Raldar ein, als er von der Projektion aufsah. »Sie wissen, daß wir in einer Konferenz nicht gestört werden dürfen.«

»Warten Sie«, befahl Dron, während der Bote sich bereits zum Gehen wandte. »Diese Frau – ist ihr Name zufällig Sahna?«

Der Bote verbeugte sich erneut. »In der Tat.«

Dron lächelte. »Dann sollten Sie ihre Botschaft auf jeden Fall an Schwarmmeister Tork weiterleiten«, sagte er zu ihm. »Und teilen Sie dem Schwarmmeister mit, daß er vorübergehend von seinen Pflichten entbunden ist, um mit ihr sprechen zu können.« Wieder verbeugte sich der Bote und eilte davon. Dron lächelte erneut und blickte Raldar an. »Sie ist zweifellos gekommen, um Tork zu sagen, daß sie der Gruppe Zwei zugeteilt wurde«, erklärte er. »Dann wird Tork etwas unternehmen müssen, um sie für sich zu retten.« Dron trommelte nachdenklich mit den Fingern auf seinem Panzer. »Er wird zu mir kommen, um mich um einen Gefallen zu bitten. Ich habe ihn während dieser... Bergungsaktion beobachtet. Er sah nicht sehr glücklich aus. Ich habe den starken Verdacht, daß er versuchen wird, unsere nächste Aktion zu blockieren. Doch wenn er in unserer Schuld steht, kann er sich keinen Protest erlauben.«

Raldar neigte den Kopf. »Ein weiser Plan«, bemerkte er leise.

»Ich weiß«, gab Dron ihm recht. Dann wandte er seine Aufmerksamkeit wieder der holographischen Projektion zu. »Zurück zum Thema. Wie ich sehe, wurde die Operation zu dreißig Prozent ausgeführt – in bemerkenswert kurzer Zeit. Ich glaube, wir müssen Boran und seinen Mitarbeitern ein öffentliches Lob für ihre großartige Arbeit aussprechen.«

Die Vernichtung von Darane IV ging weiter.

»Wir nähern uns dem Darane-System«, rief Dax von ihrer Konsole. »Wir können in zwei Minuten unter Warpgeschwindigkeit gehen.«

»Verstanden«, sagte Sisko. Er hatte alle Informationen gesichtet, die von Bajor hereinkamen. Sämtliche Verbindungen mit Darane waren vor mehr als zwanzig Minuten abgebrochen. Doch die empfangenen Meldungen waren alles andere als gut. Es klang, als würde der Eindringling alles vernichten, was ihm im Weg stand. Sisko schlug auf seinen Insignienkommunikator. »Sisko an O'Brien. Chief, sagen Sie mir etwas, das ich gerne hören würde.«

Als der Ingenieur antwortete, konnte Sisko die Anspannung in seiner Stimme hören. »Nun, Captain, die gute Neuigkeit ist, daß die Schilde wieder zu achtzig Prozent stehen. Und die schlechte, daß es noch mindestens zwei Stunden dauern wird, bis Fontana und ich die Waffensysteme wieder einsatzbereit gemacht haben. Die Schaltkreise hier unten haben wirklich eine Menge abbekommen.«

»Verstanden, Chief«, sagte Sisko, während er sich bemühte, nicht zu enttäuscht oder besorgt zu klingen. »Ich weiß, daß Sie Ihr Bestes geben. Könnten Sie trotzdem auf die Brücke kommen? Ich weiß, daß ich Sie hier brauchen werde. Sisko Ende.« Er starrte nachdenklich auf den Schirm und versuchte seine Möglichkeiten abzuwägen. Wenn die Schilde wieder nahezu vollständig einsatzbereit waren, gab es zumindest einen gewissen Schutz gegen die Waffen, die die Aliens möglicherweise einsetzten. Doch ohne die Phaser würde es ihnen kaum gelingen, in einer Schlacht eine günstige Entscheidung herbeizuführen.

Damit blieb ihm nur noch die Diplomatie – falls dieses Mittel funktionierte. Wenn die Aliens ihm nicht zuhören wollten, blieb ihm kaum eine andere Möglichkeit, als den Schwanz einzuziehen und Fersengeld zu geben. Und diese Möglichkeit gefiel ihm überhaupt nicht. Dann würde der Eindruck entstehen, daß er sich seiner Verantwortung entzog, und die Lage war ohnehin schon schlimm genug.

Dax warf ihm von der Navigationskonsole einen Blick zu. »Wir haben unser Ziel erreicht«, meldete sie. Sogar sie wirkte angespannt.

»Gehen Sie auf volle Impulskraft«, befahl Sisko und zwang sich, alle seine Gedanken auf die Situation zu konzentrieren.

Dax bediente ihre Kontrollen, worauf sich das Summen der Maschinen leicht veränderte. »Volle Impulskraft«, meldete sie. »Ich aktiviere den Hauptsichtschirm.«

Alle Augen auf der Brücke richteten sich auf den Schirm, der nun zum Leben erwachte. Und alle Anwesenden reagierten mit einem entsetzten Keuchen auf den Anblick.

Darane IV war kaum noch zu erkennen, da der Planet fast vollständig vom fremden Raumschiff eingehüllt wurde. Ein Blitzgewitter deckte den geschwärzten Kern des getöteten Planeten ein. Etwa dreißig Prozent seiner Masse war verschwunden, nachdem sie entweder vom Schiff aufgenommen worden war oder sich in den Weltraum verflüchtigt hatte.

Sisko schaffte es zu schlucken und rief dann: »Lebenszeichen?«

Julian, der blaß und zutiefst erschüttert wirkte, mußte sich zwingen, wieder auf seine Konsole zu achten. Seine Finger zitterten, als er sich bemühte, weitere Anzeigen zu erhalten. »Auf dem Planeten... keine«, antwortete er mit brechender Stimme. »Vom Eindringling erhalte ich keine verwertbaren Messungen.«

»Ich registriere mehrere hundert Schiffe«, rief Kira von ihrer Station. Da die Waffensysteme außer Betrieb waren, besetzte sie zusammen mit Julian die wissenschaftliche Station. »Die meisten fliehen vom Planeten. Es ist schwer zu sagen, wie viele überlebt haben, aber es können nicht sehr viele sein.«

»Es gibt immer noch Kämpfe«, fügte Odo hinzu. »Ich registriere acht fremde Schiffe von unbekannter Konfiguration. Und... drei bajoranische Einheiten.«

»Auf den Schirm«, befahl Sisko. Er mußte irgend etwas tun, um nicht weiter die Vernichtung von Darane IV ansehen zu müssen. Das Bild flackerte und zeigte dann vier der pfeilförmigen Alien-Schiffe, die auf zwei Schiffe der Verteidigungsflotte zurasten. Während Sisko zusah, hörte er, wie sich die Türen des Turbolifts zischend öffneten.

»Heiliger Strohsack!« Es war O'Briens Stimme.

Die ersten beiden Alien-Schiffe holten eine der Einheiten der Darane-Flotte ein. Das einzelne Schiff feuerte mit allen Phasern, doch die Schilde der Angreifer hielten stand. Dann erlebte die Brückenbesatzung mit, wie die zwei Alien-Schiffe seitlich an den Bajoranern vorbeiflogen, worauf sich ihr Schiff einfach in Staub aufzulösen schien.

»Chief, was für Waffen benutzen sie?« wollte Sisko wissen.

O'Brien war bereits an der nächsten Konsole und versuchte mit den Sensoren etwas festzustellen. »Geben Sie mir eine Minute, Captain«, sagte er. »Zwei völlig neue Waffen in zwei Wochen...«

Sisko wandte den Blick vom Schirm ab. »Dax«, sagte er verbittert. »Versuchen Sie das Schiff der Invasoren zu rufen. Ich muß mit ihnen reden.«

»Ich hab's«, sagte O'Brien mit einer Spur von Zufriedenheit in der Stimme. »Ich habe schon die ganze Zeit überlegt, wie sie es machen, seit wir die ersten Bilder der Schlacht von Bajor übermittelt bekommen haben«, erklärte er. »Ich hatte einen bestimmten Verdacht, der nun durch diese Messungen bestätigt wurde.«

»Und? Was ist es?« knurrte Sisko ungeduldig.

»Monofilamente.«

»Was?«

O'Brien breitete die Hände aus und spreizte die Finger. »Monofilamente«, wiederholte er. »Das sind Drähte, die nur wenige Mikrometer dick sind – also praktisch unsichtbar und kaum zu registrieren. Sie bestehen aus einer einzigen Molekülkette und bilden einen unglaublich dünnen Draht, der praktisch alles ohne nennenswerten Widerstand zerschneiden kann. Diese Aliens haben daraus eine Art Maschendraht geflochten, das zwischen jeweils zwei ihrer Schiffe gespannt wird. Sie fliegen einfach an ihrem Ziel vorbei, das dann durch die Monofilamente zerstückelt wird.«

Kira runzelte die Stirn. »Aber warum werden sie nicht von den Schilden aufgehalten?«

»Weil sie zu dünn sind«, erklärte O'Brien. »Ihr Durchmesser liegt unterhalb der Empfindlichkeitsschwelle der Schildsensoren. Ich kenne keinen Deflektor, der ein Objekt mit der Dicke von wenigen Atomen aufhalten könnte.«

»Könnten es unsere Schilde?« fragte Odo.

O'Brien schnaufte. »Nicht einmal bei voller Kapazität. Und im Augenblick haben wir nur achtzig Prozent.«

»Das klingt nicht sehr beruhigend«, erwiderte Odo.

»Mehr kann ich leider nicht bieten«, teilte O'Brien ihm mit. »Aber ich habe die Sensoren rekonfiguriert, damit sie die Netze registrieren können.«

Kira dachte nach. »Jetzt wissen wir, warum die Feinde nur in Zweiergruppen angreifen. Sie benötigen zwei Verankerungspunkte für die Monofilamente, um das Netz unter Spannung zu halten.«

»Richtig«, stimmte O'Brien ihr zu. »Es ist eine phantastische Technologie. Ich weiß von Experimenten mit diesem Zeug, aber bislang ist es niemandem gelungen, so feine Monofilamente zu stabilisieren. Normalerweise zerreißen sie bei der geringsten Belastung.« Er schüttelte bewundernd den Kopf. »Ich würde mir sehr gerne anschauen, wie sie es bewerkstelligen. Diese Leute sind ausgezeichnete Ingenieure.«

»Und kaltblütige Killer«, knurrte Kira. »Schauen Sie sich an, was sie mit Darane gemacht haben!«

»Sicher, auch ich verurteile ihre Handlungen«, stimmte O'Brien ihr zu. »Ich habe nur ihre Technologie bewundert. Es ist eine Schande, wissenschaftliche Erkenntnisse auf diese Weise zu pervertieren.«

Dax blickte von ihrer Konsole auf. »Ich habe es geschafft, eine Verbindung zu diesem... Schiff herzustellen«, gab sie bekannt. »Der Verantwortliche ist ein Schwarmmeister Dron, und er hat sich widerstrebend bereit erklärt, mit Ihnen zu sprechen, Captain.«

»So, hat er das?« fragte Sisko leise. Er verspürte eine brennende Wut, wenn er an das dachte, was diese Eindringlinge getan hatten. »Dann legen Sie ihn auf den Hauptsichtschirm. Ich glaube, wir alle würden ihn uns gerne ansehen.«

Die Szenen der Vernichtung des Planeten verblaßten und wurden durch das Bild von Schwarmmeister Dron ersetzt. Sisko hob ein wenig die rechte Augenbraue, als er den Fremden studierte.

Es war unmöglich, nur anhand der Bildübertragung die Größe des Aliens zu schätzen, aber er wirkte annähernd humanoid. Er hatte eine gewisse Ähnlichkeit mit einem Gürteltier, wie Sisko bewußt wurde. Das Auffälligste an Dron und den anderen Fremden, die er hinter dem Schwarmmeisters erkennen konnte, waren die segmentierten Panzer, die Rücken und Schädel bedeckten. Die Färbung variierte zwischen Grau und Braun, und keiner von ihnen trug irgendeine Art von Kleidung. Die Arme waren lang und die Hände mit vier dünnen Fingern ausgestattet. Die Hälse waren kurz und dick, die Köpfe länglich. Sie besaßen eine ausgeprägte Nasenpartie, fast eine Schnauze, mit zwei Schlitzen als Atemöffnungen und große, ausdrucksvolle Augen. Auf der Haut, die nicht vom Panzer bedeckt war, wuchsen überall kleine Büschel aus stachligen Haaren.

»Was wollen Sie?« fragte der Schwarmmeister mit sichtlicher Verärgerung.

»Ich bin Captain Benjamin Sisko von der *U.S.S. Defiant*«, antwortete Sisko, während er sich bemühte, seine Wut im Zaum zu halten.

Der Fremde musterte ihn und runzelte schließlich die Nase. »Noch eine Alien-Spezies«, beklagte er sich. »Wie viele tummeln sich in diesem System?«

Das war nicht unbedingt die Antwort, die Sisko erwartet oder erhofft hatte, aber er wollte sich nicht ablenken lassen. »Schwarmmeister«, sagte er mit Entschiedenheit, »rufen Sie Ihre Schiffe zurück.«

»*Wir* haben niemanden angegriffen«, erwiderte Dron. »Wir verteidigen uns lediglich. Die unvernünftigen Bewohner dieser Welt haben uns grundlos attackiert.«

»Ich habe etwas anderes gehört«, erwiderte Sisko kühl. »Und ich sehe auch etwas ganz anderes. Sie haben Darane Vier zerstört und fast eine halbe Million Individuen getötet.«

Drons Nase zuckte immer heftiger. »Das entspricht *nicht* den Tatsachen. Sie wurden falsch informiert.«

Sisko konnte sich kaum noch beherrschen. »Ihr Schiff zerstört soeben die letzten Reste des toten Planeten!« rief er. »Und Sie wollen mir erzählen, daß Sie nicht dafür verantwortlich sind?«

»Das habe ich nicht behauptet«, entgegnete Dron. »Wir haben den Planeten absorbiert, das ist richtig. Die Rohstoffe sind für uns überlebenswichtig. Aber die Kampfhandlungen wurden von den Bewohnern dieser Welt eröffnet. Captain Sisko, wir haben ihnen die Gelegenheit gegeben, sich zurückzuziehen, und ihnen sogar Unterstützung bei der Evakuierung angeboten. Doch sie haben das Angebot abgelehnt und uns angegriffen.« Er breitete in einer sehr menschlich wirkenden Geste die

Arme aus. »Uns blieb keine Wahl, als Vergeltung zu üben.«

Sisko wollte sich nicht um Formulierungen streiten, während immer noch Lebewesen starben. »Rufen Sie Ihre Schiffe zurück!« wiederholte er. »Und erlauben Sie uns, die Überlebenden zu retten.«

Wieder zuckte Drons Nase. »Ich würde Ihrer Bitte liebend gerne nachkommen«, sagte er. »Aber nur, wenn Sie garantieren können, daß die Angriffe auf den Schwarm aufhören. In diesem Fall werden wir Ihnen bereitwillig helfen, die Überlebenden zu bergen.«

»Ich glaube nicht, daß wir Ihre Hilfe benötigen«, antwortete Sisko, während er seine Wut kaum noch unter Kontrolle hatte. »Aber ich kann Ihnen garantieren, daß Sie nicht mehr angegriffen werden.«

Dron verneigte den Kopf. »Dann werde ich meine Verteidigungskräfte zurückziehen, Captain.« Er wandte sich an einen Kollegen, um ihm einen Befehl zu erteilen. »Es ist getan«, teilte er anschließend mit. »Sie können jetzt Ihre Leute bergen.«

Sisko nickte und gab Dax ein Handzeichen, damit sie die Verbindung unterbrach. Drons Bild verschwand und wurde wieder durch die rauchenden Trümmer von Darane ersetzt. »Beginnen Sie mit der Suche nach Überlebenden«, befahl Sisko seiner Besatzung. »Stellen Sie fest, wie viele Hilfe benötigen.« Dann starrte er Bashir an. »Doktor, ich vermute, daß eine große Anzahl von ihnen medizinisch versorgt werden muß.«

»Meine Leute werden tun, was ihnen hier möglich ist«, erwiderte Bashir. »Und ich werde *DS Nine* informieren, sich auf die Aufnahme von Flüchtlingen vorzubereiten.«

»Glauben Sie diesem Widerling etwa?« fauchte Kira, während sie die Untersuchungen durchführte, die Sisko verlangt hatte. »Wenn er behauptet, daß die Bewohner von Darane für alles verantwortlich sind?«

»Ich glaube, daß Dron wirklich daran glaubt«, antwortete Odo ihr. »Oder zumindest möchte er, daß wir glauben, daß er es wirklich glaubt.«

Kira funkelte Sisko an. »Wollen wir sie ungestraft für das davonkommen lassen, was sie getan haben?«

»Nein«, antwortete Sisko leise. »Ich verspreche Ihnen, daß ich die Aliens für jeden Toten, der auf ihr Konto geht, verantwortlich machen werde. Aber jetzt ist kein günstiger Zeitpunkt, um einen Kampf zu beginnen. Unsere Waffen sind immer noch nicht einsatzbereit, und selbst wenn es so wäre, bezweifle ich, daß wir damit etwas gegen ein solches Schiff ausrichten könnten.«

»Also werden wir *gar nichts* tun?« rief Kira.

»Nein.« Sisko blickte sie fest an. »Zuerst helfen wir den Überlebenden. *Dann* werden wir über Vergeltungsmaßnahmen nachdenken. Haben Sie mich verstanden, Major?«

Es kostete sie große Willensanstrengung, aber schließlich brachte Kira ein knappes Nicken zustande. »Ja, Captain.«

»Gut.« Sisko wandte sich von ihr ab. Er haßte Konfrontationen mit Major Kira – besonders, wenn er unter fast denselben Schmerzen litt wie sie. Aber die Lebenden kamen an erster Stelle. Die Toten hatten Zeit.

»Captain!« rief Odo und blickte von seiner Konsole auf. »Die Maschinen der *Morava* haben eine kritische Überladung erreicht. Der Warpkern-Kollaps ist nicht mehr zu stoppen.«

Bashir erbleichte. »Offenbar haben sie einen technischen Defekt.«

»Nein«, widersprach Odo. »Es besteht kein Zweifel,

daß die Besatzung es absichtlich getan hat. Sie nähern sich dem fremden Schiff auf Kollisionskurs.«

»Ein Selbstmordkommando«, rief Sisko. »Sie wollen sich opfern.« Er starrte den Bildschirm mit dem Schwarmschiff an. Was würde geschehen, wenn sie damit Erfolg hatten?

10

Tork verließ eilig den Konferenzraum. Er war erleichtert, den Szenen von Tod und Vernichtung entfliehen zu können. Sein Gewissen litt schwer unter dem, was er gesehen hatte. War es wirklich notwendig gewesen? Er konnte diese Frage immer noch nicht beantworten. Doch er bemühte sich, seine Zweifel zu verdrängen, während er zu Sahna unterwegs war. Heute hatte ihre Berufung stattgefunden, das wußte er. Aber warum war sie gekommen, um ihn aus einer so wichtigen Zusammenkunft zu holen?

Und warum hatte Dron es gestattet?

Dann erblickte er Sahna, wie sie nervös dastand und mit den Fingern über den Rand ihres Panzers strich. Es war offensichtlich, daß sie von schweren Problemen und starken Gefühlen bewegt wurde. Unter ihrem linken Auge bemerkte er ein Muskelzucken. »Was ist los?« fragte er sie besorgt. »Was ist geschehen?«

»Ich habe gerade mit Harl gesprochen«, antwortete sie, worauf sich das Muskelzucken verstärkte. »Er hat mir gesagt, daß wir eine fremde Welt angegriffen und ihre Bewohner getötet haben. Ist das wahr?«

Torks Nase runzelte sich vor Sorge und Bestürzung. »Ja«, gestand er ein. »Es ist die Wahrheit.«

Sie blickte ihn schockiert und fassungslos an. »Wie konntest du es zulassen?« rief sie. »Du, von dem ich eine so hohe Meinung hatte! Warum?«

Es war Tork keine große Hilfe, daß er sich über genau dieselbe Frage den Kopf zerbrochen hatte. »Sie haben uns zuerst angegriffen«, erklärte er. »Ihre Schiffe haben den Kampf eröffnet. Danach haben wir uns lediglich verteidigt.«

»Und ihr Planet?« hakte Sahna mit einer fahrigen Geste nach. »Ich bin kein Dummkopf, Tork. Die Verarbeitung hat begonnen. Die Maschinen haben die Arbeit aufgenommen. Phase zwei hat begonnen. Das kann nur bedeuten, daß der Planet absorbiert wird.«

»Ja«, stimmte er ihr auch diesmal zu, doch er zögerte, ihren anklagenden Blick zu erwidern. »Ihre Welt wird von uns verarbeitet. Wir können daraus fast alles gewinnen, was wir benötigen.«

»Und die Bewohner?«

Die Wut hinter dieser Frage traf ihn wie ein Messerstich zwischen seine Panzersegmente. »Die meisten sind tot. Den Überlebenden wurde erlaubt, unbehelligt abzuziehen.«

»Wie großzügig!« rief Sahna. »Was ist geschehen? Ist die Blutrünstigkeit von Schwarmmeister Dron etwa gesättigt?«

»Die Fremden waren allesamt wahnsinnig«, rechtfertigte sich Tork, um damit gleichzeitig seine eigenen Zweifel zu ersticken. »Sie waren gefährlich. Sie weigerten sich, ihre Welt in Frieden zu verlassen. Sahna, sie haben auf diesem Dreckklumpen *gelebt* und wollten ihn nicht aufgeben! Wir konnten nicht vernünftig mit ihnen reden!«

»Ist das ein Grund, sie einfach abzuschlachten?« fragte sie mit kalter Wut in den Augen.

»Nein«, gestand er ein. »Nein, es ist kein Grund. Aber ich wußte nicht, was ich hätte tun können, um sie zu retten – oder um Dron aufzuhalten. Ich wußte nicht, daß etwas Derartiges geschehen würde. Genauso wie die meisten anderen Schwarmmeister. Dron hat es nur denen gesagt, denen er vertrauen konnte. Davon bin ich überzeugt. Die anderen von uns hat er unvorbereitet mit offenem Panzer überrascht. Es tut mir so leid, Sahna. Ich brauche Zeit, um darüber nachzudenken. Ich will das Richtige tun, aber ich werde immer unsicherer, was das Richtige ist.«

Der Zorn in Sahnas Augen ließ ein wenig nach. »Ich wußte, daß du solche unmoralischen Handlungen niemals gutheißen würdest«, sagte sie zu ihm, während sie über seinen Panzer strich. »Und es tut mir leid, daß ich so hart zu dir war.«

»Nein«, erwiderte Tork. »Du gehst nicht härter mit mir um als ich mit mir selbst. Es ist eine schreckliche Situation, und ich muß einen Weg finden, wie ich sie auf ehrenvolle Weise lösen kann. Ich verspreche dir, daß ich etwas tun werde – obwohl ich jetzt noch nicht weiß, was es sein wird.«

»Du hast ein gutes Wesen, Tork«, sagte Sahna mit unüberhörbarer Zuneigung in der Stimme. »Und ich wünschte mir, ich könnte dir irgendwie helfen.«

»Das hast du bereits getan«, sagte er dankbar. »Und ich bin sicher, daß du es auch in Zukunft tun wirst.« Das erinnerte ihn an seine früheren Überlegungen. »Heute war deine Berufung!« rief er. »Ich hätte es beinahe vergessen. Heute bist du erwachsen geworden.«

»Ja«, bestätigte Sahna, doch ihre Stimme verriet, daß auch dieses Thema ihr Schmerzen bereitete. »Und heute ist der schlimmste Tag meines Lebens.«

Tork empfand kalte Furcht. »Was meinst du damit?«

»Ich bin zur Astronomin berufen worden…«

»Was du dir immer gewünscht hast!«

»Richtig. Aber… ich soll in Gruppe Zwei arbeiten.«

Über diese Neuigkeit war Tork entsetzt. Natürlich hatte immer diese Möglichkeit bestanden, aber er hatte sie niemals wahrhaben wollen. Sahna und er waren füreinander *bestimmt*. Die Berufung hätte das berücksichtigen und dafür sorgen müssen, daß sie zusammenbleiben durften. Und jetzt das! Als hätte es heute nicht schon genügend Probleme gegeben! Tork mußte überhaupt nichts sagen, denn Sahna wußte genau, was ihm durch den Kopf ging, weil sie zweifellos das gleiche dachte. Sie nahm seine beiden Hände.

»Ich weiß, daß es schrecklich ist«, sagte sie so sanft wie möglich. »Aber so will es die Berufung. Die Entscheidung wurde gefällt.«

»Ja«, sagte Tork tonlos. Er fühlte sich, als hätte man ihm den Panzer abgerissen, so daß er völlig nackt und wehrlos war.

»Harl glaubt, du würdest versuchen, die Berufung ändern zu wollen«, setzte sie hinzu. »Aber ich weiß, daß die Ehre es dir verbietet, deine Macht auf solche Weise zu mißbrauchen.«

»Dann wünschte ich, daß ich nicht so ehrenwert wäre!« rief Tork. »Um zu verhindern, dich zu verlieren, wäre ich beinahe bereit, eine Versetzung zu fordern.«

Sahna streichelte zärtlich seinen Panzer. »Aber nur beinahe.«

»Ja.« Tork seufzte. »Es wäre falsch von mir, die Berufung in Frage zu stellen. Wie es scheint, sind wir dazu bestimmt, für immer voneinander getrennt zu leben.« Er schüttelte bestürzt den Kopf. »Wenn es doch nur etwas gäbe, das ich tun könnte!«

»Du kannst versuchen, tapfer zu sein«, sagte Sahna. »Ich bin darüber genauso erschüttert wie du, Liebster, aber wir beide müssen jetzt stark sein. Wir müssen unserem Schicksal ins Auge blicken und unser Bestes für den Schwarm geben. Wenn wir es nicht gemeinsam tun können, dann müssen wir es erdulden, ganz gleich, wie schwer es uns fällt.«

Tork seufzte wieder. »Ich muß so vieles erdulden«,

erwiderte er. »Und so traurig mich diese Neuigkeit stimmt, es gibt viel wichtigere Dinge, die meine Aufmerksamkeit erfordern. Ich muß irgend etwas tun, um die nächste Phase des Großen Plans zu mildern.«

Sahna lächelte matt. »Wenn irgend jemand dazu in der Lage ist, dann du. Ich setze großes Vertrauen in dich – und meine Liebe zu dir ist groß. Vergiß das niemals.« Sie drehte sich um und verließ eilig den Raum.

»Als könnte ich es jemals vergessen«, murmelte er. Sein Panzer lastete schwer auf ihm, als auch er den Raum verließ und seinem eigenen Schicksal entgegenging. Noch nie zuvor hatte er sich so einsam oder so trostlos gefühlt.

Im Konferenzraum wartete Hosir bereits auf ihn. Tork wollte jetzt mit niemandem reden, auch nicht mit Hosir, doch es ließ sich kaum vermeiden, wenn er keine ungebührliche Unfreundlichkeit an den Tag legen wollte.

»Schlechte Neuigkeiten?« riet der Alte. Er runzelte voller Mitleid die Nase. »Hat deine Künftige dich verschmäht?«

»Nicht direkt«, antwortete Tork. »Sie wurde der Gruppe Zwei zugewiesen.«

»Aha.« Hosir nickte und kratzte sich dann unter einem Segment seines Panzers. »Und du gehörst natürlich zur Gruppe Eins. Nun, was wirst du in dieser Sache unternehmen?«

»Was *könnte* ich in dieser Sache unternehmen?« fragte Tork verärgert zurück. »Die Berufung hat entschieden. Und es ist der Grundsatz unseres Leben, daß sich die Berufung niemals irrt.«

Hosir schnaufte. »Ja, so scheint es zu sein. Doch selbst wenn die Berufung unfehlbar ist, so ist sie doch nicht allwissend. Darüber solltest du einmal nachdenken.« Er klopfte Tork freundlich auf die Schulter und entfernte sich.

Was hat er damit gemeint? Tork hatte keine Ahnung, ob Hosir ihm damit etwas hatte sagen wollen oder ob der Mann allmählich senil wurde. Dennoch – so deprimierend die Neuigkeiten, die Sahna ihm überbracht hatte, auch sein mochten, für ihn war es jetzt viel wichtiger, nach einer Möglichkeit zu suchen, wie sich das furchtbare Leid lindern ließ, das den Bewohnern dieses Raumsektors mit dem Beginn der nächsten Phase des Großen Plans bevorstand.

Falls es eine Möglichkeit gab…

»Geben Sie mir Major Marel«, sagte Sisko zu Kira. An Dax gewandt fügte er hinzu: »Bringen Sie uns näher an die *Morava* heran. Wir müssen sie aufhalten.« Dann wirbelte er zu O'Brien herum. »Chief, gehen Sie in den Transporterraum. Erfassen Sie alle Lebensformen, die sich an Bord jenes Schiffes befinden, und beamen Sie sie so schnell wie möglich herüber.« O'Brien bestätigte und hastete zum Turbolift.

Das hatte ihm gerade noch gefehlt! Sisko fiel es immer schwerer, seine Wut unter Kontrolle zu halten. Zur Zeit schien das ganze Universum voller Wahnsinniger zu sein.

»Auf dem Schirm!« rief Kira.

Sisko blickte auf, als sich Marels Bild stabilisierte. Der Kämpfer sah gealtert und erschöpft aus, was ihn nicht überraschte. »Marel«, rief er. »Brechen Sie das Selbstmordkommando sofort ab! Ich werde jetzt Ihre Besatzung herüberbeamen.«

»Nein, Captain«, erwiderte Marel mit eisiger Entschlossenheit in der Stimme. »Das ist meine letzte Chance, es diesen Mördern heimzuzahlen. Versuchen Sie nicht, mich aufzuhalten!«

»Ich habe keine andere Wahl!« brüllte Sisko. »Wenn Sie den Eindringling angreifen, werden Sie jeden

Überlebenden dieses Massakers zum Tode verurteilen. Stoppen Sie das Manöver!«

»Nein, Captain«, wiederholte Marel. »Ich bin sicher, daß die Überlebenden nichts anderes von mir erwarten würden. Wir müssen zurückschlagen.«

»Seien Sie kein Narr«, rief Sisko. »Sie werden durch diesen Angriff nichts erreichen. Im Augenblick ist es viel wichtiger, sich um die Lebenden zu kümmern. Für die Rache bleibt später noch genügend Zeit.«

Marel schüttelte den Kopf. »Es gibt kein *Später* mehr«, sagte er nur. »Ich weiß, was ich *jetzt* tun muß. Leben Sie wohl!« Er unterbrach die Verbindung, worauf wieder die Sterne sichtbar wurden.

»Dieser verdammte Kerl!« murmelte Sisko. »Major, was macht er?«

»Er befindet sich immer noch auf Kollisionskurs mit dem Eindringling«, meldete sie. In ihrer Stimme lagen gleichzeitig Schmerz und Stolz. »Er will nicht kampflos in den Tod gehen.«

»Davon scheint er überzeugt zu sein«, sagte Sisko und tippte auf seinen Kommunikator. »Chief? Wie steht es?«

»Ich versuche das Ziel zu erfassen, Captain«, kam O'Briens Stimme scheinbar aus dem Nichts. »Doch der Transporter wird durch die Energieüberladung gestört. Ich kann es nicht riskieren, mit einem Schwung mehr als ein halbes Dutzend herauszuholen.«

»Dann fangen Sie damit an, sobald es geht«, befahl Sisko. Er wandte sich an Odo. »Haben Sie eine Ahnung, wieviel Zeit uns noch bleibt?«

Der Sicherheitsoffizier runzelte die Stirn. »Etwa fünf Minuten, würde ich sagen.« Sein Gesicht zuckte. »Die Maschinen werden es nicht mehr lange aushalten.«

Sisko nickte. »Wie nahe sind wir?« fragte er Dax.

»Dreitausend Kilometer.« Ihre Hände bedienten ruhig die Konsole. »Wir kommen zügig näher. Sie haben bereits eine hohe Eigengeschwindigkeit erreicht.«

Kira meldete sich zu Wort. »Wenn das Schiff explodiert – werden unsere Schilde das bei dieser Entfernung aushalten?«

»Das wird sich zeigen«, erwiderte Sisko. »Dax, setzten Sie den Traktorstrahl ein, maximale Energie. Bremsen Sie die *Morava* ab.«

»Bestätigt.« Die Finger der Trill flogen über die Kontrollen. Sisko beugte sich über ihre Schulter und justierte den Sichtschirm nach.

Das Mutterschiff der Aliens füllte das gesamte Bild aus. Sie kamen ihm immer näher, während sie die *Morava* verfolgten. Aus der Ferne hatte es beeindruckend ausgesehen, doch jetzt war der Anblick atemberaubend. Die Außenhülle schien eine völlig glatte Oberfläche zu bilden. Die Sterne spiegelten sich auf dem polierten Metall – falls es sich tatsächlich um Metall handelte –, das ihr Licht in einen Halo aus Spektralfarben zerlegte. Wie O'Brien bereits festgestellt hatte, verfügten diese Aliens über eine unglaubliche Technologie. Es war unfaßbar, daß sie sie nicht sinnvoll einsetzen konnten.

»Ich habe sie«, gab Dax bekannt. »Aber ich weiß nicht, ob der Traktorstrahl halten wird. Er hat nur siebenundachtzig Prozent Energie.«

Sisko konnte jetzt den winzigen Punkt ausmachen, der die *Morava* darstellte. Das schwache Schimmern des Traktorfeldes wurde zum Glück durch die computergestützte Bildverarbeitung verstärkt. Der Traktorstrahl durfte nicht versagen!

»Transportvorgang eingeleitet«, gab Odo von seiner Station bekannt. Dann schüttelte er den Kopf. »Dem Chief bleibt nicht mehr viel Zeit.«

»Der Traktorkontakt wird schwächer«, meldete Dax, während sie sich hektisch bemühte, wieder eine stärkere Verbindung herzustellen. »Die Schaltkreise funktionieren noch nicht richtig, und ich befürchte, daß sie ganz zusammenbrechen werden.«

»Nicht lockerlassen!« spornte Sisko sie an – und gleichzeitig die *Defiant*. »Nur noch eine Minute...«

Der Hauptsichtschirm zeigte plötzlich wieder Marel, der ihn wütend und verzweifelt anstarrte. »Sisko! Lassen Sie uns in Ruhe!«

»Tut mir leid, das kann ich nicht«, erwiderte Sisko. »Machen Sie sich bereit, an Bord der *Defiant* gebeamt zu werden.« Dann unterbrach er persönlich die Verbindung.

»Sie fahren die Maschinen weiter hoch«, meldete Odo. »Ich kann nicht mehr...«

Seine weiteren Worte gingen unter, als grellweißes Licht auf dem Schirm explodierte, bevor die Filter die Helligkeit automatisch dämpften. Dax schlug mit der flachen Hand auf ihre Kontrollen und schaltete den Traktorstrahl ab.

Die Schockwelle der Explosion, die durch den Traktorkontakt weitergeleitet wurde, schlug gegen die *Defiant*. Sie schüttelte sich und wurde wie ein altertümliches Segelschiff im Sturm herumgerissen, während die Trägheitsabsorber sich bemühten, die Fliehkräfte auszugleichen. Sisko wurde gegen seinen Kommandosessel geworfen und hielt sich daran fest. Der übrigen Brückenbesatzung gelang es ebenfalls, nicht aus ihren Sitzen geschleudert zu werden.

Dann ließen die Erschütterungen nach und hörten schließlich ganz auf. »Bericht!« bellte Sisko.

»Die Schilde halten«, meldete Odo. »Allerdings haben wir einige kleinere Systeme verloren. Der Chief wird darüber nicht sehr glücklich sein.«

»Die Navigationskontrollen reagieren wieder«, fügte Dax hinzu.

»O'Brien?« rief Sisko, nachdem er seinen Kommunikator aktiviert hatte. »Wie viele konnten Sie bergen?«

»Achtzehn, Captain«, antwortete die Stimme des Ingenieurs. »Mehr konnte ich in der kurzen Zeit nicht schaffen.«

»Gut gemacht«, sagte Sisko zu ihm. Das bedeutete, daß etwa vierzig Besatzungsmitglieder durch diese sinnlose Geste ihr Leben verloren hatten. *Der Krieg ist die Hölle, wie wahr…* »Machen Sie sich bereit, weiter nach Überlebenden zu suchen«, befahl er.

Während die Besatzung die Anweisung ausführte, blickte Dax auf. »Ich empfange eine Nachricht vom Schwarmmeister Dron«, sagte sie überrascht.

»Auf den Schirm«, befahl Sisko. Er richtete sich in seinem Sessel auf. »Was gibt es jetzt?«

Drons Gesicht hatte einen leicht verwirrten Ausdruck, falls Sisko seine Mimik richtig interpretierte. »Captain Sisko, ich bin Ihnen zu Dank verpflichtet. Wir haben verfolgt, was Sie soeben getan haben. Sie haben vermutlich Tausenden Schwarmmitgliedern das Leben gerettet.«

»Ich habe es nicht für Sie getan«, erwiderte Sisko. »Ich habe es nur getan, um Sie daran zu hindern, Rache an den Überlebenden des Massakers zu nehmen, das Sie veranstaltet haben.«

»Aus welchem Grund Sie es auch immer getan haben mögen«, sagte Dron unbeirrt, »ich danke Ihnen trotzdem. Obwohl Ihre Handlungsweise mich überrascht hat.« Seine Nase zuckte. »Sie leben nicht zufällig auf einem Planeten?«

»Nein«, antwortete Sisko. »Wir kommen von *Deep Space Nine,* einer Raumstation im Orbit um Bajor.« Er fragte sich, ob es klug war, ihm diese Information zu geben, aber er wußte nicht, was es ihm nützen sollte, die Wahrheit geheimzuhalten.

»Aha.« Dron schien mit seiner Antwort zufrieden zu sein. »Ich habe mir gedacht, daß Sie ein intelligentes Lebewesen sein müssen.«

Sisko überlegte, was diese Bemerkung zu bedeuten hatte. »Außerdem bin ich ein sehr wütendes Lebewesen«, erwiderte er, so ruhig er konnte. »Im Augenblick hat es für mich oberste Priorität, den Überlebenden zu helfen, nach Bajor zurückzukehren. Nachdem diese Aufgabe erledigt ist«, fügte er hinzu, wobei er sich vorbeugte, »werde ich zurückkommen. Das verspreche ich Ihnen.«

Der Schwarmmeister reagierte mit einem leichten Nicken. »Ja. Möglicherweise haben wir über viele Dinge zu reden. Ich freue mich schon auf unser Wiedersehen, Captain.« Damit erlosch das Bild.

»Ich freue mich schon darauf, meine Hände um seinen dreckigen Hals zu legen«, knurrte Kira. »Ich kann es nicht glauben, daß dieser Kerl so eiskalt ist. Er läßt es wie eine Verabredung zum Abendessen klingen!«

Sisko drehte sich schnell zu ihr herum. »Wenn er solche Vorstellungen hegt, werden wir ihn bald eines Besseren belehren«, versprach er. »Ganz gleich, was Dron glaubt, ich werde dafür sorgen, daß er nicht ungeschoren für das davonkommt, was er und sein Volk Darane Vier angetan haben.«

11

Gul Dukat wandte sich von seinen Bildschirmen ab und dachte konzentriert nach. Das wissenschaftliche Personal der *Karitan* hatte festgestellt, daß die unbekannten Aliens eine Art von Monofilamenten als Waffe einsetzten, was ihn brennend interessierte. Der Entwicklungsstand ihrer Technologie war beeindruckend.

Es mußte doch irgendeine Möglichkeit geben, sie Cardassia zugänglich zu machen…

Doch auf den Anblick der Vernichtung von Darane war Dukat nicht vorbereitet gewesen. Es hatte ihn sehr beunruhigt, wie das Schiff den Planeten fast buchstäblich in seine Bestandteile aufgelöst hatte. Von der Welt war bis auf einen verglühenden Kern nichts übriggeblieben.

Das war eine Waffe, die die Cardassianer unbedingt in ihren Besitz bringen mußten!

Doch gleichzeitig hatten sich besorgniserregende Zweifel in Dukats Gedanken geschlichen. Konnten sie sich notfalls gegen einen so mächtigen Feind verteidigen? Er war überzeugt, daß die Aliens niemals freiwillig ihre Technologie weitergeben würden. Es mußte zu einem Kräftemessen kommen, doch Dukat war sich nicht sicher, ob die Cardassianer einen solchen Kampf für sich entscheiden konnten.

Und wenn sie es versuchten und einen solchen Krieg verloren, stand Cardassia Prime vermutlich ein ähnliches Ende wie Darane Vier bevor. Die Risiken waren in der Tat beträchtlich.

Aber der mögliche Gewinn mußte ein solches Risiko wert sein.

Die *Karitan* hatte das Gespräch zwischen Sisko und dem Schwarmmeister abgehört. Dukat war nicht sehr von Siskos Handlungen überrascht gewesen. Sein Verhalten war verhältnismäßig einfach vorherzusagen – zumindest in den meisten Fällen. Und wenn er sich unberechenbar verhielt, dann war er ein respekteinflößender Verbündeter – oder Gegner. Sisko hatte Zeit gewonnen, um die Flüchtlinge evakuieren zu können, und wollte anschließend zurückkehren.

War auch er hinter der fremden Technologie her? Die Föderation zog es vor, in solchen Angelegenheiten Tauschhandel zu betreiben, also wollte Sisko wahrscheinlich zunächst Kontakt mit seinen Vorgesetzten aufnehmen und die Verhandlungen vorbereiten… Natürlich wäre es völlig inakzeptabel, wenn die Föderation die Technologie der Aliens besaß, die Cardassianer aber nicht. Damit würde das Kräftegleichgewicht zu sehr gestört.

Dukat stand auf und sah sich in der Überwachungszentrale um. Niemand achtete auf ihn, was völlig richtig war. »Ral«, bellte er. »Übernehmen Sie die Überwachung der Monitore. Wenn neue Meldungen von der *Karitan* hereinkommen, bestätigen Sie nur den Empfang und setzen mich unverzüglich in Kenntnis. Ich bin in einer Besprechung mit den anderen Guls. Ich darf nur gestört werden, wenn es eine Nachricht von der *Karitan* gibt.«

»Verstanden«, bestätigte Ral und salutierte. Er durchquerte den Raum und übernahm Dukats Platz.

Dukat nickte knapp und verließ dann nachdenklich die Zentrale. Die nächste Entscheidung konnte er nicht allein treffen, aber sie mußte schnell getroffen werden. Sie durften der Föderation nicht erlauben, als einzige in den Genuß der fremden Technik zu gelangen. Noch besser wäre es, wenn die Föderation ihrer gar nicht habhaft wurde, denn sie gehörte allein in cardassianische Hände.

Auf *Deep Space Nine* herrschte wieder einmal das Chaos. Die *Defiant* hatte die meisten Flüchtlingsschiffe begleitet, die vor der Vernichtung von Darane IV zur Station geflohen waren. Viele von ihnen waren kaum noch raumflugtauglich gewesen, und Sisko hatte unterwegs achtzehn kleinere und ältere Schiffe evakuieren müssen. Die *Defiant* war zum Bersten gefüllt gewesen, als sie angedockt hatte. Jetzt umschwärmten mehrere hundert kleine Flüchtlingsschiffe die Station und warteten darauf, daß sie mit dem Andocken an der Reihe waren.

Sisko hatte auf dem Rückflug Kontakt mit Lieutenant Soyka aufgenommen, dem es gelungen war, eine größere Zahl von Unterkünften zur Verfügung zu stellen. Einige der Räume waren seit dem Abzug der Cardassianer vor drei Jahren nicht mehr betreten worden. Überall in der Station herrschte fieberhafte Aktivität.

Viele der Flüchtlinge besaßen nicht mehr als die Kleidung, die sie auf dem Leib trugen. Trotzdem konnten sie sich glücklich schätzen. Hunderte benötigten medizinische Hilfe, und Bashir war sofort in die Krankenstation geeilt, sobald es ihm möglich war. Er und seine Leute arbeiteten ohne Pause, um zumindest die schwereren Fälle zu stabilisieren. Dennoch warteten etliche weitere Patienten auf eine Behandlung, nachdem ihre Schnitt- und Brandwunden – und in einigen Fällen auch die Stümpfe abgetrennter Gliedmaßen – mit notdürftigen Bandagen versorgt worden waren.

Diejenigen Überlebenden, die sich aus eigener Kraft bewegen konnten, versuchten Unterkünfte zu finden und niemandem zur Last zu fallen, aber es war nicht einfach. Sie waren erschöpft, standen unter Schock und fühlten sich elend und zornig. Sie konnten auf keinen Fall vergessen, was mit ihnen geschehen war, auch nicht für einen kurzen Moment.

Außerdem trafen Shuttles von Bajor ein, die soviel medizinisches Personal und Versorgungsgüter an Bord hatten, wie Shakaar entbehren konnte. Es war nicht viel, aber es war besser als gar nichts – und es verstärkte das Gedränge vor der Station. Als Sisko sich auf den Weg zum OPS machte, hüllten ihn die Schreie, die Verzweiflung und die Tränen der Flüchtlinge wie eine Wolke ein. Er durfte nicht zulassen, daß sein Urteilsvermögen durch Zorn und Mitleid beeinträchtigt wurde, und er bemühte sich nach Kräften, jede Regung seines Herzens zu unterdrücken.

Doch es fiel ihm schwer.

In der Zentrale fand Sisko zumindest ein wenig Ruhe. Nur die unbedingt notwendige Besatzung hielt sich hier auf, und im Vergleich zur übrigen Station wirkte der Lärm hier gedämpft. Kira und Dax waren bereits auf ihren Posten. O'Brien war natürlich nirgendwo zu sehen. Entweder half er dabei, weitere Räume für die Flüchtlinge vorzubereiten, oder er hatte sich wieder in der *Defiant* an die Arbeit gemacht. Lieutenant Soyka nickte Sisko zu und räumte den Kommandosessel.

»Nehmen Sie Kontakt mit Starfleet auf«, wies Sisko ihn an. »Ich möchte sofort mit Admiral Noguchi sprechen.« Er wandte sich an Kira. »Und Sie sollten mit Premierminister Shakaar reden«, sagte er behutsam. »Erzählen Sie ihm alles, was geschehen ist.«

»Und was dann?« fragte Kira spitz. »Er will sicherlich wissen, was wir unternehmen werden.« Sie mußte nicht hinzufügen, was Sisko in ihren Augen lesen konnte: *Genauso wie ich.*

»Sagen Sie ihm, daß wir schnellstmöglich zurückkehren werden, sobald die Flüchtlinge die *Defiant* verlassen haben. Wir werden mit Schwarmmeister Dron reden.«

»Sie wollen nur *reden*?« hakte Kira nach.

»Was sollte ich Ihrer Meinung nach sonst tun?« fragte Sisko ruhig zurück.

Dieser Tonfall hätte sie warnen sollen, aber sie achtete nicht darauf. Sie funkelte ihn an. »Den Schwarm auslöschen«, erwiderte sie unverblümt.

»Womit?« wollte Sisko von ihr wissen. »Selbst wenn der Chief die Waffensysteme der *Defiant* wieder repariert hat, bezweifle ich sehr, daß wir es mit dem Mutterschiff aufnehmen könnten. Und ich bin mir nicht einmal sicher, ob wir es tun sollten, selbst wenn wir es könnten.«

Kira warf ihm einen vernichtenden Blick zu. »Sie haben ein Massaker auf Darane angerichtet!«

»Daran mussen Sie mich nicht erinnern«, erwiderte Sisko. »Aber wer sind *sie* überhaupt? Ist es jedes einzelne Individuum des Schwarms? Dieses Schiff ist gigantisch – es müssen sich Millionen, wenn nicht Milliarden von Lebewesen an Bord befinden. Sind sie *alle* schuldig? Oder wurde der Angriff nur von der Führungsschicht geplant und ausgeführt? Solange ich nicht genau weiß, wie sich die Dinge verhalten, werde ich nicht den Befehl zu einem Genozid geben.«

Widerstreitende Gefühle spiegelten sich in Kiras Miene. Schließlich gelang es ihr jedoch, ihren Ausdruck unter Kontrolle zu bringen und knapp zu nicken. »Es tut mir leid, Captain«, stieß sie zwischen zusammengebissenen Zähnen hervor. »Sie haben natürlich recht. Ein Genozid kann nicht die Antwort sein.«

»Vielen Dank.« Sisko brachte ein schwaches Lächeln zustande. »Aber ich bin überzeugt, daß Sie eine Meinung ausgesprochen haben, die inzwischen von vielen vertreten wird. Vermutlich wird sogar Shakaar derselben Ansicht sein. Tun Sie bitte Ihr Bestes, damit auch er meine Einstellung versteht.«

»Natürlich.« Kira drehte sich um, und Sisko erkannte die Anspannung jedes Muskels in ihrem gelenkigen Körper. Es fiel ihr nicht leicht, den Drang nach Vergeltung zu unterdrücken.

Für ihn selbst war es auch nicht wesentlich leichter.

»Ich habe Admiral Noguchi erreicht, Captain«, rief Soyka.

»Ich führe das Gespräch in meinem Büro«, erwiderte Sisko. Er kam sich beinahe vor, als würde er aus der Zentrale und vor den anklagenden Blicken flüchten, als er sich auf den Weg machte. Er schritt durch die Tür, setzte sich an seinen Schreibtisch und tippte den Kode ein, um den Anruf entgegennehmen zu können. Dann blickte ihn das uralte, runzlige Gesicht an. »Admiral!«

»Captain!« erwiderte Noguchi mit einer leichten Verneigung des Kopfes. »Sie haben etwas zu melden?«

»Ja«, sagte Sisko mit einem Seufzer. »Ich muß die Vernichtung des Planeten Darane Vier melden und den Tod des überwiegenden Teils der Bevölkerung. Ich werde Ihnen die vollständigen Aufzeichnungen übermitteln, Admiral, aber ich dachte, Sie sollten zunächst auf direktem Wege davon erfahren.« Er gab ihm einen knappen Bericht über die Ereignisse. »Ich mache mich bereit, zum Schwarm zurückzukehren«, schloß er. »Schwarmmeister Dron hat sich mit einem Gespräch einverstanden erklärt.«

Noguchis Gesicht schien noch faltiger geworden

zu sein, während er Sisko zugehört hatte. »Und was beabsichtigen Sie zu tun, Captain?« wollte er wissen.

»Feststellen, wer für dieses Massaker verantwortlich ist«, antwortete er. »Wie lange wird es dauern, bis ich mit Verstärkung rechnen kann?«

Der Admiral runzelte leicht die Stirn und erwiderte: »Sieben Tage.«

»Eine Woche?« Sisko bemühte sich, es nicht wie einen Vorwurf klingen zu lassen. »Ist das nicht ein… recht langer Zeitraum?«

Noguchi nickte. »Wie Sie wissen, wollen wir nach Möglichkeit nicht zu viele größere Schiffe in Ihrem Sektor konzentrieren, Captain. Das könnte die Cardassianer nervös machen. Unter normalen Umständen wäre die *Enterprise* in Ihrer Nähe gewesen, aber…« Er breitete die Hände aus. Sisko hatte natürlich von der kürzlichen Zerstörung der *Enterprise*-D erfahren. »Die nächsten Schiffe sind die *Farragut* und die *Pike*. Ich lasse beide zu Ihnen schicken. Die *Farragut* wird in sieben Tagen eintreffen und die *Pike* in neun. Mehr kann ich Ihnen leider nicht anbieten, Benjamin.«

Sisko hatte auf bessere Neuigkeiten gehofft. Es hätte ihre Moral erheblich verbessert, wenn die *Defiant* Rückendeckung durch ein Föderationsraumschiff hätte. Vor allem seine eigene Moral. »Und wie sieht es mit unseren Verbündeten aus, Admiral?« fragte er vorsichtig. »Besteht in dieser Richtung Aussicht auf Hilfe?«

»Die Klingonen sind im Augenblick… etwas schwierig«, erwiderte Noguchi diplomatisch. »Sie dürften nicht in der Lage sein, Unterstützung zu schicken. Die Cardassianer haben in Ihrer Nähe drei Flotten stationiert, aber sie behaupten, daß sie zur Zeit keine Schiffe entbehren können.«

»Großartig«, brummte Sisko. »Also bin ich völlig auf mich allein gestellt, wie?«

»Ich habe größtes Vertrauen in Ihre Fähigkeiten, Benjamin«, entgegnete Noguchi. »Wie geht es mit den Reparaturen der *Defiant* voran?«

»Soweit ich weiß, sind die Waffen immer noch nicht einsatzbereit«, teilte Sisko ihm mit. »Ich denke, daß dieses Problem demnächst behoben werden kann, aber es bedeutet, daß meine beste Waffe zur Zeit die Diplomatie darstellt. Ich würde es jedoch vorziehen, etwas Stärkeres zu Verfügung zu haben.«

Noguchi nickte. »Allerdings konnten Sie mit Ihren Worten bisher sehr viel bewirken. Ich bin sicher, daß Sie unter diesen nicht sehr ermutigenden Voraussetzungen trotzdem alles Menschenmögliche unternehmen werden.«

»Mir bleibt wohl kaum eine andere Wahl, nicht wahr?« sagte Sisko.

»Richtig«, bestätigte Noguchi. »Sie können mir glauben, daß ich Sie keineswegs beneide. Sie befinden sich in einer äußerst schwierigen Situation.«

»Dann werde ich mich anstrengen müssen, um mich daraus zu befreien.« Mit einem Seufzer beendete Sisko das Gespräch. Keine guten Neuigkeiten. Sieben Tage...

Wer mochte wissen, was der Schwarm in sieben Tagen angestellt hatte?

Er stand vom Schreibtisch auf und wünschte sich, er hätte Zeit für eine Dusche und etwas Schlaf. Doch im Augenblick war das ein Luxus, den er sich einfach nicht erlauben konnte. Er kehrte in die Zentrale zurück und sah, wie Major Kira sich zu ihm umdrehte. Sie wirkte nicht sehr glücklich. »Was gibt es?« fragte er besorgt.

»Shakaar hat... keineswegs mit Freude auf meinen Bericht reagiert«, teilte Kira ihm mit. »Und er ist auch nicht begeistert von dem, was wir bisher unternommen haben. Er scheint die Ansicht der Mehrheit auf Bajor zu teilen.«

Sisko seufzte. »Und diese besagt, daß wir die Invasoren schnellstens vernichten sollten, wie?«

»Etwas in der Art.«

»Ich hatte befürchtet, daß ich ihn enttäusche – und die Mehrheit der übrigen Bajoraner. Im Augenblick bezweifle ich, daß wir mit den Waffen der *Defiant* etwas gegen eine Fliege ausrichten könnten.« Er tippte auf seinen Kommunikator. »Sisko an O'Brien. Erzählen Sie mir eine gute Neuigkeit, Chief. Ich könnte jetzt wirklich eine vertragen.«

Ein leises Hüsteln und ein gemurmelter Fluch waren zu hören, bis O'Brien unwirsch antwortete: »Die Waffensysteme sind wieder in Betrieb, Captain. Im Augenblick verfügen wir über vierzig Prozent unserer normalen Kapazität.«

»Vielen Dank, Chief«, sagte Sisko aufrichtig. »Das ist die beste Neuigkeit, die ich heute gehört habe.«

»Und«, fügte O'Brien hinzu, »die Flüchtlinge sind fast vollständig von Bord gegangen. Ich mache gerade einen Systemcheck, und wenn alles gutgeht, können wir in... sagen wir, fünfzehn Minuten wieder starten. Fontana und ich werden unterwegs an den Waffen weiterarbeiten.«

»Chief, Sie sind ein Wunderknabe!« Sisko nickte Kira zu. »Major, Dax... holen Sie Odo und treffen Sie sich mit mir auf der *Defiant*.« Er gönnte sich ein verbissenes Lächeln. »Wir erhalten wieder einmal die Gelegenheit, unser diplomatisches Geschick in der Praxis zu erproben.«

»Dessen wäre ich mir nicht so sicher«, sagte Harl, während er auf den Computer starrte. »Mir kommt es äußerst riskant vor.«

»Natürlich läßt sich ein Risiko niemals ausschließen«, räumte Tukh mit gerunzelter Stirn ein. »Immerhin geht es hier um Rebellion, nicht wahr? Wir wollen den Schwarmmeistern zeigen, was wir von Ihren Plänen halten. Dazu *müssen* wir ein gewisses Risiko eingehen.«

»Das weiß ich«, erwiderte Harl und versuchte, sich nicht von seinem Zorn überwältigen zu lassen. Schließlich stand Tukh auf seiner Seite. »Aber eine Sabotage der Drohnen scheint mir kein besonders gezielter Anschlag zu sein. Jemand könnte verletzt werden.«

»Hast du etwa Angst?« fragte Tukh verächtlich. »Offenbar bist du nicht völlig von der Notwendigkeit der Veränderung überzeugt.«

»Das darf niemand von mir behaupten!« sagte Harl. Er hatte plötzlich das Bedürfnis, den Kopf seines Mitkämpfers gegen die nächste Metallwand zu schlagen. »Aber ich will sicherstellen, daß wir nur den Schwarmmeistern schaden, wenn wir zuschlagen. Wir führen keinen Krieg gegen die Bevölkerung.«

»Das weiß ich natürlich«, stimmte Tukh zu, der nun offenbar versuchte, ihn zu beschwichtigen. »Aber wir müssen Aufmerksamkeit erregen. Wenn wir die Drohnen in diesem Sektor sabotieren, während sie bei der Arbeit sind, wird es bestimmt nicht unbemerkt bleiben.«

Harl dachte darüber nach. Während die Drohnen fieberhaft replizierten, würde es nicht allzu schwierig sein, einen Fehler in ihre Programmierung einzuschleusen. Doch es waren ziemlich viele Arbeiter in der Nähe, und es bestand eine recht hohe Wahrscheinlichkeit, daß einer oder mehrere von ihnen verletzt wurden, wenn etwas Unvorhergesehenes eintrat. »Nein«, entschied er schließlich. »Es ist eine gute Idee, aber sie ist zu gefährlich. Wir müssen auf andere

Weise zuschlagen.« Er gab Tukh den Computer zurück. »Das ist der falsche Weg.«

Tukh nahm das Gerät widerstrebend an. »Ich denke, du befindest dich auf dem falschen Weg«, beklagte er sich. »Aber… wenn du meinst.«

»Gut.« Harl kehrte an seinen Arbeitsplatz zurück und achtete nicht mehr auf seinen Mitkämpfer.

Was ein klarer Fehler war. Sobald Harl außer Sichtweite war, verzog sich Tukhs Schnauze zu einem breiten Grinsen. »Es spielt überhaupt keine Rolle, was du meinst«, sagte er leise. »Die Sabotage wird trotzdem stattfinden.« Er blickte auf den Computer, den er vorsichtig in den Händen hielt. Das Gehäuse war mit Harls Handabdrücken übersät, und er war der einzige gewesen, der die Tasten gedrückt hatte, mit denen sich der Sabotageplan aufrufen ließ.

Wenn Tukh den Anschlag initiierte, würde man Harl für die Folgen verantwortlich machen. Und Tukh war sich ziemlich sicher, daß es bei der Explosion Todesopfer gab. Er hatte bereits drei Opfer ausgesucht, die sich in der Verarbeitungssektion aufhielten, wenn die Drohnen explodierten.

Drei Opfer und eine unübersehbare Sabotage mußten genügen, um Harl zu verhaften und zu verurteilen, ganz wie Sicherheitsmeister Raldar befohlen hatte.

Zufrieden machte sich Tukh daran, den Plan auszuführen.

12

Gul Dukat stand in militärisch korrekter Haltung im Quartier von Gul-Tar Keve. Die Zimmer waren selbst für cardassianische Begriffe spartanisch eingerichtet. Daran wäre nichts Besonderes, wenn Keve nicht praktisch der Herrscher des Cardassianischen Reiches gewesen wäre. Natürlich war er kein offizieller Imperator, da Cardassia Prime von einem gewählten Bürgerrat regiert wurde.

In Wirklichkeit jedoch bestand der Rat aus Galionsfiguren, hinter denen Keve und das Militär standen. Sie übten die eigentliche Macht aus – und die Macht war alles, was zählte.

Trotzdem war Dukat beeindruckt, daß Keve auf nahezu alle Ornamente der Macht verzichtete. Natürlich war sein Quartier größer als die der meisten Würdenträger, aber er hatte auch mehr Personal, das sich um verschiedenste Aufgaben kümmerte. Außer den zweckmäßigen Sitzen, Tischen und Monitoren gab es nur wenig Mobiliar. Er hatte keine Kunstwerke aufstellen lassen, mit denen viele der rangniederen Militärs gerne in ihren Wohnräumen protzten. Sogar das Essen kam aus einem Standard-Replikator. Keve hatte immer wieder betont, daß seine Stellung kein Privileg, sondern eine große Verantwortung darstellte. Manchmal glaubte Dukat es sogar. Und manchmal glaubte er nur, daß Keve daran glaubte.

»Rühren«, befahl Keve nach einer Weile, als er vom Bericht aufblickte, den er etwas zu umständlich studiert hatte. Es war der älteste und primitivste Trick, um jemandem zu verstehen zu geben, wer das Sagen hatte – so primitiv, daß sogar die Menschen ihn benutzten. »Ich habe Ihre Berichte und Empfehlungen gelesen, Dukat. Scharfsinnig, interessant und egoistisch wie immer.«

»Vielen Dank, Gul-Tar.« Dukat neigte leicht den Kopf. Er hatte viele Fragen, die ihm auf der Seele brannten, aber er würde sich niemals dazu herablassen, sie zu stellen. Es lag allein in Keves Händen, Pläne zu verkünden – oder sie unter Verschluß zu halten, wie er es häufig tat.

»Ihre Empfehlungen sind... recht provokant«, fügte Keve hinzu, während er aufstand. Er war ein älterer Mann mit gedrungener Figur, ein Stück kleiner als Dukat, und er lief mit einem ausgeprägten Humpeln – das Resultat einer alten Kriegsverletzung. Zumindest behauptete er das.

Dukat sagte nichts, da er wußte, daß Keves Worte lediglich Eröffnungszüge waren. Keve wollte ihn nervös machen. Bei anderen funktionierte diese Taktik meistens recht gut, doch Dukat hatte schon viel zu lange unter dem Gul-Tar gedient. Er kannte all seine Vorlieben und Gewohnheiten.

Keve, der genau wußte, wie gut Dukat ihn kannte, tippte auf den Computerbildschirm. »Sie schlagen also vor, mit der Heimatflotte ins Darane-System zu fliegen und dieses fremde Raumschiff genauer zu untersuchen.«

»Ja, Gul-Tar«, bestätigte Dukat. Jetzt war der richtige Zeitpunkt, um seine Argumente vorzulegen. »Die Erste Flotte wird benötigt, um unsere Grenzen gegen eine Infiltrierung durch das Dominion zu schützen. Die Dritte Flotte ist mehrere Tage entfernt. Die Zweite Flotte überwacht die Ereignisse an der klingonischen Grenze. Nur die Heimatflotte könnte Darane rechtzeitig erreichen, um Kontakt mit den Aliens aufzunehmen.«

»Richtig«, sagte Keve. »Falls dieses Vorgehen Priorität für uns hätte.« Er warf Dukat einen ernsten Blick zu. »Die Heimatflotte wird genau dort benötigt, wo sie ist, nämlich in der Heimat. Ihr Ersuchen ist abgelehnt.«

Dukat erwiderte den Blick. »Dann werden wir nichts gegen diese potentielle Bedrohung unternehmen?« fragte er mit vorgetäuschter Überraschung. »Das ist ein wenig... irritierend, Gul-Tar.«

»Ich habe nicht gesagt, daß wir gar nichts unternehmen.« Keve kam humpelnd hinter seinem Schreibtisch hervor. »Ich habe Kontakt mit Gul Gavron aufgenommen und ihm befohlen, die Angelegenheit zu untersuchen.«

»Aber die Dritte Flotte...«, setzte Dukat zu einem Protest an.

»...steht mehrere Tage entfernt, ich weiß«, pflichtete Keve ihm bei. »Das ist bedauerlich, läßt sich aber nicht ändern. Und ich weiß, daß Gavron nicht einen solchen... wie soll ich sagen?... *durchtriebenen* Charakter wie Sie besitzt, aber auch daran läßt sich nichts ändern.«

»Gul-Tar«, warf Dukat vorsichtig ein, »ich war es, der dieses Alien-Schiff entdeckt hat. Ich habe es beobachtet und darüber Bericht erstattet. Nach allem, was recht ist, sollte ich mit dieser Mission beauftragt werden.«

Keve machte eine wegwerfende Handbewegung. »Nach allem, was recht ist!« wiederholte er verächtlich. »Sie haben kein Recht, das ich Ihnen nicht gewähre, Dukat. Das sollten Sie niemals vergessen!«

»Nein«, stimmte Dukat zu und senkte den Blick. »Ich möchte mich entschuldigen, wenn ich Sie enttäuscht habe.«

»Sie haben mich nicht enttäuscht«, erwiderte Keve mit einem leichten Lächeln. »Im Gegenteil, nur selten war ich zufriedener mit Ihnen. Angesichts der Informationen, die Sie gewonnen haben, sind Ihre Berichte und Empfehlungen perfekt. Wenn die Dinge anders lägen, hätte ich Ihnen sofort die Erlaubnis gegeben, mit dem Jagdzug zu beginnen. Ich bin froh, daß Ihnen soviel daran liegt, die Informationen über die fremde Technologie für unser Militär zu verwerten.«

Dukat wirkte verwirrt. »Ich verstehe nicht ganz, Gul-Tar«, sagte er. »Habe ich in meiner Analyse etwas übersehen?«

»Nichts, von dem Sie Kenntnis haben könnten.« Keve schien kurz nachzudenken, dann sagte er: »Kommen Sie.« Er führte Dukat zur einzigen Luxuseinrichtung der Suite – dem wandgroßen Fenster, von dem aus sich die Hauptstadt überblicken ließ. Es zeigte die zahllosen Gebäude und Komplexe, die sich vor der Zitadelle erstreckten. Das Panorama war atemberaubend. Dukat verstand, warum Keve dieses Fenster soviel bedeutete, denn es vermittelte ein unglaubliches Machtgefühl. Tief unten waren winzige Gestalten zu sehen, die ihren Tätigkeiten nachgingen. Und hier oben schlug das Herz des Imperiums. »Es sieht friedlich aus, nicht wahr?« fragte Keve ihn eine Weile später.

»Sehr«, stimmte Dukat zu. »Natürlich auf produktive Weise.«

»Natürlich«, erwiderte Keve trocken. »Aber das ist nur die Oberfläche. Wenn Sie ein wenig daran kratzen, stoßen Sie sofort auf jede Menge Unzufriedener und Unruhestifter.«

Dukat runzelte die Stirn. »Es hat immer Leute gegeben, die dem Militär keine Macht gönnen«, warf er ein. »Aber sie sind in der Minderheit. Sie sind es nicht wert, daß Sie sich darüber Sorgen machen. Diese

Leute können sich niemals organisieren, da sie viel zu unterschiedliche Auffassungen vertreten.«

»Bis vor kurzem«, stellte Keve richtig. »Inzwischen wächst der Widerstand gegen das Militär von Tag zu Tag. Die Unruhe wird immer größer.« Er verzog das Gesicht. »Vor drei Tagen wurde eine Waffenlieferung auf dem Weg zum Raumhafen von Bavroma abgefangen und ausgeraubt.«

Dukat wirkte schockiert. »Davon hatte ich noch nicht gehört«, sagte er.

»Natürlich nicht«, erwiderte Keve. »Schließlich erlaube ich nicht, daß solcherlei Nachrichten nach außen dringen.« Er blickte mit finsterer Miene auf die Stadt. »Früher oder später wird es zu einem Aufstand kommen. Meine Informationsquellen deuten darauf hin, daß es wohl früher sein wird. Das ist der Grund, warum die Heimatflotte hierbleiben muß.« Er legte einen Arm um Dukats Schulter. »Und Sie. Ich brauche gute Offiziere in meiner Nähe, Leute, denen ich vertrauen kann. Soll Gavron das fremde Schiff verfolgen und nach Ruhm streben! Sie werden hier bei mir bleiben, und gemeinsam werden wir Jagd auf Verräter machen. Sie werden meine rechte Hand sein, Dukat. Ist das nicht viel wichtiger als die Mission, an der Ihnen soviel zu liegen scheint?«

Viel mehr, dachte Dukat. Er hatte natürlich längst vom Waffendiebstahl erfahren und seine »Empfehlungen« sehr sorgfältig ausgearbeitet. Keve hatte genau das getan, was Dukat gehofft hatte – daß er die Dritte Flotte vernachlässigte und Dukats eigene Machtposition stärkte. Er hatte dafür gesorgt, nicht auf diese Mission geschickt zu werden, indem er ein solches Interesse an den Tag gelegt hatte. Gavron sollte den Ruhm ernten – wenn es ihm gelang. Dukat hegte jedoch den Verdacht, daß diese Aliens noch ein paar weitere Tricks auf Lager hatten. Es wäre viel günstiger, wenn Gavron im Kampf gegen sie fiel. Damit konnte Dukat anschließend in die Bresche springen und die Situation retten...

Dukat salutierte. »Es ist meine Pflicht, dort zu dienen, wo ich am dringendsten benötigt werde, Gul-Tar«, sagte er. »Und es ist mir gleichzeitig ein Vergnügen.«

»Gut«, sagte Keve und entließ ihn mit einer Handbewegung. »Ich wußte, daß Sie vernünftigen Argumenten zugänglich sind.«

In der Tat, dachte Dukat, als er sich verbeugte und Keves Quartier verließ. *Ich habe mich sehr vernünftig verhalten...*

Bei diesem Flug fühlte sich die *Defiant* schon viel besser an. Sisko lehnte sich entspannt im Kommandosessel zurück. O'Brien, Fontana und die anderen Ingenieure hatten wahre Wunder an den Systemen des Schiffes vollbracht. Sisko konnte auf seinem eigenen kleinen Monitor in der Armlehne ablesen, daß die Schilde wieder über fünfundneunzig Prozent Kapazität verfügten, daß die Triebwerke volle Energie lieferten und die Lebenserhaltung tadellos funktionierte. Nur in die taktischen Systeme mußte noch etliche Arbeit investiert werden – womit der Chief und der Lieutenant in diesem Augenblick beschäftigt waren. Doch immerhin standen die Waffen bereits zu sechzig Prozent wieder zur Verfügung.

Sisko hatte ein wesentlich besseres Gefühl, wenn er nun zum Schwarm zurückkehrte und zumindest die Zähne fletschen konnte, falls es nötig wurde. Natürlich würde er es zuerst mit Diplomatie versuchen. Admiral Noguchi hatte ihn nicht darauf aufmerksam machen müssen. Sisko war sich auch so der Notwendigkeit bewußt gewesen. Doch wenn die Diplomatie versagte, konnte es nicht schaden, wenn man etwas hatte, mit dem man drohen konnte.

Er wußte immer noch nicht, was er von diesen Aliens halten sollte. Sie schienen sich nicht zwischen vernünftigen Verhandlungen und sinnlosem Wüten entscheiden zu können. Sie behaupteten, daß die Bewohner von Darane ›wahnsinnig‹ waren – aber was genau meinten sie damit? Immerhin war Schwarmmeister Dron bereit gewesen, mit Sisko zu reden, und vielleicht würde er dann besser verstehen, welche Interessen den Schwarm antrieben. Seine erste Direktive als Starfleet-Offizier bestand darin, Kontakt mit neuen Lebensformen zu suchen – obwohl es in diesem Fall schien, als wäre er selbst die fremde Lebensform, mit der man Kontakt gesucht hatte. Es war wichtig, eine unbekannte Spezies zu verstehen, bevor man ein Urteil über sie fällte.

Dennoch war es schwierig, sich eines Urteils zu enthalten, nachdem der Schwarm so viele leben auf dem Gewissen hatte.

Aber im Moment verfügte Sisko über zuwenig Informationen, um damit arbeiten zu können.

»Ich empfange eine Nachricht, Benjamin«, sagte Dax leise, offenbar um ihn nicht zu abrupt aus seinen Gedanken zu reißen. »Sie kommt von Shakaar.«

»Danke, alter Knabe«, sagte Sisko mit einem matten Lächeln. »Ich werde den Anruf im Besprechungsraum entgegennehmen.« Er hatte schon seit einiger Zeit mit diesem Anruf gerechnet, wußte jedoch immer noch nicht genau, was er sagen sollte. Als er allein war, aktivierte er den Bildschirm. »Premierminister«, begrüßte er den Bajoraner höflich. »Was kann ich für Sie tun?«

Shakaar war kein Dummkopf. Er war im Widerstand Kiras Vorgesetzter gewesen, und sie hielt große Stücke auf ihn. Sisko wiederum hatte großen Respekt vor Kiras Meinung und war überzeugt, daß Shakaar vermutlich allen Erwartungen gerecht wurde, die der Major in ihn setzte. Der Premierminister hob eine Augenbraue. »Nun, Captain, ich vermute, wenn ich Sie auffordere, Vergeltung an diesen Mördern zu üben, werde ich wohl nicht viel damit erreichen, oder?«

»Nein«, bestätigte Sisko seine Vermutung. »Obwohl ich großes Verständnis für Ihre Bitte habe.«

»Das habe ich mir gedacht.« Shakaar massierte sich das Genick, während er plötzlich sehr müde aussah. »Andererseits werden Sie sicher verstehen, daß ich gezwungen bin, immer wieder darauf zu drängen, daß die Föderation den Schwarm vernichtet.«

»Durch Kai Winn«, riet Sisko.

Shakaar lachte tonlos. »Das war viel zu einfach, Captain. Ja, natürlich stellt sie diese Forderung. Laut, beständig und öffentlich. Und natürlich nutzt sie jede Gelegenheit, mich bloßzustellen.«

»Das überrascht mich nicht im geringsten«, erwiderte Sisko. »Sie haben mein vollstes Mitgefühl.«

»Was haben Sie also vor?« fragte Shakaar nun.

»Ich will mit dem Schwarm reden«, teilte Sisko ihm mit. »Ich will in Erfahrung bringen, was sie hier wollen. Wic ihre Pläne aussehen. Und wer für die Vernichtung von Darane Vier verantwortlich ist.«

»Und dann?« Shakaar beugte sich interessiert ein Stück vor.

»Ich weiß es noch nicht genau«, gab Sisko zu. »Aber ich kann Ihnen eins versprechen. Wer immer die Zerstörung des Planeten in die Wege geleitet hat, er wird dafür bezahlen. Darauf haben Sie mein Wort.«

Es folgte eine kurze Pause, bis Shakaar nickte. »Das genügt mir.« Er lächelte aufrichtig. »Nerys hält sehr viel von Ihnen, Captain, und ich halte sehr viel von ihr. Mit Ihrer Zusicherung fühle ich mich wohler.«

»Ich danke Ihnen.« Sisko neigte leicht den Kopf. »Ich werde mir Mühe geben, meinem Ruf gerecht zu werden.«

»Ich habe verstanden.« Shakaar nickte erneut und unterbrach die Verbindung.

Sisko lehnte sich in seinem Sessel zurück und starrte eine Weile die Decke an. Zumindest setzte Shakaar ihn nicht zu sehr unter Druck. Das war so ziemlich der einzige positive Aspekt an dieser ganzen Mission. Er wußte, daß Shakaar auf Bajor unter gewaltigem Druck stehen mußte, aber er war klug genug, nicht zu versuchen, den Druck weiterzugeben. Er entwickelte sich zweifellos zu einem sehr guten Premierminister, ganz im Gegensatz zu seinen Vorgängern, mit denen Sisko sich hatte auseinandersetzen müssen. Solange Shakaar nicht den in der bajoranischen Politik beliebten Intrigen zum Opfer fiel, war er wahrscheinlich das Beste, was dem Planeten widerfuhr, seit die Cardassianer abgezogen waren.

Doch nun mußte Sisko sich mit dem Schwarm auseinandersetzen.

Wie auf ein Stichwort piepte in diesem Moment sein Kommunikator.

»Entschuldigung, wenn ich Sie störe, Captain«, sagte Dax' Stimme. »Aber wir nähern uns dem Darane-System.«

»Bin schon unterwegs.« Sisko sammelte seine Gedanken und kehrte auf die Brücke zurück. »Geben Sie Darane Vier auf den Schirm, sobald wir in Sichtweite sind, Dax«, sagte er, nachdem er im Kommandosessel Platz genommen hatte. Er wollte sehen, was in den paar Stunden ihrer Abwesenheit aus dem Planeten geworden war.

»Verstanden, Captain«, bestätigte Dax und konzentrierte sich auf ihre Instrumente.

Da er im Augenblick nur abwarten konnte, bis es

soweit war, tippte Sisko auf seinen Kommunikator. »Sisko an O'Brien. Chief, wie sieht es aus?«

Es gab eine kurze Pause, bis O'Briens Antwort zu hören war. »Alle Phaser sind wieder einsatzbereit, Captain. Es wäre mir lieber, wenn ich die Gelegenheit zu einem Testlauf hätte, bevor sie zum Einsatz kommen, aber ich bin überzeugt, daß sie in Ordnung sind, wenn Sie sie benötigen. Für die Photonentorpedos brauchen wir noch etwa eine halbe Stunde.«

»Danke, Chief«, sagte Sisko erleichtert. »Das ist eine hervorragende Neuigkeit. Ich werde Sie nicht mehr stören, bis Sie die Arbeiten abgeschlossen haben. Sisko Ende.«

Die Phaser waren wieder einsatzbereit... Sisko hoffte trotzdem, daß er sie nicht benötigte und daß sich die Problematik irgendwie auf friedliche Weise lösen ließ. Aber er konnte sich nur schwer vorstellen, daß Schwarmmeister Dron bereit wäre, sich und die anderen Schuldigen für die Zerstörung von Darane selbst zu bestrafen. Er hatte das Gefühl, daß in dieser Angelegenheit früher oder später die Waffen sprechen würden. Sisko konnte sich nur bemühen, daß es später geschah.

»Darane ist in Sicht«, gab Dax bekannt.

Sisko und die Brückenbesatzung waren darauf vorbereitet, die verkohlten Überreste des Planeten zu sehen. Er hing immer noch im Raum und wurde von Rauchwolken umkreist.

Doch das Alien-Schiff hatte sich verändert. Es stand an derselben Position über dem Planetenkern, aber die Flügel hatten sich wieder ausgebreitet. Doch das war es nicht, was Sisko überraschte. Es waren die Aktivitäten entlang der Mittelachse des Schwarmschiffs.

Dort hatte sich eine Art Lücke gebildet, denn an einigen Stellen schien der Weltraum durch. Sie waren noch zu weit entfernt, um weitere Einzelheiten feststellen zu können, doch Siskos Instinkte sagten ihm, daß es bestimmt nichts Gutes zu bedeuten hatte, was immer dort vor sich gehen mochte.

»Dax«, sagte er nervös. »Was geschieht dort? Bricht das Schwarmschiff auseinander?«

Sie antwortete noch nicht, sondern richtete alle Sensoren auf das fremde Raumschiff aus. Sisko konnte hören, wie auch Odo in seinem Rücken hektisch Befehle in seine Konsole tippte. Schließlich seufzte Dax. »Ich weiß nicht, was es zu bedeuten hat«, meldete sie. »Für eine genaue Untersuchung sind wir sind noch zu weit entfernt. Aber ich würde sagen, daß es sich nicht um einen ungeplanten Vorgang handelt.«

»Wie meinst du das?« fragte Sisko und trat direkt hinter die Frau, die gleichzeitig sein ältester Freund und Mentor war.

»Diese Linie ist viel zu gerade und regelmäßig«, stellte sie fest. »Wenn das Schiff ein Problem hätte, würde das Ganze anders aussehen.«

»Möglicherweise«, pflichtete Sisko ihr bei. »Untersuche es weiter. Sag mir sofort, wenn du etwas Neues herausfindest.« Er wandte sich an Kira. »Versuchen Sie Kontakt mit dem Schwarmmeister aufzunehmen«, sagte er. »Teilen Sie ihm mit, daß wir gekommen sind und erwarten, an Bord gehen zu dürfen, um mit ihnen zu reden.« Dann drehte er sich zu Odo um, der sich stirnrunzelnd über seine Instrumente beugte. »Haben Sie etwas, Constable?«

Der Gestaltwandler blickte auf. Obwohl er immer noch Schwierigkeiten hatte, menschliche Gesichtszüge perfekt nachzubilden, machte seine Miene unmißverständlich einen besorgten Eindruck. »Es ist schwer zu sagen«, antwortete er. »Ich habe auf Verdacht das gesamte System gescannt. Es läßt sich kaum noch mit den Sensoren erfassen, aber am Rand des Systems befindet sich ein Erkundungsschiff der Cardassianer.«

Sisko schnaufte. »Ich hätte mir denken können, daß sie die Vorgänge beobachten.«

»Und ohne ihre Hilfe anzubieten«, fügte Odo hinzu. »Das sieht ihnen ähnlich. Aber es bedeutet, daß sie die Schlacht vermutlich verfolgt haben – um Informationen über die Technologie der Aliens zu erhalten.«

Er mußte den Gedanken nicht bis zur letzten Konsequenz weiterführen. Sisko nickte. »Also müssen wir damit rechnen, daß demnächst eine cardassianische Delegation ihr Interesse anmeldet, sich an den Gesprächen beteiligen zu wollen?«

»Das würde ich erwarten.« Odo verzog das Gesicht. »Das wird es Ihnen nicht unbedingt leichter machen.«

»Ich wäre schon froh, wenn die Cardassianer es mir nicht schwerer machen«, gestand Sisko.

»Captain«, rief Dax. »Ich registriere etwas... sehr Ungewöhnliches.« Als Sisko an ihre Seite geeilt war, erklärte sie: »Ich habe jetzt die vorläufigen Sensordaten vom Mutterschiff ausgewertet. An der Hülle des Schwarms befinden sich Tausende kleiner Maschinen, und im Innern des Schiffes sind vermutlich noch mehr.«

»Um den Bruch zu reparieren?« mutmaßte Sisko.

»Nein – um ihn zu *schaffen*.« Als Dax aufblickte, zeigte ihr Gesicht völlige Verblüffung. »Sie teilen das Mutterschiff in zwei Hälften.«

13

All das ergab für Sisko keinen Sinn. Warum sollte sich der Schwarm selbst zerstören? Irgend etwas mußte ihnen allen entgangen sein. Sisko schlug auf seinen Kommunikator und rief: »Sisko an O'Brien. Chief, möchten Sie sich vielleicht ansehen, was in diesem Augenblick mit dem Schwarm geschieht?«

»Ich bin sowieso schon auf dem Weg zur Brücke«, kam O'Briens Antwort. »Ich werde in etwa einer Minute bei Ihnen sein.«

Sisko starrte auf den Hauptsichtschirm. Sie waren immer noch zu weit entfernt, um Einzelheiten des Schiffs ausmachen zu können, aber im Geiste konnte er die Maschinen sehen, die an der Hülle arbeiteten. Warum versuchten sie, das Schwarmschiff in zwei Hälften zu teilen? War etwas schiefgelaufen? Oder war dieser Ablauf in irgendeiner Weise geplant?

»Ich habe mit dem Schwarmmeister gesprochen«, meldete Kira. »Er hat mir Koordinaten übermittelt, zu denen wir uns beamen lassen können.«

»Klang er irgendwie besorgt?« fragte Sisko.

»Nein, eher gelangweilt und genervt, wenn Sie mich fragen.«

Also war dem Schwarm kein Unfall zugestoßen. Der Schwarmmeister hätte niemals so ruhig geklungen, wenn seine Welt gerade auseinanderbrach. Sisko nickte. »Ich gehe nur mit einem kleinen Team, Major«, sagte er leise. »Wären Sie sehr beleidigt, wenn ich Ihnen hier das Kommando überlasse?«

Kiras Augen funkelten. »Das ist vermutlich die beste Lösung, Captain«, erwiderte sie ehrlich. »Ich weiß nicht, ob ich mich so weit zusammenreißen könnte, dort drüben niemanden umzubringen.«

Sisko lächelte schwach. »Ich könnte in ähnliche Schwierigkeiten geraten«, gestand er ihr. »Dax, Sie kommen mit mir. Odo, Sie auch.«

Odo neigte leicht den Kopf. »Warum ich? Nicht daß ich etwas dagegen hätte, Sie zu begleiten, aber der Chief wäre doch sicherlich eine wesentlich sinnvollere Wahl.«

»Um die Technik auszuspionieren?« überlegte Sisko. »Vielleicht. Aber wir befinden uns praktisch in einem Polizeieinsatz. Ich denke, dabei sind Sie von größerem Nutzen. Außerdem haben Sie ein unheimliches Gespür, Lügen und leere Worte zu durchschauen.«

»Das liegt daran, daß ich mich zu oft in Quarks Gesellschaft aufhalte«, beklagte sich Odo. »Ich stelle Ihnen meine Fähigkeiten gerne zur Verfügung.«

Die Turbolifttüren öffneten sich zischend, und O'Brien trat ein. »Gütiger Himmel!« murmelte er, als er auf dem Bildschirm sah, was mit dem Schwarmschiff geschah. Er eilte an die wissenschaftliche Station und begann sofort mit den Untersuchungen.

Die *Defiant* kam dem Schwarmschiff jetzt immer näher. Es füllte bereits den gesamten Bildbereich aus, und inzwischen wurden sogar Details an der Außenhülle erkennbar. Die eingesetzten Maschinen waren von sehr unterschiedlicher Größe, aber sie alle schienen hektische Aktivitäten zu entfalten. Es mußte sich um Arbeitsroboter handeln, auch wenn sich ihre jeweiligen Aufgaben nur erraten ließen.

»Chief?« drängte Sisko.

O'Brien blickte von seinen Instrumenten auf und schüttelte verblüfft den Kopf. »Ich muß ihre Technologie immer wieder bewundern«, sagte er schließlich. »Es sind geniale kleine Mörder.« Er deutete auf den Hauptsichtschirm. »Sie demontieren das Schiff entlang der Mittelachse, um es zu teilen.«

»Das haben wir bereits festgestellt«, entgegnete Sisko. »Aber warum?«

»Entschuldigung, Captain. Ich habe mich vielleicht etwas unklar ausgedrückt«, sagte O'Brien. »Sie teilen das Schiff, und zwar in *zwei neue Schiffe*. Die Roboter nehmen das ursprüngliche Schiff sehr vorsichtig auseinander und rekonstruieren dann die jeweils fehlende Hälfte. Es ist das technische Äquivalent einer biologischen Zellteilung – und offenbar zu demselben Zweck. Sie vermehren sich.«

Sisko starrte schockiert auf den Schirm. »*Zwei Schiffe?*« wiederholte er fassungslos. »Sie bauen ein zweites Mutterschiff?«

»Genau, Captain«, erwiderte O'Brien. »Und zwar wesentlich schneller, als ich es für möglich gehalten hätte. Ich würde sagen, in zwei oder drei Tagen haben wir es hier mit zwei identischen Alien-Schiffen zu tun.« Er zuckte die Schultern. »Jetzt wissen wir, warum sie Darane Vier buchstäblich gefressen haben. Sie brauchen das Material für die Teilung.«

»Und wenn ein Schiff einen Planeten zerstören kann«, warf Kira ein, »dann müßten zwei in der Lage sein, ein komplettes Sonnensystem zu vernichten.«

Sisko nickte. Kira hatte auf den wichtigsten Punkt hingewiesen. »Dann sollten wir dafür sorgen, daß es nicht dazu kommt. Wie lange noch, bis wir in Transporterreichweite sind?«

»Zwei Minuten«, sagte Kira.

»Gut. Wir werden jede halbe Stunde Kontakt mit

Ihnen aufnehmen. Wenn Sie aus irgendeinem Grund nichts mehr von uns hören, setzen Sie sich mit Starfleet in Verbindung und geben alle Informationen weiter.« Sisko warf ihr einen ernsten Blick zu. »Und dann handeln Sie nach bestem Gewissen. Haben Sie mich verstanden?«

»Vollkommen.« Kira stand auf, um von ihm den Kommandosessel zu übernehmen. »Ich werde den Schwarm nicht ohne guten Grund in Stücke schießen, das verspreche ich Ihnen. Aber wenn Ihnen dort drüben etwas zustößt, könnte das ein guter Grund sein.«

»Geben Sie gut auf mein Schiff und meine Besatzung acht«, befahl Sisko. Dann legte er eine Hand auf ihren Arm. »Ich vertraue Ihnen, Nerys – genauso wie Shakaar.«

»Ich werde Sie nicht enttäuschen«, versprach sie.

»Ich weiß.« Sisko wandte sich an Dax. »Nun, alter Knabe, es wird Zeit, daß wir uns auf den Weg machen.« Dax und Odo folgten ihm, als er zum Turbolift ging. *Jetzt wird sich herausstellen*, dachte Sisko, *wieviel ich als Diplomat wirklich tauge.*

Die Sterne waren so grandios wie immer, aber Sahna konnte sich nicht dazu überwinden, sie zu betrachten. Seit ihrer frühesten Kindheit hatte sie immer nur zwei Dinge geliebt: die Sterne und Tork. Jetzt hatte sie letzteren verloren und verweigerte sich ersteren.

Es war kaum vorstellbar, daß ihr Leben noch schlimmer als jetzt werden konnte.

»Sahna?« Es war ihre alte Lehrerin Bree. Sie war ein wenig vom Alter gebeugt, aber ihre Augen und ihr Geist waren so strahlend wie immer. »Was ist los? Bist du krank?«

»Krank?« Sahna seufzte. »Ja, in meiner Seele. Sehr krank.«

Bree kam näher und strich liebevoll über Sahnas

Panzer. »Möchtest du darüber reden? Wir Älteren haben im Leben außer dem Reden nur noch wenige Freuden.«

»Du bist nicht alt«, erwiderte Sahna.

»Sehr schmeichelhaft, aber leider nicht wahr«, entgegnete Bree mit einem amüsierten Schnaufen. »Dabei habe ich mich immer bemüht, dich zu einer gewissenhaften Beobachterin zu erziehen!«

Sahna hätte darüber beinahe gelächelt. Sie deutete auf das Beobachtungsfenster. »Die Sterne da draußen sind alt, nicht du.«

»Gut gekontert!« mußte Bree ihr schmunzelnd beipflichten. »Wenn du dich dazu in der Lage fühlst, kannst du mir verraten, welche Probleme dich bewegen.«

Sahna sammelte sich, stellte jedoch fest, daß sie gar nicht wußte, wo sie anfangen sollte. »Das Leben ist so ungerecht!« sagte sie schließlich.

Bree schnaufte wieder. »Diese Behauptung habe ich immer wieder von jungen Leuten gehört. Ich möchte dir etwas sagen: Daran ändert sich kaum etwas, wenn man älter wird. Nun sag schon, was dich quält!«

»Heute war meine Berufung.«

»Dann solltest du eigentlich sehr glücklich sein«, warf Bree ein. »Ich kann mich noch sehr gut an den Tag meiner Berufung erinnern. Malko und ich teilten an jenem Abend eine gute Mahlzeit, eine Flasche *Tling* und ein Bett. Wir hatten sehr viel Spaß.«

»Ich werde gar nichts teilen«, erwiderte Sahna und runzelte die Nase. »Ich bin der Gruppe Zwei zugewiesen worden.«

»Ach so. Und der einzige Mann, der gut genug für dich ist, gehört zur Gruppe Eins, wie?« Bree zuckte die Schultern, obwohl es ihr aufgrund ihrer Arthritis und dem großen Gewicht ihres alten Panzers nicht leichtfiel.

»Ja.«

»Nun, die Trennung wird erst in zwei Tagen endgültig sein«, stellte Bree fest. »Bis dahin könntest du noch jede Menge Spaß mit ihm haben.«

»Ich will mich nicht nur mit ihm paaren«, entgegnete Sahna. »Ich möchte eins mit ihm sein.«

»Nimm, was du kriegen kannst«, riet Bree ihr. »Später wird sich jemand finden, der an seine Stelle treten kann.«

Sahna konnte den Zynismus der Alten nicht ertragen. »Ich will keinen anderen, ich will nur Tork.«

»Vielleicht willst du ihn jetzt«, gestand Bree ein. »Aber später wirst du wieder zur Vernunft kommen.«

Wurde jeder im Alter so verbittert? Sahna schüttelte den Kopf. »Das muß nicht so sein. Aber selbst wenn ich mich nur paaren wollte, wäre es gar nicht möglich. Tork ist ein Schwarmmeister und zur Zeit mit dem Großen Plan beschäftigt. Er hätte überhaupt keine Zeit, sich einfach nur zu paaren.«

»Dann ist er ein sehr dummer Mann.« Bree kicherte leise. »Aber wenn er Schwarmmeister ist, könnte er dafür sorgen, daß du der Gruppe Eins zugeteilt wirst.«

Sahna war schockiert. »Das wäre ein unmoralischer Mißbrauch seiner Macht. Tork würde sich niemals damit einverstanden erklären.«

»Ach, ihr Jungen!« rief Bree. »Es geschieht ständig, glaube mir. Ich kannte Dron recht gut, als er jünger war, und du wärst schockiert, zu welchen Zwecken er im Laufe der Jahre seine Macht eingesetzt hat.«

»Tork lehnt solche Machenschaften ab«, erwiderte Sahna. »Also kann er nicht plötzlich genauso wie die anderen werden. Außerdem lasten viel schwerere Verantwortungen auf seinem Panzer.«

Bree runzelte die Nase. »So schwere, daß er sich nicht einmal die Zeit zur Paarung nimmt? So etwas höre ich wirklich äußerst selten. Worüber macht dieses wundersame Individuum, das du liebst, sich solche Sorgen?«

Sahna atmete tief durch, da sie wußte, daß sie ein Geheimnis verraten würde. Doch sie wußte auch, daß sie einfach nicht schweigen konnte. »Der Planet, der soeben von uns absorbiert wurde…«, sagte sie langsam. »Es haben sich noch Wesen, die auf der Oberfläche leben, dort befunden.«

»Was?« Jetzt war jede Spur von Belustigung aus Brees altem Gesicht verschwunden, das jetzt nur noch zorniges Interesse zeigte. »Bist du dir dessen sicher?«

»Ja.« Sahna verneigte den Kopf. »Tork persönlich hat es mir bestätigt. Auf der Welt, die wir zerstört haben, befanden sich Tausende intelligenter Lebewesen.«

Brees Gesicht war vor Wut und Entsetzen verzerrt. »Intelligent? Bist du dir völlig sicher?«

»Ja. Tork sagte mir, sie seien wahnsinnig und würden sich weigern, den Planeten zu verlassen, obwohl ihnen ein Hilfsangebot gemacht wurde. Dann griffen sie unsere Schiffe an, die sich daraufhin gegen sie verteidigen mußten.«

Bree murmelte wütend, während sie offenbar angestrengt nachdachte. Dann blickte sie wieder auf. »Ob wahnsinnig oder nicht – die Schwarmmeister hatten kein Recht, sie zu töten. Sie hätten notfalls gegen ihren Willen entfernt werden müssen, aber es bestand kein Anlaß, sie zu töten.«

»Das finde ich auch«, sagte Sahna. »Die Schuld unserer Taten lastet schwer auf meinem Panzer.«

»Und dieser junge Mann«, warf Bree ein. »Dieses moralische Wunderkind – er hat *nichts* unternommen, um das Massaker aufzuhalten?«

»Er wollte es«, erklärte Sahna, während sie verzweifelt nach Argumenten suchte, um Tork in den Augen der älteren Wissenschaftlerin zu rehabilitieren. »Aber er ist erst seit kurzem Schwarmmeister und wußte nicht, was er tun oder sagen sollte. Auch er leidet unter der Schuld und dem Zorn.«

»Das will ich ihm auch geraten haben!« Dann schien Bree zu erkennen, wie sehr Sahna litt. Sie strich über den Rand des Panzers der jüngeren Frau. »Wenn du sagst, daß er ein gutes Wesen hat, dann bin ich überzeugt, daß er tun wird, was er kann. Das Problem ist nur, daß Dron es ihm nicht erlauben wird.« Sie runzelte angewidert ihre Nase. »Wie ich dir bereits sagte, haben wir uns in jungen Jahren näher gekannt. Schon damals war er hinterhältig, verlogen und intrigant. Ich bezweifle, daß er sich im Laufe der Dekaden geändert hat. Bestimmt hat er Pläne mit deinem Liebsten. Ganz gleich, wie moralisch und klug dein Künftiger ist, gegen Dron kann er sich niemals durchsetzen.«

»Dann gibt es keine Möglichkeit?« fragte Sahna verzweifelt.

»Das habe ich nicht gesagt!« erwiderte Bree verärgert. »Du bist Wissenschaftlerin, Kind! Es gibt immer eine Möglichkeit, in jeder Situation. Es geht nur darum herauszufinden, welche die beste Lösung ist. Wenn das, was du sagst, der Wahrheit entspricht – und ich sehe deiner Verzweiflung an, daß es so ist –, dann wird es außer uns noch viele andere geben, die verabscheuen, was geschehen ist. Wir dürfen nicht zulassen, daß es noch einmal geschieht!«

»Aber wie können wir etwas ändern?« fragte Sahna mutlos. »Die Schwarmmeister haben das Kommando. Sie treffen die Entscheidungen.«

Bree schnaufte wieder. »Das muß nicht so bleiben.«

Schockiert erkannte Sahna, was die Ältere gerade angedeutet hatte. »Du redest von Rebellion«, flüsterte sie, weil sie zuviel Angst hatte, das Wort auszusprechen.

»Ich rede von *Vernunft*«, widersprach Bree. »Wenn die Schwarmmeister Entscheidungen treffen, die gegen den Glauben des Schwarms verstoßen, dann sollten sie keine Meister mehr sein. Das ist eine ganz einfache Logik.«

»Und es ist Verrat«, keuchte Sahna. »Seit dem Zweihundertdritten Schwarm hat es keine Rebellion gegen die Autorität der Schwarmmeister gegeben. Und die damalige Meuterei wurde niedergeschlagen.«

»Dann wird es höchste Zeit, daß jemand die Autorität dieser Dummköpfe und Mörder in Frage stellt«, erwiderte Bree. »Es mag sein, daß auch wir verlieren. Aber ich werde nicht tatenlos zusehen und einen Massenmord gutheißen, selbst wenn er an Wahnsinnigen verübt wurde.«

Sahna betrachtete ihre Lehrerin mit neuem Respekt. »Ich auch nicht«, sagte sie leise, aber mit Entschiedenheit. »Was getan wurde, ist entsetzlich und falsch. Eine Wiederholung muß um jeden Preis verhindert werden.«

Bree klopfte ihr anerkennend auf den Panzer. »Du hast großen Mut, mein Kind«, sagte sie. »Nähre ihn gut, denn du wirst ihn in den kommenden Tagen brauchen. Ich muß jetzt ein paar konspirative Gespräche führen, also solltest du dich irgendwie beschäftigen, während ich fort bin. Du mußt mir ein Alibi liefern, Kind.« Sie blinzelte Sahna zu. »Deine jungen Augen sollten sich jetzt ganz der Beobachtung widmen und genügend Daten für uns beide sammeln, verstanden?«

Der Raum, in dem Sisko, Dax und Odo materialisierten, war völlig unscheinbar. Es war eindeutig ein Vorzimmer zu einer interessanteren Räumlichkeit, doch er enthielt nur einige kleine Tische und verschiedene sehr ungewöhnlich aussehende Möbelstücke. Und zwei Aliens, die an Gürteltiere erinnerten und schlanke, gewehrähnliche Waffen in den Händen hielten. Obwohl sie die Läufe nicht auf die Neuankömmlinge gerichtet hatten, waren sie zweifellos hier, um Probleme zu beheben, die möglicherweise von Sisko oder den anderen verursacht wurden.

»Ich werde die Schwarmmeister informieren, daß Sie eingetroffen sind«, sagte eine der Wachen und verließ den Raum. Sein Kollege sagte nichts, sondern starrte nur in ihre Richtung.

Sisko beschloß, daß es das Beste war, sich seinem Schweigen anzuschließen. Er warf einen Blick auf Dax und dann auf eins der seltsamen Möbelstücke. Es bestand aus einem langen, harten Brett, das im Winkel von fünfzehn Grad nach hinten geneigt war. Etwa einen halben Meter über dem Boden befand sich ein hornartiger Vorsprung. Im Raum gab es mehrere dieser Gegenstände. »Was glauben Sie, was das ist?« fragte er sie.

»Vermutlich ein Stuhl«, antwortete sie und deutete lächelnd auf ihren schweigenden Wächter. »Schauen Sie sich den Rückenpanzer an. Ein hervorragender Schutz, aber ich bezweifle, daß sie sich damit setzen können. Offenbar lehnen sie sich gegen das Brett und stützten sich an diesem Vorsprung ab.«

»Das klingt plausibel«, stimmte Sisko ihrer Vermutung zu. »Aber für mich dürfte es reichlich unbequem sein, fürchte ich. Deshalb bleibe ich lieber stehen.« Er spazierte zur Tür des Raumes, konnte dahinter jedoch nur ein kurzes Stück Korridor erkennen. Die drei sichtbaren Wände waren leer.

Dann öffnete sich auf der gegenüberliegenden Seite eine Irisblende in der Wand. Der Wächter, der bei ihnen geblieben war, drehte sich bei dem leisen mechanischen Geräusch um und gab ihnen mit der Waffe ein Zeichen. »Sie dürfen eintreten«, gab er bekannt.

»Vielen Dank«, erwiderte Sisko höflich. Er ging den anderen voraus und trat durch die Blende.

Sie kamen in einen wesentlich größeren Raum. Im Zentrum befand sich ein großer Tisch, um den mehr als ein Dutzend der ungewöhnlichen Stühle angeordnet waren. Die meisten waren besetzt. Den Alien am Kopfende des Tisches erkannte Sisko als Dron wieder. »Schwarmmeister«, begrüßte er ihn.

»Captain«, erwiderte Dron und neigte ein wenig den Kopf. »Bitte, gesellen Sie sich zu uns.«

»Vielen Dank.« Sisko trat an den Tisch, wo man Platz für sie geschaffen hatte. Es gab keine Sitzgelegenheiten, aber Sisko hatte im Augenblick ohnehin nicht das Bedürfnis, sich zu entspannen. »Ich hoffe, Sie empfinden es nicht als unhöflich, wenn ich sofort auf den Grund dieses Treffens zu sprechen komme?« sagte er.

Dron breitete die Arme aus. »Ganz wie Sie wünschen, Captain. Wir haben nicht die Absicht, Ihnen Probleme zu bereiten oder Sie zu verärgern.«

Das hätte er sich früher überlegen sollen! dachte Sisko, während er das Bild des zerstörten Planeten vor seinem inneren Auge sah. »Uns ist nicht entgangen, daß an der Außenhülle Ihres Schiffs beträchtliche Arbeiten durchgeführt werden. Mein Ingenieur kam zu der Schlußfolgerung, daß Sie beabsichtigen, es in zwei separate und vollständige Schwarmschiffe aufzuteilen.«

Dron neigte erneut den Kopf. »Ihr Ingenieur verfügt über eine gute Beobachtungsgabe. Seine Vermutungen entsprechen vollständig den Tatsachen.«

»Darf ich nach dem Grund dafür fragen?«

»Dem Grund?« Dron schien sich aufrichtig über

diese Frage zu wundern. »Ist das nicht offensichtlich, Captain? Wir verdoppeln unsere Überlebenschancen. Wenn die Arbeiten abgeschlossen sind, verfügen wir über zwei Schiffe, und unsere Bevölkerung wird sich auf beide verteilen. Dann wird jeder Schwarm seiner eigenen Wege gehen.«

»Und wohin werden diese Wege sie führen?« fragte Sisko.

Dron tippte Befehle in den Computer, der vor ihm auf dem Tisch stand. »Ich werde Ihnen die geplanten Routen zeigen, wenn Sie es wünschen, Captain«, antwortete er. »Wir haben nicht die Absicht, irgend etwas vor Ihnen zu verheimlichen. Da ist es.«

Offenbar befand sich unter dem Tisch ein holographischer Projektor, denn nun wurde eine sehr detaillierte Sternenkarte der näheren Umgebung sichtbar. Ein Stern war rot markiert – den Sisko sofort als Darane erkannte.

»Das ist unser gegenwärtiger Aufenthaltsort«, sagte Dron. »Wenn die Trennung abgeschlossen ist, werden sich die zwei Schwärme in unterschiedliche Richtungen bewegen.« Er tippte weitere Befehle ein, worauf sich der rote Lichtpunkt in zwei auflöste, die sich nun auf unterschiedlichen Bahnen entfernten.

Dax beugte sich vor und kniff leicht die Augen zusammen, während sie die Simulation betrachtete. »Benjamin«, sagte sie leise. »Eins der Schiffe wird sich in das Gebiet der Cardassianer bewegen. Und das andere…« Sie holte tief Luft. »Das andere zielt genau auf Bajor.«

Sisko wandte sich wieder an Dron. »Und was werden diese Schiffe tun?« wollte er wissen. »Wird das, was mit Darane Vier geschehen ist, wieder geschehen?«

»Die Absorption?« fragte Dron. »Sie war notwendig, um die Trennung zu vollziehen. Danach benötigen wir neue Rohstoffe, um die Lager der zwei Schwarmschiffe wieder aufzufüllen. Dazu benötigen wir weitere Planeten.«

»Wollen Sie damit sagen, daß Sie weitere Planeten zerstören werden?« erwiderte Sisko entsetzt und deutete dann mit einem Finger auf die Projektion. »Wollen Sie damit sagen, daß Sie beabsichtigen, Bajor zu vernichten?«

14

Dron blinzelte, während er offenbar den Grund für diese Aufregung nicht verstand. »Wenn das der Name des Planeten ist«, sagte er, »dann beabsichtigen wir, Bajor als nächstes zu absorbieren.«

»Das können Sie nicht tun!« rief Sisko, der seine Wut kaum noch zügeln konnte. »Dort leben Milliarden von Menschen. Sie können sie nicht alle zum Tode verurteilen!«

»Wir verurteilen niemanden zum Tode, Captain«, erwiderte Dron. »Wir möchten keinem Lebewesen etwas zuleide tun, ganz gleich, wie wahnsinnig es sein mag. Wir sind durchaus bereit, vor der Absorption einen gewissen Zeitraum abzuwarten, bis der Planet evakuiert wurde. Wären drei Tage Ihrer Zeitrechnung ausreichend?«

Sisko wollte nicht glauben, was er sich anhören mußte. »Drei Tage?« wiederholte er dumpf. »Um einen gesamten Planeten zu evakuieren?«

»Wir könnten auch länger warten«, sagte Dron, der sich offenbar in großzügiger Stimmung befand. »Sagen wir, sieben Tage, falls Sie so viel Zeit benötigen.«

»Das kann nicht Ihr Ernst sein!« warf Odo ein. »Sie erwarten, daß die Bajoraner einfach ihre Sachen packen und ihre Heimat aufgeben?«

»Heimat?« Wieder schien Dron Verständnisprobleme zu haben. »Es ist doch nur ein Planet. Warum sollten sie nicht bereit sein, ihn zu verlassen, wenn es für uns überlebenswichtig ist?«

»Weil sie dort leben!« knurrte Odo. »Der Planet ist ihre Heimat.«

»Das ist absurd«, meldete sich ein anderer Schwarmmeister zu Wort. »Ich... äh... bin Makarn, der Meister der Wissenschaften«, stellte er sich vor. »Es ist einfach unmöglich, daß eine intelligente Spezies sich entscheidet, auf der Oberfläche eines Planeten zu leben.«

»Exakt«, stimmte Dron zu. »Haben Sie mir nicht selbst gesagt, daß Sie in einer Raumstation leben, Captain?« Er lächelte. »Und Sie halten sich doch sicherlich für intelligent.«

Sisko schüttelte langsam den Kopf. »Es ist richtig, daß wir alle in einer Raumstation leben«, sagte er. »Aber das allein ist kein Kriterium für Intelligenz. Auch wir haben alle einmal auf Planeten gelebt, und viele von uns werden es auch in Zukunft wieder tun.«

»Mit solchen Wesen kann man nicht diskutieren!« rief ein anderer Schwarmmeister und blickte Sisko finster an. »Offensichtlich sind diese Leute nicht sehr zivilisiert oder intelligent.«

Dax erwiderte den Blick des Fremden, bis dieser ihr auswich. »Ist das Ihr einziges Kriterium zur Beurteilung der geistigen Verfassung?« fragte sie ruhig. »Ob eine Spezies oder ein Individuum auf einer Planetenoberfläche oder im Weltraum lebt?«

»Nicht ausschließlich«, erwiderte Dron höflich. »Aber es ist zweifellos die Grundlage für eine solche Beurteilung. Nur Wahnsinnige würden sich freiwillig den Launen und Zufällen einer ungeschützten Umgebung aussetzen.«

»Das ist ein recht weit hergeholter Vorwurf«, bemerkte Sisko. »Und da offenbar niemand von Ihnen jemals auf einem Planeten gelebt hat, scheint es sich eher um ein Vorurteil als eine Tatsachenfeststellung zu handeln.«

»Ich habe von Anfang an gesagt, daß sie vernünftigen Argumenten nicht zugänglich sind!« regte sich der Schwarmmeister wieder auf.

»Pakat!« rief Dron tadelnd. »Trotz allem sind sie vorläufig unsere Gäste. Bitte seien Sie nicht so unfreundlich zu ihnen.« Dann wandte er sich wieder Sisko zu. »Ich muß mich entschuldigen, Captain, aber Pakat ist der Meister der Verteidigung. Er ist für die Sicherheit des Schwarms verantwortlich, und er nimmt seine Pflichten sehr ernst.«

»Aha.« Sisko starrte Pakat an und versuchte sich sein Gesicht einzuprägen. »Also haben Sie dieses Massaker veranlaßt?«

»Die *Verteidigungsmaßnahmen*«, stellte Pakat richtig. Er gab sich alle Mühe, seine Würde zu wahren. »Wir wurden zuerst angegriffen.«

»Nein«, widersprach Sisko. »Sie haben den Konflikt begonnen, als sie versuchten, sich etwas zu nehmen, das Ihnen nicht gehört – eine Welt, die einer intelligenten Spezies gehörte. Als Vertreter der Vereinten Föderation der Planeten muß ich Ihnen mitteilen, daß Sie in unseren Augen bereits dadurch zu Aggressoren geworden sind.«

»Wir sind nicht an Ihren abwegigen moralischen Vorstellungen interessiert«, erwiderte Pakat.

»Captain«, mischte sich Dron hastig ein. »Wie kann jemand einen Planeten *besitzen*? Oder einen Stern? Oder einen Kometen? Es sind nicht mehr als Ansammlungen von Rohstoffen, die genutzt werden müssen. Die Bewohner der Welt, die wir absorbiert haben, hatten diesen Planeten gar nicht vollständig genutzt. Aber wir konnten ihn gut gebrauchen. Warum beschuldigen Sie uns dann des Diebstahls?«

»Sie verstehen es einfach nicht, wie?« knurrte Odo. »Sie können sich nicht einfach einen Planeten nehmen, nur weil ihnen danach ist.«

Dron breitete die Arme aus. »Wir handeln nicht aus einer beliebigen Laune – wir haben ihn *gebraucht*! Und wir brauchen noch mehr Planeten zur künftigen Rohstoffversorgung. Deshalb werden wir sie uns nehmen. Das ist kein Diebstahl, denn wir nehmen uns nur, was lebensnotwendig für uns ist.«

Sisko war zutiefst enttäuscht und bestürzt. Es war klar, daß sie sich den Schwarmmeistern einfach nicht verständlich machen konnten. Ihre Einstellung und Philosophie unterschied sich grundlegend von allem, was Sisko bisher kennengelernt hatte. »Mir scheint, was wir wirklich brauchen«, schlug er vor, »ist ein besseres Verständnis der Lebensanschauungen der anderen Seite.«

Dron neigte den Kopf. »Wie meinen Sie das, Captain?«

»Wir sind nicht in der Lage, den Standpunkt des anderen zu akzeptieren. Vielleicht sollten wir eine Zeitlang miteinander verbringen, um die Perspektive des anderen zu verstehen.«

Ein älterer Schwarmmeister meldete sich zu Wort. »Ich glaube, ich begreife allmählich«, sagte er. »Ich bin Hosir, zur Zeit der Meister von sehr wenigem.« Er trat näher. »Möglicherweise wäre es eine gute Idee, wenn Sie eine Weile unser Gast sind und die Gelegenheit erhalten, den Schwarm kennenzulernen, mit einem von uns als Führer an Ihrer Seite, damit Sie besser verstehen, woran wir glauben.«

»Genau«, stimmte Sisko ihm zu. »Vielleicht würden Sie uns die Ehre erweisen, uns ihre Welt zu zeigen?«

Hosir schnaufte. »Ich bin kaum imstande, diesen Raum ohne Schmerzen zu durchqueren, Captain. Glauben Sie mir, ich wäre ein schlechter Führer.« Er deutete auf einen jüngeren Kollegen an seiner Seite. »Dürfte ich statt dessen Tork vorschlagen? Er ist ein sehr fähiger junger Mann und verfügt sowohl über umfangreiches Wissen als auch großen Ehrgeiz.«

»Nein!« rief Pakat und funkelte die Besucher zornig an. »Das ist offensichtlich nur ein Trick dieser Geschöpfe, um unsere Schwächen auszuspionieren. Sie haben mit Worten und Taten bewiesen, daß sie bereit sind, uns mit Gewalt aufzuhalten.«

Offenbar gab es immer jemanden, der unter Verfolgungswahn litt, dachte Sisko. »Nein«, widersprach er ruhig. »Wir haben den aufrichtigen Wunsch, Ihr Volk zu verstehen, und ich glaube, das ist die beste Methode.« Er wandte sich an Dron. »Wenn Sie besorgt sind, daß wir als Spione zu Ihnen geschickt wurden, dann sagen Sie Tork einfach, daß er uns nichts zeigen soll, was mit Ihren Kriegsvorbereitungen zusammenhängt.«

»Wir betreiben keine *Kriegsvorbereitungen*«, erwiderte Dron glatt. »Wir greifen niemals an, wir verteidigen uns nur.« Er dachte kurz nach. »Aber Ihr Vorschlag klingt vernünftig.« Er wandte sich an Tork. »Wären Sie so freundlich, unsere Besucher durch den Schwarm zu führen, Tork? Erlauben Sie ihnen, frei zu sprechen, und beantworten Sie ihre Fragen nach bestem Wissen. Aber führen Sie sie nicht zu den Verteidigungseinrichtungen.«

Tork nickte, und Sisko sah, wie etwas in den Augen des jungen Aliens aufleuchtete. Besorgnis? Ehrgeiz?

»Es wäre mir eine Ehre«, erwiderte Tork. »Ich bin ebenfalls der Meinung, daß es wichtig ist, der anderen Seite unsere Motive und Gedanken korrekt zu vermitteln.«

»Ausgezeichnet«, sagte Dron. »Können wir Ihnen jetzt vielleicht eine kleine Erfrischung anbieten, Captain, bevor Sie mit ihrem Rundgang beginnen?«

»Vielen Dank«, antworte Sisko. »Das ist sehr großzügig von Ihnen. Dürfte ich Sie vielleicht um Erlaubnis bitten, mit meinem Schiff in Kontakt zu treten und meine Besatzung über das zu informieren, was wir besprochen haben? Ich habe ihnen versprochen, mich alle dreißig Minuten zurückzumelden.«

»Natürlich, Captain«, sagte Dron mit einer leichten Verneigung. »Möchten Sie für die Kontaktaufnahme ungestört sein?«

»Nein«, erwiderte Sisko. »Schließlich haben wir doch nichts voreinander zu verbergen, nicht wahr?« Er lächelte und tippte dann auf seinen Kommunikator. »Sisko an Kira!«

»Kira hier«, war die Stimme des Majors zu hören. »Ist alles in Ordnung, Captain?«

»Alles bestens«, antwortete Sisko. »Wir werden eine geführte Tour unternehmen, was einige Zeit in Anspruch nehmen dürfte. Doch wir haben einige Neuigkeiten, die Sie vielleicht weitergeben möchten. Der Schwarm teilt sich wirklich, wie der Chief vermutet hatte. Wenn der Vorgang in einigen Tagen abgeschlossen ist, wird es zwei Schiffe geben. Eins wird sich ins Territorium der Cardassianer bewegen, und das andere fliegt Richtung Bajor.«

Kiras Stimme war die Anspannung deutlich anzuhören. »Wollen Sie damit andeuten, was ich vermute?«

»Ja.« Sisko bemühte sich, so ruhig wie möglich zu sprechen. »Schwarmmeister Dron hat mich informiert, daß sein Volk beabsichtigt... Bajor als nächsten Planeten zu verarbeiten. Er ist bereit, Ihrem Volk eine Woche Zeit zu geben, um den Planeten zu evakuieren.«

»Captain, das ist völlig verrückt!« protestierte Kira. »Dieses Morden...«

»Es genügt!« unterbrach Sisko sie. »Sie haben Ihre

Befehle, Major. Geben Sie die Informationen an Shakaar weiter und erwarten Sie weitere Meldungen von mir. Sisko Ende.«

Dron blinzelte. »Du meine Güte«, murmelte er. »Es scheint sich um eine leicht erregbare Person zu handeln. Ich hoffe doch, Sie können sich auf sie verlassen?«

»Das kann ich.« Sisko lächelte ohne Freundlichkeit. »Zufällig ist es Kiras Heimatplanet, den sie als nächstes zu zerstören beabsichtigen. Ich denke, sie hat das Recht, sich darüber zu erregen. Wenn ich mich richtig erinnere, erwähnten Sie etwas von Erfrischungen...?«

Shakaar schaltete den Bildschirm ab, rieb sich über den Nasenrücken und seufzte. Dann lehnte er sich in seinem Sessel zurück. Ihm war, als hätte er jede Empfindungsfähigkeit verloren. Nerys hatte ihm vor wenigen Augenblicken eine Nachricht überbracht, die praktisch das Todesurteil für Bajor darstellte. Shakaar wußte, daß er jetzt hektisch an einer Verteidigungsstrategie arbeiten sollte, an Evakuierungsplänen und vielem anderem mehr. Aber in diesem Moment kam ihm all das so sinnlos vor.

In diesem Moment hielten sich Tausende Flüchtlinge von Darane IV entweder hier auf dem Planeten oder in *Deep Space Nine* auf. Sie alle versuchten, ihr Leben wieder in den Griff zu bekommen. Sie waren von einer zerstörten Welt geflohen und allem Anschein nach auf einer anderen zum Tode verurteilten Welt gelandet. Gemeinsam mit mehreren Milliarden anderer Bajoraner.

Und Shakaar war für alle diese Menschen verantwortlich. Er war ihr Premierminister, und es war seine Aufgabe, dieses unlösbare Problem zu bewältigen. Doch im Grund gab es kaum etwas, das er tun konnte. Nun, die Aliens hatten ihm immerhin eine Woche Zeit gegeben – *eine Woche!* –, um die Bevölkerung zu evakuieren. Von der Tatsache abgesehen, daß allein die Logistik eines solchen Exodus mindestens das Zehnfachen der Zeit benötigte, stellte es ohnehin keine sinnvolle Lösung dar.

Shakaar wußte, daß die Mehrheit der Bevölkerung sich weigern würde, ihre Heimat zu verlassen, ganz gleich, was auf dem Spiel stand. Damit blieb ihm nur noch eine einzige Möglichkeit – zu kämpfen. Doch Bajor hatte in den vergangenen Jahren andere Probleme gehabt, als sich um die Aufrüstung zu kümmern. Im Widerstandskampf gegen die cardassianischen Besatzer hatten die Bajoraner nur leichte Waffen verwendet. Sonst besaßen sie nichts. Und jetzt, drei Jahre nach dem Ende der Besatzung, verfügten sie nur über geringe Mittel zur planetaren Verteidigung. Sie hatten sich darauf konzentriert, neue Städte aus den Trümmern aufzubauen, die völlig zerstörte Wirtschaft wieder auf die Beine zu bringen. Für Kriegsvorbereitungen hatten sie keine Zeit gehabt. In dieser Hinsicht hatten sie sich völlig auf die Föderation als Bündnispartner verlassen.

Die jedoch nicht in der Lage war, ihnen rechtzeitig zu Hilfe zu kommen.

Shakaar wußte, daß Captain Sisko und seine Leute alles in ihrer Macht Stehende tun würden, um Bajor zu verteidigen, aber es bestand kaum die Aussicht, daß sie etwas gegen den Schwarm ausrichten konnten. Die kürzliche Zerstörung der *Enterprise* hatte eine tiefe Bresche in die Verteidigungslinie in diesem Sektor gerissen, und es würde zu lange dauern, bis Ersatzschiffe eingetroffen waren, die genügend Feuerkraft besaßen, um den Schwarm angreifen zu können.

Wenn die Fremden Bajor überfielen, würde ihr Vormarsch durch die Mittel, die *Deep Space Nine* und Bajor aufbringen konnten, kaum ins Stocken geraten. Er sah wieder die Bilder der Vernichtung von Darane vor sich. Bajor stand das gleiche Schicksal bevor. Dem Planeten, den er zu regieren und nach besten Fähigkeiten zu schützen geschworen hatte.

Verdammt, dachte er, *das ist einfach nicht fair!* Warum lastete das Schicksal seiner Welt und seines gesamten Volkes nun so schwer auf seinen Schultern? Was konnte er für sie tun? Was erwarteten die Propheten von ihm?

»Shakaar.«

Sein Kopf fuhr hoch, als er aus seinen besorgten Gedanken gerissen wurde. Für einen kurzen Moment dachte er, er hätte sich die Stimme nur eingebildet, doch dann bemerkte er eine Bewegung in der Dunkelheit eines Winkels seines Büros. Eine Gestalt in prächtigem Gewand trat vor.

»Kai Winn!« rief er überrascht. »Wie sind Sie hier hereingekommen? Ich habe die ausdrückliche Anweisung gegeben, daß ich nicht gestört werden darf.«

Mit der herrschaftlichen Würde, die sie seiner Überzeugung nach heimlich vor dem Spiegel einstudiert hatte, glitt Kai Winn durch den Raum. Sie verneigte leicht den Kopf. »Davon bin ich überzeugt, mein Sohn«, murmelte sie mit heuchlerischem Mitgefühl und Verständnis. Shakaar wußte, daß sie in dieser Hinsicht eine gute Schauspielerin war. »Aber du bist bereits gestört, weil deine Gedanken dir keine Ruhe lassen.«

»Wie sind Sie hereingekommen?« wiederholte er seine Frage, während er aufstand und sie von oben herab musterte. Ihre gönnerhafte Art ärgerte ihn, und er hatte sie niemals in der Rolle der Kai akzeptiert – des religiösen Führers von ganz Bajor. Sie war möglicherweise die am wenigsten religiöse Person, der er jemals begegnet war. Sie war nur an ihrer eigenen Macht interessiert.

»Es gibt Wege, die nur den Propheten bekannt sind, mein Sohn«, ließ sie sich schließlich zu einer ausweichenden Antwort herab.

»Und Geheimgänge, die nur den religiösen Orden bekannt sind, möchte ich wetten«, entgegnete Shakaar. »Gut, wenn Sie schon einmal hier sind, sagen Sie Ihren Spruch auf, bevor ich Sie nach draußen führen lasse – natürlich mit allem gebührenden Respekt.«

Winn lächelte gelassen. »Natürlich«, pflichtete sie ihm bei. »Ich habe nicht daran gezweifelt, daß Sie der Kai mit dem Respekt entgegentreten, der ihr gebührt. Aber ich bin gekommen, um mit Ihnen in dieser schweren Zeit über Ihre Nöte und die Nöte Bajors zu reden.«

»Was wissen Sie von *schweren Zeiten*?« fragte er sie.

»Nur, was die Propheten mir zu sehen erlauben«, erwiderte Winn. Ihre Hände kamen aus den Ärmeln ihrer offiziellen Robe hervor. In einer hielt sie eine kleine Schriftrolle. »Ich habe die Dritte Prophezeiung von Andaki studiert, die sich offensichtlich auf die Krise bezieht, in der wir uns gegenwärtig befinden.«

»Bei allem gebührenden Respekt gegenüber den Propheten…«, begann Shakaar, doch Winn unterbrach ihn mit einer Handbewegung.

»Ja, wir wollen den Propheten mit dem gebührenden Respekt entgegentreten.« Sie starrte ihn mit mildem Vorwurf an. »Ich verstehe deinen Zorn und deine Verzweiflung, mein Sohn, aber hier geht es um etwas sehr Wichtiges. Hör zu!« Sie entrollte das Papier und begann daraus vorzulesen:

»Das Land wird unter weiten Schwingen verschlungen,
Der Tod wird über alle kommen, die es schauen,

Und Trauer wird auf den Lippen der wenigen sein, die überleben.

Weint um die Toten, die Kinder, das Land, denn sie alle werden nicht mehr sein.

An jenem furchtbaren Tag wird mein Volk eins werden.

Seid zuversichtlich, denn einer wird euch beschützen, und zwei werden bekehrt.

Durch ihren Glauben wird Bajor wieder ganz werden.«

Sie rollte das Dokument zusammen und ließ es wieder in ihren weiten Ärmeln verschwinden. »Du hast sicherlich verstanden, mein Sohn, was der letzte Teil dieser Prophezeiung bedeuten soll.«

Shakaar hielt sich für genauso gläubig wie die meisten Bajoraner, aber er wußte auch, daß die Propheten dazu neigten, in Rätseln zu sprechen. Viele Prophezeiungen waren sehr unklar formuliert und ließen sich auf unterschiedlichste Weise interpretieren. »Das Dritte Buch des Andaki ist dafür berüchtigt, daß es immer wieder von gewissenlosen und irregeleiteten Individuen benutzt wird, um das drohende Ende unserer Welt zu beschwören«, sagte er. »Es überrascht mich, daß Sie sich in diese Gesellschaft begeben haben, Kai Winn.«

Sie ließ sich nicht durch diesen Vorwurf provozieren. »Es wird auf diese Weise von Personen benutzt, denen es an wahrer Erkenntnis mangelt«, erwiderte sie ruhig. »Aber jenen, die von den Propheten ernannt wurden, offenbart das Buch viele Geheimnisse. Außerdem« – sie erlaubte sich ein flüchtiges Lächeln – »kann mir kaum der Vorwurf gemacht werden, irregeleitet zu sein, wenn ich die gegenwärtige Situation betrachte. Schließlich wird Bajor das nächste Ziel des Schwarms sein, wenn ich mich nicht irre. Und das bedeutet zweifellos das Ende unserer Welt, wenn wir nicht weise handeln.«

»Wie haben Sie davon erfahren?« wollte er wissen. Jemand mußte sie informiert haben, obwohl er den Befehl zur absoluten Geheimhaltung gegeben hatte.

»Das ist völlig irrelevant«, sagte sie. »Wichtig ist vielmehr, was wir unternehmen werden. Du hast sicher erkannt, daß sich die erste Strophe auf die Vernichtung von Darane Vier bezieht. Dazu bedarf es keiner ausführlichen Interpretation. Die zweite Strophe ist jedoch schwieriger zu verstehen. *Einer wird euch beschützen, und zwei werden bekehrt.*«

Shakaar musterte sie mißtrauisch. »Selbst wenn ich eingestehe, daß sich die erste Strophe auf Darane beziehen könnte, erkenne ich nicht den geringsten Sinn in der zweiten.«

»Natürlich nicht, mein Sohn.« Winn breitete die Arme aus und lächelte. »Deshalb bin ich zu dir gekommen. Wenn ich die Propheten nicht richtig verstehe, wer dann?«

Mein zahmes Draka könnte die Propheten besser als du verstehen, dachte Shakaar, doch er war nicht so dumm, es laut zu sagen. Winn war clever, und sie hatte bestimmt einen guten Grund für diesen Besuch. »Und wie lautet Ihre Interpretation?« fragte er.

»Die eine Person, die unerschütterlich bleibt, bin offenbar ich selbst«, erklärte sie völlig ernsthaft. »Mein Glaube an die Propheten ist unerschütterlich wie immer. Die zwei, die bekehrt werden...« Sie bedachte Shakaar mit einem mitleidigen Blick. »Ich fürchte, daß Sie einer von den zweien sind. Ihr Mangel an Ehrfurcht und Vertrauen zu den Propheten ist ein offenes Geheimnis, nicht wahr?«

»Ich erfülle meine Pflicht im Namen der Propheten«, erwiderte Shakaar. »Niemand kann daran zweifeln.«

Winn schüttelte tadelnd den Kopf. »Niemand von uns erfüllt *all* seine Pflichten, mein Sohn. Selbst mir gelingt es nicht immer zu tun, was von mir erwartet wird. Aber wir dürfen nicht in unseren Bemühungen nachlassen, dem Willen der Propheten zu gehorchen.«

»Ich wüßte nicht einmal, warum ich mir tiefere Gedanken über diese Prophezeiung machen sollte«, erwiderte er verärgert über ihre Scheinheiligkeit. »Und Sie haben mir noch immer nicht gesagt, wer die zweite Person ist, die bekehrt werden muß.«

»Die Antworten auf beide Fragen sind eng miteinander verwoben«, teilte Kai Winn ihm mit. »Sie allein als Vorsitzender der Regierung haben keine Aussicht, sich erfolgreich gegen diese mordlüsternen Aliens zu stellen. Wenn Sie sich dagegen mit mir und den religiösen Mächten, die hinter mir stehen, verbünden, sind die Aussichten wesentlich besser. Doch um die bevorstehende Schlacht zu gewinnen, benötigen Sie weitere Hilfe.«

»Von wem?« brummte Shakaar. »Die Föderation kann uns nicht rechtzeitig erreichen, und die Cardassianer wären niemals bereit, uns zu helfen. Sie müssen sich mit der Bedrohung durch ein weiteres Schwarmschiff auseinandersetzen. Es gibt niemanden, der uns helfen könnte.«

»Ach!« sagte eine neue Stimme. »Ich bedaure es sehr zu hören, daß ich so schnell vergessen wurde.«

Shakaar wirbelte herum. Er war entschlossen, dieses Zimmer in seine Einzelteile zu zerlegen, um den Geheimgang zu finden, wenn Winn wieder gegangen war. Wer bei den Propheten hatte sich...?

Ihm wurde eiskalt, als er auf den großgewachsenen, düsteren Mann starrte, der aus den Schatten getreten war. »Jaro«, keuchte er.

Auf Jaros Gesicht breitete sich ein Grinsen aus. »Es ist gut zu sehen, daß ich während meiner Abwesenheit doch nicht vergessen wurde«, sagte er leise, als er an die Seite der Kai trat.

»Vergessen?« Shakaar konnte es nicht glauben. Wie hätte er Jaros gescheiterte Intrige vergessen können, die jetzt zwei Jahre zurücklag? »Nein, aber wir hatten gehofft, daß jemand Sie ermordet hat.«

»Ach, diese Feindseligkeit!« Jaro schüttelte in gespielter Traurigkeit den Kopf. »Nein. Ich habe mich zurückgezogen und mich auf den Tag meiner Rückkehr vorbereitet.«

Shakaars Blick wechselte zwischen Jaro und Winn. Er wußte, daß die beiden den gescheiterten Staatsstreich gemeinsam betrieben hatten, aber der Kai hatte nie etwas nachgewiesen werden können. »Wollen Sie noch einmal versuchen, die Macht über Bajor an sich zu reißen?« fragte er und hätte fast gelacht. »Dann hätten Sie sich dazu kaum einen ungünstigeren Zeitpunkt aussuchen können. In einer Woche wird Bajor höchstwahrscheinlich gar nicht mehr existieren.«

»Wir planen keine Revolution«, sagte Winn und versuchte, entsetzt über diesen Vorwurf zu wirken. »Haben Sie mir nicht richtig zugehört? *Zwei* werden bekehrt.«

»Er?« fragte Shakaar und schaute den Erzverräter voller Verachtung an.

»Ich weiß, daß es vielleicht nur schwer zu glauben ist«, sagte Jaro glatt, »aber die Kai hat völlig recht. Ich bin nicht gekommen, um gegen Sie zu kämpfen, sondern gegen unsere gemeinsamen Feinde. Ich werde meine Kräfte und Waffen mit Ihren verbünden. Wenn wir drei zusammenarbeiten, können wir Bajor viel besser verteidigen, als es jedem von uns allein möglich wäre. Das müßten selbst Sie einsehen, Shakaar.«

Shakaar unterdrückte seinen Drang, Jaro aus dem

Fenster oder in eine Gefängniszelle zu werfen, und zwang sich zum Nachdenken. »Sie wollen helfen?«

»Mehr nicht.« Jaro breitete die Hände aus und lächelte.

»Und anschließend?« hakte Shakaar nach. »Immunität? Einen Platz in der Regierung? Wie lauten Ihre Forderungen?«

»Ich stelle keine Forderungen«, erwiderte Jaro. »Ich erkenne, daß es für Sie nur schwer zu glauben ist, aber in diesem Fall ist es die Wahrheit.« Er hob die Augenbrauen. »Darf ich offen zu Ihnen sprechen?«

»Bitte!« sagte Shakaar sarkastisch.

Jaro verneigte den Kopf. »Es ist wahr, daß ich glaube, ich sei besser für den Platz geeignet, auf dem Sie sitzen. Dieser Meinung werde ich immer sein. Aber keiner von uns beiden wird auf diesem Platz sitzen können, wenn Bajor nicht mehr existiert. Deshalb schlage ich vor, daß wir einen Waffenstillstand schließen, solange Bajor bedroht wird, damit wir unsere Bemühungen auf die Verteidigung gegen die Invasoren konzentrieren können. Und wenn wir sie zurückgeschlagen haben – *dann* können wir wieder gegeneinander kämpfen. Vorläufig sollten wir die Politik vergessen und nur das Ziel verfolgen, die Welt zu retten, die wir alle lieben. Was sagen Sie dazu, Shakaar?«

Shakaar wog seine Möglichkeiten ab. Obwohl er beiden mißtraute, hatte ihr Vorschlag Hand und Fuß. Wenn sie in Zwietracht lebten, wären ihre Bemühungen so gut wie nutzlos. Gemeinsam mochten sie vielleicht nicht die bevorstehende Schlacht gewinnen, aber sie hätten zumindest eine Chance. Shakaar traf eine Entscheidung. »Ich kann niemanden zurückweisen, der gewillt ist, unsere Welt zu retten«, sagte er schweren Herzens. »Ich nehme Ihre Hilfe an, solange der Kampf noch nicht entschieden ist.« *Und ich bete zu allen Propheten, daß ich diesen Entschluß nicht eines Tages bereuen werde,* dachte er verbittert.

Jaro faßte zur Bestätigung seinen Unterarm und lächelte. »Dann stehen wir zumindest vorübergehend auf einer Seite.«

»Die eine und die zwei«, verkündete Kai Winn überschwenglich. »*Durch ihren Glauben wird Bajor wieder ganz werden*«, zitierte sie. »Wer kann uns jetzt noch aufhalten?«

15

»Glaubst du wirklich, daß es uns irgend etwas nützen wird, Benjamin?« fragte Dax.

Sisko blinzelte und lächelte ihr dann zu. »Alter Knabe, im Augenblick bin ich bereit, nach *jedem* Strohhalm zu greifen. Außerdem glaube ich nicht, daß diese Aliens es wirklich böse meinen.«

»Nur ihre Ansichten sind etwas merkwürdig«, stellte Odo fest. »Sie sind bereit, Bajor und die gesamte Bevölkerung zu vernichten, haben jedoch nicht die Absicht, irgend jemandem Leid zuzufügen.« Er knurrte. »Wie wollen Sie jemals vernünftig mit diesen Leuten reden, Captain?«

»Indem ich nach einer gemeinsamen Basis suche«, erwiderte Sisko. »Ich weigere mich, daran zu glauben, daß eine Verständigung unmöglich ist. Dieser Rundgang mag uns helfen, ihre Kultur zu verstehen, aber gleichzeitig hoffe ich, daß Tork erkennt, wie *wir* sind. Und vielleicht zeigt er uns eine Schwachstelle in ihrem geistigen Panzer, an der wir ansetzen können.«

»Eine lobenswerte Zielsetzung, Captain«, stimmte Odo zu. »Aber ich werde das Gefühl nicht los, daß sich diese Aktion als sinnlos erweisen wird. Die Bewohner des Schwarms scheinen kein besonderes Interesse an Logik zu haben.«

»Aber es ist richtig von Benjamin, es zumindest zu versuchen«, warf Dax ein. »Es könnte Bajors letzte Chance sein.«

»Das sehe ich genauso«, gestand Odo ein. »Aber ich würde lieber mit einer besseren Chance arbeiten.«

»Ich auch«, sagte Sisko und rieb sich das Kinn. »Odo, bislang wissen diese Aliens noch nicht, daß Sie anders als wir sind.«

Odos Augen funkelten plötzlich. »Und Sie möchten, daß es dabei bleibt, wie? Das könnte eine gute Idee sein.«

In diesem Moment kehrte ihr Führer eilig durch den Korridor zu ihnen zurück. In Anbetracht seiner kurzen Beine legte Tork ein beachtliches Tempo vor.

»Wir können jetzt beginnen«, verkündete er. »Ich habe uns eine Rohrbahn reservieren lassen. Wir können ungestört jeden Ort des Schwarmschiffs erreichen, den Sie sehen möchten – allerdings mit Ausnahme einiger gesperrter Bereiche.«

»Dafür haben wir jedes Verständnis«, erwiderte Sisko freundlich. »Um ehrlich zu sein, interessiert es uns am meisten, Ihr Volk kennenzulernen – den Schwarm kennenzulernen.« Er deutete auf die Wände des Korridors. »Das ist alles, was wir bisher von Ihrem Schiff gesehen habe. Ich hoffe, es besteht nicht überall aus leeren Metallwänden.«

»Keineswegs!« rief Tork entsetzt. »Der Schwarm ist ein Ort, an dem Schönheit und Kultur zu Hause sind.« Er dachte kurz nach. »Vielleicht sollten wir am besten mit einem Überblick beginnen.« Er trieb sie wie eine besorgte Glucke durch den Korridor. »Es ist wirklich ein großes Privileg für mich, Ihnen alles zeigen zu dürfen. Sie sind natürlich die ersten Aliens, denen ich jemals begegnet bin.«

Sie erreichten den Eingang zu einem Fahrzeug, und Tork bedeutete ihnen einzusteigen. Sisko mußte sich dabei ein wenig bücken, da die Tür für einen durchschnittlichen Schwarmangehörigen gebaut war, der etwa einen halben Meter kleiner als er war. Im Innern gab es einen kleinen Fahrerstand mit einer Kontrollarmatur und einem Lenkknüppel und fünf der ungewöhnlichen Brettsitze. Tork nahm an den Kontrollen Platz und blickte sich zu seinen Passagieren um.

»Es tut mir leid, daß Sie stehen müssen«, entschuldigte er sich. »Aber wir haben nicht damit gerechnet, daß unsere Sitzgelegenheiten für Sie unbequem sein könnten.«

»Das geht schon in Ordnung«, beruhigte Dax ihn. »Auf diese Weise haben wir eine bessere Sicht – falls es etwas zu sehen gibt.«

»Aber ja«, versicherte er ihr. »Die Aussicht ist sehr nett, nachdem wir diesen Komplex verlassen haben.« Er tippte etwas in die Kontrollen und legte dann eine Hand um den Knüppel. »Es geht los.«

Das Fahrzeug bewegte sich anfangs nur sehr langsam, aber es beschleunigte stetig. Es fuhr nahezu lautlos, wenn man vom leisen Summen des Motors absah.

Tork räusperte sich. »Bitte zögern Sie nicht, mir Fragen zu stellen«, sagte er. »Ich werde Ihnen antworten, so gut ich kann. Wir haben nur wenig vor Ihnen zu verbergen.«

»Dann würde ich gerne wissen, was Ihnen an Lebewesen mißfällt, die Planeten bewohnen«, sagte Odo und kam damit direkt auf das eigentliche Problem zu sprechen. »Mir kommt diese Haltung wie eine Manie vor.«

»Ganz und gar nicht!« rief Tork mit leichtem Entsetzen. »Ich hatte gedacht, Sie hätten volles Verständnis dafür, da Sie in einer Raumstation leben. Finden Sie das Leben im Weltraum nicht viel besser als auf der Oberfläche eines Planeten?«

»Es ist… anders«, versuchte Dax zu erklären. »Und es ist möglich, beides zu genießen. Bestimmt hat auch Ihr Volk einmal auf einem Planeten gelebt.«

»Natürlich«, stimmte Tork zu. »Aber irgendwann waren wir auch einzellige Lebewesen. Doch wir haben uns im Laufe der Evolution weiterentwickelt. Genauso haben wir das Stadium des planetengebundenen Lebens überwunden und eine natürlichere und befriedigendere Existenzweise realisiert.«

Sisko begann zu verstehen. »Und deshalb glauben Sie, daß jeder, der freiwillig auf der Oberfläche eines Planeten lebt, zwangsläufig eine niedere Entwicklungsstufe repräsentiert?«

»Ist das nicht völlig logisch?« fragte Tork zurück. »Das ist der natürliche Fortschritt. Das Leben beginnt im Ozean, dann erobert es das Land und schließlich den Weltraum. In irgendeinem Stadium zu verharren ist gegen jede logische Vernunft.«

Odo schnaufte. »Dann werden Sie große Schwierigkeiten haben, gewisse Lebensformen dieser Galaxis zu verstehen.«

»Richtig«, bestätigte Sisko. »Auf Tirek Acht beispielsweise lebt eine Spezies hochintelligenter tintenfischähnlicher Wesen, die ihr gesamtes Leben im Ozean verbringt. Sie haben eine bemerkenswerte Zivilisation entwickelt, die schon seit sechzehntausend Jahren besteht.«

Tork schüttelte den Kopf. »Das klingt unglaubwürdig«, gab er zu. »Obwohl ich natürlich nicht daran zweifle, daß diese Zivilisation tatsächlich existiert, wenn Sie es sagen. Aber es muß sich offensichtlich um eine minderwertige und stagnierende Kultur handeln. – Ah!« rief er, bevor sie irgend etwas erwidern konnten. »Jetzt kommen wir ins Freie!«

Die Rohrbahn schoß aus dem Tunnel, der ohne bemerkenswerte Details gewesen war. Sisko riß bei dem Ausblick die Augen auf, und er konnte nicht verhindern, daß er vor Überraschung und Bewunderung aufkeuchte. Er hörte, wie Dax einen ähnlichen Laut von sich gab, und starrte gebannt durch die großen Fenster des Fahrzeugs.

Das Panorama war atemberaubend. Sisko schätzte, daß sie sich im Bereich der Mittelachse befanden und nicht allzuweit vom Zentrum des Raumschiffs entfernt waren. Daher blickten sie in eine lange Röhre, während sie auf dem Weg nach Süden waren, wie er diese Richtung für sich bezeichnete.

Die Wände waren auf beiden Seiten leicht gekrümmt und umschlossen diese ›Welt‹, bis sie sich hoch über ihren Köpfen trafen. Entweder gab es künstliche Gravitation im Schwarmschiff, oder die Schwerkraft wurde durch die Rotation des inneren Kerns erzeugt, denn hier wurde jede verfügbare Oberfläche genutzt.

Überall waren Gebäude. Sie bestanden aus Metall und Glas und waren von unterschiedlicher Konstruktion und Höhe. Türme, Minarette, Spitzen und brükkenartige Strukturen beherrschten die künstliche Landschaft. Dazwischen erhoben sich Kuppeln in verschiedensten Regenbogenfarben, und Gehwege verliefen auf dem ›Boden‹ und auf höheren Ebenen. Es war wie die Promenade von *Deep Space Nine*, nur millionenfach größer.

In unregelmäßigen Abständen lagen Parks unterschiedlicher Form und Ausstattung zwischen den Gebäuden. Außerdem gab es überall in der Stadt Bäume und baumartige Gewächse sowie Kletterpflanzen und zahlreiche blühende Gärten. Große Flüsse schlängelten sich zwischen allem hindurch, die sich immer wieder zu Teichen und Seen erweiterten. Ein Fluß verlief genau über ihren Köpfen. Sisko konnte sogar Boote auf der Wasseroberfläche erkennen.

Bei den größeren Flächen schien es sich um landwirtschaftlich genutzte Felder zu handeln, und in der Ferne...

»Sind das *Berge*?« fragte er voller Ehrfurcht. Man konnte einen Ausblick wie diesen in jeder Holokammer erzeugen, aber das hier war *real*. Eine gewaltige Leistung der Ingenieurskunst!

»Sie sind nur klein«, entschuldigte sich Tork. »Dahinter liegt übrigens der Ozean.«

»Sie haben einen Ozean in diesem Schiff?« fragte Dax erstaunt nach.

»Der Schwarm ist sehr groß«, erklärte Tork. »Und wir wollten so viele Biotope unseres Heimatplaneten wie möglich erhalten.«

Sisko schüttelte den Kopf. »Das hier stellt die gewaltigste technische Errungenschaft dar, die ich jemals gesehen habe«, gab er zu. »Und ich habe schon viele gesehen.«

»Es war eine große und ehrwürdige Arbeit«, sagte Tork mit verständlichem Stolz. »Und wir sind dafür verantwortlich, daß sie erhalten bleibt.«

Entlang der Zentralachse des Schwarmschiffs waren kleine Sonnen angeordnet, wie es schien. Offenbar um der künstlichen Welt Licht und Wärme zu spenden.

»Brennen Sie ständig?« fragte Dax.

»Nein«, antwortete Tork. »Innerhalb des Schiffs wahren wir die Illusion von Tag und Nacht. Man hat festgestellt, daß wir am besten zurechtkommen, wenn wir mit regelmäßigen Hell-Dunkel-Zyklen leben.«

»Uns geht es genauso«, stellte Sisko fest. »Ich vermute, dies gehört zum Erbe einer Spezies, die sich auf einem Planeten entwickelt hat«, fügte er hinzu. »Man bleibt von gewissen Aspekten geprägt, auch wenn sie im Grunde unnütz geworden sind.«

Und dann sah Sisko über und unter sich die dunkle Linie, die immer breiter wurde. Es war die Stelle, an der sich der Schwarm teilte. Bald würde es einen Schwarm mehr geben – und dann ein Bajor weniger.

»Könnten wir uns ansehen, was an der Stelle geschieht, wo das Schwarmschiff geteilt wird?« fragte Sisko.

»Natürlich«, stimmte Tork zu. »Ich habe sogar einen Freund, der zur Arbeit an der Bruchstelle eingeteilt ist.« Er zog einen kleinen Handcomputer aus einer Tasche seines Panzers und tippte etwas ein. »Sektor eins zwei sieben vier«, teilte er ihnen mit. »Wenn wir ihn besuchen, wird er Ihnen bestimmt gerne zeigen, was dort geschieht.«

»Gut«, sagte Sisko. Dort würden sie vielleicht einen Eindruck erhalten, wie es um den Aufbau und die Stärke der Außenhülle stand. Und mit etwas Glück würde es ihn auf eine Idee bringen, was er als nächstes unternehmen konnte.

Tukh arbeitete ruhig und zielstrebig an seiner Aufgabe. Die Arbeitsdrohnen waren jetzt darauf vorbereitet, auf sein Signal hin zu explodieren – das von Harls Computer gesendet würde. Die drei Drohnen, die er sich ausgesucht hatte, waren alle wieder an der Arbeit, nachdem die ›Reparaturen‹ mit Harls Genehmigung abgeschlossen worden waren. Jetzt kam es nur noch darauf an, daß Harl sich irgendwo in der Nähe der Explosion aufhielt und kein gutes Alibi für die folgenden Ereignisse hatte.

Tukh tastete nach dem kleinen Betäubungspfeil, den er gestohlen hatte, während er zur Wartungskuppel unterwegs war, wo Harl arbeitete. Er öffnete leise die Tür und blickte sich in der Halle um. Hier wurden gerade zwei weitere Drohnen repariert, über die sich jemand beugte, der völlig in seine Arbeit vertieft war. Harl war ein sehr guter Mechaniker und durfte die meiste Zeit ohne Aufsicht arbeiten, was Tukhs Plan sehr entgegenkam.

Leise schlich sich Tukh näher und überprüfte noch einmal, daß sich ansonsten niemand in der Halle aufhielt. Dann vergewisserte er sich sorgsam, daß der einsame Mechaniker wirklich Harl war. Er wollte vermeiden, daß ihm in letzter Minute ein Fehler unterlief … Ausgezeichnet! Tukh hielt den Pfeil in der Hand, während er sich lautlos näherte. Die Pfeilspitze drang für einen kurzen Moment zwischen zwei Segmente von Harls Rückenpanzer.

Mit einem Seufzer brach Harl über der Drohne zusammen, die er repariert hatte. Er hatte nicht einmal aufgeblickt, also bestand keine Gefahr, daß Harl seinen Angreifer erkannt hatte. Die Droge würde ihn für etwa eine halbe Stunde bewußtlos machen, was mehr als genügend Zeit war.

Zufrieden mit dem Verlauf seiner Planung verließ Tukh die Reparaturhalle und verschloß die Tür hinter sich. Er hatte Harls Computer mitgenommen und war bereit, das verhängnisvolle Signal zu senden, sobald er sich weit genug von der Explosionszone entfernt hatte.

Sisko konnte seine Bewunderung für den Schwarm kaum im Zaum halten. »Wie lange dauert Ihre Reise bereits?« fragte er Tork. »Das Schwarmschiff sieht beinahe brandneu aus.«

»Wir haben die Fehlerkontrollen und Wartungsarbeiten sehr gewissenhaft durchgeführt«, antwortete Tork. »Wir leben seit zweitausendsiebenhundertundsechzehn Generationen in diesem Schwarm. Jede Generation dauert etwa … zweihundert Ihrer Jahre.«

Dax hob beeindruckt die Augenbrauen. »Eine halbe Million Jahre?« murmelte sie. »Und seit dem Beginn des Fluges haben Sie niemals eine andere Welt gesehen?«

»Wir brauchen keine anderen Welten – außer als Rohstoffquelle«, antwortete Tork stolz. »Die Gründer des Ersten Schwarms haben gute Arbeit geleistet, und sie wußten, daß die Große Reise sehr lange dauern würde. Es ist ein Glück, daß wir nicht aufgehalten wurden, da unsere Vorräte nahezu aufgebraucht sind. Deshalb war es so wichtig, für Nachschub zu sorgen.«

Das einzige Problem mit dem »Nachschub«, überlegte Sisko, bestand darin, daß es mit der Vernichtung von Darane IV verbunden gewesen war. »Eine großartige Technologie«, bemerkte er. »Die jedoch zu einem bedauernswerten Zweck eingesetzt wird – um Welten zu zerstören und Lebewesen zu töten.«

Tork wirkte verletzt. »Das ist nicht unsere Absicht«, protestierte er. »Wir haben den Bewohnern jener Welt die Gelegenheit gegeben, sie zu verlassen. Aber ihre Reaktion bestand darin, uns anzugreifen.« Er seufzte. »Sind Sie es nicht allmählich leid, ständig dieselbe Geschichte zu erzählen?«

»Ich gebe die Hoffnung nicht auf, daß wir ihnen verständlich machen können, was Ihr Volk angerichtet hat«, antwortete Sisko. »Es spielt keine Rolle, womit Sie es zu rechtfertigen versuchen – Ihr Schwarm hat eine halbe Million Lebewesen auf dem Gewissen.«

Tork funkelte ihn an. »Glauben Sie, ich wüßte das nicht?« fragte er. »Ich höre ständig ihre Schreie in meinem Kopf. Unter meinem Panzer gibt es auch weiche Stellen, Captain. Es ist mir nicht gleichgültig. Aber wenn ich mich zwischen einer wahnsinnigen Spezies und dem Schwarm entscheiden muß, dann fühle ich mich ohne Frage dem Schwarm verpflichtet. So war es schon, seit der Erste Schwarm den Großen Plan in die Wege leitete, und so muß es auch bleiben.«

»Der Große Plan?« wiederholte Odo. »Das klingt für mich eher nach einer Ausrede als nach einem triftigen Grund. Was ist dieser Große Plan?«

Die Rohrbahn fuhr soeben durch einen kleinen Waldbereich. Sisko konnte nicht anders – er mußte die Schönheit der Umgebung bewundern. Draußen spielten und vergnügten sich erwachsene und junge Mitglieder des Schwarms. Es waren zweifellos Liebespaare, die Hand in Hand gingen, und Eltern, die mit ihren Kindern das hiesige Äquivalent von Baseball spielten. Es gab auch ältere Leute, die die jungen beobachteten und sie offenbar um ihre Kraft und Geschicklichkeit beneideten. Es war ein friedliches und schönes Bild – wenn man für einen Augenblick die dunkle Seite der Machenschaften des Schwarms vergessen konnte.

»Der Große Plan wurde zu Anfang von den Mitgliedern des Ersten Schwarms formuliert«, erklärte Tork, um Odos Frage zu beantworten. »Wir lebten einmal auf einem Planeten, wie Sie bereits vermuteten. Doch unsere Sonne war instabil geworden und wies alle Anzeichen auf, daß sie bald explodieren würde.«

»Eine Supernova«, murmelte Dax. »Ihre Wissenschaft war offenbar weit genug fortgeschritten, um diese Gefahr rechtzeitig erkennen zu können.«

»Ja«, stimmte Tork ihr zu. »Wir hatten bereits eine bescheidene Raumfahrttechnik entwickelt und die Sterne und Planeten in unserer unmittelbaren Nähe erkundet. Doch keiner von ihnen war geeignet, Leben zu tragen, und wir verloren die Hoffnung, unsere Bevölkerung einfach auf einer besseren Welt in Sicherheit bringen zu können. Dann entwickelten die Wissenschaftler des Ersten Schwarms eine brillante Idee.

Sie schlugen vor, einen Felsplaneten unseres Systems zu einer Kolonie umzubauen, die in der Lage war, zwischen den Sternen zu reisen. Es war ein riskanter und wagemutiger Plan, aber sie bestanden darauf, daß dies die einzige Hoffnung für unser Volk darstellte. Irgendwann wurde beschlossen, daß man ihnen erlaubte, es zu versuchen. Der Bau des

Schwarms dauerte fast die gesamte Generation, aber das Projekt wurde verwirklicht. Die meisten Lebensformen unseres Planeten wurden an Bord gebracht, und dann wurde unsere Bevölkerung evakuiert. Der Große Plan hatte begonnen.«

Dax runzelte die Stirn. »Nach unseren Berechnungen ist der Schwarm erst vor kurzem aus dem intergalaktischen Raum in unsere Galaxis eingedrungen. Sie kommen aus einer der Magellanschen Wolken, wie wir sie nennen. Warum haben Sie nicht einfach in Ihrer eigenen Galaxis nach einer neuen Welt gesucht, statt die Gefahren einer so langen Reise in Kauf zu nehmen?«

»Während der Konstruktion des Schwarmschiffs nahmen wir erstmals Kontakt mit einer fremden Spezies auf – die bis vor wenigen Tagen immer noch die erste und einzige war, der wir jemals begegneten. Sie waren kriegerisch und aggressiv und hatten einen großen Teil der... Magellanschen Wolke erobert. Wir waren zum ersten Mal gezwungen, Kriegsraumschiffe zu bauen, um uns zu verteidigen. Wir gewannen einige Schlachten, aber der Gegner war viel zu stark, als daß wir lange gegen ihn hätten bestehen können. Sie bedrängten uns, und wir wußten, daß wir keine Chance hatten. Es war sehr fraglich, ob wir in unserer Galaxis ein Refugium finden würden, und deshalb wurde beschlossen, die Große Reise zu dieser Galaxis zu unternehmen.

Nach dem Aufbruch des Schwarms konnte der Feind uns nicht mehr folgen, da ihre Schiffe nicht für längere Zeiträume ohne Treibstoffquellen auskamen. Das Schwarmschiff gewinnt seinen Treibstoff größtenteils aus dem fein verteilten Material zwischen den Sternen und Galaxien.«

»Deshalb hat Ihr Schiff diese riesigen Flügel«, bemerkte Dax. »Sie dienen als Kollektoren für die intergalaktischen Gase und dazu, sie gleichzeitig zu verdichten.«

»Richtig«, stimmte Tork ihr zu. »Es ist ein effizientes System, das uns gute Dienste geleistet hat. Zwischen den Sternen ist die Materiedichte jedoch viel höher als zwischen den Galaxien, so daß wir unsere Vorräte bereits erneuern konnten. Wenn die Teilung vollzogen ist, werden beide Stöcke über ausreichend Treibstoff verfügen.«

»Und was dann?« wollte Odo wissen. »Sie haben uns erzählt, *warum* der Große Plan notwendig war, aber immer noch nicht, worin er eigentlich besteht.«

Die Kontrollen gaben ein helles *Pling* von sich, und Tork blickte auf die Instrumente. »Wir haben den Sektor erreicht, in dem Harl arbeitet«, gab er bekannt. »Wir bremsen jetzt ab.«

Sisko beobachtete, wie die Rohrbahn aus dem Wald hervorkam, der als Freizeitbereich fungierte, und sich nun einem Industriekomplex näherte. Gewaltige Maschinen bewegten sich zwischen großen Gebäuden. Viele beförderten Metallplatten und andere kleinere Maschinen oder elektronische Bauteile. Außerdem erkannte Sisko Streben und Röhren und andere Dinge, die er nicht auf Anhieb identifizieren konnte.

Offensichtlich wurden diese Produkte in den Gebäuden hergestellt, worauf sie zur immer größer werdenden Lücke transportiert wurden. Draußen mußte ein hoher Lärmpegel herrschen, doch im Innern ihres Gefährtes konnte Sisko nicht mehr als ein leises Rumpeln hören.

»Es ist sehr beeindruckend«, meinte Dax. »Hier werden die Rohmaterialien zu den Elementen verarbeitet, die für den Bau der neuen Schiffe benötigt werden.«

»Hier und in tausend weiteren Fabrikkomplexen«, erklärte Tork. »Wir nähern uns jetzt dem Arbeitsbereich. Es wäre möglich, daß Ihnen die Sinneseindrücke Unbehagen verursachen, also weisen Sie mich bitte darauf hin, wenn Sie sich nicht wohl fühlen.«

Die Rohrbahn hielt an einem kleinem Bahnhof an, und Tork öffnete die Tür. Seine Warnung war berechtigt, denn nun drang sofort alles auf sie ein, wovor die Rohrbahn sie abgeschirmt hatte.

Es war ein rhythmisches Stampfen zu hören, die Arbeitsgeräusche der gewaltigen Schmieden und Maschinen im Fabrikkomplex. Fahrzeuge rauschten auf den Wegen vorbei und verstärkten den Lärm. Es war laut, aber nicht unerträglich, und längst nicht so schlimm, wie Sisko es von einer Anlage mit solchen Ausmaßen erwartet hatte.

Von den Schmelzöfen, in denen die riesigen Metallplatten hergestellt wurden, wehte eine spürbare Hitze und der Geruch nach geschmolzenem Metall und verbrannter Erde heran. Rauch und Dampf stiegen von den Gebäuden auf.

Doch nichts davon konnte Sisko wirklich beeindrucken, weil er zu sehr damit beschäftigt war, die klaffende Lücke zu bestaunen, die vor ihnen lag.

Sie waren schätzungsweise einen oder zwei Kilometer vom Spalt entfernt, der das Schiff halbierte, doch die Lücke selbst war inzwischen fast genauso breit. Es war ein pechschwarzer Riß, in dem keine Sterne zu erkennen waren. Auf jeder Seite waren Legionen von Maschinen an der Arbeit. Riesige, spinnenähnliche Schweißroboter tummelten sich an den Rändern. Funken und Flammen flogen, während sie altes Material mit neuem verschweißten. Ihr Platz wurde anschließend von anderen Maschinen eingenommen, die Stützen, Streben und weitere Bauteile beförderten. Kleinere Schweißmaschinen kümmerten sich darum, die Streben zu montieren. Es waren auch Arbeiter zu erkennen, einige davon in Schutzanzügen, die den Fortschritt der Arbeiten kontrollierten und kleinere Tätigkeiten ausführten. Lastfahrzeuge brachten weiteres Material, das die neue Außenhülle vervollständigte.

Eine gewaltige Armee aus Maschinen und Drohnen baute hektisch an der Verdoppelung des Schwarmschiffs. Sisko hatte noch nie zuvor eine so zielstrebige Betriebsamkeit erlebt. Die Bewohner des Schwarms waren zweifellos außergewöhnliche Ingenieure. Zu schade, daß O'Brien in der *Defiant* unabkömmlich war. Er wäre bei diesem Anblick nicht aus dem Staunen herausgekommen.

»Es ist sehr beeindruckend«, brummte Odo. »Beinahe überwältigend.«

»Danke«, erwiderte Tork. »Wir arbeiten mit höchstmöglichem Tempo daran, die zwei neuen Schwarmschiffe fertigzustellen. Die Arbeit wird in wenigen Tagen abgeschlossen sein.«

»Ich kann es einfach nicht glauben«, sagte Dax bewundernd. »Das Arbeitstempo ist gewaltig. Ich vermute, Sie haben Schutzschilde zwischen den Rändern des Spalts installiert?«

»Ja, um die Arbeiter zu schützen.« Tork zeigte auf eine Stelle. »Am unmittelbaren Rand sind nur die Drohnen erlaubt, um die Platten zu verschweißen. Anschließend wird der neue Bereich auf Lecks überprüft, und erst dann wird das Schutzfeld ein Stück versetzt. Die kegelförmigen Geräte, die Sie neben den Arbeitern sehen, sind die Generatoren. Möchten Sie es sich aus der Nähe ansehen?«

»Ja, wenn wir dadurch die Arbeiten nicht behindern«, sagte Sisko.

»Das ist kein Problem«, versicherte Tork ihm. »Mein Freund Harl müßte sich in der Wartungskuppel dort drüben aufhalten. Er wird Ihnen viel mehr erklären können als ich. Bitte folgen Sie mir – und bleiben Sie zu Ihrer eigenen Sicherheit in meiner Nähe. Die Drohnen sind zwar darauf programmiert, auf Lebewesen Rücksicht zu nehmen, aber ich bin mir nicht sicher, ob sie Sie als solche erkennen. Unsere Körperchemie weicht deutlich von der Ihren ab.«

»Sicher«, erwiderte Sisko mit einem Lächeln. »Ich schätze, meine Haut ist etwas dünner als Ihre.« Sie folgten Tork, der sie immer wieder auf interessante Details hinwies – auf Integratoren oder Bioregeneratoren, die Erdreich und Pflanzen auf die Metallplatten schichteten, sobald diese abgekühlt waren. Die Außenhülle bestand aus drei Schichten, wie er erklärte, um genügend Schutz vor möglichen Lecks zu bieten, und wurde durch Kraftfeldgeneratoren gegen Meteoriteneinschläge verstärkt.

»Das ist vermutlich der Grund, warum unsere Sensoren keine klaren Werte erfassen konnten«, sagte Dax zu Sisko. »Die Schichtstruktur dürfte für eine kaum durchdringbare Abschirmung sorgen.«

»Das ist alles sehr beeindruckend«, stimmte Sisko zu. »Diese Leute verfügen über eine großartige Technik. Es ist eine Schande, daß ihr moralisches Bewußtsein nicht genauso weit entwickelt ist.«

Odo schnaufte. »Ich bin mir nicht sicher, ob ich derselben Meinung bin, Captain«, sagte er.

Sisko hob eine Augenbraue. »Sie sind es, der den größten Druck auf Tork ausübt, Constable«, gab er zu bedenken.

»Weil ich das Gefühl habe, daß er ihm nicht lange standhalten wird«, erklärte Odo. »Tork verursacht es offensichtliches Unbehagen, was sein Volk getan hat. Er weiß, was mit Bajor und vermutlich auch mit Cardassia Prime geschehen wird. Und diese Dinge belasten sein Gewissen.« Odo neigte den Kopf ein wenig zur Seite. »Ich habe den Eindruck, daß ich Torks Pflichtgefühl gegenüber dem Schwarm erschüttern könnte, wenn ich weiterhin Druck auf ihn ausübe. Vielleicht wird er dann unseren Standpunkt verstehen.«

»Das würde mich natürlich sehr freuen«, bemerkte Sisko. »Aber wird es genügen, wenn ein Schwarmmeister auf unserer Seite steht? Die anderen scheinen fest entschlossen, ihre Vorgehensweise beizubehalten.«

»Wenn einer von ihnen überzeugt werden kann, dann ist es prinzipiell auch bei anderen möglich«, sagte Odo. »Sie haben darauf bestanden, diesen Kampf mit den Waffen der Diplomatie auszufechten, Captain. Wir haben kaum eine andere Möglichkeit.«

»Richtig«, stimmte Sisko zu. »Machen Sie mit Ihrer Arbeit weiter, Constable.«

»Das werde ich tun.«

Sie waren jetzt nur noch wenige hundert Meter vom Spalt entfernt. Von hier aus hätte der Blick in den Weltraum atemberaubend sein müssen, doch Sisko bemerkte, daß die Kraftfelder undurchsichtig waren. Es war, als wären sie durch eine dicke Wand vor der Lücke und dem freien Weltraum abgeschirmt. Das war seltsam, weil durchsichtige Schilde viel weniger Aufwand und Energie erforderten. Vielleicht sollten die Arbeiter und Drohnen jederzeit erkennen können, wo die Grenze verlief. Oder gab es einen ganz anderen Grund dafür? In seinem Kopf nistete sich ein bohrender Verdacht ein. Er war bislang davon ausgegangen, daß die Einstellung der Schwarmmeister gegenüber dem Wahnsinn von Planetenbewohnern nur ein Vorurteil darstellte. Aber was war, wenn viel mehr dahintersteckte?

Obwohl auch hinter der unsichtbaren Abschirmung Maschinen arbeiteten, gab es auf dieser Seite der Grenze genügend zu sehen. Lastfahrzeuge schafften Material heran, und der ständig größer werdende Bereich neuen Bodens füllte sich mit Gebäuden und Flächen, die für Parks und Flüsse freigehalten wurden. Alle Arbeiter und Maschinen folgten offensichtlich einem Plan, der vor mehr als zweitausend Generationen ausgearbeitet worden war.

Es war atemberaubend.

Tork hatte wieder seinen kleinen Computer hervorgeholt und gab etwas ein. »Seltsam«, murmelte er.

Odo drehte sich abrupt zu ihm herum. »Was gibt es?« Er schien ein Problem gewittert zu haben.

»Ich empfange ein Signal von Harls Computer«, erklärte Tork. »Er befindet sich ein Stück von hier entfernt, und er antwortet nicht auf meinen Anruf.«

»Vielleicht macht er eine Pause«, sagte Sisko.

»Zu dieser Tageszeit? Unwahrscheinlich.« Tork runzelte verwirrt die Nase. »Außerdem ist sein Arbeitsbereich diese Wartungskuppel da drüben.« Er zeigte auf die zehn Meter hohe rote Halbkugel. »Was hat er im Fabrikkomplex zu suchen?«

»Vielleicht sollten wir zu ihm gehen und ihn fragen«, schlug Odo vor.

»Das ist…«

Der Arbeitslärm wurde plötzlich von einer lauten Explosion übertönt. Sisko wirbelte instinktiv herum, um sich einen Überblick über die Situation zu verschaffen. Etwa einen Kilometer entfernt hatte sich eine Drohne mit Schweißgerät in einen expandierenden Feuerball verwandelt. Dann fingen die Schweißgase Feuer, und es gab einen noch lauteren Knall, gefolgt von einer Schockwelle.

Hitze, Rauch, Gestank und Schreie stürmten gleichzeitig auf sie ein. Siskos Ohren waren vom Donnerschlag betäubt, als er gegen eine Wand geschleudert wurde. Überall flogen Fetzen aus Metall und Glas durch die Luft. Er spürte, wie seine Haut an mehreren Stellen aufgerissen wurde, und dann einen heftigen

Schlag, als er mit dem Rücken gegen die Wand prallte. Benommen versuchte er, auf den Beinen zu bleiben.

Es folgten eine zweite und eine dritte Explosion. Die Schockwellen liefen durch die Bodenplatten und warfen Sisko und seine Begleiter um. Flammen schossen aus den Maschinen, und der Lärm zerstörter Maschinen und verletzter Arbeiter schien von allen Seiten zu kommen.

Als das Kraftfeld vor ihnen versagte und das Vakuum des Weltraums sichtbar werden ließ, brach die Hölle los.

16

Sisko schüttelte den Kopf, um das Summen in seinen Ohren zu vertreiben, und schaffte es, wieder auf die Beine zu kommen. Er fuhr sich mit dem rechten Handrücken über die Stirn. Anschließend war die Haut mit Blut beschmiert. Allerdings sah es nicht allzu schlimm aus, so daß er die Verletzung zu ignorieren versuchte. Seine Schultern schmerzten vom Aufprall gegen die Wand, und er fühlte sich leicht desorientiert. Davon abgesehen war sein Zustand akzeptabel.

»Dax!« rief er. »Odo!« Dann fügte er noch hinzu: »Tork!«

»Ich bin hier, Benjamin«, antwortete Dax. Sie war an derselben Wand wie er gelandet, nur etwa zehn Meter weiter. Sie war verletzt und blutete aus mehreren Wunden, vor allem aus dem linken Oberschenkel. Trotzdem war sie wieder auf die Beine gekommen.

Sisko eilte hinüber, um ihr zu helfen. »Du solltest dir nicht zuviel zumuten«, riet er ihr, doch sie erwiderte seinen Vorschlag nur mit einem ungeduldigen Kopfschütteln.

»Ausruhen kann ich mich später.« Sie überblickte die Trümmer. »Hast du schon etwas von Odo oder Tork gesehen?«

»Ich bin hier«, war Odos Stimme zu hören. Er verwandelte sich gerade aus einer flüssigen Lache in seine gewohnte Gestalt zurück. »Es tut mir leid, daß ich mich offenbart habe, Captain, aber ich habe mich instinktiv verflüssigt, als ich gegen die Wand geschleudert wurde.« Er war völlig unverletzt, was niemanden überraschte. Die besonderen Fähigkeiten eines Gestaltwandlers machten ihn nahezu unverwundbar.

»Das geht schon in Ordnung, Constable«, erwiderte Sisko. »Offensichtlich handelt es sich hier um einen Notfall. Können Sie Tork irgendwo erkennen?«

Sie blickten sich suchend um. Überall brannten Feuer, und in der Ferne hallte eine Alarmsirene. Seltsamerweise waren alle Schreie verstummt. Sisko konnte nun die Sterne durch die zusammengebrochene Barriere sehen. Nirgendwo waren Reparaturtrupps oder Roboter zu erkennen, die die Unfallstelle sicherten.

»Okay, wir haben ein wichtigeres Problem«, sagte er. »Das Kraftfeld hat versagt. Dax?«

Die Trill holte schnell ihren Tricorder hervor und überprüfte die Umgebung. »Es steht kurz vor dem endgültigen Zusammenbruch, Benjamin. Wir müssen sofort etwas unternehmen.« Sie zuckte zusammen, als sie sich in Bewegung setzte. »Uff, könntest du mir vielleicht helfen. Ich glaube, ich schaffe es allein nicht.«

Sisko legte einen Arm um ihre Schultern, um sie zu stützen. »Es ist mir ein Vergnügen.« Er blickte sich zu Odo um. »Suchen Sie nach Tork und anderen Überlebenden.«

»Verstanden.«

Sisko mußte sich darauf konzentrieren, Dax zum gestörten Kraftfeldgenerator zu bringen, so daß er seiner weiteren Umgebung nur wenig Aufmerksamkeit schenken konnte. Offensichtlich war es zu einem Unfall gekommen. Eine – nein, mehrere der Transportmaschinen waren explodiert.

Doch warum waren dann noch keine Rettungstrupps in diesem Bereich eingetroffen? Die Mitglieder des Schwarms hatten doch alles andere so perfekt organisiert! Warum funktionierte jetzt überhaupt nichts mehr? Doch darüber konnte er sich später Gedanken machen. Im Augenblick war es wichtiger zu verhindern, daß der Generator völlig ausfiel. Wenn das geschah, würde die Atmosphäre schlagartig in den Weltraum entweichen. Es war unmöglich zu sagen, wie viele Todesopfer diese Katastrophe fordern würden – aber die drei von der *Defiant* würden zweifellos dazugehören. Sisko wollte seinen Kommunikator aktivieren, um das Schiff zu rufen, aber er befand sich nicht an der gewohnten Stelle. Er mußte ihn verloren haben, als die Schockwelle ihn getroffen hatte.

Sie erreichten den konischen Generator, und Sisko lehnte Dax dagegen. »Kommst du alleine damit zurecht, alter Knabe?« fragte er.

»Ich komme hervorragend allein zurecht«, erwiderte sie trotz ihrer Schmerzen mit einem Lächeln. »Es ist lediglich eine Frage der Zeit. Ich hoffe nur, daß sie ausreicht.« Sie setzte ihren Tricorder ein, um die Maschine zu scannen – der erste Schritt zur Problemlösung. »Ich habe nichts dagegen, wenn du Odo helfen möchtest«, fügte sie spitz hinzu.

Sisko warf ihr einen Blick zu und sah, daß auch ihr Kommunikator verschwunden war. Sie hatte noch Glück gehabt, daß sie den Tricorder nicht ebenfalls verloren hatte. Damit blieb nur noch Odo. Er nickte. »Ich bin bald zurück.«

»Du findest mich hier«, versprach sie. »Falls ich das Ding wieder zum Laufen bringe.« Sie entfernte einen Teil der Verkleidung. »Geh nur!«

Er lief den Weg zurück. Dicker Rauch von den vielen Feuern senkte sich über das gesamte Gebiet. Zweifellos hatten sich Chemikalien durch die Explosion entzündet. Die zuvor ebene Straße war nun mit Trümmern und Löchern übersät, und an einigen Stellen ragten große Metallteile aus dem Boden. Sisko, Odo und Dax hatten großes Glück gehabt. Aber wie stand es um die Arbeiter, die sich hier aufgehalten hatten? Wo waren sie?

»Captain!« hörte er Odo rufen. »Ich habe Tork gefunden – ich glaube es zumindest.«

Das klang nicht gut. Sisko lief zum Constable und machte sich auf den Anblick einer zerfetzten und nicht mehr zu identifizierenden Leiche gefaßt. Statt dessen sah er… »Was zum Teufel hat das zu bedeuten?«

»Ich glaube, es ist Tork«, sagte Odo, der sich wieder aus der Hocke erhob. Zu seinen Füßen befand sich ein kugelrundes Objekt, das etwa einen Meter durchmaß. Während er darauf starrte, erkannte Sisko endlich, worum es sich handelte.

»Er hat sich zusammengerollt!« rief er. Jetzt waren von ihm nur noch die Segmente des Panzers zu sehen, die den Körper völlig umschlossen.

»Ohne Zweifel eine Schutzreaktion«, knurrte Odo. »Vermutlich instinktiv. Offenbar haben sich alle eingerollt, als die Explosion losging. Das hat ihnen möglicherweise das Leben gerettet.«

Sisko nickte und beugte sich über den vermeintlichen Tork. Er klopfte gegen den Panzer. »Sie können jetzt wieder zum Vorschein kommen«, rief er.

»Das habe ich auch schon versucht«, teilte Odo ihm mit. »Er ist nicht ansprechbar. Wir müssen warten, bis er von allein diesen Zustand aufgibt.«

»Ich bezweifle, daß er auf diese Weise etwas hören kann«, bestätigte Sisko. »Und vielleicht hat er mein Klopfen sogar als weitere Gefahr interpretiert.« Er blickte sich um. »Ich schätze, hier ist er einigermaßen in Sicherheit. Von den Feuern droht ihm keine unmittelbare Gefahr. Wir wollen sehen, ob wir weitere

Überlebende finden können. Einige könnten in Schwierigkeiten stecken.« Er wollte schon losmarschieren, als ihm etwas einfiel. »Haben Sie Ihren Kommunikator noch dabei?«

»Natürlich«, erwiderte Odo.

»Dann nehmen Sie Kontakt mit der *Defiant* auf, und sagen Sie Kira, daß sie Dron Hilfe anbieten soll. Aber sie soll auf gar keinen Fall jemanden ohne Erlaubnis herüberbeamen. Sie müssen Ihren Kommunikator zur Erfassung der Koordinaten benutzen. Dax und ich haben unsere Geräte verloren.«

»Verstanden.« Odo tippte auf seinen Kommunikator, während er davoneilte.

Sisko dachte nicht weiter über diesen Punkt nach. Seltsamerweise war immer noch nichts von Rettungsmaßnahmen zu bemerken, obwohl inzwischen einige Zeit verstrichen war. Was war hier los? Allmählich nahm in seinem Kopf eine verrückte Idee Gestalt an. Er suchte die Straßen und Trümmerhaufen nach Anzeichen weiterer Kugeln ab, die die Bewohner des Schwarms darstellten. Nachdem er jetzt wußte, wonach er Ausschau halten mußte, entdeckte er eine ganze Reihe. Die meisten waren nicht in unmittelbarer Gefahr, doch einige rollte er ein Stück fort, um sie von Flammen und anderen Problemen fernzuhalten. Ihre Panzer waren sehr hart, aber er bezweifelte, daß sie es überstehen würden, wenn sie gebraten wurden.

Nach etwa zehn Minuten hatte er sich um alle gekümmert, die er hatte entdecken können. Die Trümmer mehrerer Lastfahrzeuge brannten immer noch, und der Rauch wurde immer schlimmer. Er fand zwei Aliens, die offensichtlich tot waren. Einer war durch die Explosion verkohlt und zerrissen, und der zweite war von einer Stahlstange aufgespießt worden, die ihm einen halben Meter weit aus dem Rücken ragte. Zum Glück fand er nicht mehr Todesopfer. Er hätte einen Tricorder benötigt, um die Umgebung gründlicher abzusuchen, doch Dax hatte den einzigen, den sie mitgenommen hatten.

Er lief durch den Rauch zurück, der ihm in der Kehle brannte, bis er Dax erreicht hatte. Verschiedene Teile des Generators lagen im Umkreis verstreut, und sie arbeitete mit dem Tricorder tief in den technischen Eingeweiden der Maschine. Sie hatte ihr linkes Bein ausgestreckt. Der Blutfleck auf der Hose hatte sich deutlich vergrößert. Sisko beschloß, nicht darauf einzugehen, sondern fragte ruhig: »Wie läuft es?«

»Das wird sich zeigen«, erwiderte sie. »Das Feld wird jeden Augenblick versagen, wenn meine Bastelei nichts bewirkt hat.« Ihr dreckverschmierter Kopf kam aus dem Innern des Generators hervor. Sie lächelte matt. »Es geht los.« Sie tippte einen Befehl in die Hauptkonsole.

Und dann versagte der Generator.

Ein lautes Kreischen erfüllte die Luft, die durch die Lücke im Kraftfeld nach draußen gerissen wurde. Ein starker Wind zerrte an ihnen und wirbelte lose Metallteile davon.

»Ich habe mir gedacht, daß es nicht klappt«, schrie Dax. Hektisch leitete sie weitere Befehle an die Steuerung der Maschine weiter.

»Man kann nicht immer Glück haben«, entgegnete Sisko, der sich am Generator festhielt. Der heulende Sturm zerrte an seiner Kleidung und wollte ihn zur klaffenden Öffnung hinter ihnen befördern. Überall flogen kleinere Objekte klappernd über die Straßen, auf den leeren Weltraum und die Sterne zu. »Vielleicht gelingt es beim nächsten Mal.«

»Wenn ich es jetzt nicht schaffe«, erwiderte sie, »wird es kein nächstes Mal geben.« Sie arbeitete hektisch und konsultierte immer wieder ihren Tricorder.

»Verdammt! Daran liegt es! Ich habe die Verbindungen verwechselt.« Angesichts ihrer körperlichen Verfassung war Sisko nicht überrascht, aber er wußte, daß sie selbst sich einen solchen Fehler niemals verzeihen würde. Sie schaffte es, neue Befehle einzugeben.

Dann war das Kraftfeld wieder in voller Stärke vorhanden.

Der Wind flaute ab, und überall fielen unter großem Lärm Trümmer zu Boden. Sisko lächelte Dax an.

»Gut gemacht, alter Knabe.«

»Danke für das Kompliment, Benjamin.« Blaß und geschwächt ließ sie sich neben der Maschine zu Boden gleiten. Sisko fing sie auf und half ihr, sich zu setzen.

»Wie fühlst du dich?« fragte er besorgt. Ihre Hose war mit frischem Blut getränkt.

»Großartig«, sagte sie und schüttelte den Kopf. »Aber ich habe mich schon besser gefühlt.«

Sisko blickte sich um. »Odo!« schrie er. »Kommen Sie sofort!«

»Schon unterwegs, Captain!« Kurz darauf kam Odo aus einem Gebäude gelaufen. Als er sah, daß Dax am Boden lag, wußte er sofort, worum es ging. Noch im Lauf aktivierte er seinen Kommunikator. »Odo an *Defiant*. Erfassen Sie mein Signal und beamen Sie unverzüglich zwei Personen in die Krankenstation.«

Sisko sprang zur Seite, damit Odo die Trill aufheben konnte. Dann setzte der Transportereffekt ein, und nach einer Sekunde waren beide in einem flimmernden Lichtvorhang verschwunden. Sisko starrte eine Weile auf die leere Stelle, bis er eine Bewegung bemerkte.

Er blickte sich um und sah mehrere Schwarmbewohner, die über die Straßen eilten. Alle hatten Vorrichtungen dabei, die an schwebende Krankenbahren erinnerten. »Das wurde auch Zeit«, brummte er. »Wo waren Sie so lange?«

Einer der Aliens starrte ihn an. »Wir konnten uns doch nicht nähern, solange die Barriere unzureichend arbeitete«, erklärte er ungeduldig. »Wir sind so schnell gekommen, wie wir konnten.«

»Und warum ist dann niemand gekommen, um das Kraftfeld zu reparieren?« fragte Sisko. »Sie hatten Glück, daß meine Kollegin in der Lage war, ihnen diese Arbeit abzunehmen.«

»Der Reparaturtrupp war unterwegs«, bekam er zur Antwort. »Die Leute konnten es nicht schnell genug schaffen.«

»Sie haben nur *einen* Reparaturtrupp für die Generatoren?« Sisko wollte es nicht glauben. »Auf dieser Baustelle muß es doch jede Menge fähiger Ingenieure geben!«

Der Schwarmbewohner deutete auf die Barriere. »Wenn man bedenkt, was dahinter liegt«, erwiderte er mit entsetztem Ausdruck, »können wir uns glücklich schätzen, daß wir überhaupt einen Reparaturtrupp haben!«

Sisko runzelte die Stirn. »Aber hinter der Barriere liegt doch nur der Weltraum«, sagte er.

»Genau.« Der Sanitäter eilte davon, um den Verletzten zu helfen.

Sisko sah den Leuten zu, wie sie ihre eingerollten Artgenossen aufsammelten. Alle Aliens, die sich in der Nähe der Explosion aufgehalten hatten, waren immer noch nicht aus ihrer Starre erwacht und konnten nur mit den Bahren abtransportiert werden. Damit verfestigte sich sein Verdacht zur Gewißheit.

Sie fürchteten sich vor dem Weltraum.

Zwei Stunden später stand Sisko wieder im Versammlungsraum der Schwarmmeister. Die größte Verwirrung schien inzwischen abgeklungen zu sein, doch es herrschte immer noch fieberhafte Aktivität. Sisko hatte sich still in den Hintergrund des Raumes zurückgezogen, während Dron die Aufräumaktionen leitete, bis er diese Aufgabe an Boran, den Industriemeister, weitergab. Er bedeutete ihm unmißverständlich, daß die Arbeiten so schnell wie möglich wieder aufgenommen werden mußten.

Sisko war damit beschäftigt, seine gewonnenen Erkenntnisse zu verarbeiten und sich zu überlegen, auf welche Weise er diese Informationen zu seinem Vorteil nutzen konnte. Er dachte immer noch über verschiedene Möglichkeiten nach, als Odo zurückkehrte.

»Dax ist auf dem Wege der Besserung«, meldete der Constable und überreichte Sisko einen neuen Insignienkommunikator. »Sie hat durch ihre Beinwunde viel Blut verloren, aber Dr. Bashir sagt, daß sie bald wieder auf dem Damm ist. Sie muß sich nur für eine Weile schonen.«

»Womit Dax bestimmt nicht einverstanden sein wird«, erwiderte Sisko, während er den Kommunikator ansteckte. Jetzt fühlte er sich wieder korrekt gekleidet. »Sonst noch etwas?«

»Nichts, was nicht warten könnte.« Odo blickte sich im Raum um. »Ist hier irgend etwas von Bedeutung geschehen?«

»Schwer zu sagen. Ich bin im Moment sozusagen abgemeldet.« Sisko deutete mit einem Nicken auf die kleine Versammlung von Schwarmmeistern am anderen Ende des Raumes. »Dron und seine älteren Kollegen sind damit beschäftigt, die Bauarbeiten wieder in Gang zu bringen.«

»Und wie geht es Tork?«

Sisko zuckte die Schultern. »Ich habe noch nichts von ihm gesehen, aber ich denke, wir hätten es gehört, wenn er verletzt wäre. Doch es gibt da eine

Sache von Bedeutung.« Er blinzelte. »Ach – endlich tut sich was!«

Die Gruppe hatte sich aufgelöst, und Dron kam zu Sisko und Odo herüber. »Wir schulden Ihnen beiden großen Dank«, verkündete Dron – laut genug, daß jeder im Raum es hören konnte. »Ohne Ihre Hilfe wäre die Katastrophe möglicherweise viel schlimmer ausgefallen. Wenn wir uns Ihnen auf irgendeine Weise erkenntlich zeigen können…«

»Es gäbe da in der Tat etwas«, erwiderte Sisko, ohne sich allzu große Hoffnungen zu machen. »Brechen Sie den Vormarsch auf Bajor ab.«

»Das ist leider unmöglich, Captain«, sagte Dron und breitete bedauernd die Hände aus. »Ihnen ist bestimmt bewußt, daß all unsere Ressourcen von der Konstruktion der zwei Schwarmschiffe beansprucht werden. Deshalb benötigen wir neue Rohstoffe, und Bajor ist die nächstgelegene Welt, die sich dazu eignet. Uns bleibt keine andere Wahl, als sie zu absorbieren. Ich wünschte mir, es ließe sich vermeiden, aber so ist es nun einmal.«

»Ich verstehe.« Sisko runzelte die Stirn. »Ich hatte gehofft, die Demonstration unserer guten Absichten würde sich auf Ihre Entscheidung auswirken.«

»Wir wissen Ihre Hilfe sehr zu schätzen, Captain, glauben Sie mir«, versicherte Dron. »Aber wir können die Tatsachen nicht ändern.«

In diesem Moment öffnete sich die Irisblende in der Wand, und Tork kam herein. Er wirkte müde, erschöpft und immer noch schockiert, obwohl jetzt eine grimmige Entschlossenheit in seinen Augen stand. »Captain!« rief er laut. »Captain, ich weiß gar nicht, wie ich Ihnen für das danken soll, was Sie getan haben.« Er eilte zu ihnen, streckte eine Hand aus und stockte dann irritiert. »Ich muß mich entschuldigen. Ich wollte Sie wie ein Mitglied des Schwarms begrüßen, und für einen Moment habe ich vergessen, daß Sie gar nicht zu uns gehören.«

»Es scheint so«, murmelte Odo.

»Sie haben natürlich keinen Panzer, über den ich streichen könnte«, fügte Tork hinzu. Er sah sich zu den anderen Schwarmmeistern um. »Aber in jeder anderen Hinsicht haben Sie sich als Lebewesen mit Ehre und großem Mut erwiesen. Ich grüße Sie als Gleiche.«

Von den anderen kam zustimmendes Gemurmel. Doch einigen der Meistern schien diese Bekundung überhaupt nicht zu gefallen. Der alte Schwarmmeister Hosir trat aus der Gruppe hervor.

»Ich unterstütze diese Haltung«, sagte er. »Captain Sisko, Odo und die bedauerlicherweise abwesende Lieutenant Dax haben vorbildlich gehandelt. Sie sind zweifellos vernünftige und zu Mitgefühl fähige Wesen.«

Dron schien darüber mehr als nur ein wenig ungehalten zu sein, und Sisko konnte sogar den Grund dafür verstehen. Zwei Schwarmmeister hatten sich öffentlich für ihn verwendet, und Dron würde sich zum Narren machen, wenn er sich nun weigerte, auf Siskos Argumente einzugehen. Offenbar hatten sie jetzt mindestens zwei der Aliens auf ihre Seite gezogen.

»Wie ich schon sagte«, nahm Dron geschickt den Faden auf, »schulden wir Ihnen Dank. Sie sind hier bei uns jederzeit willkommen. Jetzt zu den wichtigen Angelegenheiten.« Er drehte sich um und winkte Raldar heran. »Sicherheitsmeister Raldar, ich glaube, Sie haben etwas zu melden.«

»In der Tat«, stimmte Raldar zu und verneigte leicht den Kopf. »Meine Leute haben die Explosion der drei Drohnen untersucht, durch die dieser Notfall ausgelöst wurde. Sie stellten fest, daß die Drohnen nicht zufällig explodiert sind.«

»Tatsächlich?« knurrte Odo. »Wollen Sie damit sagen, daß jemand Sabotage verübt hat?«

Raldar erwiderte Odos finsteren Blick, da ihn dieser Kommentar eines Außenstehenden offenbar ärgerte. »Ja, das will ich damit sagen. Und ich glaube, wir haben den Täter bereits ermittelt.« Er winkte einem der Wächter an der Tür zu, der daraufhin einen jungen Schwarmbewohner hereinführte. »Das ist der Arbeiter Tukh«, erklärte er. »Er hielt sich in der Nähe der Explosion auf. Er verfügt über sachdienliche Informationen, die sich die Schwarmmeister anhören sollten.«

»Sprechen Sie«, sagte Dron. »Legen Sie Ihre Beweise vor.«

»Wie Sie befehlen.« Tukh verneigte sich tief, was mit seinem Panzer bestimmt nicht einfach war. »Ich habe mitgehört, wie einer meiner Arbeitskollegen von Verrat gesprochen hat«, teilte er den versammelten Meistern mit. »Er wollte Unruhe erzeugen und Zwietracht im Schwarm verbreiten und sogar die Autorität der Schwarmmeister angreifen. Er ist in den Reparaturhallen beschäftigt, und vor kurzem hat er an den drei Drohnen gearbeitet, die explodiert sind.«

Die Anwesenden reagierten mit ungehaltenem Raunen. »Wer würde so etwas Schändliches tun?« verlangte Premon zu wissen. »Wie lautet der Name dieses Rebellen?«

»Sein Name ist Harl«, gab Tukh bekannt.

17

»Nein!« rief Tork mit sichtlicher Erschütterung. »Ich kenne Harl! So etwas würde er niemals tun!«

Dron warf ihm einen finsteren Blick zu und runzelte die Nase. »Sie behaupten, der Arbeiter Tukh würde lügen?« fragte er. »Aus welchem Grund?«

»Ich kenne seine Motive nicht«, antwortete Tork, der jetzt wieder zuversichtlicher klang. »Aber ich kenne Harl.«

Raldar schnaufte. »Und Sie behaupten, er hätte niemals von Verrat gesprochen?«

Dieser Punkt schien Tork zu bestürzen, denn er wich zurück, als wäre er geschlagen worden. »Er hat vieles *gesagt*«, gestand er zögernd ein. »Es ist wahr, daß er keine große Sympathie für die Schwarmmeister hegt. Aber den Schwarm liebt er. Er würde niemals etwas tun, das uns alle in Gefahr bringen könnte.«

Raldar schüttelte den Kopf. »Durch diesen Sabotageakt haben wir vier Todesopfer zu beklagen«, knurrte er. »Maschinen und wertvolle Rohstoffe wurden zerstört. Harl wurde beschuldigt und muß sich für seine Taten rechtfertigen.«

Odo trat vor. »Mit welcher Begründung?« fragte er skeptisch.

Raldar warf ihm einen bösen Blick zu. »Wer hat Sie autorisiert, sich in diese Angelegenheit einzumischen?« fragte er zurück.

»Ich bin der Sicherheitsoffizier von *Deep Space Nine*«, antwortete Odo. »Es ist meine Aufgabe, Schuld und Unschuld festzustellen. Aufgrund von *Behauptungen* könnte ich niemals mehr gegen jemanden unternehmen, als ihn zu vernehmen.« Er deutete auf Tukh. »Kann sich irgend jemand dafür verbürgen, daß diese Person die Wahrheit sagt? Gibt es weitere Zeugen, die diese Ankündigungen zur Gewaltanwendung gehört haben? Oder steht hier nur sein Wort gegen das von Harl?«

»Gut gesprochen«, sagte Tork anerkennend. »Eine unbegründete Anschuldigung konnte bei uns noch nie als Grundlage für eine Anklage dienen. Gibt es keine weiteren Beweise gegen Harl?«

»Wir haben auch den Täter gefaßt«, gab Raldar bekannt, dem es offensichtlich gar nicht gefiel, wie sich die Dinge entwickelten. Er winkte den Wachen zu. »Bringen Sie ihn herein.«

Tork keuchte auf, als sein Freund von zwei Wächtern hereingeführt wurde. Harls Hände waren gefesselt. »Warum wird er auf diese Weise behandelt?« wollte er wissen. »Er steht nur unter Anklage, er wurde noch nicht verurteilt. Man sollte ihm die Fesseln abnehmen!«

Harl schnaufte. »Es ist zu spät für logische Argumente, mein Freund«, sagte er. »Ich wurde bereits ohne Beweise und ohne die Möglichkeit, mich zu äußern, abgeurteilt.«

Dron hob eine Hand. »Jetzt ist es Ihnen gestattet, sich zu äußern«, sagte er trocken. »Wie ich feststelle, haben Sie bereits von diesem Recht Gebrauch gemacht. Jetzt antworten Sie bitte wahrheitsgemäß: Haben Sie diese Sabotage begangen?«

»Nein«, sagte Harl laut und fest. »Ich habe es nicht getan. Er hat mich dazu aufgefordert«, fügte er hinzu, während er auf Tukh zeigte. »Aber ich habe mich geweigert. Offenbar hat er die Tat anschließend allein ausgeführt, um jetzt mir die Schuld zu geben.«

»Er verteidigt sich durch eine Gegenanklage«, rief Raldar verächtlich. »Damit war zu rechnen.«

»Außerdem ist da noch sein Computer«, warf Tukh ein. »Ich habe ihn in der Nähe der Explosionsstelle gefunden. Darauf befanden sich nur seine Handabdrücke, und es war das Gerät, mit dem die Sprengladungen gezündet wurden.«

Odo konnte sich nicht mehr zurückhalten. Obwohl er an Bord des Schwarmschiffs nur ein Gast war, erlaubte ihm sein leidenschaftliches Gerechtigkeitsempfinden nicht, weiterhin zu schweigen. »Tatsächlich?« fragte er sarkastisch. »Soll das heißen, dieser junge Revolutionär hat seinen eigenen Computer benutzt, um die Bomben zu zünden?« Er wandte sich an Harl. »Das war ziemlich dumm von Ihnen, nicht wahr? Etwas zu benutzen, was sich ohne Mühe Ihnen zuordnen läßt. Sie sind entweder ein sehr schlechter Rebell, oder *Sie*« – er deutete auf Tukh – »sind ein sehr schlechter Lügner.«

»Sie haben kein Recht...«, setzte Raldar zu einem Protest an, als Hosir sich einmischte.

»Er hat *jedes* Recht, sich in dieser Angelegenheit zu äußern. Er war in der Nähe der Explosionen, und auch sein Leben war in Gefahr. Außerdem redet er vernünftig. Ich möchte hören, was er zu sagen hat.«

»Ich ebenfalls«, fügte Tork hinzu. »Bitte machen Sie weiter.«

Odo ließ sich nicht zweimal bitten, da er nun in seinem Element war. Er warf Tukh einen so vernichtenden Blick zu, daß dieser unwillkürlich einen Schritt zurückwich. »Sie haben Harls Computer in der Nähe der Explosionsstelle gefunden, nicht wahr?«

»Ja«, erwiderte Tukh trotzig.

»Tatsächlich?« Odo wandte sich an Tork. »Haben Sie Ihren Computer dabei?«

»Natürlich.« Tork zog ihn aus der Tasche unter seinem Panzer. »Warum?«

»Kurz vor der Explosion«, rief Odo ihm ins Gedächtnis, »haben Sie Harl zu erreichen versucht, nicht wahr? Was hat Ihr Computer behauptet, wo Harl sich befindet?«

Torks Miene hellte sich auf, als er erkannte, worauf Odo hinauswollte. »Ein gutes Stück westlich«, antwortete er. »Weit vom Explosionszentrum entfernt.«

Odo wirbelte herum. »Und Sie haben ihn direkt an der Explosionsstelle gefunden?« sagte er grollend. »Ich frage mich, wie er dorthin gelangt ist.«

Tukh wirkte erschüttert und verwirrt. »Sie würden jederzeit behaupten, daß er unschuldig ist«, sagte er zu Tork. »Er ist Ihr Freund und vermutlich Ihr Komplize.«

»Aha!« rief Odo. »Weitere Anschuldigungen, um eine undichte Stelle in Ihrer Geschichte zu vertuschen, wie? Das ist kein guter Schachzug. Und noch etwas – Sie sagten, daß sich nur Harls Handabdrücke auf dem Computer befinden?«

»Ja«, antwortete Tukh trotzig.

»Woher wollen Sie das wissen?« fragte Odo. »Sie hatten doch bestimmt nicht die Ausrüstung dabei, um die Abdrücke zu untersuchen, oder? Außerdem müßten auch Ihre auf dem Gerät sein, wenn Sie es gefunden haben, wie Sie behaupten?«

Jetzt schien Tukh endgültig die Fassung zu verlieren. »Ja, ich denke, so müßte es sein.«

»Sehr vorteilhaft.« Odo blickte sich zu den Meistern um. »Und vielleicht waren sie auch schon *vor* der Explosion auf dem Computer. Also haben wir zwei verschiedene Abdrücke auf der Tatwaffe – Harls und

Ihre. Und Sie waren es, der mit dem Gerät entdeckt wurde, von dem Sie nun behaupten, es als Beweis für Harls Schuld vorlegen zu wollen. Einen Beweis, den sie gar nicht überprüfen konnten.«

Raldar trat vor. »Sie verwirren nur den Tatbestand«, warf er ihm vor. »Und Sie schüchtern den Zeugen ein.«

»Den Zeugen?« fragte Odo. »Ich würde sagen, die Bezeichnung *Verdächtiger* träfe besser auf ihn zu, meinen Sie nicht auch?« Er wirbelte zu Dron herum. »Ich denke, in dieser Angelegenheit sind die Beweise gegen Tukh mindestens so stichhaltig wie die gegen Harl. Oder was sagen Sie?«

Dron wollte in diesem Punkt offensichtlich keine Entscheidung treffen. »Nun«, zögerte er. »Der Fall scheint in der Tat verwirrend.«

»Verwirrend?« Alle Anwesenden drehten sich zu Hosir um, der sich an den Hauptcomputer des Raumes gesetzt hatte. »Wenn Sie etwas wirklich Verwirrendes hören wollen, dann schauen Sie sich das hier an. Ich habe mir soeben die Aufzeichnung der Berufung angesehen, und ich muß sagen, daß ich nachdenklich geworden bin.«

»Wieso?« fragte Makarn stockend. »Ich wüßte nicht… äh… was diese Aufzeichnung damit zu tun haben soll.«

»Sie scheinen überhaupt nicht allzuviel zu wissen, und genau das ist Ihr Problem«, erwiderte Hosir mit beißendem Sarkasmus. »Ich habe gerade nach dem *Zeugen* Tukh gesucht. Und wie es scheint, ist er überhaupt kein Arbeiter.« Er täuschte Überraschung vor. »Hier heißt es, daß er der *Sicherheit* zugeteilt wurde.« Er blinzelte und starrte dann Raldar an. »Das bedeutet, daß er für *Sie* arbeitet. Seltsam, daß Sie nichts davon wußten.«

»Ich wurde… versetzt«, stammelte Tukh, doch er

konnte die Situation nicht mehr retten. Die übrigen Meister starrten abwechselnd ihn und Raldar an.

»Tatsächlich?« fragte Hosir. »Und wer hat die Berufung für Sie geändert? Dazu wäre nur ein Schwarmmeister in der Lage.« Er blickte seine Kollegen der Reihe nach an. »Möchte irgend jemand von Ihnen gestehen, daß er Tukhs Status geändert hat?« Als Todesstille auf seine Frage folgte, fügte er hinzu: »Damit habe ich im Grunde auch gar nicht gerechnet.«

»Ich beantrage«, sagte Tork mit neuer Zuversicht, »daß diese Angelegenheit gründlicher untersucht wird. Und daß Tukh vorläufig festgenommen wird. Und daß Harl freigelassen wird. Und«, setzte er mit einem Blick auf Raldar hinzu, »daß Sicherheitsmeister Raldar vor den versammelten Meistern eine vollständige und befriedigende Erklärung abgibt.«

Seine Worte wurden von zustimmendem Gemurmel begleitet, das Dron mit einer Handbewegung unterbrach. »Was Sie sagen«, entgegnete er diplomatisch, »ist zweifellos vernünftig und gerechtfertigt.« Er gab den Wachen ein Zeichen, die Harls Handschellen öffneten und sie dem protestierenden Tukh anlegten. »Schaffen Sie ihn fort. Und Sie, Raldar, sollen ebenfalls gehen. Zu unserer nächsten Versammlung möchte ich einen vollständigen Bericht von Ihnen.«

Raldar warf Tork, Odo und Hosir der Reihe nach finstere Blicke zu. Schließlich nickte er. »Ich werde gehorchen«, knurrte er leise und stapfte aus dem Raum.

Dron wandte sich zu Tork und Odo um. »Wie es scheint, ist diese Angelegenheit komplizierter, als sie auf den ersten Blick wirkte«, sagte er langsam. »Ich danke Ihnen für die Hilfe. Ich vermute, es wird eine Weile dauern, bis die Wahrheit ans Tageslicht kommt.«

»Davon bin ich überzeugt«, stimmte Odo ihm zynisch zu. »So ist es häufig in derartigen Fällen.«

Tork blickte sich lächelnd zu Odo und Sisko um. »Ich möchte mich noch einmal bei Ihnen bedanken«, sagte er. »Ich stehe tief in Ihrer Schuld. Sie haben das Leben und den Ruf meines Freundes gerettet.«

»Es scheint sich zu einer Gewohnheit zu entwikkeln«, erwiderte Sisko.

»Wenn ich mich auf irgendeine Weise erkenntlich zeigen kann«, sagte Tork, »dann teilen Sie es mir mit.«

»Es gäbe da etwas«, antwortete Sisko. »Sie haben uns freundlicherweise den Schwarm gezeigt und viele unserer Fragen beantwortet. Ich glaube, daß ich Ihr Volk allmählich besser verstehe. Sie würden mir einen großen Gefallen tun, wenn ich Ihnen diesen Gefallen jetzt erwidern kann.«

Torks Nase runzelte sich. »Ich glaube, ich verstehe Sie nicht.«

»Begleiten Sie mich nach Bajor«, sagte Sisko. »Sehen Sie, wie die Bajoraner leben. Versuchen Sie zu verstehen, warum sie ihre Heimat nicht verlassen wollen.« Bei diesem Vorschlag schienen die Meister geschlossen nach Luft zu schnappen, und auch Tork war erschüttert. »Entschuldigen Sie bitte«, sagte Sisko und täuschte Verblüffung vor. »Habe ich Sie auf irgendeine Weise beleidigt?« Er hatte bereits eine recht genaue Vorstellung, welche Antwort er erhalten würde.

Dron trat vor. »Was Sie verlangen, ist völlig unmöglich«, erklärte er. »Das müßte Ihnen doch klar sein!«

»Es tut mir leid«, erwiderte Sisko, der unbedingt den wahren Grund hören wollte. »Aber es ist mir nicht klar. Warum ist es unmöglich?«

Als Dron keine Anstalten zu einer Erklärung machte, trat Makarn vor. »Äh… es ist deswegen unmöglich, weil wir viel zu gut an das Leben innerhalb des Schwarmschiffs angepaßt sind. Alles, was sich… äh… außerhalb befindet, ist unwesentlich und unserem Wohlergehen abträglich.«

Seine Schlußfolgerung war also korrekt, erkannte Sisko. Er hatte den Grund für das undurchsichtige Kraftfeld, die Verzögerung der Rettungsarbeiten und die Reaktion der unverletzten Aliens völlig richtig erraten. »Sie können den Weltraum nicht ertragen«, murmelte er. »Sie können nicht nach draußen gehen – nicht einmal nach draußen schauen.«

Odo runzelte die Stirn. »Sie meinen, diese gesamte Spezies leidet unter *Agoraphobie*?« fragte er nach.

»Ja«, antwortete Sisko. »So ist es. Deswegen halten Sie Planetenbewohner für wahnsinnig. Sie selbst können nicht einmal diese Vorstellung ertragen, und deshalb erklären Sie nicht ihre eigene Reaktion, sondern die Idee für Wahnsinn.«

»Das ist nicht wahr!« protestierte Dron. »Unsere Ansichten sind völlig rational. Wir selbst sind völlig in Ordnung.«

»Dann beweisen Sie es«, sagte Sisko. »Öffnen Sie ein Fenster. Schauen Sie auf die Sterne.«

Dron konnte ein angewidertes Schaudern nicht unterdrücken. »Das ist abscheulich!«

»Genau das habe ich mir gedacht.« Sisko blickte sich im Raum um. »Es sind gar nicht die Planetenbewohner, die unter einer Störung leiden«, sagte er behutsam. »Ist Ihnen schon einmal die Idee gekommen, daß Sie es sind, die die Realität nicht ertragen können?«

»So etwas können Sie von uns nicht behaupten!« schrie Pakat. »Wir sind nicht verrückt, in keiner

Weise! Wir haben die einzig wahre, fortgeschrittene Lebensweise realisiert!«

Odo schnaufte verächtlich. »Wirklich? Wie fortgeschritten und wahr kann ein Leben sein, das Sie hinter Wänden aus fadenscheinigen Argumenten und Halbwahrheiten verbringen? Niemand von Ihnen hat den Mut, sich den Tatsachen zu stellen.«

»Ich habe den Mut!« sagte Tork und schluckte. »Ich werde mit Ihnen gehen und mir Bajor ansehen.«

»Was?« Pakat starrte seinen Kollegen voller Entsetzen an. »Sie wollen sich von diesen... Aliens irreführen lassen?«

»Nein«, erwiderte Tork ruhig. »Es ist meine Entscheidung. Der Captain hat recht: Wie sollen wir die Bajoraner verstehen, wenn wir nicht bereit sind, ihre Erfahrungen zu teilen?«

Hosir legte Tork freundlich eine Hand auf den Panzer. »Aber Sie können den Anblick der Sterne nur schwer ertragen«, sagte er. »Wir alle wissen das. Sie haben es bereits einmal versucht, und Sie haben versagt.«

»Dann werde ich es erneut versuchen«, erwiderte Tork. Er war offensichtlich nicht begeistert, aber fest entschlossen. »Ich kann nicht untätig bleiben. Captain Sisko und seine Freunde haben ihre guten Absichten bewiesen. Sollen wir hinter ihnen zurückstehen?«

Sisko räusperte sich. »Es ist ein mutiger Entschluß«, sagte er mit ehrlichem Mitgefühl. »Aber ist es auch ein kluger? Wenn Sie sich wieder in ihren Panzer verkriechen, nachdem wir Bajor erreicht haben, werden Sie nichts erfahren. Ich habe vielleicht unterschätzt, wie schwierig es für Ihr gesamtes Volk ist. Möglicherweise ist es keine gute Idee.«

Hosir lächelte und warf Tork einen bedeutungsvollen Blick zu. »Das trifft nicht auf unser gesamtes Volk zu, Captain«, erwiderte er, ohne sich zu ihm umzudrehen. »Ein kleiner Prozentsatz von uns kann den Anblick des Weltraums ohne Folgen ertragen. Es sind unsere Astronomen.«

Allem Anschein nach enthielten seine Worte für Tork eine wichtige Bedeutung. Das Gesicht des Aliens strahlte vor Entzücken und Hoffnung auf. »Ja«, keuchte er. Dann wandte er sich an Dron. »Großer Schwarmmeister, ich bitte Sie offiziell um Erlaubnis, den Captain auf den Planeten Bajor begleiten zu dürfen, um ihn zu studieren und anschließend den versammelten Schwarmmeistern Bericht zu erstatten.«

Dron hatte sich offenbar bemüht zu verstehen, was hier vor sich ging, und es irgendwie zu seinem Vorteil zu nutzen. Er schien wenig begeistert von dieser Bitte zu sein, aber er mußte sich irgendwie dazu äußern. »Sind Sie sicher, daß es eine gute Idee ist?« fragte er, um Zeit zu gewinnen. »Es könnte sehr schwerwiegende Folgen für Ihre Verfassung haben.«

»Ich kenne die Risiken«, antwortete Tork zuversichtlich. »Ich bin bereit, sie auf mich zu nehmen.«

Dron blickte sich um und versuchte, die Stimmung seiner Kollegen einzuschätzen. »Dann bleibt mir kaum eine andere Wahl, als ihre Bitte zu bewilligen«, entschied er. »Sie werden die Fremden begleiten und uns zum frühestmöglichen Zeitpunkt Bericht erstatten. Wenn Sie dazu in der Lage sind«, fügte er skeptisch hinzu.

»Vielen Dank«, sagte Tork. »Ich werde mich bemühen, dem Schwarm zu dienen, soweit es mir meine begrenzten Fähigkeiten erlauben.« Seine Nase zuckte. »Es gibt da noch einen Punkt. Es besteht tatsächlich die Möglichkeit, daß ich durch den Schock außer Gefecht gesetzt werde. Deshalb bitte ich um einen Begleiter, der sich nicht so leicht beeindrucken läßt.«

»Haben Sie dabei an eine bestimmte Person gedacht?« fragte Hosir, bevor Dron irgend etwas sagen konnte.

»Ja«, sagte Tork. »Eine Astronomin namens Sahna. Ich *weiß*, daß sie nicht im geringsten unter… Agoraphobie leidet.«

Makarn wirkte schockiert. »Aber sie hatte erst vor kurzem ihre Berufung«, warf er ein. »Sie… äh… wurde Gruppe Zwei als Astronomin zugewiesen. Die Berufung kann sich nicht irren.«

»Aber sie könnte natürlich auf Bitte eines Schwarmmeisters aus persönlichen Gründen geändert werden«, bemerkte Dron hinterlistig.

Sisko konnte dem Inhalt dieses Gespräch nicht richtig folgen, aber hier schien offenbar ein Machtspiel zwischen Dron und Tork im Gange zu sein.

»Ich habe nicht um eine persönliche Gefälligkeit gebeten«, erwiderte Tork gelassen. »Eine Bitte um Veränderung der Berufung aus egoistischen Gründen würde allem widersprechen, woran unsere Gesellschaft glaubt. Wie Makarn schon sagte, ist die Berufung unfehlbar. Aber sie ist nicht allwissend.« Er blickte Hosir lächelnd an.

»Was soll das bedeuten?« wollte Makarn mit skeptisch gerunzelter Stirn wissen.

»Nur daß die Berufung auf der Grundlage der besten verfügbaren Daten entscheidet«, antwortete Tork. »Und zwar *zum Zeitpunkt der Berufung*.« Er blickte sich im Raum um. »Doch die Notwendigkeit, einem Botschafter auf Bajor einen Assistenten an die Seite zu stellen, bestand noch gar nicht zum Zeitpunkt von Sahnas Berufung, so daß ihr dieser Posten nicht zugewiesen werden konnte. Ich glaube, daß Sahna am besten für diese Aufgabe geeignet ist, und ich bin bereit, sie einer zweiten Berufung zu unterziehen, um es zu beweisen.«

Erneut ging ein schockiertes Raunen durch den Saal. »Es hat noch nie eine zweite Berufung gegeben«, protestierte Premon. »Dafür gibt es keinen Präzedenzfall.«

»Auch diese Situation ist ohne Beispiel«, argumentierte Hosir. »Ich bin dafür, daß wir den Vorschlag unseres Kollegen einfach akzeptieren. Er riskiert unerschrocken sein Leben und seine geistige Gesundheit, um uns in einer schwierigen Lage zu helfen. Etwas, das niemand von uns freiwillig auf sich nehmen würde«, fügte er hinzu. »Seine Wahl für den Assistenzposten erscheint mir weise.«

Dron schien nicht glücklich über die Richtung zu sein, in die sich diese Diskussion bewegt hatte, aber er war offenbar nicht gewillt, sich die Zügel aus der Hand nehmen zu lassen. »Wir scheinen uns tatsächlich sehr schnell in neue Richtungen zu bewegen«, bemerkte er. »Doch weil die Angelegenheit keinen Aufschub duldet, bin ich bereit, auf eine zweite Berufung für diese… Sahna zu verzichten. Sofern niemand ernsthafte Einwände hat, neige ich dazu, den Antrag unseres jungen Kollegen zu genehmigen. Ist jemand dagegen?«

Obwohl Makarn den Eindruck machte, als würde er diese Entscheidung gerne in Frage stellen, verzichtete er darauf, als Dron ihm einen strengen Blick zuwarf. Es gab keine weiteren Einwände.

»Dann ist es beschlossen«, stellte Dron fest. Darauf wandte er sich an Sisko. »Übernehmen Sie die Verantwortung für die Sicherheit unserer Beobachter?« fragte er.

»Selbstverständlich«, stimmte Sisko zu. »Ich verspreche Ihnen, daß ich alles tun werde, damit Tork und Sahna nichts zustößt.«

»Dann sei es so.« Dron drehte sich zu den Schwarmmeistern um. »Ich denke, die erledigten Tagesordnungspunkte sind mehr als ausreichend für eine Sitzung. Jeder von uns hat noch andere Dinge zu erledigen.«

Alle hatten die Botschaft verstanden und entfernten sich in Zweier- oder Dreiergruppen aus dem Raum, während sie leise Gespräche führten. Nach einer Weile waren nur noch Hosir, Tork und Dron bei Sisko und Odo.

Hosir klopfte Tork fröhlich auf den Panzer. »Ich bewundere deinen Mut, Jüngling«, sagte er. »Bevor du aufbrichst, schau bitte noch einmal bei mir vorbei. Ich kann es kaum erwarten, bis du zurückkehrst und uns von deinen Erfahrungen berichtest.« Er verneigte den Kopf in Drons Richtung und wandte sich dann an Sisko. »Captain, es war sehr... interessant. Ich hoffe, daß wir uns unter nicht so angespannten Bedingungen wiedersehen.«

Sisko mochte den Alten. Er war intelligenter, als auf den ersten Blick zu erkennen war, und er verfolgte offensichtlich seine eigenen politischen Spiele. »Ebenso«, sagte er nur. Hosir nickte und verließ den Raum.

Tork verbeugte sich vor Dron. »Vielen Dank für Ihre... weisen Entscheidungen, Großer Schwarmmeister«, murmelte er. »Ich werde mich bemühen, das Vertrauen, das Sie in mich setzen, nicht zu enttäuschen.«

Dron nickte. »Vergessen Sie niemals, daß wir dem Wohl des gesamten Schwarms dienen«, sagte er. »Lassen Sie sich nicht von Empfindungen und Oberflächlichkeiten irritieren. Urteilen Sie weise, und kehren Sie unbeschadet zurück.«

Tork nickte und führte dann Sisko und Odo nach draußen. »Ich muß Sahna über die Entscheidung der Schwarmmeister informieren«, sagte er. »Wir sollten uns darauf vorbereiten, in weniger als einer Stunde

Ihrer Zeitrechnung aufzubrechen, wenn Sie damit einverstanden sind.«

»Wir sind bereit, Tork«, antwortete Sisko. »Ich sollte jetzt in meinem Schiff nach dem Rechten sehen. Constable, wären Sie so freundlich, hier zu warten und dann unsere Gäste in die *Defiant* zu begleiten?«

»Natürlich.«

Sisko tippte auf seinen Kommunikator. »Sisko an *Defiant*. Eine Person an Bord beamen.«

Im Konferenzraum ging Dron zur anderen Tür und öffnete sie. Raldar trat durch die Irisblende ein. Seine Miene war angemessen zerknirscht.

»Das war offensichtlich kein sehr kluger Plan«, fuhr Dron ihn an. »Es ist Ihnen nicht nur mißlungen, Harl die Schuld zuzuschieben, sondern Sie haben sich sogar selbst in die Angelegenheit verstrickt. Was haben Sie zu Ihrer Verteidigung zu sagen?«

»Es war die Schuld dieses Aliens Odo«, beklagte sich Raldar. »Wenn er sich nicht eingemischt hätte…«

»Dann hätte Hosir oder jemand anderer es getan!« rief Dron. »Sie sollten zumindest die Ehre aufbringen, die Schuld für Ihre eigenen Fehler auf sich zu nehmen. Harl scheidet als Verdächtiger aus, und nun stehen Sie in schlechtem Licht da.« Er dachte eine Weile nach. »Es wäre vielleicht besser, wenn dieser Dummkopf Tukh nicht in der Lage wäre, weitere Probleme zu schaffen.«

Raldar nickte. »Ich befürchte, er könnte sich aus Schuld und Reue über seine Taten das Leben nehmen.«

»Das klingt äußerst plausibel«, stimmte Dron zu. Der Schwarmmeister ließ sich auf einen Sitz fallen. »Dann könnte der Fall in Vergessenheit geraten, insbesondere vor dem Hintergrund der Konstruktion der neuen Schiffe. Wir haben uns mit wichtigeren Dingen zu befassen als einem verleumderischen Arbeiter.« Er tippte einige Befehle in seinen Computer. »Die Teilung wird nach Plan verlaufen. Die Meister werden auf die zwei Schwarmschiffe aufgeteilt. Sie werden hier bei mir in Schwarm Eins bleiben. Pakat wird zum Großen Schwarmmeister von Schwarm Zwei ernannt.«

»Das sollte mein Schwarm sein!« rief Raldar verärgert. »Sie waren einverstanden...«

»Das war vor diesem Fiasko«, erwiderte Dron. »Sie haben ein unzureichendes Urteilsvermögen an den Tag gelegt. Wenn Sie sich rehabilitieren können – ich betone, *wenn* –, dann werden Sie zu meinem Nachfolger ernannt. Andernfalls werden Sie gar nichts mehr sein. Haben Sie mich verstanden?«

Raldar kämpfte darum, seine Wut und Enttäuschung zu unterdrücken, doch dann rang er sich zu einem knappen Nicken durch.

»Gut.«

»Und was ist mit Tork?« fragte Raldar etwas unterwürfiger. »Er ist sämtlichen Fallen aus dem Weg gegangen, die Sie für ihn aufgestellt haben.«

»Anscheinend können Sie Ihre Gewohnheit nicht ablegen, an Türen zu lauschen.« Dron verzog verärgert die Nase. »Aber es ist wahr, Tork hat sich als... flexibler erwiesen, als ich erwartet hatte. Offenbar wird er von Hosir unterstützt.«

Raldar schnaufte. »Vielleicht aus Wut, daß er den Posten des Großen Schwarmmeisters an Sie verloren hat«, mutmaßte er.

»Er hat niemals danach gestrebt«, erwiderte Dron verächtlich. »Hosir ist klug und verschlagen, aber es mangelt ihm an Ehrgeiz. Bis vor kurzem hat er nie gegen meine Entscheidungen opponiert. Ich glaube, sein Panzer hat sich mit dem Alter verfestigt. Hosir betrachtet Tork als seinen Schützling und will ihn zu dem machen, was er selbst niemals geschafft hat.« Drons Gesicht nahm einen nachdenklichen Ausdruck an. »Selbst wenn es mein Wunsch ist, daß Sie mein Nachfolger werden, müssen Sie mit Widerstand durch Tork rechnen.«

»Er ist kaum mehr als ein Kind!« widersprach Raldar.

»Aber ein sehr intelligentes Kind!« gab Dron zurück. »Und wenn Sie in Zukunft nicht klüger als am heutigen Tag handeln, dann wird er der nächste Große Schwarmmeister sein. Sie werden sich dieses Postens als würdig erweisen müssen.«

Raldar verbeugte sich erneut. »Wie Sie sagen«, stimmte er zu und bemühte sich, unterwürfig zu klingen. »Darf ich fragen, warum Sie ihm erlaubt haben, die Aliens zu begleiten? Sie denken doch nicht etwa daran, daß er etwas an unseren Zielen ändern könnte?«

»So etwas dürfen Sie nicht einmal als Möglichkeit in Betracht ziehen!« fauchte Dron. »Der Große Plan wird vollendet, selbst wenn wir dazu ein Dutzend Welten auslöschen müssen! Nein«, sprach er etwas ruhiger weiter, »ich habe Tork aus einem ganz einfachen Grund gehen lassen. Wenn die Aliens uns nicht von unserem Vorhaben abbringen können, werden sie Tork zweifellos als Geisel nehmen, um uns zu einer anderen Entscheidung zu zwingen. Sie werden damit drohen, ihn zu töten, wenn wir weitermachen. Doch wir werden natürlich niemals erlauben, uns durch ein solch perfides Verhalten beeinflussen zu lassen. Also werden sie ihn töten. Und wenn sie das tun, wird Tork für unser Volk zu einem Märtyrer werden. Damit wird er kein Problem mehr für uns darstellen. Lieber ein toter Märtyrer als ein lebender Unruhestifter.«

Raldar nickte. »Sie haben alles sehr gut durchdacht«, sagte er voller Bewunderung. »Der Große Plan wird erfolgreich vollendet werden.«

»Natürlich.« Dron stand auf. »Jetzt muß ich mich ausruhen. Es war ein anstrengender Tag. Kümmern Sie sich um Tukh, und warten Sie auf meinen Anruf. Die Zeit des Handelns ist gekommen.«

18

Es war gut, wieder an Bord der *Defiant* zu sein. Das Schwarmschiff war äußerst beeindruckend gewesen, und Sisko dachte mit einem gewissen Neid daran, daß er auf *DS Nine* gerne einige Dinge gehabt hätte, die es auf diesem Schiff gab. Er lächelte wehmütig. Manchmal wünschte er sich angesichts der spartanischen Ausstattung von *Deep Space Nine*, auf ein Raumschiff oder eine Starbase versetzt zu werden. Doch bei einer Herausforderung wie dieser wußte er wieder, wo er seine Aufgabe zu erfüllen hatte.

Trotzdem mußte er nun einige Anrufe tätigen, von denen vermutlich keiner angenehm war. Als er sein Arbeitszimmer erreicht hatte, ließ er sich zuerst zu Admiral Noguchi durchstellen.

Der alte Mann gönnte sich ein dünnes Lächeln. »Ich hoffe, Sie haben gute Nachrichten für mich, Captain.«

»Das wünschte ich auch«, erwiderte Sisko. »Die Schwarmmeister sind nicht von ihrem Vorhaben abzubringen, Bajor zu ihrem nächsten Ziel zu machen. Bis jetzt konnte ich sie durch nichts überzeugen, von diesem Plan Abstand zu nehmen. Doch Tork, einer der Schwarmmeister, wird mich nach Bajor begleiten, um die Situation mit eigenen Augen zu beurteilen. Ich glaube, er ist zur Einsicht fähig, und ich hoffe, daß ich ihn auf unsere Seite bringen kann.«

Noguchi nickte. »Aber wird eine Stimme die Aliens zur Umkehr bewegen?«

»Um offen zu sein, ich bin mir nicht sicher«, gestand Sisko ein. »Aber davon abgesehen besteht nur wenig Hoffnung.«

»Ich verstehe, Captain.« Noguchi richtete sich auf. »Dann sind die Befehle von Starfleet eindeutig: Wenn Sie den Schwarm nicht dazu bewegen können, seine Pläne zu ändern, sollen Sie alles in Ihrer Macht Stehende unternehmen, um ihn aufzuhalten. Wir dürfen den Aliens nicht erlauben, einen weiteren Planeten zu vernichten – und schon gar nicht Bajor. Ist das klar, Captain?«

»Vollkommen.« Obwohl er mit einem solchen Befehl gerechnet hatte, fühlte Sisko sich beunruhigt. »Es ist keine schlechte Spezies, Admiral. Ich hoffe, wir können eine friedliche Vereinbarung aushandeln.«

»Das hoffe ich auch, Captain«, sagte Noguchi inbrünstig. »Starfleet liegt nichts mehr am Herzen als der Frieden. Aber wir dürfen einer Spezies nicht erlauben, nach Belieben die Planeten dieser Galaxis zu verwüsten.« Er blickte auf seine Computeranzeigen. »Die versprochene Verstärkung wird keinesfalls früher eintreffen«, entschuldigte er sich. »Die Verantwortung lastet diesmal allein auf Ihren Schultern, Benjamin. Es tut mir leid.«

»Mir auch, Admiral«, gab Sisko zu. »Aber das gehört zu meinem Job.« Er beendete die Kommunikation und fühlte sich anschließend erschöpft. Obwohl dieses Gespräch bereits unangenehm war, graute ihm noch mehr vor dem nächsten.

Wenige Augenblicke später wurde er durch Gul Dukats überhebliches Lächeln begrüßt. »Captain! Gestatten Sie mir, Ihnen zu Ihrer jüngsten Beförderung zu gratulieren. Sie haben sich diese Auszeichnung wahrhaftig verdient.«

»Vielen Dank, Dukat«, erwiderte Sisko. »Aber deswegen habe ich Sie nicht angerufen. Ich vermute, daß

Sie über die Situation im Darane-System informiert sind – durch das Schiff, das Sie in der Nähe stationiert haben.«

Dukat verneigte leicht den Kopf. »Sie spielen auf die tragische Zerstörung von Darane Vier und die bedauernswerten Todesopfer an? Ja, es ist traurig.« Er breitete die Hände aus. »Ich wünschte, ich könnte Ihnen irgendwie helfen, aber es haben sich gewisse Komplikationen ergeben, und außer Beileidsbekundungen können wir Ihnen nur wenig anbieten.«

»Die sollten Sie sich für Ihre eigenen Leute aufsparen«, teilte Sisko ihm mit. Mit einer gewissen Befriedigung registrierte er, wie der selbstzufriedene Ausdruck vom Gesicht des Cardassianers verschwand.

»Was wollen Sie damit andeuten, Captain?«

Sisko wartete einen Augenblick, bevor er sprach. »Wissen Sie, was zur Zeit mit dem Schwarm geschieht?«

Dukat wandte einige Sekunden lang den Blick ab. »Es scheint sich um eine Art Teilungsprozeß zu handeln«, sagte er schließlich. »Meine Beobachter gehen davon aus, daß sich das Schiff in zwei separate Einheiten trennen wird.«

»Ihre Beobachter haben die korrekten Schlußfolgerungen gezogen«, bestätigte Sisko. »In zwei Tagen wird es zwei identische Schwarmschiffe geben, von denen jedes dieselbe Kapazität und denselben Appetit wie das ursprüngliche Schiff besitzt.«

»Das ist... bedauerlich«, antwortete Dukat. Dann schienen ihm die Konsequenzen klarzuwerden, und sein Blick verdüsterte sich. »Appetit? Sie meinen, daß die zwei Schwärme weitere Planeten heimsuchen werden, um sie zu absorbieren?«

»Exakt. Eins der Schiffe hat Bajor als Ziel.«

Dukat schnalzte mit der Zunge. »Das ist eine

Schande. Ich vermute, daß die Föderation ihren Verbündeten nicht im Stich läßt?«

»Wir tun, was wir können«, wich Sisko einer klaren Stellungnahme aus. »Von wesentlich größerem Interesse dürfte für Sie sein, daß der zweite Schwarm Kurs auf Cardassia Prime nehmen wird.«

Plötzlich waren auch die letzten Reste seiner Süffisanz wie weggewischt. »Was?« Es war kaum vorstellbar, aber Dukat gelang es, noch blasser auszusehen, als es bei Cardassianern ohnehin der Fall war. »Cardassia Prime?«

»Ihr Gehör funktioniert ausgezeichnet.« Sisko beugte sich vor. »Ich wünschte, wir könnten Ihnen Hilfe anbieten, aber unter den gegebenen Umständen ...« Er breitete die Arme aus. »Angesichts des technischen Entwicklungsstands der Fremden rate ich Ihnen dringend, mit ihnen zu reden, um einen Krieg zu vermeiden, Dukat.«

»Danke für Ihre Besorgnis, Captain«, brachte Dukat heraus, während er zutiefst erschüttert wirkte. »Aber wir wissen sehr gut, wie wir unsere Interessen vertreten können. Vielen Dank für diese... Information. Ich glaube, ich sollte jetzt mit meinen Kollegen über die Angelegenheit reden.« Der Bildschirm erlosch.

Zumindest ist es mir gelungen, ihn aus der Fassung zu bringen, dachte Sisko. Doch die Cardassianer hatten eine wesentlich bessere Ausgangsposition für eine direkte Konfrontation als Bajor. Mindestens drei Flotten waren ständig innerhalb eines Radius von drei Tagen um Cardassia Prime stationiert. Vielleicht hatten sie tatsächlich eine Chance, wenn es zu einem Gefecht mit dem Schwarm kam. Bajor verfügte nicht über solche Streitkräfte. Das einzige, was zwischen dem Planeten und dem Schwarm stand, waren die *Defiant* und *Deep Space Nine*. Und das ergab insgesamt keine sehr große Verteidigungskapazität.

Er konnte seinen nächsten Anruf nicht länger aufschieben. Kurz darauf blickte er in die besorgten Augen von Shakaar. Der Premierminister verzog leicht das Gesicht.

»Ich denke, ich sollte wohl nicht auf eine gute Nachricht hoffen«, sagte er.

»Ich fürchte, Sie haben recht«, bestätigte Sisko. »Die Schwarmmeister sind nicht von ihrem Vorhaben abzubringen. Doch ich werde einen von ihnen nach *DS Nine* mitnehmen und dann mit ihm Bajor besuchen. Er ist bereit, sich anzuhören, was Sie zu sagen haben. Ich denke, er sympathisiert mit unserem Standpunkt, und wir könnten ihn vielleicht überzeugen.«

Shakaar nickte. »Das wäre, wie die Menschen zu sagen pflegen, die gute Nachricht. Ihrem Gesichtsausdruck entnehme ich, daß es auch eine schlechte gibt und daß sie vermutlich schwerer als die gute wiegt.«

»Ja«, gab Sisko zu. »Selbst wenn Tork auf unserer Seite steht, bin ich nicht sicher, daß die übrigen Schwarmmeister sich einverstanden erklären, Bajor zu verschonen. Sie scheinen fest entschlossen, Ihren Planeten zum nächsten Ziel zu machen.«

Shakaar seufzte. »Wie kann eine Spezies so gleichgültig gegenüber dem Leid sein, das sie bewirkt?« rief er.

»Sie sind nicht gleichgültig«, stellte Sisko richtig. »Die Angelegenheit tut ihnen sogar leid. Aber sie arbeiten an einem Großen Plan und sind der Meinung, daß die Bedürfnisse des Schwarms Vorrang gegenüber den Interessen Fremder haben.«

»Wunderbar!« Shakaar schüttelte den Kopf. »Also werden wir von einem Volk angegriffen, das uns gar keinen Schaden zufügen will, das uns aber trotzdem töten wird.«

»Darauf läuft es hinaus«, sagte Sisko. »Natürlich

werden meine Leute und ich alles tun, um zu versuchen, sie aufzuhalten, Shakaar.«

»Das weiß ich, Captain, und dafür schuldet Bajor Ihnen aufrichtigen Dank. Auch wir werden alles unternehmen, um den Schwarm aufzuhalten. Wir können nur beten, daß unsere gemeinsamen Bemühungen zum Erfolg führen.« Damit beendete er das Gespräch.

Sisko seufzte und lehnte sich zurück. Es war besser verlaufen, als er befürchtet hatte. Shakaar war zumindest ein vernünftiger Mann und verschwendete keine Zeit auf sinnlose Schuldzuweisungen oder persönliche Eitelkeiten. Aber es gab nichts daran zu rütteln, daß die Lage ernst war. Und im Augenblick bestand ihre einzige Hoffnung in einem Alien, dessen Sympathien sie möglicherweise gewinnen konnten, der jedoch am Ende vermutlich auch nichts bewirken konnte...

Sahna war gleichzeitig begeistert und erschrocken. Als Tork ihr die gute Neuigkeit überbracht hatte, daß sie doch nicht getrennt wurden, hatte sie anfangs gejubelt. Das Vertrauen, das sie in ihn setzte, hatte sich bewährt. Er hatte ihre Beziehung gerettet, ohne seine moralische Integrität aufzugeben. Doch als sie jetzt an seiner Seite stand, um ihn in das Schiff der Fremden zu begleiten, verspürte sie nagende Furcht.

Sie hatte den Schwarm noch nie zuvor verlassen. Das galt für ihr gesamtes Volk – bis zurück zum Ersten Schwarm. Die Gesellschaft und Freundlichkeit ihrer Artgenossen aufzugeben, um ihr Leben unter *Aliens* aufs Spiel zu setzen... diese Vorstellung bereitete ihr große Angst. Sie wußte nicht, was sie erwarten sollte. Das einzige, was sie daran hinderte, in Panik zu geraten und diese Reise abzusagen, war Torks Zuversicht. Er mußte genausoviel Angst wie sie haben, doch er vertraute diesen Fremden und mochte sie sogar. Sie hatten ihm und anderen das Leben gerettet. Das sprach entschieden zu ihren Gunsten. Und sie lebten in einer Raumstation, was ihren hohen intellektuellen Entwicklungsstand bewies.

Trotzdem machten sie ihr Angst. *Aliens!*

Sahna wünschte sich, sie könnte sich wie eine Wissenschaftlerin verhalten, die nur Tatsachen akzeptierte und sich nicht von Gefühlen beeinflussen ließ, aber sie war dazu nicht in der Lage. Die Vorstellung, sich zwischen den Sternen aufzuhalten, die sie liebte, war reizvoll. Und sie würde Dinge sehen, die niemand aus ihrem Volk je zuvor gesehen hatte. Sie und Tork waren Pioniere…

Sie wünschte sich, andere wäre an ihrer Stelle. Aber sie waren es nicht.

Tork schenkte ihr ein aufmunterndes Lächeln. »Hab Mut!« flüsterte er ihr zu und streichelte liebevoll über ihren Panzer.

»Ich werde dir keine Schande machen«, versprach sie.

»Das weiß ich«, erwiderte er. »Ach, da ist Odo.«

Sahna blickte sich im Raum um, als der Alien – der erste, den sie jemals gesehen hatte – eintraf. Sie konnte ein erschrockenes Keuchen und Erschaudern nicht unterdrücken, als sie ihn sah. »Verzeihen Sie mir«, sagte sie, um sich für ihren Mangel an Respekt zu entschuldigen. »Ich wollte nicht unfreundlich sein. Aber Sie sind so…«

»Häßlich?« fragte Odo. Er neigte den Kopf zur Seite und musterte sie. »Ich fühle mich nicht beleidigt. Schon andere haben mich so bezeichnet und werden es zweifellos auch in Zukunft tun.«

»Ich kann mir vorstellen, daß ich für Sie genauso häßlich aussehe«, stammelte Sahna.

»Nicht unbedingt«, erwiderte Odo. »Aber ich habe

Ihnen gegenüber den Vorteil, daß ich schon zahlreichen fremden Lebewesen begegnet bin und mir solche Reaktionen abgewöhnen konnte. Wenn ich bedenke, daß ich Ihr erster Alien bin, verhalten Sie sich vorbildlich.«

Sahna war ihm dankbar für sein Verständnis und verneigte den Kopf. »Sie sind sehr freundlich.«

»Nun«, sagte Odo etwas schroff, als hätte ihn das Kompliment verlegen gemacht. »Ich denke, es wird Zeit, daß wir gehen.« Er blickte zunächst Sahna und dann Tork an. »Sind Sie beide bereit?«

Sahna schluckte nervös. »Wird es wehtun?« fragte sie.

»Überhaupt nicht. Sie werden vorübergehend ein Gefühl der Orientierungslosigkeit haben, bevor sie sich unvermittelt an Bord der *Defiant* wiederfinden. Es ist eine sichere und nicht unangenehme Erfahrung.« Odo tippte auf den Kommunikator, den er an seiner Kleidung trug. »Drei zum Beamen bereit.«

Sahna bemühte sich, ruhig zu bleiben und nicht die Nerven zu verlieren, während sie abwartete, was geschehen würde. Zunächst geschah gar nichts, doch dann spürte sie plötzlich ein Kribbeln in ihrem ganzen Körper, und das Bild vor ihren Augen wurde unscharf. Als sich ihr Sichtfeld wieder klärte, hatte sich die Umgebung völlig verändert. Sie stand in einem ganz anderen Raum auf einer leicht erhöhten Plattform. Ihr gegenüber standen drei Wesen, die eindeutig keine Artgenossen waren. In Gestalt und Aussehen ähnelten sie Odo, aber sie bemerkte eine Reihe feiner und möglicherweise bedeutsamer Unterschiede.

»Willkommen in der *Defiant*.« Das Wesen, das gesprochen hatte und nun vortrat, war groß und dunkelhäutig. Es mußte Sisko sein, von dem Tork ihr erzählt hatte. Ihre Vermutung wurde bestätigt, als Tork von der Plattform stieg und den Mann begrüßte.

»Vielen Dank, Captain Sisko. Darf ich Ihnen Sahna vorstellen? Sie ist meine Assistentin und meine Zukünftige.«

»Es freut mich, Sie kennenzulernen, Sahna.« Sisko lächelte sie an und bedeutete ihr, die Plattform zu verlassen. »Bitte kommen Sie zu uns.«

»Danke, Captain.« Sahna hielt sich in Torks Nähe, als sie ihm folgte. Diese Aliens wirkten sehr fremdartig und irritierend auf sie – und gleichzeitig war sie von ihnen fasziniert. Eine fremde Spezies! Nein, gleich mehrere, wenn Tork sie richtig informiert hatte.

Sisko stellte die anderen vor. »Das ist Major Kira, und das ist Chief O'Brien.«

Sahna verbeugte sich vor beiden Wesen. Kira war ebenfalls groß, aber ihre Hautstruktur zwischen den Augen unterschied sich von der der anderen. Außerdem trug sie eine Art Schmuck an einem Ohr – vermutlich aus rituellen Gründen. Nach der Form ihres panzerlosen Körpers handelte es sich bei ihr um eine Frau. O'Brien war untersetzter und Sahnas Einschätzung zufolge männlich. Natürlich konnte sie sich bei fremden Spezies niemals sicher sein. Durfte sie sie überhaupt nach den Maßstäben des Schwarms beurteilen?

»Gehen wir auf die Brücke«, schlug Sisko vor. »Dann können wir uns auf den Weg nach *Deep Space Nine* machen.«

Sahna folgte den anderen in der Gruppe, während sie versuchte, so viele Einzelheiten des Schiffs in sich aufzunehmen, wie sie konnte. Die Fremde namens Kira ging an ihrer Seite.

»Sie sind also Torks Zukünftige?« sagte sie. »Heißt das, Sie beide haben eine engere Beziehung?«

Sahna verneigte den Kopf. »Ja. Wir werden so bald wie möglich eins werden.« Sie runzelte ihre Nase. »Gehen Sie ähnliche rituelle Verbindungen ein?«

»Ja«, antwortete Kira lachend. »Wir bezeichnen sie als *Ehe.*«

»Aha«, sagte Sahna mit einem Nicken. »Interessant.«

»Da wären wir.« Kira bedeutete ihr, durch eine offene Tür vorauszugehen. Anders als im Schwarm schob sich ein Teil des Durchgangs zur Seite, statt sich wie eine Blende zu öffnen.

Als sie auf die Brücke des Schiffes trat, blickte Sahna sich voller Erstaunen um. Die Umgebung wirkte sehr kompliziert und betriebsam. Und es war recht eng und dunkel, wenn sie den Raum mit ihrem Arbeitsplatz im Schwarmschiff verglich. Sie erkannte, daß Platz in diesem kleinen Raumschiff ein entscheidender Faktor war, aber mußte es hier wirklich so eng sein? Dann wurde ihr klar, daß sie die Aliens wieder nach ihren eigenen Maßstäben beurteilte, worauf sie diese Gedanken verdrängte.

Es gab hier mehrere Instrumentenkonsolen, die in den meisten Fällen von derselben Art Menschen besetzt waren, denen sie bereits begegnet war. Am anderen Ende des Raumes hing ein großer Bildschirm, der im Augenblick völlig leer war.

»Ich fürchte, wir haben keine Stühle, die für Sie geeignet wären«, sagte Sisko, als er sie über die Brücke führte. »Ich habe jedoch etwas für die Quartiere improvisieren lassen, die Sie in *Deep Space Nine* beziehen werden. Bis dahin hoffe ich, daß es nicht zu unbequem für Sie ist.«

»Wir werden zurechtkommen«, erwiderte Tork höflich. Sahna erkannte, daß auch er sich in diesem Raum ein wenig beengt fühlte, aber er wollte die Aliens nicht beleidigen. Immerhin gaben sie sich ihretwegen alle Mühe.

»Gut.« Sisko ging zu einer Konstruktion, die offenbar einen Stuhl darstellte, der auf seine Körperform zugeschnitten war, und setzte sich hinein. Es war unheimlich, daß ein intelligentes Wesen seinen Körper derart abknicken konnte, ohne zu zerbrechen! »Setzen Sie Kurs auf *DS Nine*. Warp fünf.«

»Bestätigt«, antwortete die Frau, die offenbar als Pilotin arbeitete.

Etwas veränderte sich an der Geräuschkulisse des Schiffes, bis sich das neue Summen wieder in den akustischen Hintergrund integrierte. »Bewegen wir uns, Captain?« fragte Sahna.

»Ja«, antwortete Sisko. »Doch die Trägheitsabsorber sorgen dafür, daß Sie nichts davon bemerken.«

»Faszinierend«, stellte sie fest. »Ihre Technologie ist wirklich bemerkenswert.«

Sisko lachte. »Das gleiche habe ich an Bord Ihres Schiffes gedacht.«

Sahna neigte den Kopf. »Wie es scheint, gibt es in unseren beiden Völkern einzigartige Entwicklungen.« Sie blickte neugierig auf den Bildschirm. »Ist es vielleicht möglich, daß ich die Sterne sehe? Ich bin sehr aufgeregt, daß ich mich hier draußen befinde, Captain. Ich war noch nie zuvor im Weltraum.«

Sisko warf Tork einen Blick zu. »Ich hatte angeordnet, den Schirm ausgeschaltet zu lassen, um... Probleme zu vermeiden«, entgegnete er vorsichtig und höflich.

»Und ich bin Ihnen für diese Rücksichtnahme dankbar, Captain«, sagte Tork. »Aber ich muß mich an den Anblick der Sterne gewöhnen.« Er blickte auf den Schirm. »Das ist nur eine Abbildung, wenn ich es richtig verstehe. Vielleicht wird es für mich dann erträglicher.«

Sahna war stolz auf ihren Zukünftigen. »Und ich bin bei dir, Liebster. Ich werde versuchen, dir Kraft zu geben.« Wie viele andere Männer des Schwarms würden einen solchen Mut aufbringen?

»Also gut«, erklärte Sisko sich einverstanden. »Aber wenn es für Sie zuviel wird, schalte ich den Schirm sofort aus.« Er trat an eine der technischen Stationen und gab einige Befehle ein. »Machen Sie sich bereit!« warnte er sie. »Der Schirm wird aktiviert – jetzt.«

Der Schirm erwachte zum Leben. Der Hintergrund war schwarz, und dann entstanden Tausende von Lichtpunkten.

Die Sterne! Und Sahna befand sich mitten zwischen ihnen!

Tork gab einen erstickten Laut des Entsetzens von sich, so daß sie besorgt zu ihm aufblickte. Er war vor Furcht erstarrt, aber er hatte sich nicht eingerollt. Sahna konnte seinem Gesicht und Körper die Anspannung ansehen, und seine Hände hatten sich zu Klauen verkrampft. Er zitterte und schwitzte, aber er kämpfte gegen seine Reaktionen an.

»Ich bin so stolz auf dich«, flüsterte sie ihm ins Ohr

Tork schaffte es, sich zu einem Kopfnicken zu zwingen, aber er benötigte fast seine gesamte Konzentrationskraft, um gegen das Entsetzen zu kämpfen, das an seiner Seele zerrte. Sie konnte ihn nur emotional unterstützen – den eigentlichen Kampf mußte er ganz allein durchstehen.

Als Sahna sich umblickte, sah sie, daß Sisko sie besorgt beobachtete. »Es geht ihm gut«, teilte sie dem Captain mit. »Bald wird er sich daran gewöhnen. Diese Abbildung der Sterne scheint ihm keine so großen Probleme wie die Realität zu bereiten.«

»Es freut mich, das zu hören«, sagte Sisko, der nun die Hände von den Kontrollen zurückzog. »Sofern Sie sich wirklich sicher sind.«

»Das bin ich.« Begierig starrte sie wieder auf den Bildschirm und nahm den Anblick in sich auf. Es war großartig! »Ist es möglich, den Blickwinkel zu verändern?« fragte sie. »Ich würde gerne sehen, wie der Schwarm von außen aussieht.«

»Natürlich.« Sisko bediente wieder die Kontrollen.

Langsam verschob sich das Bild. Sie war überzeugt, daß er aus Rücksicht auf Tork einen derart behutsamen Wechsel gewählt hatte, und sie war ihm dafür dankbar. Tork war immer noch angespannt, aber offenbar nicht mehr so stark wie zuvor. Er gewöhnte sich tatsächlich an den Anblick. Auf dem Bildschirm wanderten die Sterne zur Seite, bis das Schwarmschiff in Sicht kam. Als es im Zentrum stand, hörte die Bewegung auf.

Sie entfernten sich mit erheblicher Geschwindigkeit vom Schwarm, und das wunderschöne Gebilde wurde immer kleiner, während sie gebannt zusah. Ihre Heimat – und die Heimat ihres Volkes, seit Tausenden von Generationen! Kein Bewohner des Schwarms hatte sich in all dieser Zeit jemals so weit von ihm entfernt. Sie empfand ein gewisses Unbehagen und wünschte sich, sie könnte sofort zurückkehren. Doch diese Empfindung wurde von ehrfürchtigem Staunen weggespült. Welche weiteren Wunder würden sie erwarten?

Das größte Abenteuer ihres Lebens hatte begonnen. Es wurde nur durch die Möglichkeit getrübt, daß es mit der Zerstörung eines bewohnten Planeten endete, wenn die Schwarmmeister ihren Willen durchsetzten…

19

»Rom! Rom! Wo bist du, du fauler Nichtsnutz?« Quark blickte sich wütend in seinem Lagerraum um.

»Hier bin ich, Bruder!« Rom tauchte hinter einem Kistenstapel auf. In den Händen trug er ein Faß regulanisches Ale. »Ich wollte gerade…«

»Was es auch war – laß es sein!« knurrte Quark. »Jetzt ist nicht der rechte Zeitpunkt für solche Frivolitäten. Stell das Ding ab und hör mir zu.«

Mit einem erleichterten Stöhnen tat Rom, was ihm befohlen wurde. »Was gibt es, Bruder?« fragte er unruhig. »Du siehst besorgt aus.«

»Natürlich sehe ich besorgt aus, du Dummkopf! Jeder mit mindestens einer funktionierenden Gehirnhälfte würde sich Sorgen machen.« Er funkelte Rom an. »Das ist natürlich der Grund, warum du dir keine Sorgen machst.« Er reichte ihm einen Datenblock. »Hier, nimm das und mach eine Inventur in Lagerraum neun.«

»Lagerraum neun?« Rom wirkte verwirrt. »Aber du hast mir gesagt, ich dürfte ihn niemals betreten!«

Quark seufzte und schüttelte den Kopf. »Aber jetzt sage ich dir, daß du ihn betreten sollst. Kannst du nicht einmal etwas tun, ohne ständig meine Anweisungen in Frage zu stellen?«

»Natürlich kann ich das, Bruder«, versicherte Rom hastig. »Äh… in Lagerraum neun bewahrst du deine Waffen auf, nicht wahr?«

»Meine Spezialgüter!« rief Quark wütend. »Spezialgüter – merk dir das! Ich habe den Zugangskode auf den Datenblock überspielt, damit du hineinkommst.«

Rom war so klug, nicht zu erwähnen, daß er den Kode längst kannte. »Ich habe schon verstanden!« rief er fröhlich. »Du willst den Bajoranern Waffen verkaufen. Für den bevorstehenden Krieg.«

»Wie scharfsinnig von dir!« erwiderte Quark voller Sarkasmus. »Natürlich werde ich das tun. Und dann werden wir so schnell wie möglich von hier verschwinden.«

Rom runzelte die Stirn. »Aber warum, Bruder? Die fünfunddreißigste Erwerbsregel besagt doch…«

»Erzähl mir nichts von Erwerbsregeln!« erwiderte Quark. »Ich konnte sie schon vorwärts und rückwärts aufsagen, als du gerade gelernt hattest, nicht mehr zu sabbern. *Der Krieg ist gut fürs Geschäft.* Rom, denk mal einen kurzen Moment nach – sofern es deine geistigen Kapazitäten nicht überbeansprucht. *Warum* ist der Krieg gut fürs Geschäft?«

Rom dachte über die Frage nach, bis sich seine Miene aufhellte. »Weil wir beiden Seiten Waffen verkaufen können – und den Überlebenden anschließend medizinische Versorgungsgüter. Und zwar zu überteuerten Preisen.«

»Richtig«, stieß Quark zwischen zusammengebissenen Zähnen hervor. »Doch wenn der Schwarm Bajor erreicht hat, wollen die Aliens den Planeten plündern, um an die Rohstoffe zu gelangen, die sie brauchen. Was könnten wir ihnen noch verkaufen, was sie sich nicht einfach nehmen können?«

»Äh… nichts?« riet Rom.

»Richtig! Und das Volk der Bajoraner wird dann praktisch ausgelöscht sein, nicht wahr? Also können sie auch nichts mehr von uns kaufen. Durch einen Völkermord lassen sich keine Profite erzielen.

Und wenn Bajor nicht mehr existiert, besteht die Chance, daß diese Aliens als nächstes über die Station herfallen. *Deshalb* möchte ich von hier verschwinden. Du kannst natürlich gerne bleiben, wenn du möchtest.«

Rom dachte einen Moment lang darüber nach. »Nein, ich glaube, ich werde mit dir kommen.«

»Ich Glückspilz!« erwiderte Quark sarkastisch. »Jetzt geh und mach die Inventur. Ich erwarte heute noch ein paar wichtige Kunden für die dort gelagerte Ware.«

Rom nickte unablässig, während er davoneilte. Quark sah ihm mit einem Seufzer nach. Dann zupfte er seine Jacke gerade und kehrte in sein Büro zurück, um einen Anruf zu tätigen. Es wurde Zeit, sich Plätze an Bord des ersten Shuttles zu reservieren, das nach dem Abschluß der Geschäfte von hier abflog.

Nach sechzehn Anrufen ließ er sich in die Stationszentrale durchstellen. Vom Bildschirm starrte ihn das Gesicht von Lieutenant Soyka an. »Quark«, sagte der Offizier. »Kann ich Ihnen irgendwie behilflich sein?«

»Ja.« Der Ferengi konnte seine Verärgerung kaum unterdrücken. »Sie könnten mir sagen, warum mir niemand eine Schiffspassage verkaufen will.«

»Ach so.« Soyka bemühte sich, eine bedauernde Miene aufzusetzen, was ihm jedoch nicht gelang. »Das liegt daran, daß Captain Sisko die strikte Anweisung gegeben hat, daß Sie die Station nicht verlassen dürfen.«

»Was?« Quark schien kurz vor einem Schlaganfall zu stehen. »Wie kann er es wagen? Er hat kein Recht, meine Bewegungsfreiheit einzuschränken! Ich bin kein Bürger der Föderation! Ich will sofort mit ihm sprechen!«

Soyka schüttelte den Kopf. »Es tut mir leid, Quark, aber er hält sich zur Zeit nicht in der Station auf. Aber ich kann ihm mitteilen, daß Sie angerufen haben und daß er sich bei Ihnen zurückmelden soll. In Ordnung?«

»Nein, nichts ist *in Ordnung*!« schrie Quark. Er hatte Lust, etwas zu zertrümmern, aber die einzigen Dinge, die ihm im Augenblick zur Verfügung standen, waren dazu viel zu wertvoll. »Hat er vielleicht auch gesagt, *warum* er mich nicht gehen lassen will?«

»Es war irgend etwas mit Ratten und sinkenden Schiffen, wenn ich mich recht entsinne«, antwortete Soyka. »Sie werden ihn selbst danach fragen müssen. Einen schönen Tag noch.« Damit wurde der Bildschirm schwarz.

Quark heulte verzweifelt auf.

»Wir müssen auf einen Krieg vorbereitet sein«, drängte Jaro und warf Shakaar einen besänftigenden Blick zu. »Ich weiß, wie sehr Ihnen diese Vorstellung zuwider ist, aber diese Aliens lassen uns keine andere Wahl.«

Shakaar murmelte etwas Unverständliches und kehrte dann zu Jaro und Kai Winn zurück. Sie saß am großen Konferenztisch des Raumes und hatte eine hoheitsvolle Miene aufgesetzt.

»Ich bin mir der Notwendigkeiten bewußt«, erwiderte Shakaar. »Und ich habe die gesamte bajoranische Flotte in Alarmbereitschaft versetzt. Wenn der Schwarm zu uns kommt, sind wir darauf vorbereitet, zum Gegenschlag auszuholen und ihn aufzuhalten. Obwohl die Propheten wissen, daß wir nur über geringe Feuerkraft verfügen, selbst wenn wir all unsere Kapazitäten bündeln.«

»Sie denken immer noch zu defensiv«, warf Jaro ein. »Wir verfügen schon jetzt über eine schlagkräftige Flotte. Wir könnten angreifen, während der Schwarm sich noch teilt. Wir müssen den Gegner treffen, während er geschwächt ist. Jetzt hätten wir bessere Aussichten, ihn zu vernichten, als später im Orbit über unserem Planeten.«

»Das glaube ich nicht«, sagte Shakaar. »Außerdem denkt Captain Sisko, daß es ihm vielleicht gelingt, diese Aliens von einem Angriff abzubringen.«

»Er *denkt* es«, wiederholte Jaro spöttisch. »Und Sie sind bereit, das Schicksal von Bajor in die Hände eines Nicht-Bajoraners zu legen, nur weil er etwas *denkt*?«

»Ich habe mehr für Bajor getan als Sie«, gab Shakaar eingeschnappt zurück. »Ich erinnere mich nicht, je von Ihren Widerstandsaktionen gegen die Cardassianer während der Besatzungszeit gehört zu haben.«

Jaro schüttelte langsam den Kopf. »Ich bin ein Mann des Gedankens und nicht der rohen Gewalt.«

»Tatsächlich?« schnaufte Shakaar verächtlich. »Für einen Mann des Gedankens scheinen Sie sich ein bemerkenswertes Waffenarsenal zugelegt zu haben. Photonenkanonen, Kurzstreckenkampfschiffe...« Er blickte seinen Widersacher finster an. »Aber das Schicksal Bajors liegt nicht in den Händen eines Fremden. Schließlich ist Captain Sisko der Gesandte, von dem die Propheten sprechen – nicht wahr, Kai Winn?«

Ohne das geringste Zögern antwortete Kai Winn: »So scheinen Sie zu denken, Shakaar. Mein Geist dagegen ist allen Möglichkeiten geöffnet.«

Davon bin ich überzeugt, dachte Shakaar verbittert. »Nun, zu versuchen, die Pläne des *Gesandten* zu durchkreuzen, würde in jedem Fall dem Willen der Propheten widersprechen. Und daran ist doch niemand von uns interessiert, nicht wahr?« Er musterte seine beiden Besucher skeptisch.

»Nein«, erwiderte Kai schließlich. »Das möchte niemand von uns.« Sie warf Jaro einen Blick zu, in dem ein leichter Tadel lag. »Vielleicht war unser Kollege ein wenig zu übereifrig. Aber ich bin sicher, daß er nur zum Wohl Bajors darauf gedrängt hat.«

»Natürlich«, bestätigte Shakaar. »Doch vorläufig glaube ich, das Beste, was wir für die Sicherheit Bajors tun können, ist beten, daß Captain Siskos Plan von Erfolg gekrönt ist.«

»Ein guter Anlaß für ein Gebet«, stimmte Kai Winn zu.

Jaro verzog das Gesicht und wandte sich ab.

Sahna konnte den Blick nicht vom Bildschirm abwenden, als die *Defiant* sich bereitmachte, an *Deep Space Nine* anzudocken. Die Station wirkte so *klein*, aber sie mußte sich beständig ins Gedächtnis rufen, daß diese Wesen nicht die gleichen Bedürfnisse oder Anschauungen hatten wie sie. Auf die Menschen wirkte das Schwarmschiff vermutlich riesig und verschwenderisch.

Tork stand neben ihr und starrte ebenfalls gebannt auf den Schirm. Nur die Anspannung seines Körpers und der gequälte Ausdruck seines Gesichts verrieten ihr, daß er immer noch unter großem Streß stand. Davon abgesehen hatte er seine Furcht recht gut unter Kontrolle.

»Andockklammern sichern«, befahl Sisko und dann: »Systeme herunterfahren.«

Die Besatzung führte seine Befehle aus, und Sisko erhob sich aus seinem Kommandosessel, um sich zu Sahna und Tork zu gesellen.

»Ich hoffe, diese Erfahrung war nicht zu traumatisch«, sagte er höflich.

»Sie war... erträglich«, brachte Tork mühsam hervor. »Es war nicht so erschreckend, wie ich befürchtet hatte. Vielleicht ist es doch möglich, diese Agoraphobie zu überwinden.«

»Wenn Sie es wollen, ist es sicherlich möglich«, pflichtete Sisko ihm bei. An Sahna gewandt fragte er: »Und wie fanden Sie die Reise?«

»Aufregend«, gab sie zu. »Sich so schnell durch den Weltraum zu bewegen, in so kurzer Zeit von einem Stern zum nächsten zu reisen... Captain, Ihre Bewegungsfreiheit ist berauschend.«

Sisko lächelte. »Ich denke oft genauso«, gestand er ein. »Manchmal sehne ich mich nach irgendeiner Entschuldigung, um *DS Nine* verlassen und mich wieder im Weltraum aufhalten zu können. Kommen Sie, ich zeige Ihnen Ihre Quartiere. Dort können Sie sich eine Weile ausruhen, bevor wir nach Bajor fliegen und uns mit den Vertretern der Bajoraner zu treffen.«

»Vielen Dank«, sagte Tork. »Das wäre sehr angenehm. Ich fühle mich ein wenig erschöpft.«

Als Sahna ihnen folgte und sie die *Defiant* verließen, beobachtete sie alles. Viele der Korridore, durch die sie gingen, waren verlassen. Abgesehen von der Häßlichkeit der Einrichtung konnte sie sich beinahe einbilden, sich wieder im Schwarmschiff zu befinden.

Von Zeit zu Zeit kamen ihnen andere Wesen entgegen. Die meisten waren entweder Menschen oder Bajoraner. Durch die Gespräche, die sie unterwegs mit Major Kira geführt hatte, wußte Sahna nun, daß die Nasenrippen ein typisches Merkmal der Bajoraner waren. Sie verspürte einen gewissen Stolz, daß sie nun in der Lage war, die beiden Spezies voneinander zu unterscheiden, obwohl der Unterschied nur geringfügig war. Dann sah sie eine Person, die eindeutig keiner von beiden Spezies angehörte. Es war ein großes, kräftig gebautes Individuum mit stumpfgrauer Hautfarbe, einem kahlen Schädel und einem großen Mund mit nach unten gezogenen Winkeln. Wie die Menschen trug auch er Kleidung. Als es außer Hörweite war, fragte Sahna: »Was für eine Art Wesen war das?«

»Das?« Sisko lächelte. »Das war Morn. Er ist höchstwahrscheinlich auf dem Weg zu Quarks Bar. Dort verbringt er den größten Teil seines Lebens.«

»Was ist ein *Morn?*« fragte Sahna.

»Um ehrlich zu sein, ich weiß es auch nicht genau«, erwiderte der Captain. »Er ist der einzige Vertreter seiner Spezies, dem ich jemals begegnet bin.«

»Oh.« Sahna war erstaunt, daß sich Spezies in der Station aufhielten, über die Sisko kaum etwas wußte. »Wie viele unterschiedliche Völker leben auf *Deep Space Nine*?«

»Das ändert sich immer wieder«, antwortete Sisko. »Mindestens dreißig, würde ich sagen. Manchmal können es bis zu einhundert sein.«

Sahna war schockiert.

»Ich bin sicher, daß Sie sich daran gewöhnen werden«, sagte Sisko lachend. »Die ersten hundert Aliens sind am schwierigsten. Danach wird es immer einfacher.«

Sie erreichten die Räume, die für Sahna und Tork vorbereitet worden waren. Sie lagen direkt nebeneinander, und Sisko zeigte ihnen, wie sich die Türen öffnen ließen und wie sie Lebensmittel von den Replikatoren herstellen lassen konnten. Es sah alles sehr einfach aus.

»Ich muß jetzt in die Zentrale«, teilte Sisko ihnen mit. »Wir werden in einigen Stunden nach Bajor aufbrechen, wenn Sie sich dazu bereit fühlen.«

»Vielen Dank«, erwiderte Tork. »Ich bin sicher, daß es uns wieder besser gehen wird, wenn wir uns ein wenig ausgeruht haben.«

»Gut.« Sisko blieb im Eingang stehen. »Ich habe die Jalousien vor Ihren Fenstern schließen lassen«, fügte er hinzu. »Sie können Sie öffnen, indem Sie den Zimmercomputer eine entsprechende Anweisung geben. Ich dachte, so wäre es besser für Sie.«

Tork verneigte den Kopf. »Wir wissen Ihre Rücksichtnahme sehr zu schätzen, Captain.« Er sah zu, wie Sisko ging und die Tür sich hinter ihm schloß. Dann wandte er sich an Sahna. »Was denkst du?« fragte er sie.

»Was ich denke?« Sie runzelte amüsiert die Nase. »Ich weiß kaum, woran ich zuerst denken soll. Wir haben so viele neue Dinge gesehen. Aber ich glaube, daß du mit diesen Aliens recht haben könntest, Tork – sie sind eine sehr intelligente Spezies. Ich mag sie sogar, um ehrlich zu sein.«

»Gut.« Tork ließ sich in einem der Sitze nieder, die Sisko für sie hatte anfertigen lassen. »Mir geht es genauso. Sie sind faszinierend, nicht wahr?«

»Ja.« Sahna strich besorgt über seinen Panzer. »Und wie fühlst du dich jetzt? Ich weiß, wie schwer das alles für dich war.«

»Den Umständen entsprechend geht es mir gut«, antwortete Tork. Er konnte sie nicht anlügen. »Ich fühle mich nicht sehr wohl, aber ich weiß, daß es nur zu unserem Besten ist. Wir müssen eine korrekte Einschätzung des Planeten Bajor gewinnen. Ich könnte mein Leben nicht mehr ertragen, wenn ich wüßte, daß diese Welt sinnlos zerstört würde.«

Sahna war froh, das zu hören. »Vielleicht können wir sie davon überzeugen, den Planeten zu verlassen«, sagte sie leise. »Sie scheinen wirklich intelligent zu sein. Mindestens so intelligent wie unsere Vorfahren, als sie den Schritt in den Weltraum machten. Sie müssen einfach für vernünftige Argumente zugänglich sein.«

Tork lächelte sie an. »Sie haben uns hierhergebracht, weil sie hoffen, *uns* überzeugen zu können, daß ihre Lebensweise vernünftig ist«, gab er zu bedenken.

»Aber sie sind nicht dumm«, warf sie ein. »Also gelingt es uns vielleicht, sie zu überzeugen.«

Tork runzelte die Nase. »Ich habe nicht das Gefühl,

daß dieser Sisko jemand ist, der sich leicht von seiner Meinung abbringen läßt«, erwiderte er. »Er ist eine starke und konsequente Persönlichkeit. Ich wünschte mir, ich besäße nur ein Zehntel seiner Entschlossenheit und seines Mutes.«

»Sag so etwas nicht!« rief Sahna und nahm seine Hand in ihre. »Was du heute getan hast, hat bereits mehr Mut erfordert, als die meisten in ihrem ganzen Leben aufbringen.«

Tork lächelte sanft und blickte zu den verschlossenen Jalousien hinüber. »Vielleicht sollest du die Sichtfenster öffnen. Ich weiß, wie sehr du dich nach dem Anblick des Weltraums sehnst.«

Sie zögerte. »Bist du sicher?«

»Ja«, antwortete er. »Ich muß mich daran gewöhnen, wenn ich auf Bajor nicht versagen will. Natürlich würde ich lieber darauf verzichten, aber ich bin dazu verpflichtet.« Er holte tief Luft und wappnete sich. »Öffne sie.«

»Wie du meinst.« Sahna trat an den Computer und drückte auf die Befehlstaste, die Sisko ihr gezeigt hatte. »Computer«, sagte sie, »öffne die Jalousien.«

»Befehl bestätigt«, erwiderte der Computer. Mit einem kaum hörbaren Zischen schoben sich die stählernen Platten zur Seite, um den Blick auf die Sterne freizugeben. Von ihrem Standpunkt aus konnte Sahna an einer Seite des Fensters ein schwaches Leuchten erkennen. Sie blickte sich zu Tork um, der mit erstarrter Haltung und Miene dastand.

»Ich schaffe es«, keuchte er. Es war offensichtlich ein schwerer Kampf für ihn, aber im Augenblick konnte Sahna nichts tun, um ihm zu helfen. Sie nickte und trat dann näher heran. Sie fühlte sich unwiderstehlich von diesem Leuchten angezogen.

Als sie unmittelbar vor dem Fenster stand, wurde ein neues Objekt erkennbar. Sie blickte durch den

Weltraum auf die Kugel. Sie war klein, aber unverkennbar. Sahna konnte weiße Schleier auf der blauen Scheibe ausmachen. Es mußte sich um den Planeten Bajor handeln, den sie betrachtete.

Es war das Schönste, was sie jemals in ihrem Leben gesehen hatte.

In der Schwärze des Weltalls wirkte der kleine Globus so winzig und zerbrechlich. Dennoch war es ein Planet, auf dem sich alle Annehmlichkeiten des Lebens befanden – Flüsse und Seen, Blumen und Tiere. Interessante Lebewesen und Städte.

Sahna kümmerte es nicht mehr, welche Entscheidung die Schwarmmeister hinsichtlich dieser Welt getroffen hatten. Sie wußte nur noch eins.

Eine Welt von solcher Schönheit zu zerstören, wäre das schwerste Verbrechen, das jemand begehen konnte. Ganz gleich, wie die Meister entschieden, ganz gleich, was selbst Tork dachte, in ihrem Herzen war nun kein Zweifel mehr. Bajor durfte nicht angetastet werden.

20

»Was halten Sie von unseren Besuchern, Major?« Sisko verschränkte die Hände und blickte über seinen Schreibtisch hinweg auf Kira. Sie stand in korrekter Haltung in seinem Büro und schien sich hier noch unwohler als sonst zu fühlen.

»Meine persönliche Meinung?« Sie zuckte die Schultern. »Ich mag sie. Sahna scheint eine nette Person zu sein, und Tork versucht, Ängste zu beherrschen, die ihn innerlich zu zerreißen drohen. Doch was die Spezies betrifft... nun, ich kann kaum etwas anderes als Abscheu für sie empfinden. Sie haben Darane Vier zerstört! Ich hatte dort Freunde, Bajoraner, mit denen ich aufgewachsen bin. Sie wurden durch diese Aliens getötet.«

Sisko nickte. Er wußte, welcher Kampf sich in Kiras Innerem abspielen mußte. »Und wie lösen Sie diesen Widerspruch auf?«

»Wie könnte ich es tun?« fragte sie zurück. »Ich kann Ihnen nur sagen, Captain, daß ich meine Pflichten kenne. Wenn der Schwarm nach Bajor kommt, werde ich in meine Heimat zurückkehren, um für sie zu kämpfen. Es ist mir gleichgültig, was Sie oder Starfleet dazu sagen.«

»Ich verstehe, Major«, erwiderte Sisko. »Aber das kann ich nicht zulassen. Und Ihre Regierung wird es auch nicht erlauben, wie ich vermute. Sie sind die Verbindungsperson in dieser Station, und Sie können nicht einfach von Ihrem Posten desertieren, wenn Ihnen danach ist.«

»Es geht hier nicht um eine Laune!« widersprach Kira. »Ich muß dort sein, wo ich meinem Volk am besten helfen kann.«

»Aber *Ihr Volk* sagt Ihnen, wo Sie es tun sollen«, sagte Sisko behutsam. »Und es hat Ihnen befohlen, hier zu dienen, Major.« Er stand auf und ging um den Schreibtisch herum, bis er vor ihr stand. »Nerys, glauben Sie mir: Ich verstehe genau, wie Sie sich fühlen. Als meine Frau von den Borg ermordet wurde, wollte ich losziehen und jeden Borg jagen, den ich finden konnte. Doch ich kam wieder zur Vernunft. Ich habe es sogar geschafft, mit meiner Trauer fertig zu werden. Sie dürfen Ihren Posten nicht einfach wegen persönlicher Gefühle aufgeben.«

»Sie haben eine Frau und Freunde an die Borg verloren«, stimmte Kira ihm mitfühlend zu. »Ich könnte meine ganze *Welt* an diese Invasoren verlieren. Das ist nicht ganz das gleiche.«

»Es ist *genau* das gleiche«, widersprach Sisko. »Die Größenordnung ist eine andere, das gebe ich zu, aber das Prinzip ist gleich. Nerys, wir beide sind Offiziere. Als wir unsere Uniformen anlegten, gingen wir Verpflichtungen ein, die über unsere persönlichen Wünsche hinausgehen. Wir tragen Verantwortung. Und Ihre gilt *Deep Space Nine*, genauso wie meine. Ich verspreche Ihnen, ich werde alles tun, was in meiner Macht steht, um Bajor zu schützen, aber ich muß mich darauf verlassen können, daß Sie mir Rückendeckung geben. Ich bin mir ziemlich sicher, daß Bajor Sie hier braucht – aber ich bin mir absolut sicher, daß *ich* Sie hier brauche.«

Er spürte, wie sie im Konflikt zwischen Vernunft und Gefühl stand. Er konnte nicht mehr zu ihr sagen, um sie zu überzeugen, so daß er einfach abwartete. Schließlich nickte sie.

»Sie haben recht, Captain«, sagte sie gepreßt. »Mein Platz ist hier und nicht auf Bajor. Was immer Sie von mir verlangen, ich werde es tun.« Sie seufzte. »Trotzdem wäre ich jetzt lieber auf Bajor.«

»Gut.« Sisko legte eine Hand auf ihre Schulter. »Ich weiß, wie schwer Ihnen diese Entscheidung fällt. Jetzt…«

Er unterbrach sich, als er das Signal seines Kommunikators hörte. »Ja?« brummte er verärgert über die Unterbrechung. »Was gibt es?«

»Entschuldigen Sie die Störung, Captain«, war Dax' Stimme zu hören. »Aber hier ist jemand, der Sie sehen möchte. Er behauptet, es sei dringend.«

Sisko seufzte. »Wer ist es?«

»Vedek Yarka, Captain.«

Sisko zuckte zusammen. Er hatte schon einige Male mit Yarka zu tun gehabt. Der Vedek war ein zutiefst religiöser Mann, der seine eigenen Ziele verfolgte. Er war fest davon überzeugt, daß Sisko der Gesandte war, der in den Schriften der Propheten verheißen wurde – und der Erlöser Bajors. Sein erster Gedanke war, den Mann zu bitten, wieder zu gehen. Andererseits konnte Sisko es sich nicht erlauben, sich von den Vedeks zu entfremden, insbesondere in einer Zeit wie dieser. »Schicken Sie ihn herein«, entschied er widerstrebend.

»Das scheint das Stichwort für meinen Abgang zu sein«, sagte Kira. »Sie haben mein volles Mitgefühl.« Sie hatte nur wenig für die Mitglieder der religiösen Orden übrig, mit Ausnahme des verstorbenen Vedek Bareil. Sie nickte Vedek Yarka zu, als er in Siskos Büro trat. Die Tür schloß sich hinter ihr.

»Vedek«, begrüßte Sisko den Mann.

»Gesandter«, erwiderte der Mönch. Er verbeugte sich und lächelte dann. Sein grauer Bart wirkte noch grauer als gewöhnlich, und seine Augen wurden von Sorgenfalten gesäumt. »Es ist sehr freundlich von Ihnen, mir ein Gespräch zu gewähren. Ich weiß, wie kostbar Ihre Zeit ist – vor allem jetzt.«

»Nun, was kann ich für Sie tun?« fragte Sisko, um sofort zur Sache zu kommen. »Ich vermute, es geht um die drohende Krise.«

»Selbstverständlich«, bestätigte Yarka mit tiefer, volltönender Stimme. »Kai Winn hat Shakaar aufgesucht und ein Zitat aus der Dritten Prophezeiung von Andaki als Argument angeführt. Ich befürchte, sie hat diesen Text völlig falsch interpretiert.«

Sisko breitete bedauernd die Hände aus. »Entschuldigen Sie, aber ich bin kein Experte für Ihre heiligen Schriften, Vedek. Ich bezweifle, daß ich Ihnen oder Kai Winn bei diesem Disput in irgendeiner Weise behilflich sein kann.«

»Das verstehe ich«, sagte Yarka. »Trotzdem handelt es sich bei dem Text, den sie anführte, um eine der Prophezeiungen des Gesandten. Demnach sollte sie korrekt auf Sie bezogen werden.«

»Das hatte ich befürchtet«, murmelte Sisko.

»Hören Sie zu und überlegen Sie, ob er nicht ausgezeichnet auf die gegenwärtige Zeit der Prüfung zutrifft.« Yarka hob die Hände und zitierte:

»Das Land wird unter weiten Schwingen
verschlungen,
Der Tod wird über alle kommen, die es schauen,
Und Trauer wird auf den Lippen der wenigen sein,
die überleben.
Weint um die Toten, die Kinder, das Land,
denn sie alle werden nicht mehr sein.

An jenem furchtbaren Tag wird mein Volk eins werden.
Seid zuversichtlich, denn einer wird euch beschützen,
und zwei werden bekehrt.
Durch ihren Glauben wird Bajor wieder ganz werden.«

Er blickte Sisko streng an. »Sie erkennen natürlich die Bedeutung?«

Sisko war nicht sicher, was er antworten sollte. Er wußte, daß viele der Schriften der Propheten einer erstaunlichen Quelle der Inspiration entsprungen waren. Die Aliens, die das stabile Wurmloch geschaffen hatten, das für den Verkehr zwischen dem Alpha- und Gamma-Quadranten genutzt werden konnte, lebten außerhalb der Zeit. Doch sie zeigten ein gewisses Interesse für das Volk von Bajor und hatten neun ›Tränen‹ zur Führung der Bajoraner geschickt. Einige dieser Doppelkugeln gingen an die Cardassianer verloren, doch andere existierten noch in den Tempeln von Bajor. Sisko hatte durch diese Tränen der Propheten mit den Wurmloch-Aliens kommuniziert. Er wußte, daß Kira in ihnen Visionen der Zukunft gesehen hatte. Wenn man davon ausging, daß diese Wesen nicht dem Zeitstrom unterworfen waren, steckte zumindest ein Körnchen von wissenschaftlicher Plausibilität in diesen Dingen.

Andererseits waren viele der prophetischen Texte in unklaren und gelegentlich sogar absichtlich verwirrenden Formulierungen gehalten. Etliche schienen sich auf alles mögliche beziehen zu lassen, wenn man sie aus dem entsprechenden Blickwinkel betrachtete. Es war ein uralter Trick, der von Orakeln in der ganzen Galaxis benutzt wurde, damit sie von sich behaupten konnten, stets die Wahrheit zu sagen.

»Es klingt tatsächlich, als ließe sich der erste Teil auf die Ereignisse um Darane beziehen«, sagte er vorsichtig. »Aber ich habe keine Ahnung, was der Rest bedeuten könnte.«

»Das verstehe ich, Gesandter«, sagte Yarka freundlich. »Kai Winn behauptet, die Person zu sein, von der in der zweiten Strophe gesprochen wird. Aber für mich besteht kein Zweifel, daß *Sie* damit gemeint sind, Gesandter. *Einer wird euch beschützen.* Das ist es doch, was Sie tun, nicht wahr?«

»Das ist es, was ich zu tun versuche, ja«, stimmte Sisko ihm zu, während er überlegte, wie er sich wieder aus der Affäre ziehen konnte. »Aber damit könnte sonstwer gemeint sein. Hören Sie, ich möchte nicht unhöflich sein, aber ich werde durch diese Krise sehr in Anspruch genommen, und ...«

»Ich verstehe«, erwiderte Yarka. »Ich werde mich kurz fassen. Ich weiß nicht, wer die anderen beiden Personen sein sollen, die in dieser Prophezeiung erwähnt werden. Aber für mich steht fest, daß Sie in dieser schweren Zeit Bajors einzige Hoffnung sind. Nur durch Ihren Glauben läßt sich diese Krise abwenden. Es liegt an Ihnen, die Bedeutung hinter den Worten der Propheten zu entdecken, Gesandter. Meine Aufgabe besteht lediglich darin, Sie von diesen Worten in Kenntnis zu setzen. Ich bin zuversichtlich, daß Bajor durch Sie gerettet wird.« Er verbeugte sich wieder. »Und jetzt habe ich genug von Ihrer kostbaren Zeit in Anspruch genommen. Ich werde Sie verlassen, damit Sie über die Prophezeiung nachdenken können. Und ich möchte Ihnen schon jetzt für das danken, was Sie tun werden. Guten Tag, Gesandter.« Mit einer letzten Verbeugung verließ er den Raum.

Hervorragend! Als ob er nicht schon genügend Probleme hätte! Jetzt sollte er auch noch die Hauptrolle in einer vagen Prophezeiung spielen! Sisko seufzte. Vielleicht könnte er diesen Propheten mehr Glauben schenken, wenn sie sich klar und verständlich ausdrückten, statt in Rätseln zu sprechen.

Nachdem Sahna sich an Bajor sattgesehen hatte, wandte sie sich wieder Tork zu. Er war angespannt und mußte sich offenbar dazu zwingen, den Blick nicht abzuwenden, aber er hatte sich nicht von seinen Ängsten überwältigen lassen. »Wie fühlst du dich?« fragte sie ihn.

»Den Umständen entsprechend ganz gut«, sagte er und konnte sich zu einem schwachen Lächeln durchringen. »Aber ich habe bewiesen, daß es möglich ist, das zu ertragen, was einmal als unerträglich galt.«

»*Du* kannst es ertragen«, stellte Sahna freundlich richtig. »Ich kenne niemanden, der tapferer ist als du, Tork.«

»Wenn ich es schaffen kann, kann es jeder«, erwiderte er. »Meine Kräfte sind nicht außergewöhnlich, Sahna. Ich verspüre nur die Notwendigkeit, es auszuhalten. Vielleicht ist diese Furcht vor dem Weltraum gar nicht so tief in unserem Volk verwurzelt, wie wir dachten. Vielleicht haben wir einfach nur einer Neigung nachgegeben, statt uns der Herausforderung zu stellen.«

Sahna dachte darüber nach. »Das wäre möglich«, sagte sie. »Wenn wir unseren Ängsten nachgeben, stärken wir sie nur. Wenn wir ihnen jedoch entgegentreten, wie du es getan hast, beweisen wir damit, daß sie nicht über uns herrschen.«

»Ich hatte gehofft, das Triumphgefühl wäre angenehmer«, versuchte er zu scherzen. Er ging zu einem Sitz und nahm Platz. »Zumindest gewinne ich immer mehr Kontrolle über eine meiner größten Sorgen. Und die anderen helfen mir, meinen Geist von dem abzulenken, was ich sehe.«

Sahna runzelte die Stirn. »Du spielst auf das Problem mit Bajor an?«

»Teils.« Er warf ihr einen seltsamen Blick zu. »Sahna, ich bin besorgt, und es gibt niemanden, der mir bei dem Kampf helfen kann, der in meiner Seele tobt.«

Sie kam zu ihm und streichelte seinen Panzer. »Ich werde dir immer helfen«, versprach sie.

»Aber bei diesem Problem gibt es nur wenig, was du tun kannst. Ich wünschte mir, du könntest mir helfen.«

»Ich könnte zumindest eins tun«, sagte sie zu ihm. »Ich kann dir zuhören. Was bedrückt dich so sehr?«

Tork sammelte seine Gedanken, bis er schließlich nickte. »Es wird mich ein wenig entlasten, darüber zu sprechen, auch wenn du mein Dilemma nicht lösen kannst«, stimmte er zu. »Kurz bevor wir den Schwarm verließen, hat Hosir mich zu einem Abschiedsgespräch zu sich gerufen.«

»Ich kenne Hosir«, sagte Sahna. »Er war früher einmal der Meister der Sicherheit, nicht wahr?«

»Ja. Doch als Dron zum Großen Schwarmmeister wurde, beförderte er Raldar auf diesen Posten, worauf Hosir einfach nur zu einem Schwarmmeister ohne Aufgabe wurde.« Er verzog das Gesicht. »Dieses Gespräch mit Hosir war sehr kurz und sehr besorgniserregend. Er überspielte eine Reihe von technischen Daten, die ich nicht verstehe, in meinen Computer, und dann sagte er etwas zu mir, das mir einfach nicht mehr aus dem Kopf geht.« Er hielt inne, bis er bereit war weiterzusprechen. »Er stellte mir eine Frage: *Woher willst du wissen, daß die Rebellion zur Zeit des Zweihundertdritten Schwarms fehlschlug?* Mehr wollte er dazu nicht sagen.«

Für Sahna ergab diese Frage keinen Sinn. »Natürlich ist die Rebellion des Zweihundertdritten Schwarms fehlgeschlagen«, sagte sie verwirrt. »Das wissen wir alle. Das besagen die Aufzeichnungen. Sie sind ein Teil unserer heiligen Texte.«

»Genau.« Tork stieß einen schweren Seufzer aus. »Warum hat Hosir also eine so dumme Frage gestellt? Weil sie gar nicht so dumm ist, wie sie klingt?«

Sahna schüttelte den Kopf. »Dazu kann ich nichts sagen. Aber vielleicht kann ich dir mit den Daten weiterhelfen, die er dir gegeben hat. Darf ich deinen Computer sehen?«

Tork zog ihn hervor und tippte dann die Befehle ein, mit denen die Daten aufgerufen wurden. »Hier sind sie.« Damit reichte er ihr das Gerät.

Sahna sah die Datei mehrmals von Anfang bis Ende durch. Wie Tork angedeutet hatte, waren sie in einem Computerkode chiffriert. Doch es gab ein paar Dinge, die sie verstehen konnte. »Mit dem meisten kann ich wenig anfangen«, gab sie zu. »Aber ich kann einen Teil entziffern. Es scheint sich um eine Befehlssequenz für einen Computer zu handeln.«

»Das habe ich mir bereits gedacht«, sagte Tork. »Aber wofür? Und zu welchem Zweck? Und warum hat Hosir mir diese Daten gegeben?«

»Vielleicht hat er selbst die Bedeutung nicht verstanden«, mutmaßte Sahna. »Der Kode ist sehr altertümlich. Diese logische Sprache wird seit etwa tausend Generationen nicht mehr benutzt. Doch einige der Daten sind recht klar. Das hier sind astronomische Angaben. Ich habe die alten Texte der ersten Schwärme studiert, um Daten über unser Heimatsystem zu erhalten, und die Koordinaten sind nach dem gleichen Prinzip notiert. Doch es ist nicht ganz dasselbe...« Sie seufzte. »Wenn ich Zugang zu meinen Computern im Schwarmschiff hätte, könnte ich es vielleicht dekodieren. Aber hier kann ich dir nicht mehr dazu sagen.« Sie gab ihm seinen Computer zurück.

»Astronomische Daten?« grübelte Tork. »Warum sollte Hosir mir so etwas anvertrauen? Und welche Bedeutung hat es für seine Frage?«

»Die Daten sind sehr alt«, gab Sahna zu bedenken. »Vermutlich stammen sie aus der Zeit vor dem Zweihundertdritten Schwarm.«

Er lächelte. »Das wäre eine Beziehung«, stimmte er ihr zu. »Aber so alte astronomische Angaben können doch nichts mit unseren gegenwärtigen Problemen zu tun haben, oder?«

»Ich weiß es nicht«, erwiderte Sahna. »Du hast recht, ich kann dir nicht dabei helfen.«

Er streichelte zärtlich ihren Panzer. »Du hast mir bereits sehr geholfen. Alles weitere muß ich allein durchstehen.« Er seufzte. »Ich freue mich zwar nicht auf die Reise nach Bajor, aber ich bin dazu verpflichtet. Ich werde alles tun, was nötig ist.« Er lächelte sie wieder an. »Hättest du etwas dagegen, wenn ich mich eine Weile ausruhe? Ich fühle mich ziemlich erschöpft.«

»Natürlich nicht«, erwiderte sie und warf einen Blick auf das Fenster. »Soll ich die Jalousien wieder schließen?«

»Nein«, antwortete er. »Ich muß mich an den Anblick gewöhnen.«

Sie dachte erneut nach. »Ich bin nicht müde«, sagte sie. »Ich bin viel zu aufgeregt. Würde es dich stören, wenn ich dich alleinlasse, um die Station genauer zu erkunden?«

»Natürlich nicht. Aber nimm dich in acht. Diese Aliens mögen recht freundlich sein, aber wir kennen nicht alle von ihnen. Vielleicht wäre es besser, wenn du Captain Sisko bitten würdest, dir einen Begleiter zur Verfügung zu stellen.«

»Eine gute Idee«, sagte sie nickend, obwohl sie bereits selbst auf diesen Gedanken gekommen war. »Ruh dich jetzt aus. Ich werde vorsichtig sein.« Sie ging zum Computer und schaltete ihn ein. »Computer«, sagte sie. »Könnte ich bitte mit Captain Sisko sprechen?«

»Einen Moment.«

Schon nach kurzer Zeit erhellte sich der Bildschirm und zeigte Siskos Gesicht. »Sahna«, begrüßte er sie. »Gibt es ein Problem?«

»Nein, Captain«, erwiderte sie. »Es ist nur so, daß ich mir gerne Ihre faszinierende Station ansehen würde, während Tork sich ausruht. Ist es vielleicht möglich, mir jemanden zu schicken, der mich begleitet? Vorzugsweise jemanden mit wissenschaftlicher Bildung? Ich habe sehr viele Fragen.«

»Ich weiß, wer am besten für diese Aufgabe geeignet ist«, sagte Sisko. »Sie wird sich in Kürze bei Ihnen melden.«

Etwa fünf Minuten später summte es an der Tür. Als Sahna sie öffnete, stand im Korridor eine junge Frau, die sehr menschlich aussah. Sie hatte langes Haar, das sie hinter dem Kopf zusammengebunden hatte, und merkwürdige Punkte an den Seiten des Kopfes und Halses.

»Hallo, Sahna!« sagte sie freundlich. »Ich bin Jadzia Dax.«

»Hallo.« Sahna drehte sich um und sah, daß Tork entspannt und mit geschlossenen Augen dasaß. »Vielleicht sollten wir ihn einfach in Ruhe lassen.«

»Eine gute Idee.« Dax wartete, bis Sahna den Raum verlassen und die Tür sich automatisch hinter ihr geschlossen hatte. »Was möchten Sie sich ansehen?«

»Alles«, sagte Sahna lächelnd. »Aber ich würde mich auch sehr gerne mit Ihnen unterhalten.«

Dax lachte. »Das heißt also, wir sollten unbedingt die Promenade aufsuchen«, sagte sie. »Gehen wir!«

Sie führte Sahna zu einem wundervollen Ort. Sie standen gemeinsam an einem Geländer und blickte auf einen langen, gekrümmten Gang voller Geschäfte und Lebewesen hinab. Sahna war erstaunt und entzückt über die Vielfalt der Waren und Aliens, die sie von hier aus sehen konnte. Und wenn ihr der Anblick langweilig geworden war, mußte sie sich nur umdrehen, worauf sie durch große Fenster auf die Sterne schauen konnte. Es war fast zuviel, um alles auf einmal in sich aufzunehmen, und sie fühlte sich geradezu berauscht.

»Ein Ort voller Wunder!« rief sie.

»Nicht wahr?« erwiderte Dax. »Trotzdem – ich habe schon Dinge gesehen, die diesen Ort im Vergleich öde und langweilig erscheinen lassen.«

»Davon bin ich überzeugt«, sagte Sahna wehmütig. »Ich habe Astronomie studiert, seit ich ein Kind war, aber ich habe niemals damit gerechnet, sie jemals leibhaftig zu *erleben*. Und jetzt bin ich hier…« Sie seufzte. »Und ich will nicht, daß es jemals aufhört«, gab sie zu. »Bitte erzählen Sie mir von Ihren Erlebnissen!«

Dax lächelte. Sie konnte sich gut vorstellen, daß es ziemlich lange dauern würde, bis sie auch nur die Hälfte von Sahnas Fragen beantwortet hatte.

»Verzeihen Sie bitte, daß ich darauf hinweise, Captain«, sagte Kira so geduldig wie möglich. »Aber ich habe den Eindruck, daß uns die Zeit davonläuft. Bajor bleiben nur noch vier oder fünf Tage, bis der Schwarm eintreffen dürfte.«

»Ich verzeihe Ihnen«, erwiderte Sisko lächelnd. »Sie haben natürlich völlig recht.«

»Und warum sitzen wir dann herum und tun gar nichts?« wollte Kira wissen. Sie deutete auf den

Bildschirm ihrer Konsole. »Dax plaudert gerade mit Sahna, und Tork schläft sich aus.«

»Ich weiß, daß es so *aussieht*, als würden wir nichts tun«, erklärte Sisko, »aber das ist nicht der Fall. Sahna scheint sehr begierig darauf zu sein zu erfahren, wie es ist, auf einem Planeten zu leben. Dax ist hervorragend geeignet, es ihr verständlich zu machen. Schließlich hat sie schon viel länger gelebt als wir anderen zusammengenommen. Ich glaube, Sahna ist schon fast überzeugt, daß Bajor unversehrt bleiben sollte. Und was Tork betrifft...« Er wandte sich an Bashir, der sich in der Nähe aufhielt. »Doktor?«

»Die medizinischen Sensoren in seinem Quartier deuten darauf hin, daß er unter großem Streß steht«, sagte Bashir stirnrunzelnd. »Ich vergleiche seine Werte mit denen von Sahna, die sich recht gut angepaßt zu haben scheint. Natürlich müssen wir bei fremden Spezies immer eine gewisse Fehlertoleranz einräumen. Wenn er ein Mensch wäre, würde ich sagen, daß er sich irgendwo zwischen geistiger Erschöpfung und einem Nervenzusammenbruch bewegt.« Bashir hielt kurz inne, bevor er mit etwas besserer Laune weitersprach. »Schlaf ist eine gute Methode, um mit Streß fertig zu werden, und es zeigt sich bereits eine gewisse Wirkung. Ich glaube, daß er sich wesentlich besser fühlen wird, wenn er noch eine Stunde oder zwei schlafen kann. Immerhin dürfte der Besuch auf Bajor ein recht traumatische Erlebnis für ihn werden. Er sollte so ausgeruht wie möglich sein, bevor wir starten.«

»Sie sehen also, daß wir keineswegs nichts tun«, sagte Sisko zu Kira. »In einer Stunde werden wir Tork wecken und zum Treffen mit den Regierungsvertretern aufbrechen. Dann müssen wir hoffen, daß Tork und Sahna sich überzeugen lassen.« Sein Gesicht nahm einen verbitterten Ausdruck an. »Glauben Sie mir, ich weiß, wie wichtig diese Angelegenheit für alle Beteiligten ist. Ich bemühe mich nur, unsere Erfolgsaussichten zu verbessern. Schließlich werden wir keine zweite Chance erhalten, um Ihren Planeten zu retten. Wir müssen mit dem arbeiten, was uns zur Verfügung steht.«

Kirk schien verstanden zu haben und nickte. »Ich hoffe nur, daß es genügt.«

»Ich auch, Major«, sagte Sisko. »Ich auch.«

21

Was ist jetzt schon wieder los?« rief Keve, doch als er von seinem Schreibtisch aufblickte, zuckte er zusammen. »Oh! Sie sind es, Dukat.«

»Ja«, sagte Dukat. »Gul-Tar, der Schwarm entwikkelt sich zu einem Problem. Sisko hat mir mitgeteilt, daß Cardassia Prime ihr nächstes Ziel sein wird, wenn die Teilung des Mutterschiffs vollzogen ist. Nach Einschätzung des Captains der *Karitan* wird das in etwa einem Tag geschehen sein.«

Keve dachte eine Weile über diese Neuigkeit nach. »Stimmt, das ist keine gute Entwicklung«, erwiderte er. »Aber Gavron und die Dritte Flotte werden diesen Schwarm abfangen, bevor er Cardassia erreichen kann. Wo liegt also das Problem?«

Dukat seufzte mental. »Das Problem ist, daß die Dritte Flotte nicht stark genug sein könnte, um den Schwarm aufzuhalten. Ich rate dringend dazu, daß wir die Heimatflotte...«

»Nein!« rief Keve und stand abrupt auf. »Dukat, ich verstehe, daß Sie nur das Beste für Cardassia im Sinn haben, aber Sie überschauen nicht das Gesamtbild.« Er schlug mit der Faust auf die Berichte, die auf seinem Schreibtisch lagen. »In drei Provinzen ist es zu Demonstrationen gegen das Militär gekommen. In einem Fall war ich gezwungen, den Protest zu ersticken, bevor er sich zu einem Aufstand ausweiten konnte. Meine Agenten teilen mir mit, daß die Unruhe immer größer wird. Ich brauche die Heimatflotte dort, wo sie ist. Ohne sie würden sich die Verräter viel sicherer fühlen und ihre Forderungen und Angriffe dreister werden. Das können wir uns nicht leisten. Die Dritte Flotte ist mehr als genug, um dieses Alien-Schiff zu zerstören oder zu bezwingen.«

»Und was ist, wenn es ihr nicht gelingt?« fragte Dukat.

»Dann werde ich Ihnen das Kommando über die Heimatflotte anvertrauen, damit Sie einen zweiten Angriff gegen dieses verdammte Ding starten können«, knurrte Keve. »Würde Sie das glücklich machen?«

Dukat verbeugte sich leicht und sagte: »Das wäre das Beste für Cardassia, Gul-Tar.«

»Und für Sie persönlich wäre es auch nicht schlecht, wenn Sie der Mann wären, der unseren Planeten gerettet hat, nicht wahr?« bemerkte Keve verdrossen. »Ja, ich weiß, daß Ihnen nur das Wohl unserer Heimatwelt am Herzen liegt«, fügte er hinzu, bevor Dukat ihm widersprechen konnte, »aber ich kenne Sie gut genug, um zu wissen, daß Sie niemals Ihren eigenen Vorteil aus den Augen verlieren. Ich habe die Befehle vorbereitet, damit sie sofort ausgegeben werden können, falls die Notwendigkeit dazu besteht. Jetzt lassen Sie mich allein, damit ich mich um das Problem der Rebellion kümmern kann.«

»Natürlich.« Dukat verbeugte sich wieder und verließ den Raum. Draußen hielt er kurz inne, um über das Gespräch nachzudenken, dann eilte er zu seinem privaten Quartier. Dort aktivierte er die Kommunikationseinheit und tippte eine Reihe von Befehlen ein. Gut – er wurde immer noch nicht abgehört. Seine Sicherheitsvorkehrungen zahlten sich aus. Dann tippte er die Nummer des Privatanschlusses von Feron Mulak ein.

Kurz darauf blickte er in das verblüffte Gesicht von Mulak. »Dukat!« rief der Mann. »Ich hatte nicht damit gerechnet…«

»Ich weiß«, entgegnete Dukat gelassen. »Und ich weiß auch, daß Sie der Kopf hinter diesen sogenannten Demonstrationen sind.«

»Ich versichere Ihnen…«, begann Mulak.

»Lassen Sie es lieber«, unterbrach Dukat ihn. »Ich bin kein Narr, und Sie wissen das. Wie ich schon sagte, stehen Sie hinter der Rebellion. Natürlich sind Sie nicht der offizielle Anführer. Und ich habe dem Gul-Tar nicht gesagt, was ich weiß.«

Mulak runzelte die Stirn und schien plötzlich nachdenklich zu werden. »Das soll vermutlich bedeuten, daß Sie mir einen Handel anbieten wollen.«

»Ihr Scharfsinn ist bemerkenswert.« Dukat lächelte. »Das wollte ich in der Tat vorschlagen. Die Herrschaft des Militärs über Cardassia neigt sich dem Ende zu. Das wissen wir alle – und insbesondere Keve, wie ich denke. Mein Interesse an dieser Angelegenheit liegt darin, den Machtwechsel mit möglichst wenig Blutvergießen und Chaos zu vollziehen. Und ich glaube, daß ich Ihnen in dieser Hinsicht wirklich helfen könnte.«

»Und warum sollten Sie daran interessiert sein?« fragte Mulak.

»Weil Sie in der neuen *zivilen* Regierung natürlich jemanden benötigen, der für das Militär zuständig ist.«

Mulak lachte knapp. »Und Sie kennen jemanden, der hervorragend für diesen Posten geeignet wäre, wie ich vermute. Also gut, Dukat, lassen Sie uns handelseinig werden. Was möchten Sie vorschlagen?«

»Ein Bündnis«, antwortete Dukat ruhig. »Wir könnten uns gegenseitig eine große Hilfe sein…«

Sisko hatte sich gefragt, ob der Flitzer irgendein Problem für Tork darstellen könnte, aber der Alien hatte ohne Widerspruch auf dem speziell für ihn angefertigten Sitz Platz genommen. Sahna saß neben ihm und hielt seine Hand – in der klassischen Pose von Liebespaaren aus vielen Kulturen. »Sind Sie sicher, daß für Sie alles in Ordnung ist?« fragte Sisko erneut.

Tork lächelte matt. »Captain, ich weiß jetzt, was ich zu erwarten habe. Ich gewöhne mich allmählich an den Anblick der Sterne. Ich verspreche Ihnen, daß ich mir alle Mühe geben werde.«

»Mehr kann niemand verlangen«, erwiderte Sisko. Er setzte sich neben Kira. »Sind wir bereit?«

»Bestätigt«, sagte sie, während sie die letzten Systemchecks durchführte. »Wir können starten, sobald Sie das Kommando geben.«

Sisko blickte sich noch einmal um. Dax, die neben den Aliens Platz genommen hatte, lächelte ihn ermutigend an. »Gut, dann kann es losgehen.«

Als Kira die Befehle eingab, wurden die Triebwerke des Flitzers hochgefahren. Dann öffnete sich vor ihnen die Luftschleuse. Sisko mußte sich dazu zwingen, sich nicht schon wieder zu Tork umzublicken, insbesondere als er hörte, wie dieser plötzlich nach Luft schnappte. Er mußte darauf vertrauen, daß der Alien mit der Situation zurechtkam. Da die Reise nach Bajor zu weit für den Transporter war, stellte der Flitzer das einzige geeignete Beförderungsmittel dar.

Das Fahrzeug erzitterte leicht, als Kira es durch die offene Schleuse in den freien Weltraum lenkte. »Alles in Ordnung«, meldete sie. »Geschätzte Flugzeit zwanzig Minuten, Captain.«

»Ausgezeichnet«, sagte Sisko und lächelte. »Ich werde mich um unsere Passagiere kümmern, Major.« Er stand auf und ging nach hinten, um sich auf den Platz neben Dax zu setzen. Er warf Sahna einen aufmunternden Blick zu, der jedoch im Grunde überflüssig war. Torks Begleiterin war fasziniert vom Anblick, der hinter den Fenstern lag. Torks Reaktion war verständlicherweise gedämpfter, obwohl er nicht mehr so verkrampft wie zu Anfang war. »Wie geht es Ihnen?« fragte Sisko mitfühlend.

»Schrecklich«, gestand Tork. »Aber ich denke, daß es irgendwann vorbeigehen wird.« Er schluckte. »Captain, jetzt wäre vielleicht ein guter Zeitpunkt, um unser Gespräch fortzusetzen. Es würde mir helfen, mich von meinen Empfindungen abzulenken.«

Sisko nickte. »Das kann ich mir gut vorstellen. Sie wollten mir vom Großen Plan erzählen.«

»Richtig.« Tork sammelte seine Gedanken. »Als die Erbauer das Schwarmschiff konstruierten, bestand ihr Vorhaben nicht nur darin, einfach von unserer Welt zu fliehen. Sie hatten ein deutliches Ziel vor Augen. Da wir unsere Heimatgalaxis verlassen mußten, wollten sie zu dieser Galaxis aufbrechen, obwohl sie nicht genau wußten, was uns hier erwarten würde. Aber sie gingen davon aus, daß wir auf Welten stoßen würden, auf denen zumindest primitives Leben existiert.

Das Schwarmschiff wurde so gebaut, daß es sich selbst reproduzieren kann, wie es in diesem Augenblick geschieht. Der Erste Schwarm beschloß, daß sich das Überleben unseres Volkes am besten gewährleisten ließ, wenn sich das Schiff in dieser neuen Galaxis dupliziert. Zu diesem Zweck mußten wir die Ressourcen eines Planeten absorbieren. Dieser Planet sollte Lebensformen besitzen, um den Teil der Ökosphäre des Schiffes zu ersetzen, der die Reise nicht überstanden hatte. Das Schwarmschiff ist ein kombiniertes System aus Technologie und Biologie, Captain. Es sollte eine stabile Population am Leben erhalten und genügend Ressourcen für die Reise enthalten. Natürlich würde es im Laufe der Jahrtausende zu Abnutzungserscheinungen kommen, doch diese sollten behoben werden, wenn wir unser Ziel erreicht haben.

Nach der Teilung des Schwarmschiffs müssen die Ressourcen wieder aufgefüllt werden. Damit benötigt jedes der zwei neuen Schiffe einen weiteren Planeten. Nach dieser Absorption verfügen beide wieder über ihre volle Kapazität. Dann sieht der Große Plan vor, daß eins dieser Schwarmschiffe in den intergalaktischen Raum zurückkehrt und die große Reise zur Galaxis antritt, die Sie als Andromedanebel bezeichnen. Dort wird der Teilungsprozeß wiederholt. Das andere Schiff wird in dieser Galaxis bleiben und etwa alle tausend Jahre einen neuen Planeten absorbieren, um sich erneut zu teilen. Auf diese Weise ist das Überleben unserer Spezies gesichert.«

Dax runzelte die Stirn. »Aber auf Kosten der Spezies, die bereits in unserer Galaxis leben«, bemerkte sie. »Tork, der Plan Ihres Ersten Schwarms ist höchst unmoralisch. Sie stehlen Lebensformen und Ressourcen von anderen Zivilisationen, um sich selbst fortzupflanzen. Wie können Sie ein solches Verhalten rechtfertigen?«

Tork schüttelte den Kopf. »Der Schwarm muß überleben. Dax, würden Sie etwa nicht alles tun, um das Überleben Ihres Volkes zu gewährleisten?«

»Nein«, sagte sie ohne Zögern. »Zum Beispiel würde ich nicht den Genozid an einer anderen Spezies befürworten. Und genau das haben Sie vor.«

»Tork«, mischte sich Sisko ein. »Glauben Sie, daß Sie das Recht haben, andere, die Ihre Existenz nicht bedrohen, aus persönlichen Interessen zu ermorden?«

»Nein«, antwortete Tork zögernd. »Aber wir wurden bedroht. Und angegriffen. Die Cardassianer haben ohne Provokation das Feuer eröffnet, genauso wie die Bevölkerung von Darane. Wir hatten das Recht, uns gegen sie zu verteidigen.«

»Das Recht zur Verteidigung gestehe ich Ihnen jederzeit zu«, sagte Sisko. »Aber es bestand keine Notwendigkeit, Darane zu zerstören und die Bevölkerung auszulöschen. Es hätte genügt, wenn Sie den Angriff ihrer Flotte aufgehalten hätten.«

Offensichtlich war Tork bereits auf den gleichen Gedanken gekommen, denn ihm war der Schmerz deutlich anzusehen, als er antwortete. »Ich weiß, Captain«, stimmte er ihm zu. »Ich bedaure sehr, was geschehen ist. Und ich wünschte mir, es bestünde eine Möglichkeit, Bajor zu verschonen. Aber ich sehe keine. Der Schwarm muß überleben, und wir können nur auf diese Weise überleben. Der Erste Schwarm machte dem Wahnsinn der planetengebundenen Existenz ein Ende und wanderte in den Weltraum aus. Seine Weisheit und sein Mut waren für uns immer eine große Inspiration.«

»Ihre Errungenschaften sind in der Tat bemerkenswert«, sagte Dax. »Das Schwarmschiff stellt eine großartige Leistung dar. Aber hat es niemals Stimmen gegeben, die den Großen Plan in Frage stellten?«

»Sicher«, erwiderte Tork. »Wir unterdrücken keineswegs die Gedanken. Zur Zeit des Zweihundertdritten Schwarms beispielsweise kam es zu einer furchtbaren Rebellion. Man wollte den Großen Plan ändern und dem Schiff ein neues Ziel geben.«

»Ändern?« fragte Dax neugierig. »Inwiefern?«

Tork runzelte die Nase. »Wir wissen es nicht. Die Rebellion wurde niedergeschlagen, so daß diese Pläne niemals verwirklicht wurden. Sie wurden aus unseren historischen Aufzeichnungen gelöscht.« Er seufzte. »Es war eine Zeit furchtbarer Zwietracht und schrecklichen Blutvergießens. Die Anführer der fehlgeschlagenen Revolte waren ohne Gefühle und wollten nur ihre egoistischen Pläne für den Schwarm durchsetzen. Sie exekutierten ihre Feinde ohne Rücksicht, bis sie unterworfen wurden und die Gerechtigkeit wiederhergestellt werden konnte.«

»Und all diese Ereignisse sind in Ihren geschichtlichen Aufzeichnungen festgehalten?« fragte Sisko.

»Ja.« Dann schien Tork plötzlich zu stutzen. »Das muß es sein, worauf Hosir angespielt hat.«

»Hosir?« Sisko erinnerte sich an den interessanten älteren Schwarmmeister. »Wie meinen Sie das?«

»Bevor ich zu dieser Reise aufbrach«, erklärte Tork, »stellte er mir die Frage, woher ich wüßte, daß die Rebellion des Zweihundertdritten Schwarms fehlgeschlagen ist. Natürlich hat es die Geschichte unseres Volkes so überliefert. Er wollte mich offenbar daran erinnern, daß wir auf eine lange und stolze Geschichte zurückblicken können. Ich habe sie studiert«, fügte er hinzu. »Ich habe Jahre damit verbracht, die Texte zu analysieren.«

»Das muß sehr faszinierend sein«, bemerkte Dax.

»Das ist es«, bestätigte Tork. »Ich habe festgestellt, das der Zweihundertvierte und Zweihundertfünfte Schwarm die Schriften auf etwas andere Weise zitieren, als sie heutzutage bekannt sind. Ich habe die Theorie entwickelt, daß sich der Wortlaut unserer heiligen Texte im Laufe der Jahrtausende leicht gewandelt hat.«

»Tatsächlich?« sagte Dax mit einem strahlenden Lächeln. »Auch ich habe Geschichte studiert. Also haben Sie diese Veränderungen über alle zweitausendsiebenhundertsechzehn Generationen verfolgt?«

»Nein«, schränkte Tork ein. »Dazu hatte ich nicht genügend Zeit. Außerdem scheinen die bedeutsamsten Veränderungen in den sehr frühen Schwarmgenerationen stattgefunden zu haben, was völlig logisch ist.«

»Und faszinierend«, sagte Sisko nachdenklich. »Wie umfangreich waren die Veränderungen?«

»Zum größten Teil waren es nur minimale Abweichungen im Wortlaut«, erklärte Tork. »Mehr nicht. Meine Lehrer waren der Ansicht, daß ich mit solchen Dingen nur meine Zeit vergeude.«

»Nein«, sagte Sisko. »Ein Volk ist die Summe seiner Vergangenheit und Gegenwart. Wenn Ihre Geschichte verändert wurde...«

»Sie wurde nicht verändert«, widersprach Tork. »Die Revisionen sind wirklich nur sehr geringfügig. Unsere Geschichte ist unversehrt und akkurat.«

»Tork«, meldete sich plötzlich Sahna zu Wort. »Erzähl ihnen von den Daten, die Hosir dir gegeben hat.«

»Wozu?« fragte Tork stirnrunzelnd. »Sie scheinen doch keine weitere Bedeutung zu haben.«

»Die Astronomie dieser Aliens ist sehr fortgeschritten«, erklärte Sahna. »Vielleicht könnten sie uns sagen, was diese Informationen bedeuten.«

»Wir könnten es zumindest versuchen«, sagte Dax. »Dürfte ich mir diese Daten vielleicht einmal ansehen?«

Tork zögerte, doch dann zuckte er die Schultern. »Ich wüßte nicht, warum ich es Ihnen verbieten sollte.« Er holte seinen Computer hervor und rief die Datei auf. »Hier.«

Dax nahm das Gerät entgegen und studierte aufmerksam den Bildschirm. Tork zeigte ihr, wie sie sich innerhalb der Datei bewegen konnte. Nach einer Weile schüttelte sie den Kopf.

»Es ist sehr schwierig, mit Ihren Einheiten zu rechnen.« Sie griff unter ihren Sitz und holte einen Tricorder hervor. »Wenn Sie keine Einwände haben, würde ich die Daten gerne mit meinem Tricorder auslesen und in den Schiffscomputer eingeben. Er kann sie vermutlich besser analysieren. Der Vorgang wird keinen Einfluß auf Ihren Computer oder die gespeicherten Daten haben.«

»Dann habe ich nichts einzuwenden«, sagte Tork. »Aber ich glaube nicht, daß Hosirs Botschaft irgendeine Bedeutung besitzt.«

»Tork«, sagte Dax behutsam. »Ich versuche Bajor zu retten. Und dazu bin ich bereit, alles auszuprobieren, auch wenn es auf den ersten Blick irrelevant zu sein scheint.«

Er nickte. »Ich verstehe. Und ich wünsche Ihnen viel Glück.« Er wandte sich an Sisko, während sie sich an die Arbeit machte. »Captain, ich hege große Sympathie für Ihre Ansichten. Auch ich habe nicht den Wunsch, einen Planeten zu zerstören. Doch an erster Stelle bin ich dem Schwarm verpflichtet. Ich werde alles tun, was nötig ist, um sein Überleben zu sichern.«

»Dafür habe ich Verständnis«, erwiderte Sisko. »Ich würde Sie niemals dazu auffordern, Ihr Volk zu verraten, aber ich hoffe und bete, daß wir eine andere Möglichkeit finden, um diesen Interessenkonflikt zu lösen.« Er stand auf. »Ich würde mich jetzt gerne bei Major Kira nach dem Verlauf dieses Fluges erkundigen.«

Bei Kira war der Flitzer in guten Händen, und das wußte er auch. Sisko brauchte nur ein wenig Zeit, um in Ruhe über das nachzudenken, was er soeben erfahren hatte. Wenn der Schwarm einen Plan verfolgte, der von den Erbauern des Schiffs in Kraft gesetzt worden war, dann wurde er als heiliges und unantastbares Erbe behandelt. Er wußte, daß es schwierig, wenn nicht gar unmöglich sein würde, die Aliens zu überzeugen, den Großen Plan zu ändern. Und das Problem wurde keineswegs einfacher, je mehr er darüber wußte – im Gegenteil. Wie konnte er ein Volk dazu bringen, seine komplette Weltanschauung über Bord zu werfen?

»Es könnte ein wenig holprig werden, Captain«,

meldete Kira. »In unmittelbarer Nähe der Hauptstadt braut sich gerade ein Sturm zusammen. Natürlich stellt es kein Problem für den Flitzer dar, aber ich mache mir ein wenig Sorgen um unsere Gäste.«

»Gegen das Wetter können wir nur wenig ausrichten«, sagte Sisko seufzend. »Im Augenblick sieht es sogar aus, daß wir überhaupt nur sehr wenig ausrichten können, nicht wahr?«

»Ich hoffe, daß sich die Aussichten bald verbessern«, erwiderte Kira ernst. »Wir sind nicht bereit, Bajor kampflos aufzugeben.«

»Das weiß ich«, sagte Sisko. »Und genau das möchte ich vermeiden.«

Als sie sich dem Planeten näherten, kam Sahna nach vorne. »Ich hoffe, ich störe Sie nicht bei der Arbeit«, entschuldigte sie sich. »Aber das ist der erste Planet, den ich in meinem Leben sehe. Darf ich zuschauen?«

»Natürlich«, sagte Kira. »Ich muß Ihnen wohl nicht ausdrücklich sagen, daß Sie keine der Kontrollen berühren sollten.« Sie wandte ihre Aufmerksamkeit wieder den Instrumenten zu. »Von hier aus kann man sogar schon unser Ziel sehen. Es ist dieser Bereich mit der runden Wolkenformation.«

»Wolken«, wiederholte Sahna nachdenklich. »Ach ja, Ansammlungen von winzigen Wassertröpfchen in der Atmosphäre. Dieses Phänomen ist mir nur theoretisch bekannt.«

»Nun, es wird schon bald zu einer konkreten Erfahrung werden«, teilte Kira ihr mit. »Wir werden einen Teil der Wolken durchfliegen.«

»Ist das nicht sehr gefährlich?« fragte Sahna besorgt.

»Nein«, beruhigte Kira sie und grinste dann. »Es könnte sogar recht lustig werden.«

Sahna beobachtete gebannt, wie der Flitzer in die

Atmosphäre von Bajor eintrat. Das kleine Schiff schüttelte sich leicht, die Schilde glühten unter der Hitzeeinwirkung auf, und neben dem Gefährt bildeten sich leuchtende Spuren. Tork stieß einen unterdrückten Schrei aus, doch als Sisko sich umblickte, sah er, daß der Schwarmmeister sich immer noch unter Kontrolle hatte. Er machte wirklich große Fortschritte.

Nach einer Weile erreichten sie den Rand des Wolkenwirbels, worauf nur noch ein undurchdringliches Weiß zu sehen war. Sahna seufzte enttäuscht.

»Wir werden bald wieder etwas sehen können«, versicherte Sisko ihr. »Wir landen schon in wenigen Minuten. Es wäre vielleicht besser, wenn Sie wieder auf ihren Platz zurückkehren würden.«

»Wenn Sie darauf bestehen, Captain«, sagte sie bedauernd, ging jedoch wieder zu Tork und Dax zurück.

»Wir haben Landeerlaubnis bekommen«, meldete Kira. »Und ein Empfangskomitee wartet bereits auf uns, wie ich feststelle.« Sie verzog das Gesicht. »Ich hoffe, es wird nicht zu förmlich.«

Als sie die untersten Wolkenschichten durchstießen, breitete sich unter ihnen die bajoranische Hauptstadt aus. Tork und Sahna keuchten gleichzeitig auf, wenn auch aus völlig unterschiedlichen Gründen. Für einen kurzen Augenblick sah es aus, als wollte Tork sich einrollen, doch dann gelang es ihm, sich wieder ein wenig zu entspannen.

»Das ist... sehr beunruhigend«, gab er zu.

»Ich würde den Flug sofort noch einmal mitmachen«, rief Sahna begeistert.

Dann gingen sie über den Regierungsgebäuden tiefer. Die Aussicht war zweifellos spektakulär, als sie über die wiederaufgebaute Stadt hinwegflogen. Sie unterschied sich erheblich von dem, was Sisko vor drei Jahren hier gesehen hatte. Damals waren die Gebäude als halbe Ruinen und völlig ausgeplündert von den Cardassianern zurückgelassen worden. Inzwischen hatte man umfangreiche Renovierungsarbeiten durchgeführt. Die Tempel – die größten und prächtigsten Gebäude der Stadt – erstrahlten wieder in ihrem früheren Glanz. Die Brücken waren repariert worden, und die Gärten, die die Bajoraner so liebten, standen in voller Blüte.

Doch all das würde vielleicht schon bald nicht mehr existieren.

»Die Bajoraner sind sehr stolz auf ihre Architektur«, sagte Dax zu Sahna. »Sie betrachten das Errichten von Gebäuden als hohe Kunst.«

»Das glaube ich gerne«, erwiderte Sahna. »Es ist ein hübscher Anblick.«

Das Dach des Regierungsgebäudes tauchte direkt unter ihnen auf, und Kira setzte den Flitzer geschickt in einer sanften Landung auf. Nachdem sie die Maschinen deaktiviert hatte, öffnete sie die Luftschleuse.

»So, da wären wir«, brummte Sisko. Er stand auf und ging zu den anderen. »Sind Sie beide für den Ausstieg bereit?«

Tork holte tief Luft. »Es dürfte kaum einfacher werden, wenn wir warten«, sagte er. »Bringen wir es hinter uns, Captain.«

Sisko nickte und führte die Gruppe nach draußen.

Tork folgte ihm nervös und hielt sich beim Aussteigen am Rahmen der Schleuse fest. Er keuchte auf und erschauderte, als er nach oben in den offenen Himmel blickte. »Das ist so… unnatürlich«, stieß er mühevoll hervor. »Es gibt kein Dach.«

»Das ist völlig natürlich«, erwiderte Sisko. Doch genau das war das Problem: Tork war überhaupt nicht an eine natürliche Umgebung gewöhnt.

»Es ist… erschreckend«, bemerkte Tork. »Aber ich werde es ertragen.« Er lief neben Sisko auf den Eingang in der Nähe zu. Daneben warteten fünf

Gestalten. »Sind das die Vertreter des bajoranischen Volkes?«

Sisko nickte. »Sie möchten Sie zu Ihrer Ankunft begrüßen.« Er kniff leicht die Augen zusammen, als er die Gruppe musterte. Er erkannte Shakaar auf den ersten Blick und neben ihm Kai Winn. Es war zu erwarten, daß sie sich bei dieser Gelegenheit sehen lassen würde. Zwei der Gestalten waren Eskorten, aber die fünfte…

»Jaro!« rief Sisko. »Ich hatte nicht damit gerechnet, Sie noch einmal wiederzusehen.«

»Zumindest nicht außerhalb einer Gefängniszelle«, fügte Kira hinzu, als sie ebenfalls zur Gruppe gestoßen war.

»Auch ich freue mich, Sie wiederzusehen«, murmelte Jaro mit falscher Höflichkeit. »In dieser Stunde der Not sind wir alle in erster Linie Patrioten.«

Kira funkelte ihn an. »Sie sind in erster Linie Abschaum«, fauchte sie. Shakaar legte ihr eine Hand auf den Arm, doch sie schüttelte sie ab. »Wie konntest du auch nur in Erwägung ziehen, mit ihm zusammenzuarbeiten?« schrie sie ihren alten Freund an.

»Weil er recht hat, Nerys«, antwortete Shakaar ruhig. »In dieser schwierigen Zeit kommt es darauf an, daß wir zusammenarbeiten.«

Kira warf ihm einen vernichtenden Blick zu. »Dann solltest du darauf achten, ihm niemals den Rücken zuzukehren«, schnappte sie. »Denn es könnte geschehen, daß plötzlich ein Messer darin steckt.«

»Wie es scheint, werden diese Verhandlungen einen sehr anregenden Verlauf nehmen«, stellte Jaro fest.

»Bitte, meine Kinder!« sagte Kai Winn und hob die Hände. »Können wir unseren fremden Besuchern nicht das Bild von Einigkeit und Frieden vermitteln?« Sie lächelte sanft. »Schließlich sind wir alle gekommen, um sie zu begrüßen und über das anliegende

Problem zu reden. Das wird uns nicht gelingen, wenn wir unsere internen Streitigkeiten austragen.«

»Die Kai hat recht«, sagte Sisko. Auch ihm gefiel es nicht, daß Jaro dabei war, aber offenbar gab es im Augenblick keine Alternative. »Wollen wir hineingehen?« fragte er und blickte zum dunkler werdenden Himmel hinauf. »Wie es aussieht, könnte es hier draußen demnächst recht naß werden.«

»Natürlich«, stimmte Shakaar zu. »Bitte, folgen Sie mir.« Er nickte Tork und Sahna zu und führte sie dann ins Innere des Gebäudes. Nach wenigen Augenblicken hatten sie die Versammlungsräume der Regierung erreicht. Die zwei Wachen bezogen Posten an der Tür, und Shakaar führte die anderen hinein.

Der Raum wurde von einem großen Konferenztisch beherrscht. Die gegenüberliegende Wand bestand vollständig aus Glas oder einem anderen durchsichtigen Material, so daß man einen weiten Blick über die Stadt hatte. Diesmal zuckte Tork nicht einmal zusammen, als er das Panorama sah.

Außer ihnen war bereits etwa ein Dutzend weiterer Bajoraner versammelt, die sie ausnahmslos mit ernster Miene empfingen. Sisko erkannte niemanden wieder, was ihn allerdings nicht überraschte. Auf Bajor kamen und gingen Politiker in raschem Wechsel. Auch wenn die Regierung sich unter Shakaars und Kai Winns strenger Kontrolle erheblich stabilisiert hatte, war das bajoranische Volk nicht sehr glücklich mit der Richtung, in die ihre Welt sich bewegte. Nur wenige Amtsinhaber wurden für eine zweite Wahlperiode bestätigt.

Wie Sisko verlangt hatte, waren zwei Sitzbretter für Tork und Sahna angefertigt worden. Sie ließen sich dankbar darauf nieder, während die anderen auf den Stühlen Platz nahmen. Shakaar saß am Kopfende des Tisches, mit Winn zu seiner Linken und Jaro zu seiner

Rechten. Sisko, Dax und Kira wurden hinter den Vertretern des Schwarms plaziert, was bedeutete, daß sie nur dann redeberechtigt waren, wenn sie direkt dazu aufgefordert wurden.

»Zuallererst«, sagte Shakaar förmlich, »möchte ich Schwarmmeister Tork für seine Bereitschaft danken, an diesem Gespräch teilzunehmen. Uns ist bewußt, daß es für ihn mit erheblichen Unannehmlichkeiten und Schwierigkeiten verbunden ist, wofür wir ihm unser besonderes Verständnis aussprechen möchten.«

»Es freut mich, daß ich hier bin«, erwiderte Tork. »Und ich hoffe, daß unsere Gespräche erfolgreich sein werden.«

»Wir ebenfalls«, stimmte Shakaar in etwas ernsterem Tonfall zu. »Zum Wohl unser beider Völker wollen wir beten, daß wir zu einer Einigung gelangen. Als erstes muß ich Sie fragen: Ist es wahr, was wir von Captain Sisko hörten, daß Ihr Volk beabsichtigt, mit Ihrem Schiff nach Bajor zu kommen, um den Planeten zu absorbieren, wie Sie es bereits mit unserer Kolonie auf Darane Vier getan haben?«

Tork verneigte leicht den Kopf und sagte: »Bedauerlicherweise ist es so. Die Schwarmschiffe benötigen nach der Teilung neue Vorräte. Nur eine Welt, die eigenes Leben hervorgebracht hat, ist für unsere Bedürfnisse geeignet, und Bajor ist die nächstgelegene der geeigneten Welten.«

»Es ist genauso, wie wir befürchtet haben«, knurrte einer der Minister. »Sie kommen, um unsere *Pagh* zu rauben. Wir müssen gegen diese Dämonen kämpfen!«

»Bitte!« sagte Winn in ihrer aufreizend versöhnlichen Art. »Wir sind nicht hier, um anzuklagen, sondern um miteinander zu reden.« Sie drehte sich zu Tork um. »Und wie könnten wir Sie davon überzeugen, nicht nach Bajor zu kommen?«

»Das weiß ich nicht«, antwortete er. »Die Gemeinschaft der Schwarmmeister hat sich auf diese Vorgehensweise festgelegt. Ich sehe keine Möglichkeit, wie sie von diesem Vorhaben abzubringen wäre. Wenn es nach mir ginge, würde ich mich für Ihre Interessen einsetzen. Ihre Welt ist hoch entwickelt, und Sie erscheinen mir nicht als ausgesprochen wahnsinnig. Aber ich bin nur eine Stimme, die vermutlich nicht weiter beachtet wird.«

»Welchen Sinn hat dann dieses Treffen?« rief Jaro. »Wenn wir nichts ausrichten können, um das drohende Schicksal abzuwenden, warum sind Sie dann hier?«

»Um Ihnen Hilfe anzubieten«, antwortete Tork überrascht. »Wir werden Ihnen Schiffe zur Verfügung stellen und Sie beim Bau einer Weltraumkolonie unterstützen. Wir würden Ihnen sogar helfen, auf eine andere Welt umzusiedeln, falls das Ihr Wunsch ist.«

»Umsiedeln?« fragte Shakaar fassungslos. »Sie haben keine Ahnung, was Sie von uns verlangen. Wir könnten Bajor niemals verlassen.«

Tork begann zu zittern. »Aber Sie *müssen* es tun!« drängte er. »Wenn Sie nicht gehen, werden Sie ausgelöscht, wenn das Schwarmschiff Ihre Welt absorbiert. Sie können nicht hierbleiben.«

Shakaar sprang auf. »Wir können nicht gehen!« rief er. »Sie sind es, die nichts verstehen! Einhundert Jahre lang haben die Cardassianer über unseren Planeten geherrscht und unser Volk mit Füßen getreten. Wir haben jeden Zentimeter dieser Welt zurückerobert. Es ist unsere Welt, und niemand von uns wird jetzt ohne weiteres fortgehen, um sie Ihnen zu überlassen. Wenn Ihr Schwarmschiff zu uns kommt, werden wir kämpfen, solange noch mindestens ein Bajoraner am Leben ist. Wenn wir sterben, dann sterben wir mit unserer Welt.«

»Das ist Wahnsinn!« rief Tork sehr aufgeregt. »Es ist unlogisch, für eine Handvoll Dreck zu sterben!«

»Es mag unlogisch sein«, warf Jaro ein. »Aber wir sind Bajoraner! Das hier ist unsere Heimat. Wir werden sie verteidigen oder beim Versuch umkommen. Sie werden nicht einmal eine Handvoll Dreck bekommen, wenn Sie nicht zuvor uns alle umgebracht haben!«

Tork schüttelte langsam den Kopf. »Nein«, protestierte er. »Das kann nicht sein. Ich flehe Sie an, tun Sie es nicht! Lassen Sie sich von uns helfen, eine neue Heimat für Sie zu finden.«

»Für uns kann es keine andere Heimat geben«, sagte Kai Winn. Auch sie stand auf. »Das hier ist unsere einzige Heimat. Die Propheten haben es uns bestätigt. Wir könnten sie gar nicht verlassen, selbst wenn wir es wollten. Diese Welt und dieses Volk sind durch den Glauben untrennbar miteinander verbunden. Die Propheten werden uns beschützen.« Sie blickte Sisko an. »Der Gesandte wird uns beschützen. Ihre Pläne werden scheitern, weil sie aus ungläubigen und bösen Gedanken geboren wurden.«

»Es lebe der Patriotismus!« murmelte Kira leise.

Tork war nun völlig verwirrt und starrte in die feindseligen, unversöhnlichen Gesichter im Raum. »Sie müssen zur Vernunft kommen«, appellierte er an sie. »Wir möchten, daß sie weiterleben. Wir haben nicht die Absicht, Sie zu töten.«

»Wenn Sie darauf bestehen, Ihren Plan durchzuführen«, teilte Shakaar ihm kühl mit, »dann werden Sie uns töten *müssen.* Jeden einzelnen Bajoraner, der auf dieser Welt lebt. Wenn Sie es können.« Sein Gesicht war vor Wut verzerrt. »Und wenn wir sterben, werden wir Sie und Ihr gesamtes Volk verfluchen.«

»Sie scheinen über ein Gewissen zu verfügen«, fügte Winn hinzu. »Können Sie mit der Gewißheit leben, daß Sie für den Tod einer gesamten Spezies verantwortlich sind?«

»Aber dazu besteht doch gar keine Notwendigkeit!« protestierte Tork.

»Sie machen es zu einer Notwendigkeit«, erwiderte Shakaar.

»Es ist doch nur ein Planet!« rief Tork. »Eine Kugel aus Fels, Erde und Wasser. Es lohnt sich nicht, dafür zu sterben.«

»Es ist unsere Heimat«, sagte Jaro. »Es lohnt sich nicht weiterzuleben, wenn sie nicht mehr existiert.«

In diesem Augenblick schien der Himmel stockfinster zu werden, und ein Blitz zuckte deutlich sichtbar über den Himmel. Tork stieß einen erstickten Angstschrei aus, noch bevor der laute Donnerknall den Raum erreicht hatte. Dann schrie er wieder und stürzte zu Boden.

»Sehen Sie?« heulte er. »Es ist Wahnsinn, auf einem Planeten zu leben! Hier herrschen unvorhersehbare Gewalten. Sie sind allesamt verrückt, wenn Sie hier leben wollen!«

Es blitzte ein zweites Mal, worauf Tork sich zu einer Kugel zusammenrollte, so daß nur noch sein Panzer zu sehen war.

Sisko starrte auf den katatonischen Alien und seufzte. Diese Besprechung hätte kaum einen schlimmeren Verlauf nehmen können. Torks ohnehin strapazierte Nerven hatten schließlich versagt, worauf er sich aus der nicht mehr erträglichen Wirklichkeit zurückgezogen hatte. Sisko blickte sich zu Sahna um, die nervös wirkte, aber nicht in Panik verfallen war.

»Er wird sich bald erholen«, versprach sie. »Dieses… Wetter… ist einfach zuviel für ihn.«

»Es scheint ohnehin wenig Sinn zu haben, dieses Gespräch fortzusetzen«, sagte Shakaar. »Ihr Entschluß scheint unverrückbar festzustehen, genauso wie unserer. Offenbar bleibt uns kein anderer Ausweg als der Krieg.«

»Ich wünschte mir, es gäbe eine andere Lösung«, sagte Sahna bedauernd. »Ich glaube nicht, daß es richtig ist, diesen Planeten zu zerstören. Sie haben eine wunderbare Zivilisation, und es würde mir leid tun, wenn sie vernichtet würde.«

»Dazu muß es nicht kommen«, sagte Jaro gelassen. »Es gibt noch eine Möglichkeit.«

»Und welche wäre das?« fragte Shakaar.

»Diese.« Jaro zog eine Waffe aus seinem Gewand und richtete sie auf Sahna. »Wir haben jetzt zwei der Aliens in unserer Gewalt. Wenn der Schwarm nicht verspricht, den Angriff abzubrechen, werden wir sie beide töten.«

22

Was versprechen Sie sich davon?« rief Sisko und sprang auf. Er starrte auf die kleine Energiewaffe, die Jaro in der Hand hielt. Eigentlich hätte sie bemerkt werden müssen, als er das Regierungsgebäude betreten hatte. Offensichtlich hatte Jaro sogar unter Shakaars Personal seine Anhänger.

»Das habe ich bereits erklärt«, erwiderte Jaro gereizt. »Ich versuche Bajor zu retten.« Er schwenkte die Waffe. »Jetzt haben wir zwei Geiseln.«

»Sie stehen unter dem Schutz von Starfleet«, protestierte Sisko. »Ich habe ihnen sicheres Geleit versprochen, und ich beabsichtige, mein Wort zu halten.«

»Es sind Mörder und Räuber«, sagte Jaro. »Sie sind ihnen gar nichts schuldig.«

»Ich habe ihnen mein Wort gegeben«, knurrte Sisko und trat einen Schritt vor.

Jaro bewegte die Waffe ein Stück zur Seite, bis sie genau zwischen Sahna und Sisko zielte. »Captain, tun Sie nichts Unüberlegtes!« forderte er ihn auf. »Ich habe nicht die Absicht, Ihnen etwas anzutun.«

»Das überrascht mich«, entgegnete Sisko. »Denn ich verspüre den starken Drang, Ihnen sämtliche Knochen zu brechen.«

»Ich tue es nur, um meine Welt zu retten«, rechtfertigte sich Jaro, dessen Blick ständig zwischen Sisko und Sahna wechselte. Das hatte zur Folge, daß er nicht bemerkte, wie Shakaar sich ihm von hinten näherte.

Die Finger des ehemaligen Rebellen schlossen sich um Jaros Handgelenk und rissen die Waffe nach oben. Gleichzeitig versetzte Shakaar ihm einen heftigen Schlag gegen den Hals. Mit einem schockierten und schmerzvollen Keuchen ließ Jaro die Waffe los und kippte vornüber auf den Konferenztisch. Shakaar nahm die Waffe an sich und warf sie dann in den nächsten Abfallbehälter.

»Die Aliens sind als diplomatische Botschafter zu uns gekommen«, knurrte er, während Jaro sich wieder aufzurichten versuchte. »Ihr Verhalten ist inakzeptabel, und ich werde es nicht tolerieren.«

Jaro blickte ihm in die Augen, während er sich den Hals rieb. »Dafür werden Sie mir büßen«, zischte er.

»Hören Sie auf!« gab Shakaar zurück. »Haben Sie nichts Besseres auf Lager als leere Drohungen? Ich habe vorerst genug von Ihnen. Ich denke, Sie sollten jetzt gehen.« Er blickte vielsagend auf die Tür.

Jaro funkelte den Premierminister wütend an, während er loshumpelte. »Das werden Sie noch bereuen«, sagte er. »Wenn wir sie als Geiseln genommen hätten, hätten wir Bajor vielleicht retten können.«

»Glauben Sie wirklich, der Schwarm hätte seine Pläne nur wegen zweier unbedeutender Geiseln geändert?« fragte Shakaar. »Das ist völliger Unsinn. Und selbst wenn – ich wäre nicht bereit, uns auf diese Art und Weise zu entwürdigen.«

Dax ging zu Sahna. »Tork hat gefragt, ob wir nicht alles tun würden, um unsere Welt zu retten. Sie können ihm sagen, daß es etwas gibt, das wir niemals tun würden: nämlich unser Wort zu brechen.«

Sahna nickte. »Sie haben sehr ehrenhaft gehandelt«, gab sie zu. »Es ist mir gleichgültig, was die Schwarmmeister sagen. Ich weiß, daß die Bajoraner nicht wahnsinnig sind. Auch wenn ich ihre Liebe zu diesem Materieklumpen, den sie als Heimat bezeichnen, nicht verstehe, so erkenne ich doch, daß diese Überzeugung weder ihre Integrität noch ihren Mut beeinträchtigt.«

»Diese Besprechung ist beendet«, verkündete Shakaar. »Es betrübt mich, daß wir keinen Kompromiß erzielen konnten, Sahna, aber die Situation scheint bereits zu festgefahren. Sie müssen mir verzeihen, aber ich muß mich jetzt darauf vorbereiten, gegen Ihr Volk Krieg zu führen.«

Sahna neigte den Kopf. »Falls es Ihnen etwas bedeutet«, sagte sie ernst, »kann ich Ihnen versichern, daß Sie meine Sympathie haben.« Sie wandte sich an Sisko. »Ich entbinde Sie von Ihrem Versprechen, Captain. Ich werde nicht zum Schwarm zurückkehren.«

Sisko runzelte die Stirn. »Wie meinen Sie das?«

»Ich meine, daß ich hierbleiben werde, auf Bajor, aus eigenem, freiem Entschluß«, sagte Sahna und sah ihn unverwandt an. »Vielleicht verstehe ich dieses Volk nicht, aber ich empfinde aufrichtiges Mitgefühl. Bajor hat es nicht verdient, vernichtet zu werden, und wenn der Schwarm den Planeten zerstören will, dann wird man auch mich töten müssen.« Sie wandte sich an Shakaar. »Ich bedaure, daß ich nichts tun kann, um Ihrem Volk zu helfen, aber ich werde ihm auch keinen Schaden zufügen. Ich werde bei Ihnen sein, wenn der Schwarm eintrifft.«

Kira schüttelte den Kopf. »Das ist sehr ehrenhaft und mutig von Ihnen Sahna«, sagte sie. »Aber auch sehr dumm. Sie erreichen nichts, wenn Sie Ihr Leben auf diese Weise wegwerfen.«

»Ganz im Gegenteil«, erwiderte Sahna. »Ich werde meinem Volk als Beispiel dienen. Ich glaube daran, daß die Entscheidung, Bajor zu absorbieren, abscheulich ist, und ich protestiere mit meinem Leben dagegen. Es hat keinen Sinn, mich umstimmen zu wollen, denn mein Entschluß steht fest.«

»Und was ist mit Tork?« fragte Sisko behutsam.

»Wie wird er Ihrer Meinung nach diese Entscheidung auffassen?«

Sahna zuckte die Schultern. »Sie wird ihm nicht gefallen, Captain«, gab sie zu. »Aber auch er kann mich nicht von meinem Entschluß abbringen.« Sie lächelte. »Vielleicht verschafft es ihm einen zusätzlichen Ansporn, nach einer Lösung des Problems zu suchen.«

»Falls er nicht einfach durchdreht«, warf Dax ein.

»Ich tue, was ich tun muß«, sagte Sahna. »Ich kann nicht anders.«

Shakaar trat zu den anderen. »Ich danke Ihnen für diese Geste der Unterstützung«, sagte er zu ihr. »Es wäre mir eine Ehre, sie als meinen Gast zu beherbergen, solange es notwendig ist.«

»Vielen Dank.« Sahna blickte auf den immer noch zusammengerollten Tork. »Ich muß hier abwarten, bis Tork sich erholt hat, und ihn dann über meinen Entschluß informieren. Dann werde ich Sie liebend gerne begleiten.«

Sisko sackte im Sessel zusammen. »Es ist verrückt!« murmelte er. Sahna war bereit, für Ihre Überzeugung zu sterben, genauso wie das gesamte bajoranische Volk. Und Tork schien überzeugt zu sein, daß eine friedliche Lösung nicht mehr in Frage kam. Gab es für sie noch andere Möglichkeiten?

Und wieviel Zeit blieb ihnen noch, um nach diesen Möglichkeiten zu suchen?

Borans Gesicht zeigte ein entzücktes Lächeln, als er in den Versammlungsraum der Meister trat. »Gute Neuigkeiten«, gab er bekannt. »Die Maschinen werden ihre Arbeiten in weniger als einem Tag abgeschlossen haben. Wir sind bereit, mit der Aufteilung der Bevölkerung zu beginnen.«

»Ausgezeichnet«, sagte Dron und erhob sich. »Sie und Ihre Leute haben Wunder bewirkt, Boran. Man wird Ihre Verdienste lobend zur Kenntnis nehmen.« Er sah sich zu den übrigen Schwarmmeistern um. Raldar war nicht anwesend, und Dron fand, daß es das Beste war, wenn er eine Weile außer Sichtweite blieb. Tork hielt sich immer noch bei den Aliens auf. Ansonsten waren sie vollzählig. »Makarn, Ihren Bericht, bitte!«

Der Wissenschaftsmeister stand auf. »Die.. äh... spezielle Berufung ist erfolgt, und die Resultate können auf Ihren Befehl, Großer Schwarmmeister, unverzüglich an alle Computer überspielt werden. Die Bevölkerung wurde in zwei Hälften aufgeteilt und ihren neuen Lebensräumen zugewiesen.«

»Ausgezeichnet«, bemerkte Dron nickend. »Dann werden Sie unmittelbar im Anschluß an dieses Treffen die Informationen weiterleiten. Die Konferenz wird in Kürze beendet sein. Jeder wird sich ohne Verzögerung auf seinen neuen Posten begeben, um die Trennung zu vollziehen. Jetzt zu den Dingen, die für uns von größter Bedeutung sind.« Er rückte seinen Computer auf dem Tisch zurecht. »Ich habe eine weitere Berufung veranlaßt, um unsere Aufgaben für jeden neuen Schwarm zu verteilen. Ich werde natürlich der Meister dieses Schwarms bleiben. Pakat, Sie werden zum neuen Großen Meister des zweiten Schwarms.«

Pakat wirkte erstaunt und verblüfft, doch gleichzeitig sehr zufrieden. »Vielen Dank, Großer Schwarmmeister!« rief er. »Mit dieser Ehre habe ich nicht gerechnet.«

»Aber Sie haben sie sich verdient«, teilte Dron ihm mit. Von den Anwesenden kam ein zustimmendes Gemurmel – an dem sich Hosir offensichtlich nicht beteiligte. »Premon und Makarn werden zu Ihnen in den neuen Schwarm wechseln. Ihre drei Untergebenen werden Ihre bisherigen Posten in diesem Schwarm übernehmen. Boran und Raldar werden hier bei mir bleiben, und ihre Vertreter werden die neuen Meister für Industrie und Wissenschaft für Ihren Schwarm werden.«

»Ich hatte gedacht«, bemerkte Hosir, »daß die Schwarmmeister durch die Berufung bestimmt und nicht ernannt werden. Dennoch befördern Sie Untergebene auf Machtpositionen, zu denen sie gar nicht bestimmt wurden. Andere könnten diese Vorgänge als despotische Entscheidungen betrachten, sollten Sie wissen.«

»Damit hat das überhaupt nichts zu tun«, erwiderte Dron gereizt. »Wir leben in außergewöhnlichen Zeiten. Der Große Plan wird vollendet. Wir haben nicht genügend Zeit, um die Berufung entscheiden zu lassen, wer für die Posten am besten geeignet ist. In Kürze befinden wir uns möglicherweise im Krieg mit diesen wahnsinnigen Aliens, und wir müssen auf alles vorbereitet sein. Es handelt sich hierbei um einmalige Maßnahmen, die verhindern sollen, daß wir unvorbereitet überrascht werden.«

»Und was ist mit mir?« fragte Hosir trocken. »Soll ich vielleicht in der Mitte halbiert werden und beiden Schwärmen zugeteilt werden?«

»Ich wünschte mir, wir könnten Sie halbieren«, erwiderte Dron ohne jede Ironie. »Dann würden beide Schwärme von Ihrer Weisheit profitieren«, fügte er als Lüge hinzu. »Doch Sie werden Pakats Berater im neuen Schwarm. Ich schätze, Ihr wacher Verstand wird ihm dort von großem Nutzen sein.«

»Und Ihnen wird es sicher sehr angenehm sein, meinen Verstand dort zu wissen, möchte ich wetten«, erwiderte Hosir. Er trommelte mit den Fingern auf den Tisch und lächelte dann. »Ich stelle fest, daß Sie noch nicht erwähnt haben, was mit Tork geschehen wird. Haben Sie ihn bereits aufgegeben?«

»Nein«, log Dron. »Für mich bestand lediglich kein

Anlaß, über ihn zu sprechen, da er nicht anwesend ist. Doch wenn Sie es unbedingt wissen wollen: Er wird in diesem Schwarm bleiben.«

Hosir nickte. »Ich hoffe, Sie finden eine gute Aufgabe für ihn«, stichelte er. »Andernfalls wird ihm möglicherweise langweilig. Und gelangweilte Hände werden magisch von Schwierigkeiten angezogen, wie es in den Schriften heißt.« Mit gerunzelter Stirn täuschte er Nachdenklichkeit vor. »Ist es nicht so? Tork scheint zu glauben, daß in den Schriften einige Fehler stecken.«

»Wenn er das tut«, sagte Boran entschieden, »sollte er diszipliniert werden. Die Schriften sind ohne Makel.«

»Natürlich«, pflichte Dron ihm bei. »Das wissen wir alle.«

»Ja«, sagte Hosir auf seine trockene Art. »So scheint es.« Er lächelte verbindlich in die Runde.

»Und jetzt«, sagte Dron, »ist die Stunde unseres Schicksals gekommen. Makarn, geben Sie das Zeichen, daß wir beginnen. In Kürze werden wir zwei Schwärme sein. Der Große Plan nimmt Gestalt an. Wir alle sind privilegiert, daß wir in diesen aufregenden Zeiten leben dürfen!«

Im Beratungsraum der Regierung war es still geworden. Alle Bajoraner waren gegangen, einschließlich Kira, die sich über den Zustand der Verteidigungskräfte auf dem laufenden halten wollte. Nur Dax, Sahna und Tork, der nach wie vor im Koma lag, waren noch bei Sisko, und niemand von ihnen hatte das Bedürfnis nach einem Gespräch. Sahna wartete an der Seite des zusammengerollten Tork ab. Sisko beobachtete durch das große Fenster, wie der Sturm über die Stadt hinwegfegte.

Das Wetter paßte sehr gut zu dem Kampf, der in

ihm tobte. Er konnte keinen Ausweg aus diesem Problem erkennen, aber er wußte, daß es an ihm lag, etwas zu unternehmen. *Warum ich?* fragte er sich. *Warum bin ich für die Bajoraner immer wieder derjenige, der all ihre Prophezeiungen erfüllen und den Karren aus dem Dreck ziehen soll?* Wie sollte er jetzt plötzlich eine Lösung aus dem Ärmel zaubern? Trotzdem... es war genau das, wozu er ausgebildet worden war. Bereits als er Starfleet beigetreten war, hatte er sein Leben und seine Fähigkeiten in den Dienst der Sache gestellt. Es war seine Verantwortung, das Unmögliche möglich zu machen – oder es zumindest zu versuchen.

Es *mußte* einfach einen Ausweg geben, etwas, das er tun konnte. Er konnte nicht einfach abwarten, daß Bajor vernichtet wurde. Die einzige Möglichkeit, die er sah, wäre ein Angriff auf den Schwarm, um zu versuchen, ihn zu zerstören. In jedem Fall lief es auf einen Genozid hinaus. Und das war für ihn keine sinnvolle Lösung – weder in Hinsicht auf seine persönliche Philosophie noch auf die Starfleet-Direktiven. Und das wiederum bedeutete, daß er eine andere Lösung finden mußte.

Eine Lösung... »Dax«, sagte er leise. »Wir müssen reden.«

»Natürlich, Benjamin.« Sie kam zu ihm herüber. »Was gibt es?«

»Der Schwarm benötigt Ressourcen zum Überleben«, sagte er langsam. »Wie es aussieht, in erster Linie Pflanzen zur Ernährung und andere botanische Erzeugnisse, die sich nur auf einem lebenden Planeten finden lassen. Gibt es irgendeine Möglichkeit, wie wir dem Schwarm die biologischen Rohstoffe verschaffen, die er benötigt? Was die mineralischen Ressourcen betrifft, könnten sie genausogut Planeten ohne Leben auseinandernehmen.«

»Vielleicht«, erwiderte Dax zweifelnd. »Aber wir würden eine gewaltige Menge an Ressourcen benötigen, um die Vorräte zweier Schwarmschiffe aufzufüllen. Dazu würden wir Monate brauchen, vielleicht sogar ein Jahr. Und nach allem, was wir wissen, scheinen die Bedürfnisse des Schwarms keinen solchen Aufschub zu dulden. Ich glaube nicht, daß man damit einverstanden wäre, so lange zu warten.«

Sisko seufzte. »Du hast vermutlich recht. Aber könntest du diesen Vorschlag trotzdem ausarbeiten, um zu sehen, wie er sich praktisch durchführen ließe? Und weitere Möglichkeiten erkunden, die dir einfallen, mit denen wir vielleicht etwas Zeit gewinnen, um einen besseren Vorschlag zu entwickeln?«

»Natürlich, Benjamin«, sagte Dax und kehrte an ihren Platz zurück, um sich mit ihrem Tricorder zu beschäftigen.

Ein greller, zuckender Blick erhellte den Himmel. Sisko begann unwillkürlich zu zählen, und bei ›drei‹ folgte das Donnergrollen, das die Fensterscheibe vor ihm erzittern ließ. Es war ein heftiger Sturm. Zumindest lenkte er ihn ein wenig von seinen Problemen ab.

An der Tür wurde ein leises Klopfen hörbar. Sisko war gleichzeitig verärgert über die Störung und dankbar, daß er aus seinen trüben Gedanken gerissen wurde. »Herein!« rief er.

Yarkas hochgewachsene Gestalt trat in den Raum. Er wirkte müde und ausgezehrt, was Sisko nicht überraschte. »Gesandter«, sagte er zur Begrüßung. »Ich hoffe, Ihre Meditation über die Worte der Propheten hat mehr ergeben als meine Versuche.«

Sisko lachte säuerlich. »Wohl kaum. Ich habe nicht die geringste Idee, Vedek. Ich wünschte, ich könnte Ihnen etwas anderes sagen, aber meine Grübeleien haben nichts erbracht.«

Yarka kam näher. »Sie werden den Weg erkennen«,

sagte er. »Denn Sie sind derjenige, der uns beschützt.« Er schien völlig von dieser Tatsache überzeugt. »Botschafter, es ist doch sicherlich kein Zufall, daß sich im Augenblick zwei Fremde in Ihrer Gesellschaft befinden.«

»Zwei werden bekehrt«, murmelte Sisko, als er sich Andakis Worte ins Gedächtnis rief, die er vor einer Weile gehört hatte. Eine vage Hoffnung schlich sich in seine Gedanken. »Sahna hat erklärt, daß sie auf der Seite Ihres Volkes steht. Tork jedoch nicht – weil er es gar nicht könnte.«

»Vielleicht wird er es tun, wenn er sich erholt hat?« mutmaßte Yarka.

»Selbst wenn«, entgegnete Sisko, »so hätte es nur wenig zu bedeuten. Was können diese zwei ausrichten, um uns zu helfen? Ich glaube nicht, daß sie den Schwarm aufhalten können, indem sie ihn darum bitten.«

»Die Propheten haben gesprochen«, sagte Yarka mit unerschütterlichem Glauben. »Doch der Sinn ihrer Worte entzieht sich meinem Verständnis. Ich bin nur ein Vedek. Sie sind der Gesandte, also werden Sie vielleicht schon bald die Wahrheit klar und deutlich erkennen.«

»Klar und deutlich?« wiederholte Sisko mit einem ironischen Lachen und deutete auf den Sturm. »Die Wahrheit ist für mich genauso undurchdringlich wie diese Wolken.«

»Doch hinter den Wolken ist Licht«, warf Yarka ein. »Es kommt nur darauf an, hinter die Oberfläche zu blicken. Das ist alles.«

»Ich wünschte mir, ich besäße Ihre Zuversicht, Yarka«, sagte Sisko.

»Ruhe, bitte«, sagte Sahna plötzlich und blickte sich um. »Tork kommt wieder zu sich.«

Sisko sah, daß sich tatsächlich ein kleiner Spalt in

Torks Panzer gebildet hatte, während er sich langsam entrollte. Wenig später erhob sich der erschütterte Schwarmmeister auf wackligen Beinen. Er blickte nach draußen auf den tobenden Sturm und schüttelte sich.

»Ich muß mich für mein Verhalten entschuldigen«, sagte er. »Aber es wurde einfach zuviel für mich.«

»Sie waren außerordentlich mutig«, erwiderte Sisko. »Ich bin sehr von dem beeindruckt, was Sie geleistet haben. Doch es genügt noch nicht.«

Tork nickte. »Ich weiß. Wie es scheint, habe ich die Situation völlig falsch eingeschätzt. Die Bajoraner werden ihre Welt niemals aufgeben, nicht wahr?«

»Niemals«, sagte Yarka entschieden. »Sie ist unsere Heimat, die Heimat, die uns von den Propheten gegeben wurde. Ihr Licht wird ohne Zweifel auch Ihre Seele erhellen, und Sie werden ebenso bekehrt werden, wie Ihre Gefährtin bekehrt wurde.«

»Bekehrt?« fragte Tork verwirrt. »Was meinen Sie damit.«

Sahna strich zärtlich über seinen Panzer. »Liebster, ich habe eine Entscheidung getroffen. Ich werde hier auf Bajor bleiben und nicht mit dir zum Schwarm zurückkehren.«

Tork blinzelte, während er das Gehörte zu verstehen versuchte. »Warum?« fragte er. »Das kann nicht dein Ernst sein. Bajor soll absorbiert werden!«

»Ich weiß.« Sahna neigte den Kopf. »Es ist ein unmoralischer Akt, den ich nicht mit meinem Gewissen vereinbaren kann. Deshalb werde ich hierbleiben und mit den Bajoranern sterben.«

»Nein«, flüsterte Tork. »Sahna, wir sollen eins werden. Du kannst mich jetzt nicht im Stich lassen.«

»Ich muß tun, was ich für richtig halte«, erwiderte sie. »Tork, schau in deine Herzen. Empfindest du nicht das gleiche wie ich? Daß es viel wichtiger ist, seinen Überzeugungen zu folgen, als um jeden Preis zu überleben?«

»Natürlich«, gestand Tork ein. »Aber das ist etwas anderes.«

»Es ist das gleiche«, entgegnete Sahna. »Ich will nicht für den Tod eines einzigen Bajoraners mitverantwortlich sein. Lieber sterbe ich.« Sie lenkte ein wenig ein. »Liebster, ich will dich nicht dazu zwingen, dieselbe Entscheidung zu treffen, aber ich kann nicht anders.«

Tork litt sichtlich unter einem schweren Konflikt. »Wie soll ich dich hier zurücklassen«, fragte er. »Vor allem, wenn es deinen Tod bedeuten würde?« Er faßte sich an den Kopf. »Ich weiß nicht mehr, was ich denken soll, woran ich glauben soll.«

»Weil Sie keinen Glauben haben«, sagte Yarka in eindringlichem Tonfall. »Wenn Sie auf sich allein gestellt sind und Ihre Kräfte versagen, haben Sie nichts mehr, auf das Sie zurückgreifen können. Wir haben unseren Glauben an die Worte der Propheten. Dies gibt uns in der Not neue Kraft. Die Propheten haben versprochen, uns aus dieser Not zu erretten, und allmählich glaube ich, daß Sie unser Retter sein könnten.«

»Ich?« Tork starrte ihn fassungslos an. »Ich wüßte nicht, wie ich Ihnen helfen könnte. Meine Zukünftige hat mir offenbart, daß sie hierbleiben und sterben möchte. Ich bin nicht mit der Handlungsweise des Schwarms einverstanden, aber ich kann ihn nicht aufhalten. Das Schicksal Ihrer Welt entsetzt mich. Mein Freund, es gibt niemanden, der Ihnen weniger helfen könnte als ich.«

»Weil Sie nur an Ihre eigene Kraft denken«, entgegnete Yarka. »Ich sage Ihnen noch einmal, daß Sie eine bessere Kraftquelle benötigen.«

»Ich kenne diese Propheten nicht, von denen Sie

sprechen. Wie kann ich mich auf sie verlassen oder an sie glauben?«

In diesem Augenblick wußte Sisko die Antwort. Sie war plötzlich in seinen Gedanken aufgetaucht – als hätten die Propheten sie dort plaziert. »Dann müssen Sie den Propheten begegnen«, sagte er entschlossen. »Das ist die Antwort.«

»Was?« Tork starrte ihn an, als hätte er völlig den Verstand verloren. »Dieser Mann spricht von einer religiösen Erfahrung, die man nicht ohne weiteres heraufbeschwören kann, wenn man sie benötigt.«

»Manchmal schon«, erwiderte Sisko, der sich immer sicherer wurde, daß er auf dem richtigen Weg war. »Als ich zum ersten Mal nach Bajor kam, habe ich auch nicht an die Propheten geglaubt. Doch dann hatte ich eine Erfahrung. Ich bin mir nicht ganz sicher, ob sie religiöser Natur war, aber zumindest hat sie viele meiner Zweifel und Befürchtungen ausgeräumt. Sie hat mir ermöglicht, Frieden mit meiner Seele zu finden und wieder nach vorne zu schauen. Vielleicht wird das gleiche mit Ihnen geschehen. Yarka«, sagte er, während er sich zum Vedek umdrehte. »Wäre es möglich, daß Sie mir eine Träne ausborgen können?«

»Eine Träne?« Yarka hob eine Augenbraue. »Es könnte schwierig werden, vor allem in dieser Zeit der Krise… aber wer würde dem Gesandten einen Wunsch abschlagen?« Er zeigte ein breites Grinsen. »Ich glaube, die Propheten haben Ihnen enthüllt, wie ihre Pläne aussehen.« Er verbeugte sich und verließ hastig den Raum.

Dax löste sich vom Computerbildschirm, an dem sie gearbeitet hatte. »Was hast du vor, Benjamin?« fragte sie.

»Für meinen Plan benötige ich einen Flitzer«, erklärte Sisko. »Und eine Doppelkugel. Und Tork. Dann werden wir in das Wurmloch eindringen und versuchen, Kontakt zum Himmelstempel zu erhalten. Da ich keine Ahnung habe, wie sich dieses Problem lösen läßt, wollen wir sehen, ob die Propheten vielleicht Tork verraten, wie er es anstellen muß.«

»Glaubst du wirklich, daß es funktioniert?« fragte Dax besorgt.

»Ich hoffe es«, sagte Sisko. »Denn es ist die einzige Idee, auf die ich gekommen bin. Und ich habe dabei ein gutes Gefühl.«

»Das freut mich zu hören«, sagte Kira, die soeben in der Tür erschienen war. »Denn es könnte die letzte Idee sein, die Sie jemals haben werden. Ich habe gerade die jüngsten Neuigkeiten von *DS Nine* erfahren. Der Schwarm hat sich geteilt, und jetzt stehen beide Schiffe unter Energie. Das Ende ist nah.«

23

Auf der Brücke des schweren Kreuzers *Charak* beobachtete Gul Gavron angestrengt den Hauptsichtschirm. Sie näherten sich dem Darane-System und sollten jetzt in der Lage sein, ihr Ziel zu erfassen. »Alarm für alle Einheiten«, befahl er. »Waffensysteme bereitmachen. Schilde hochfahren und alles für einen Kontakt vorbereiten.«

Die Besatzung befolgte hastig seine Anweisungen. Auf der taktischen Anzeige konnte er die Keilformation der Flotte erkennen, die er befehligte. Seine Stunde des Ruhms stand unmittelbar bevor. Sein glorioser Sieg bei Mintos Alpha war in die Geschichtsbücher eingegangen, doch das war nun schon fast zwanzig Jahre her. Der Ruf eines Soldaten war nur so gut wie sein letzter Triumph, und Gavron hatte seit über einem Jahrzehnt keinen Feldzug mehr durchgeführt. Seine Feinde hatten sich verschworen, ihn aus jedem kriegerischen Geschehen herauszuhalten, weil sie befürchteten, er könnte zu populär werden.

Aber jetzt brauchten sie ihn. Ganz Cardassia brauchte ihn. Dieser Schwarm hatte sich ihren Heimatplaneten als nächstes Ziel ausgesucht, und nur er und seine Flotte standen bereit, die drohende Vernichtung zu verhindern.

Ausgezeichnet.

Endlich war die Stunde seines Ruhms gekommen, womit er den ersten Schritt zum Gul-Tar gemacht hatte. Jeder wußte, daß Keve allmählich senil wurde.

Mit einem größeren Sieg wie diesem wäre Gavron in der Lage, Keves Position anzufechten und den Mantel des Herrschers für sich zu beanspruchen. Noch besser könnte er seinen Triumph auskosten, wenn er das Gesicht von Dukat sehen würde. Es war allgemein bekannt, daß Dukat sich für einen Günstling Keves hielt und damit rechnete, zum nächsten Gul-Tar ernannt zu werden. Nun, es würde einiges anders kommen.

»Bereitschaft bestätigen«, bellte er.

»Alle Systeme arbeiten mit höchster Effizienz«, meldete Tarvok, sein Adjutant. »Waffen sind einsatzbereit, und Schilde stehen unter voller Energie.« Er warf einen Blick auf den Bildschirm neben seinem Ellbogen. »Alle Schiffe melden Bereitschaft.«

»Ausgezeichnet.« Gavron wandte seine Aufmerksamkeit wieder dem Sichtschirm zu. »Wie lange noch bis zum Sichtkontakt?«

»Es müßte jeden Augenblick soweit sein«, sagte Tarvok. »Wir nähern uns Darane Vier. Die Sensoren registrieren zwei große Objekte fast direkt voraus.«

Da! Da war ein Lichtblitz am oberen Rand des Sichtschirms, und sofort richteten sich Gavrons Augen darauf. Sekunden später erkannte er einen Umriß und knapp daneben einen zweiten. Dann nahm das Schwarmschiff klare Gestalt auf dem Sichtschirm an.

»Schicken Sie eine Warnung«, befahl er seinem Kommunikationsoffizier. »Sagen Sie den Aliens, daß sie zehn Zeiteinheiten haben, um zu kapitulieren. Andernfalls werden wir angreifen.« Er wußte natürlich, daß man sein Angebot ausschlagen würde, aber er wollte nicht von den Formalitäten abweichen. Er spürte, wie sich sein Blut erhitzte. Es gab keine größere Freude als die Vorfreude auf einen unmittelbar bevorstehenden Kampf.

Er blickte sich auf der Brücke um und empfand

Stolz auf jeden Offizier, der auf seinem Posten saß. Dies war die Elite, die besten aller Krieger aller drei Flotten. Jeder einzelne Mann war von ihm handverlesen worden. Jeder von ihnen war bereit, für Cardassia oder für Gavron zu sterben. Jeder würde wie ein Berserker kämpfen, um einen solchen Tod zu vermeiden. Und auf den anderen Schiffen seiner Armada gab es Tausende, die genauso waren. Einhundertzwanzig Kampfschiffe waren es insgesamt, jedes ein tödlicher Jäger.

Diese Aliens hatten nicht die geringste Chance.

Die zwei Schwarmschiffe waren jetzt gut voneinander zu unterscheiden. Nach seinen Instrumenten befanden sie sich in Bewegung und hatten sich bereits mehrere Planetendurchmesser voneinander entfernt. Die Flotte der Cardassianer hielt Kurs auf das nächste Schiff, das die Absicht kundgetan hatte, Cardassia zu absorbieren. Dieses Vorhaben würde niemals zur Ausführung kommen.

»Halten Sie nach den kleineren Kampfeinheiten Ausschau«, knurrte Gavron seinem Adjutanten zu. »Sie dürften bald starten, wenn sie uns abfangen wollen.«

»Bestätigt.«

Gavron beugte sich vor und versuchte seine Aufregung zu zügeln. Es nützte nichts, zu begierig auf das Gemetzel zu sein, das in Kürze beginnen würde. Er hoffte nur, daß es kein zu einfacher Sieg würde...

»Die Aliens haben das Kapitulationsangebot abgelehnt«, meldete der Kommunikationsoffizier.

»Gut«, erwiderte Gavron. »Das bedeutet, daß sie den Kampf suchen. Also werden wir ihnen zeigen, was es bedeutet, sich mit Cardassianern anzulegen!«

Sämtliche Offiziere auf der Brücke antworteten mit Rufen begeisterter Zustimmung. Gavron lächelte voller Stolz. Sie waren Soldaten und genauso erpicht auf den Kampf wie er selbst.

»Der Schwarm startet die Kampfschiffe«, meldete Tarvok. »Sechs Schleusen wurden geöffnet. Ziele kommen zum Vorschein.«

»Hervorragend.« Gavrons Augen glühten. »Machen Sie sich bereit, den Kampf zu eröffnen. Es geht los!«

»Glaubst du wirklich, daß es funktionieren wird, Benjamin?« fragte Dax, während sie ihm half, das Shuttle startbereit zu machen. »Du weißt, daß die Wesen im Wurmloch nicht immer zur Kommunikation bereit sind.«

Sisko nahm den Behälter mit der Träne des Propheten von Yarka entgegen und verstaute ihn behutsam hinter dem Sitz des Piloten. »Meistens verweigern sie sich nicht, wenn eine Träne im Spiel ist. Außerdem habe ich das deutliche Gefühl, daß die Wesenheiten an dieser Entwicklung der Ereignisse interessiert sind.«

»Ist es nur ein Gefühl oder eine religiöse Überzeugung?« fragte Dax mit einem leichten Lächeln.

»Eine Ahnung«, erwiderte Sisko mit einem breiten Grinsen. »Ich spüre, daß ich genau das Richtige tue. Wenn diesen Wesen soviel an den Bajoranern liegt, ganz gleich, welche unergründlichen Absichten dahinterstehen, dann werden sie nicht zulassen, daß der Schwarm ihren Planeten zerstört.«

»Falls es dich beruhigt«, sagte Dax, wobei sie ihm eine Hand auf den Arm legte, »auch ich glaube, daß du das Richtige tust.«

Yarka nickte. »Es ist der Wille der Propheten«, pflichtete er ihr bei. »Um Tork zu bekehren, ist ein Zeichen nötig, und die Propheten werden ihm dieses Zeichen geben.« Er lächelte. »Gesandter, Sie werden erneut das Werkzeug unserer Rettung sein.«

»Ich hoffe es«, sagte Sisko. »So, das wäre geschafft. Jetzt brauche ich nur noch Tork. Wo ist er?«

»Er verabschiedet sich von Sahna«, antwortete Dax. »Wenn dieser Plan fehlschlägt, sehen sich die beiden vielleicht niemals wieder.«

»Ich störe die Liebenden nur ungern beim Abschied«, sagte Sisko zu ihr, »aber wir sollten uns allmählich auf den Weg machen. Wir haben nicht mehr viel Zeit. Könntest du sie holen?«

Dax nickte. »Viel Glück, Benjamin.«

Er grinste. »Danke, alter Knabe. Wir sehen uns bald wieder.« Er setzte sich an die Kontrollen und aktivierte die Systeme. Als er hörte, wie Dax ging, wurde ihm bewußt, daß Yarka immer noch da war. »Gibt es sonst noch etwas?«

Yarka schüttelte den Kopf. »Ich möchten Ihnen nur im voraus für Ihre Bemühungen danken. Mögen die Propheten mit Ihnen sein und darauf achten, daß Ihnen nichts zustößt. Und mögen sie Sie beide inspirieren.« Dann verbeugte er sich und verließ das Schiff.

Wenig später kam Tork ins Innere des Fahrzeugs gestürmt. »Es tut mir leid, falls ich Sie aufgehalten habe, Captain«, sagte er.

»Ich habe jedes Verständnis für Ihre Situation«, erwiderte Sisko und blickte sich um. »Und es tut mir leid, daß ich Sie zur Eile drängen mußte. Aber die Schwarmschiffe sind bereits unterwegs, und uns bleibt jetzt nicht mehr viel Zeit. Machen Sie es sich bequem. Ich werde den Flitzer mit maximalem Schub zum Wurmloch bringen. Es könnte etwas holprig werden, also machen Sie sich darauf gefaßt.«

»Natürlich, Captain.« Tork hockte sich auf sein Sitzbrett. »Ich bin bereit.«

»Gut.« Sisko wandte seine Aufmerksamkeit wieder den Kontrollen zu. »Dann geht es los.«

Der Flitzer erhob sich vom Dach des Regierungsgebäudes und stieg langsam in den Himmel auf. Sobald sie einen ausreichenden Sicherheitsabstand gewonnen hatten, fuhr Sisko die Triebwerke hoch, worauf das Gefährt in die wirbelnden Sturmwolken hinaufschoß. Blitze umzuckten das kleine Schiff, als wollten sie ihnen einen Vorgeschmack auf ihre Reise geben. Natürlich waren sie durch die Schilde vor den Entladungen abgeschirmt; kurz darauf hatten sie die Wolken durchstoßen und waren unterwegs.

Sahna spürte das Gewicht ihres Panzers, während sie zusah, wie der Flitzer in den Wolken verschwand. Sie hatte versucht, sich mit dem Gedanken abzufinden, ihren geliebten Tork vielleicht niemals wiederzusehen, aber sie wußte, daß sie sich nicht damit abfinden könnte. Ihre Herzen zogen sich brennend zusammen. Es war einfacher, auf den Tod zu warten, als an die endgültige Trennung von Tork zu denken.

»Sie werden es schaffen«, sagte Dax, um sie aufzumuntern. Sie schien zu spüren, was in Sahna vor sich ging.

»Ich weiß«, log Sahna. »Aber es ist… schwierig für mich.« Sie atmete tief durch und versuchte ihre Gedanken von Tork abzulenken. »Gibt es irgend etwas, mit dem wir uns beschäftigen können?« fragte sie. »Damit das Warten nicht unerträglich wird.«

»Natürlich«, antwortete Dax. »Ich wollte Ihnen ohnehin etwas zeigen. Folgen Sie mir zurück in die Räume der Regierung.«

Neugierig begleitete Sahna ihre neue Freundin. Als sie eingetroffen waren, rief Dax eins der Computerprogramme auf, an denen sie gearbeitet hatte. »Das sind die Daten, die wir aus Torks Computer überspielt haben«, erklärte sie. »Die Logik unterscheidet sich stark von den Kodes, die in der Föderation benutzt werden, aber da es sich um eine logische Sprache handelt, konnten unsere Computer einen Teil entziffern.«

»Und?« fragte Sahna, während sie spürte, wie sie immer aufgeregter wurde. »Haben die Daten irgendeine Bedeutung?«

»Ja«, erwiderte Dax. »Da Sie behaupten, es seien astronomische Daten, ließ ich den Computer nach Übereinstimmungen mit unseren Sternenkarten suchen.« Auf dem Bildschirm sah Sahna eine Darstellung, die offenbar den bajoranischen Raumsektor repräsentierte. »Die Übereinstimmung ist nahezu perfekt. Die Astronomen des Ersten Schwarms müssen Genies gewesen sein, da sie diese Daten von Ihrem Heimatsystem aus ermittelt haben. Auf Planeten gibt es kaum Hinweise, weil sie über diese enorme Entfernung nur sehr schwer nachzuweisen sind. Aber wenn ich die Daten korrekt interpretiere, bilden diese Informationen eine Sternenkarte, die den Kurs zum Darane-System vorgibt.«

Sahna runzelte die Stirn. »Aber das ist keine nützliche Information. Der Schwarm ist dort bereits eingetroffen. Was nützt es uns, wenn wir wissen, daß unser Eintreffen genau der Planung entspricht?«

»Nun, es zeigt zumindest, daß die ursprüngliche Planung sehr zuverlässig war«, entgegnete Dax. »Ich denke, Sie haben recht, wenn Sie mit Ehrfurcht von den Mitgliedern des Ersten Schwarms sprechen. Ihre Leistungen waren erstaunlich. Aber das ist es nicht, was mich eigentlich fasziniert. Sondern das hier.« Sie deutete auf den Schirm. »Der Zielplanet ist in diesen Daten natürlich nicht angegeben. Es wäre unmöglich für die Astronomen des Ersten Schwarms gewesen, von den Magellanschen Wolken aus eine bestimmte Welt auszusuchen. Aber es gibt eine Schablone für einen geeigneten Zielplaneten. Der Plan sah vor, nach einer Entsprechung zu suchen, wenn der Schwarm sich Darane weit genug genähert hat, um nach Planeten Ausschau halten zu können.«

»Aber wir wußten doch, welche Welt das Ziel war«, warf Sahna ein. »Darane Vier.«

»Nein«, widersprach Dax. »Es ist zwar richtig, daß dieser Planet ausgesucht wurde. Aber diese Welt entspricht nicht den vorgegebenen Daten.«

»Was meinen Sie damit?« Sahna war jetzt völlig verwirrt.

»Die Daten des Ersten Schwarmes, die in der Datei niedergelegt sind, deuten darauf hin, daß Darane Vier überhaupt nicht als Zielplanet vorgesehen war. Die hier angegebenen Kriterien entsprechen eher einer unbewohnten Welt – einer Welt, auf der sich kein eigenes Leben entwickelt hat.«

Sahna starrte zunächst den Bildschirm und dann Dax in völliger Verblüffung an. »Das verstehe ich nicht. Was hat das zu bedeuten?«

»Da ist noch etwas«, teilte Dax ihr mit. »Hinter diesen Daten folgt eine ganze Reihe von Befehlskodes, die für mich überhaupt keinen Sinn ergeben. Vielleicht können wir gemeinsam herausfinden, was sie besagen.«

Der frisch ernannte Wissenschaftsmeister Tovin blickte sich voller Ehrfurcht im Kommandozentrum um. Hier hatte er viele Jahre lang als Makarns Assistent gearbeitet. Er kannte jede Funktion der Geräte und sämtliche Arbeitsabläufe. Doch jetzt war er zum ersten Mal als Schwarmmeister hier, da Makarn dem zweiten Schwarm zugeteilt worden war, der sich immer weiter vom ersten entfernte.

Im Raum war es ungewöhnlich still, wenn man bedachte, welche Arbeit hier geleistet wurde. An den Kontrollen saßen die Piloten, die das riesige Gefährt langsam durch das Darane-System manövrierten, während sie in Vorbereitung auf ihre lange Reise Kurs auf das Bajor-System nahmen. Die Computer summten leise vor sich hin, während sie die komplizierten Berechnungen durchführten, die für ein solches Manöver erforderlich waren. Hier arbeiteten fast einhundert Leute, die allesamt auf ihre Aufgaben konzentriert waren.

Und alle unterstanden jetzt seinem Befehl. Tovin empfand eine tiefe Zufriedenheit, als er seine Untergebenen musterte. Er hatte eine große Verantwortung übernommen, und er war fest entschlossen, den Anforderungen hundertprozentig gerecht zu werden.

»Meister«, rief eine Technikerin. »Wir haben ein Problem.«

Während Tovin stumm sein Pech verfluchte, trat er an die Seite der Frau. »Was gibt es?« fragte er schroff. Er hatte erst vor wenigen Augenblicken seinen Dienst als Wissenschaftsmeister angetreten, und schon gab es ein Problem! Das war kein gutes Vorzeichen für die Zukunft.

»Die Daten aus der Astronomie-Abteilung sind... verwirrend«, erwiderte sie und deutete auf ihre Computerbildschirme. »Sie ergeben überhaupt keinen Sinn. Mit solchen Daten können wir keinen Kurs setzen.«

Tovin seufzte. Was war dort oben los? »Ich werde mich darum kümmern«, sagte er zur Technikerin. »Ignorieren Sie diese Daten vorläufig und machen Sie mit den anderen Berechnungen weiter.« Er ging durch den Raum zurück bis zu seinem erhöhten Beobachtersitz. Nachdem er dort Platz genommen hatte, schaltete er die Kommunikationseinheit ein. »Die Astronomie-Abteilung«, befahl er dem Computer. Kurz darauf erschien Brees älteres Gesicht auf dem kleinen Monitor. »Bree«, fuhr er die Frau an, »mit Ihren Daten scheint etwas nicht in Ordnung zu sein.«

»Es ist alles in Ordnung«, widersprach sie. »Sie empfangen genau das, was wir Ihnen senden.«

Tovin runzelte die Stirn. »Sie senden *sinnlose* Daten?« fragte er erstaunt.

»Ja, das erschien uns angemessen.« Bree verzog amüsiert die Nase. »Ich hoffe, der Datensalat bereitet Ihnen einige Kopfschmerzen.«

Es wurde immer verrückter! »Das ist überhaupt nicht witzig«, erwiderte Tovin ungehalten. »Sie verzögern die Reise des Schwarms.«

»Gut«, sagte Bree. »Genau das ist unsere Absicht.«

Es dauerte einige Sekunden, bis die Bedeutung ihrer Worte in Tovins Bewußtsein vordrang. Dann starrte er angewidert auf den Bildschirm. »Sie machen es *absichtlich*?« keuchte er. »Sie sabotieren den Großen Plan?«

Brees Blick wurde eiskalt. »Wir vertrauen der Weisheit des Großen Plans nicht mehr«, sagte sie. »Wir wissen, daß die absorbierte Welt von lebenden Wesen bewohnt war. Und wir wissen, daß es auch auf der Welt, die die Schwarmmeister als nächstes Ziel ausgewählt haben, intelligente Bewohner gibt. Das werden wir nicht zulassen.«

»*Sie* werden es nicht zulassen?« wiederholte Tovin fassungslos und wütend. »Sie haben kein Recht, irgend etwas zu...«

»Wir haben jedes Recht dazu!« rief Bree. »Sie haben uns alle zu Mördern gemacht! An unseren Händen klebt das Blut unschuldiger Lebewesen. Aber es wird nicht noch einmal geschehen. Die gesamte Astronomie-Abteilung steht in diesem Punkt hinter mir, und wir werden alle anderen über die Wahrheit informieren. Die Mitglieder des Schwarms werden diese Pläne nicht unterstützen.« Damit unterbrach sie die Verbindung.

Tovin zitterte, als er entgeistert auf den leeren Bildschirm starrte. Mußte dies ausgerechnet am ersten Tag auf seinem neuen Posten passieren? Stöhnend verbarg er das Gesicht unter den Händen. Was sollte er nur tun? Nichts hätte ihn auf eine solche Katastrophe vorbereiten können. Ohne die Daten konnte das Schwarmschiff die Reise nicht fortsetzen. Und man würde *ihn* dafür verantwortlich machen.

Seine Finger verharrten mehrere Sekunden lang über den Kontrollen, während er einen inneren Kampf ausfocht. Es widerstrebte ihm, dem Großen Schwarmmeister Dron einen Mißerfolg melden zu müssen – aber er wagte es auch nicht, ihn darüber in Unkenntnis zu lassen. Schließlich sammelte er seinen ganzen Mut und drückte auf die Taste. »Gib mir Schwarmmeister Dron«, befahl er dem Computer.

Wenig später erhellte sich der Bildschirm, und Dron blickte ihn unwillig an. »Tovin, ich hoffe, es ist wichtig«, sagte er. »Ich muß mich bereits um viele Dinge gleichzeitig kümmern.«

»Es ist wichtig, Großer Schwarmmeister«, platzte es aus ihm heraus. »Ich bedaure es zutiefst, Sie zu stören, aber es gibt ein ernstes Problem mit der Astronomie-Abteilung. Sie schicken uns nur sinnlosen Datensalat, und zwar mit Absicht.«

»Was hat das zu bedeuten?« wollte Dron wissen.

»Sie haben beschlossen, den Großen Plan nicht mehr gutzuheißen, und versuchen ihn auf diese Weise zu sabotieren. Ohne ihre Daten können wir das Schiff nicht auf Kurs bringen. Damit stören sie die gesamte Ausführung!«

»So schlimm ist das nicht«, sagte Dron ernst. »Die Sicherheitskräfte werden diesen Versuch einer Revolte unter Kontrolle bringen. Wir werden eine Weile ohne ihre Unterstützung auskommen müssen, das ist alles.«

»Aber was ist mit den Daten, die wir für die Navigation des Schiffs benötigen?« fragte Tovin verzweifelt. »Ohne sie können wir unsere Arbeit nicht fortsetzen!«

»Machen Sie sich keine Sorgen«, sagte Dron mit einem Seufzer. »Wenn Sie Ihre Computeraufzeichnungen überprüfen, werden Sie feststellen, daß Makarn den größten Teil der notwendigen Daten eingegeben hat, bevor er in den neuen Schwarm wechselte. Rufen Sie sie einfach auf und arbeiten Sie damit weiter. Sie sind vielleicht nicht völlig korrekt, aber für die Reise nach Bajor reichen diese Angaben aus. Unterdessen werde ich dieser dummen Revolte ein Ende setzen. Gehen Sie wieder an die Arbeit und sorgen Sie dafür, daß der Große Plan erfüllt wird.«

»Natürlich, Großer Schwarmmeister!« Tovin schaltete den Bildschirm aus und kehrte zur Technikerin zurück. »Ignorieren Sie alles, was Sie aus der Astronomie-Abteilung erhalten«, befahl er in zuversichtlichem Tonfall. Er wollte nicht, daß seine Untergebenen bemerkten, wie verstört er noch vor wenigen Augenblicken gewesen war. »Die benötigten Daten für den Kurs des Schiffs finden Sie im Speicher des Computers. Rufen Sie sie auf, und arbeiten Sie mit diesen Angaben weiter.« Damit müßte das Problem erledigt sein. Tovin machte sich Sorgen, daß er einen schlechten Eindruck bei Dron hinterlassen hatte, aber daran ließ sich jetzt nichts mehr ändern. Jetzt mußte er sich bemühen, seinen schlechten Start dadurch wettzumachen, daß von nun an alles nach Plan verlief.

Sie würden ihr Ziel erreichen, dann konnte Bajor absorbiert werden.

24

Die cardassianische Flotte näherte sich dem zweiten Schwarmschiff. Gavron verfolgte die Entwicklung; sein Blick wechselte zwischen den taktischen Anzeigen und dem Bild auf dem Hauptsichtschirm. Er spürte, wie sein Herz schneller schlug und das Blut durch seine Adern rauschte. Bald würde die Schlacht beginnen!

»Wir kommen näher«, meldete Tarvok. »Noch schätzungsweise drei Zeiteinheiten bis zum ersten Feindkontakt. Die Hammer-Sektion macht sich zum Angriff bereit.«

»Sie sollen das Feuer eröffnen, wenn die Ziele in Reichweite sind«, befahl Gavron. »Fliegen die Schiffe der Fremden wieder in der Zweierformation wie zuvor?«

»Bestätigt«, antwortete Tarvok. »Die Commander melden, daß sie zum Kampf bereit sind. Noch zwei Zeiteinheiten.«

Es lief immer wieder darauf hinaus. Das Überleben der Tüchtigsten. Und die Cardassianer hatten sich bislang in jedem Kampf als die Tüchtigeren erwiesen. Sie hatten immer wieder gesiegt und würden auch diesmal siegen. »Jetzt«, keuchte Gavron und beugte sich neugierig vor, da er den ersten Schlag nicht verpassen wollte.

Die Hammer-Formation setzte sich in Bewegung und rückte gegen die ersten zwei Schiffe der Schwarmflotte vor. Gavron wußte, was kommen würde, und doch wartete er gespannt ab. Tödliche Energien schossen aus dem Bug des Kampfschiffes und wurden den Schiffen der Fremden entgegengeschleudert. Dort schlugen sie in die Schilde der Ziele und verursachten ein kurzes leuchtendes Flackern.

»Ihre Schilde halten«, meldete Tarvok.

Der Angreifer versuchte sich erneut in Schußposition zu bringen, ohne zwischen die zwei fremden Schiffe zu geraten, da sie alle wußten, was in der vorausgegangenen Schlacht mit den bajoranischen Einheiten geschehen war. Doch die beiden Schwarmschiffe waren erstaunlich wendig. Sie drehten ab, beschleunigten und näherten sich dem cardassianischen Schiff.

Ein zweites Schiff schnitt ihnen den Weg ab und eröffnete das Feuer. Auch diese Salve verpuffte an den Schilden, ohne Schaden anzurichten.

Dann war die Schlacht in vollem Gange, und es herrschte zuviel Durcheinander, als daß man sich noch auf das Gesamtbild hätte konzentrieren können. Gavron ließ die Berichte berieseln, über sie hinwegbranden, während er seine Aufmerksamkeit nacheinander auf verschiedene Bildausschnitte konzentrierte. Es war wichtig, daß er beobachtete, wie ihre Taktik funktionierte. In der früheren Schlacht, die von der *Karitan* beobachtet worden war, hatten die Schwarmschiffe in Zweiergruppen operiert und Netze aus Monofilamenten als Waffen eingesetzt. Alle cardassianischen Captains hatten den Befehl erhalten, sich nicht auf diese Weise von den Fremden in die Zange nehmen zu lassen.

Trotz dieses Befehls waren einige seiner Schiffe nicht schnell genug, um der Falle rechtzeitig entkommen zu können. Gavron sah, wie ein cardassianisches Schiff einem Angriff auswich und dabei Opfer eines zweiten wurde. Es löste sich sofort in eine Trümmerwolke auf.

Doch die Cardassianer schlugen sich gut. Sie hatten einen Teil der Taktik des Feindes übernommen und griffen immer zu zweit ein einzelnes Schwarmschiff an. Es dauerte eine Weile, aber mit vereinter Feuerkraft gelang es, die Schilde ihrer Feinde zu überladen und sie schließlich zu vernichten. Natürlich mußten sie während solcher Manöver auf Angriffe von anderer Seite achtgeben.

»Wir haben fünf Schiffe verloren«, meldete Tarvok, »und vier feindliche Einheiten vernichtet.«

Auf dem Bildschirm erfolgte eine Explosion nach der anderen. Gavrons taktische Anzeigen verrieten ihm die Bewegungen, und von Zeit zu Zeit erlosch eins der Lichter. Grün für die cardassianischen Streitkräfte, rot für die Aliens. Im Augenblick sah es nach einem Unentschieden aus. Die Anzahl der eingesetzten Schiffe war auf beiden Seiten fast gleich, und die Verluste hielten sich ungefähr die Waage. Natürlich erwartete Gavron nicht, daß es dabei blieb. Seine Männer waren kampferfahrene Veteranen, während die Streitkräfte des Schwarms in ihrem Leben bislang nur eine einzige Schlacht geschlagen hatten. Sie konnten sich auf Dauer nicht gegen seine überlegenen Soldaten durchsetzen, vor allem nicht, wenn sie dieselbe Taktik wie beim ersten Mal beibehielten.

Drei weitere feindliche Einheiten waren zerstört, und die Einzelschiffe, die nun ohne Partner waren, zogen sich…

Einen Augenblick! Gavron starrte auf die taktischen Anzeigen. Obwohl sie ihre Partner verloren hatten, zogen sich die Einzelschiffe nicht zurück. Im Gegenteil, die drei Einheiten schienen zu beabsichtigen, sich wieder in den Kampf zu werfen. Was hatte das zu bedeuten? Hatten sie eine neue Taktik entwickelt?

Die Antwort auf diese Frage wurde nur Sekunden später offensichtlich. Gavron hatte seinen Leuten befohlen, die isolierten Schiffe nicht weiter zu beachten, nachdem einer der Partner zerstört worden war, weil er davon ausgegangen war, daß sie sich nicht mehr am Kampf beteiligen konnten.

Was ging hier vor sich?

Unbehindert durch die cardassianischen Angreifer, kehrten die drei einzelnen Schiffe ins Kampfgeschehen zurück. Als sie in die Nähe ihrer anvisierten Ziele kamen, feuerte jedes Schiff etwas ab, das wie ein kleiner Photonentorpedo aussah.

»Ausweichmanöver!« brüllte Gavron. »Sagen Sie diesen Captains, sie sollen…« Doch sein Befehl kam zu spät, um das Unheil verhindern zu können.

Die ›Torpedos‹ explodierten, *bevor* sie ihre Ziele erreicht hatten – was überhaupt keinen Sinn ergab.

Bis die drei cardassianischen Kampfschiffe plötzlich in kleine Fetzen gerissen wurden.

»Was ist geschehen?« schrie Gavron. »Was haben sie mit meinen Schiffen gemacht?«

Tarvok schüttelte nur den Kopf, während er seine Instrumente konsultierte. »Vorläufig unbekannt«, antwortete er. »Es ist unmöglich, bei all den Waffenaktivitäten zuverlässige Sensordaten zu erhalten. Es wird noch eine Weile dauern.«

Trotz seiner Verzweiflung erkannte Gavron, daß Tarvok sich alle Mühe gab. »Widerrufen Sie meine früheren Anweisungen«, befahl er. »Die Captains sollen die isolierten Schiffe *nicht* mehr ignorieren. Jedes Feindschiff ist als gefährlich einzustufen und zu vernichten.«

Während er zusah, verblaßten drei weitere grüne Lichtpunkte auf seinem taktischen Schirm.

Das Undenkbare geschah. Der Feind gewann die Oberhand in dieser Schlacht. Und Gavron hatte keine Ahnung, wie die Aliens das bewerkstelligten.

»Was wird mit mir geschehen?« fragte Tork. Sein Tonfall ließ keinen Zweifel, wie groß seine Angst und seine Besorgnis waren.

Ohne von den Kontrollen aufzublicken, antwortete Sisko: »Das liegt allein in den Händen der Propheten, wie die Bajoraner es ausdrücken würden. Ich kann Ihnen nicht sagen, was geschehen wird, weil ich es selbst nicht weiß.«

Tork dachte eine Weile darüber nach. Der Anblick des Weltraums durch das Fenster des Flitzers schien ihm nichts mehr auszumachen, nachdem er nun mit anderen Problemen konfrontiert war. »Wie soll ich dann wissen, ob es real ist?« fragte er.

»Es wird *nicht* real sein«, erwiderte Sisko. »Diese Wesen sind völlig anders als wir. Wahrscheinlich besitzen sie nicht einmal Körper, wie wir sie kennen. Statt dessen treten sie in Gestalt von Personen aus Ihrem Gedächtnis auf. Es wird Ihnen vorkommen, als würden Sie sich an vertrauten Orten aufhalten und mit Bekannten sprechen. Aber in Wirklichkeit stehen Sie den Wesen gegenüber, die das Wurmloch konstruierten, das wir in Kürze erreichen werden. Sie scheinen eine ganz andere Zeitwahrnehmung als wir zu haben. Für sie sind alle Zeiten gegenwärtig. Sie hatten Schwierigkeiten mit der Vorstellung des linearen Zeitablaufs, der für uns etwas völlig Natürliches ist... und ich weiß nicht, ob sie ihn jetzt verstehen. Alles, was Sie sehen und hören, wird Ihnen fragmentarisch vorkommen.«

»Dann verstehe ich nicht, welchen Sinn das alles hat. Warum soll ich diese Erfahrung machen, wenn sie gar nicht real ist?«

»Betrachten Sie es als eine andere Perspektive«, schlug Sisko vor. »Als sehr unterschiedliche Perspektive. Diesen Wesen mag vieles an uns unbegreiflich sein, aber sie sind hochintelligent und äußerst motiviert. Manchmal erkennen sie Mängel an uns, von denen wir nie etwas wußten. Manchmal enthüllen sie uns Tatsachen über uns, die wir selbst nicht erkennen können. Bei anderen Gelegenheiten helfen sie, unsere Gedanken zu klären. Deshalb glaube ich, daß sie auch die Verwirrung bereinigen können, die Sie gegenwärtig erleben.«

Tork seufzte. »Ich würde mich sehr gerne von meiner Verwirrung befreien lassen«, gestand er ein. »Mir scheint, daß in den vergangenen Tagen alles in Frage gestellt wurde, woran ich jemals geglaubt habe. Ich weiß nicht mehr, wohin ich mich wenden soll.«

»Dann wollen wir hoffen, daß die Wesen Ihr Orientierungsvermögen wiederherstellen«, sagte Sisko. »So, unsere nächste Etappe könnte recht beunruhigend für Sie werden. Wir werden nämlich in das Wurmloch eintreten. Es manifestiert sich auf sehr spektakuläre Weise, also sollten Sie sich darauf gefaßt machen.«

Tork nickte und starrte mit offensichtlicher Faszination aus dem Fenster. Soviel zu seiner Agoraphobie. Er schien sie ohne allzu große Schwierigkeiten überwunden zu haben.

Dann erreichte der Flitzer die kritische Schwelle zum Wurmloch, worauf es sich in einer Explosion aus Licht vor ihnen entfaltete. Ganz gleich, wie oft Sisko diesen Übergang erlebte, der Anblick beeindruckte ihn jedesmal von neuem. Ein riesiger Wirbel aus Farben schien das winzige Schiff in seinen Schlund ziehen zu wollen. Goldene, silberne, rote, blaue, gelbe und andere Farbtöne, die sich kaum noch einordnen ließen, umhüllten sie, während sie auf den Ausgangspunkt dieses Effekts zurasten. Dann blitzten Streifen in Weinrot, Ocker und Umbra an ihnen vorbei, während Funken aus Licht und Farbe sie in einem strahlenden Kaleidoskop umtanzten.

Tork schnappte nach Luft, aber mehr aus Ehrfurcht

als aus Angst, während er auf dieses überwältigende Schauspiel starrte. »Es ist... wunderschön«, sagte er schließlich.

»Das ist es«, stimmte Sisko ihm zu. Er tippte einen Befehl ein, um ihre Vorwärtsbewegung anzuhalten. Der Schiffscomputer hielt die Position, damit sie nicht durch den Wirbel gezogen und auf der anderen Seite wieder ausgestoßen wurden. »Wenn Sie jetzt Ihre Augen von diesem Anblick losreißen, können wir die Begegnung mit den Wesen in die Wege leiten.«

Zögernd erhob sich Tork und folgte Sisko zum Behälter, in dem sich die Träne befand. Sisko bückte sich und nahm den Deckel ab, den er auf einem Sitz ablegte. Dann trat er zurück, denn diesmal sollte es nicht seine Erfahrung sein.

»Alles wird von selbst geschehen«, beruhigte er Tork. »Schauen Sie einfach auf die Doppelkugel und konzentrieren Sie sich. Weiter nichts. Dann lassen Sie einfach geschehen, was geschieht.« Er sah den Schwarmmeister mit einem aufmunternden Lächeln an. »Keine Sorge, vielleicht gefällt es Ihnen sogar.«

»Ich hoffe zumindest, daß ich etwas daraus lerne«, erwiderte Tork. »Ich bin bereit.«

Sisko nickte und griff nach den Rändern der zwei kleinen Türen auf der Vorderseite des Behälters. »Es kann losgehen«, flüsterte er und öffnete sie.

Das strahlende Licht der Träne drang heraus und badete Tork in einen warmen, angenehmen Schein. Torks Augen funkelten, und dann schien er in Trance zu fallen. Sisko lächelte wehmütig, als er sich an seine eigene Erfahrung mit der Träne und seine Begegnung mit den Wesen erinnerte, die vor drei Jahren kurz nach seiner Ankunft in *Deep Space Nine* stattgefunden hatte. Damals hatte ihn nichts auf das vorbereitet, was er erleben sollte, und er vermutete, daß auch Tork feststellte, wie einzigartig diese Erfahrung war.

Tork hatte das Gefühl, daß sich die Wirklichkeit verschob. Als er in das Licht der Träne blickte, löste sich die Umgebung des Flitzers auf. Plötzlich stand er im Nichts. Er war nur von weißem Licht umgeben. Er verspürte weder Hitze noch Kälte. Es schien keine Richtungen mehr zu geben – in diesem Universum schien es überhaupt nichts mehr zu geben. Trotzdem hatte er keine Angst. Er war völlig entspannt.

»Seltsam…«, schien eine Stimme irgendwo in seiner Umgebung zu flüstern. Es gab keine sichtbare Quelle, aber die Stimme klang freundlich. »Anders.«

Und dann war er im Schwarmschiff. Er befand sich an seiner Lieblingsstelle im Park neunzehn, wo der Fluß an einer kleinen Insel vorbeiströmte. Hier wuchsen die schönen *Sami*-Blumen, die Sahna so liebte. Er war in Versuchung, eine Handvoll zu pflücken, hielt dann jedoch inne, weil er daran dachte, daß es vielleicht nicht erlaubt war. Er versuchte sich zu erinnern, was Sisko gesagt hatte, daß diese Erfahrung nicht real war, aber es war nur schwer zu glauben. Zumindest fühlte es sich genauso an wie sonst. Er spürte den schwachen Windhauch, der durch die Lufterneuerungsanlagen verursacht wurde, und konnte sogar den schwachen Duft der *Sami*-Blumen riechen. Und er hörte das leise Plätschern der Wasserfläche.

»Logisch«, sagte eine sehr vertraute Stimme. Als er sich umdrehte, sah er Sahna, die ihn mit einem merkwürdig interessierten Gesichtsausdruck beobachtete. »Eine lineare Vorstellung.«

»Sahna!« sagte er erstaunt. »Wie bist du hierhergekommen?« Doch dann erkannte er, daß sie es nicht wirklich sein konnte. Es mußte eins der Wesen sein, von denen Sisko gesprochen hatte. »Es tut mir leid. Sie haben mich erschreckt.«

»Logisch«, wiederholte das Wesen mit Sahnas Aussehen. »Ein lineares Konzept. Ursache und Wirkung. Hinweis und Auflösung. Anfang und Ende.«

»Ja«, bestätigte er verwirrt. »Das sind lineare Vorstellungen.«

»Das, was ist«, sagte eine zweite Stimme. »Und das, was sein wird, folgt aus dem, was ist.« Tork sah, wie sich Hosir näherte.

»Ja«, bestätigte Tork erneut. »Das Künftige ergibt sich aus dem Vorhergehenden.«

»Interessant«, sagte Sahna.

»Eigenartig«, fügte das Wesen mit dem Aussehen Hosirs hinzu. »Ursache und Wirkung…« Er schien sich diese Worte auf der Zunge zergehen zu lassen. Dann fragte er schroff: »Wie wissen Sie, was Sie wissen?«

Die Verwirrung, die Tork seit Beginn dieser Erfahrung empfunden hatte, steigerte sich beträchtlich. »Ich verstehe nicht.«

»Das erkennen wir«, sagte Sahna. »Aber denken Sie nach und sagen Sie uns dann: Wie wissen Sie, was Sie wissen?«

Tork bemühte sich, einen Sinn in der Frage zu erkennen. »Zum Teil durch Beobachtungen«, sagte er. »Ich weiß, was ich selbst in Erfahrung gebracht habe. Zum Teil aufgrund von Tatsachen, die ich von anderen erfahren habe.«

»Wie wissen Sie, daß diese anderen wissen, was sie wissen?« fragte das Hosir-Wesen.

»Sie erfahren es durch die gleichen Prozesse, durch die auch ich Wissen erlange«, antwortete Tork, während er hoffte, die Frage richtig verstanden zu haben. »Manche Dinge haben sie selbst erfahren, andere wurden ihnen mitgeteilt.«

Unvermittelt veränderte sich die Szenerie. Jetzt stand Tork in seinem Privatzimmer. Und bei ihm war Harl. »Und andere geben weiter, was andere an sie weitergegeben haben?« fragte das Harl-Wesen.

»Ja. Es ist eine Kette des überlieferten Wissens, die Jahrtausende zurückreicht.«

»Lineares Wissen«, sagte das Hosir-Wesen, das plötzlich materialisiert war. »Lineare Entwicklung.«

»Ja«, sagte Tork.

»Aber wie wissen Sie«, fragte das Sahna-Wesen, »daß die Linearität ohne Unterbrechung ist?«

»Es tut mir leid«, sagte Tork verwirrt. »Ich verstehe diese Frage nicht.«

»Linear«, wiederholte Sahna. Es schien das Lieblingswort dieser Wesen zu sein. »Eins, zwei, drei... Wie wissen Sie, daß es eins, zwei, drei ist?«

»Und nicht zwei, drei« fügte Harl hinzu. »Wenn es linear ist, ist es auch vollständig linear?«

Diese Frage machte es für Tork nicht einfacher. »Meinen Sie die Authentizität?« fragte er. »Wenn Wissen weitergegeben wird, hängt der Wert davon ab, ob es authentisch ist. Akkurate Informationen werden von akkuraten Personen überliefert. Unsere Geschichte zum Beispiel stammt von den Personen, die sie gemacht haben. Sie wurde von Generation zu Generation weitergegeben.«

Plötzlich befand er sich wieder im Regierungsgebäude auf Bajor. »Geschichte«, sagte ein Sisko-Wesen. »Überliefert, eins-zwei-drei? Diejenigen, die ein Ereignis erleben, geben es weiter.«

»Genau«, stimmte Tork zu. »Daher wissen wir, daß die Geschichte authentisch ist.«

»Nur wenn das Eins-zwei-drei ungebrochen ist«, sagte ein Dax-Wesen. »Das Problem mit der Linearität: Eins muß aufs andere folgen. Wenn eins fehlt, ist die Linearität zerstört.«

»Zerstört?« fragte Tork. Warum konnten diese Wesen ihm nicht einfach sagen, worauf sie hinauswollten? Es war sehr aufreibend, sich auf diese Weise zu unterhalten. »Das verstehe ich nicht.«

Das Hosir-Wesen schnaufte verächtlich. »Geschichte«, sagte es. »Ein Ereignis folgt auf das nächste. Ein Ereignis verursacht das nächste. Ein Ereignis beeinflußt das nächste. Das ist linear. Das ist... *logisch.*«

»Ja«, sagte Tork.

»Das Verhalten«, sagte das Sahna-Wesen. »Es ist nicht immer logisch.«

»Richtig«, gestand Tork ein. »Gefühle können die Logik beeinflussen, wenn es um Verhalten geht.«

»Dann können Gefühle die Linearität beeinflussen?« fragte das Harl-Wesen. »Sie können das Lineare nicht-linear machen. Sie können zu... Irrtum führen? Lügen? Täuschungen?«

»Ja.« Allmählich erkannte Tork, worum es in diesem Gespräch ging. Es war ein sehr umständlicher Weg, aber auf einmal wurde ihm klar, was die Wesen ihm mitteilen wollten. »Sie meinen, daß Informationen, die auf lineare Weise weitergegeben werden, korrumpiert und verändert werden können. Manchmal aus Unwissen, und manchmal aus Absicht.«

»Ja«, antwortete Sahnas Ebenbild. »Die Linearität kann unterbrochen werden. Eins, zwei, vier. Oder man fängt mit vier und nicht mit eins an.«

»Oder mit drei statt eins«, fügte das Hosir-Wesen hinzu.

Drei statt eins...

Tork fiel beinahe in Ohnmacht, als er erkannte, worauf die Wesen hinauswollten. »Nein«, flüsterte er. »Sie meinen doch nicht etwa *das*?«

Und wieder befand er sich im Schiff, diesmal jedoch in den Räumen der Schwarmmeister. Er starrte auf den Konferenztisch, wo das holographische Bild von Darane IV immer und immer wieder zerstört wurde.

»Zerstörung«, sagte das Harl-Wesen. »Das ist das endgültige lineare Ereignis. Nach der Zerstörung gibt es keine weitere Linearität.«

»Für uns«, ergänzte das Sahna-Wesen, »gibt es keine Zerstörung, weil wir nicht linear sind. Für Sie ist die Linearität jedoch alles, was Sie sind.«

Darane wurde wieder und wieder absorbiert, während er voller Entsetzen zusah.

»Ist es eins oder ist es drei?« fragte Hosirs Abbild. »Eins ist ein Erbauer, ein Bewahrer der Linearität. Drei ist die Zerstörung, ein neues Anfangen.«

»Nein«, keuchte Tork, der nicht akzeptieren wollte, was sie ihm zeigten. »Sie irren sich. Zweifellos.«

Er befand sich jetzt mit Sisko und Dax im Flitzer. Es konnte nicht das reale Schiff sein, weil Dax dort nicht anwesend war. Andernfalls hätte er niemals einen Unterschied erkennen können.

»Wir zeigen Ihnen nur, was in Ihren Gedanken ist«, sagte das Sisko-Wesen. »Es ist nicht unser Fehler, wenn darin ein Fehler ist.«

»Das ist es, was Sie vor sich selbst verheimlicht haben«, fügte das Dax-Wesen hinzu. »Dies ist die Logik, die Linearität, die Sie zu unterdrücken versucht haben.«

Tork wurde schwindelig und er spürte eine große Beklemmung seiner Herzen. »Es kann nicht sein«, beharrte er stur auf seinem Standpunkt. »Es ist eine Illusion, keine Logik.«

»Die Logik ist darin verborgen«, sagte Sahnas Doppelgängerin zu ihm. »Sie müssen zu sich selbst aufrichtig sein. Sie müssen linear sein. Sie müssen dem Eins-zwei-drei folgen.«

»Sie müssen sich der Realität stellen«, sagte ein Dron-Wesen. »Es gibt tatsächlich einen Unterschied zwischen Realität und Abbild. Aber Sie müssen lernen, diesen Unterschied zu erkennen.«

»Die Realität«, sagte Sisko, »kann sich hinter einem Abbild verstecken. Sie kann verborgen sein. Aber sie ist linear. Das Bild kann entfernt werden.«

»Das Bild *muß* entfernt werden«, bekräftigte das Sahna-Wesen. »Und Sie müssen es selbst tun. Es ist sehr wichtig. Wenn Sie es nicht tun, wird die Bajor-Linearität zerstört. Sie wird nicht mehr sein.«

Er stand wieder am Fluß im Park. Jetzt war nur noch das Sahna-Wesen bei ihm. »Ich bin ein Bild«, sagte sie zu ihm. »Sie kennen die Realität. Aber es gibt Orte, an denen Sie das Bild mit der Realität verwechselt haben. Seien Sie linear. Suchen Sie nach der Wahrheit. Verstehen Sie, und folgen Sie dann Ihrer Erkenntnis. Ist das nicht das Wesen jeder linearen Existenz?«

»Ja«, gab er zu. »Das ist es. Wenn ich die Wahrheit kenne und ihr nicht folge, verleugne ich sie. Ich verstecke sie. Ich werde korrupt, wie es andere vor mir geworden sind.« Er atmete tief durch. »Es wird nicht einfach sein.«

»Wir haben gelernt, daß viele Dinge nicht einfach sind«, erwiderte das Abbild von Sahna. »Als wir unsere erste Begegnung mit Sisko erlebten, stellten wir fest, daß es Linearität gibt. Jetzt können wir von unserer *ersten* Begegnung mit Sisko sprechen, die vor jener mit Ihnen stattfand. Vorher konnten wir es nicht. Das ist Linearität. Es ist nicht einfach für uns, linear zu sein, aber es ist möglich.« Das Wesen streckte eine Hand aus, um seinen Panzer zu berühren, und es war die Berührung seiner Sahna, seiner Zukünftigen. »Und für Sie ist es nicht einfach, der Wahrheit zu folgen«, fügte es hinzu.

»Es ist nicht einfach«, bestätigte er. »Aber es ist möglich.«

Sahna lächelte ihn an. »Sie haben die Wahrheit erkannt«, sagte sie. »Möge sie Sie erleuchten. Jetzt…«

Plötzlich befand er sich wieder im Flitzer. Tork wußte es diesmal mit Bestimmtheit. Die Umgebung wirkte nicht realer als in seiner Vision, aber das Wissen genügte ihm. Er blinzelte und blickte dann von der Träne zu Sisko auf. »Ich habe gesehen«, sagte er leise.

Sisko verschloß die Türen, worauf das Licht der Doppelkugel erlosch. Tork hatte das Gefühl, daß sich gleichzeitig ein Teil von ihm verdunkelte. »Es ging recht schnell«, sagte Sisko. »Es hat nur wenige Sekunden gedauert. Haben Sie die Klarheit erlangt, nach der Sie strebten?«

»Nein«, antwortete Tork aufrichtig. »Aber ich habe eine Klarheit erlangt, die ich brauchte. Jetzt weiß ich, welche Wahrheit ich vor mir selbst verborgen habe. Jetzt kenne ich die Wahrheit.«

»Und die wäre?«

»Daß mein Volk belogen wurde, Captain.« Es war nicht einfach für ihn, es zuzugeben, aber er wußte, daß er keine andere Wahl hatte. Er mußte sich in Zukunft an die Wahrheit halten. Er mußte sich linear verhalten. »Daß das, woran wir Jahrtausende lang glaubten, eine Illusion war. Daß unsere Geschichte eine Lüge ist. Daß wir durch Täuschung zu Mördern geworden sind.«

25

»Es ist ein wunderschöner Anblick, nicht wahr, Nerys?«

Kira wandte sich vom Panorama der Stadt ab, das sie betrachtet hatte, und lächelte Shakaar traurig an. »Ja, das ist es.« Sie biß sich unsicher auf die Unterlippe. »Ich habe gerade daran gedacht, wieviel wir bereits wieder aufbauen konnten, wenn man berücksichtigt, wie wenig uns die Cardassianer gelassen haben.«

Shakaar trat zu ihr ans Fenster. »Ich habe vor kurzem das gleiche gedacht«, gab er zu. »Wir haben wirklich gute Arbeit geleistet, nicht wahr? Trotz all der letztlich sinnlosen politischen Auseinandersetzungen.«

Nach einigen Augenblicken des Schweigens fragte Kira: »Glaubst du, es hat sich gelohnt?«

»Du etwa nicht?« Shakaar schenkte ihr das Lächeln, das sie von früher kannte. »Nerys, du hast niemals daran gezweifelt, daß der Kampf gegen die Cardassianer richtig war. Und als Kai Winn und Vedek Bareil Frieden mit ihnen schlossen, hast du es mit ganzem Herzen unterstützt. Warum diese plötzliche Ernüchterung?«

»Weil es all das vielleicht in einem Tag schon nicht mehr gibt.« Kira deutete auf das Panorama. »All die Arbeit war vielleicht völlig umsonst.«

»Sie war nicht umsonst«, erwiderte Shakaar entschieden. »Wir haben es für *uns* getan. Für unsere Seelen. Der Wiederaufbau unserer Welt gab uns Sinn und Hoffnung. Selbst wenn jetzt alles durch den Schwarm zerstört wird, hat es sich in jedem Fall gelohnt. Bajor wurde wiedergeboren, Nerys.« Er lächelte traurig. »Weißt du, neulich habe ich tatsächlich einmal mein Büro verlassen und ein Konzert besucht.«

»Du?« fragte Kira erstaunt. »Du hast *Musik* gehört?«

Er lachte. »Es klingt seltsam, nicht wahr? Aber die Regierung hat die Künste subventioniert, und ich dachte mir, ich sollte mich einmal davon überzeugen, wofür all das Geld ausgegeben wurde. Es war ein Konzert von Theron. Hast du schon von ihm gehört?«

Kira schüttelte den Kopf. »Nun, wie man mir sagte, ist er ein aufstrebender Komponist. Auf jeden Fall habe ich den ganzen Abend lang durchgehalten und mußte zu meiner Überraschung feststellen, daß es mir wirklich gefiel. Falls du an meiner ungebildeten Meinung interessiert bist, würde ich sagen, daß er als Komponist mindestens so gut wie Varani ist.« Shakaar verstummte und fügte nach einer Weile hinzu: »Wenn wir trotz allem wieder große Künstler hervorbringen, dann war nichts umsonst. Selbst wenn die Welt morgen vernichtet würde.«

Nach einer weiteren Pause fragte Kira: »Wie stehen unsere Chancen?«

»Nicht sehr gut«, erwiderte Shakaar seufzend. »Wir haben zum Beispiel bodengestützte Phaserkanonen aufgestellt. Doch von einem Planeten aus läßt sich gegen so etwas wie den Schwarm nur wenig ausrichten. Dank Jaro verfügen wir über eine kleine Staffel von Kampffliegern, aber auch sie werden kaum größeren Schaden anrichten können. Ich versuche, gegenüber den anderen Zuversicht zu verbreiten, aber dich kann ich nicht anlügen, Nerys. Wenn der Schwarm kommt, ist Bajor verloren.«

»Du verstehst es, anderen Mut zu machen«, murmelte Kira. »Und das Wetter hat die gleiche Auswirkung auf meine Stimmung.« Draußen tobte immer noch der Sturm.

»Wir können nur beten, daß Captain Sisko das Unheil abwenden kann«, sagte Shakaar. »Er ist unsere einzige Hoffnung.«

»Wenn es jemand schafft, dann er«, sagte Kira ohne große Überzeugung. Dann schnaufte sie. »Hör dir an, was ich sage! Wer hätte gedacht, daß ich jemals so etwas von mir geben würde? Weißt du noch, wie ich die Föderation verflucht habe, weil sie sich weigerte, uns im Kampf gegen die Cardassianer zu unterstützen?«

»Ich weiß noch viele andere Dinge«, erwiderte Shakaar. »Du hast dich sehr verändert, seit wir Seite an Seite kämpften, Nerys. Aber es ist eine Veränderung zum Positiven. Deine Persönlichkeit ist stärker und besser geworden.«

Kira lächelte. »Danke. Und...« Sie verstummte, als ihr Kommunikator sich meldete. »Die Pflicht ruft.« Sie aktivierte ihn. »Kira hier.«

»Dax hier«, kam die Antwort. »Könnten Sie bitte in den Versammlungsraum kommen? Ich glaube, wir haben hier etwas, daß Sie sich ansehen sollten. Bringen Sie Shakaar mit... falls er in Ihrer Nähe ist.« Lag in ihrer Stimme ein Anflug von spöttischem Humor?

»Wir sind schon unterwegs«, erwiderte Kira, während sie dem Premierminister einen Seitenblick zuwarf. Dann verließen sie eilig sein Büro.

»Was ist geschehen?« rief Gavron erneut, während er die taktischen Anzeigen studierte. Zwei weitere seiner Schiffe waren ausgefallen, nachdem sie Beinahe-Treffer durch die torpedoähnlichen Waffen des Feindes erhalten hatten. »Ich verliere meine Männer, und ich will wissen, warum!«

Tarvok blickte nervös von seinen Sensorenkontrollen auf. »Es ist immer noch schwierig, klare Werte zu erhalten«, erklärte er. »Aber wenn ich eine Vermutung äußern soll, würde ich sagen, daß sie eine Variante ihrer ersten Waffe einsetzen.«

»Monofilamente?« knurrte Gavron. »Aber wie?«

»Ich vermute, daß die Torpedos eine Art Netz auslösen, das mit den Geschossen verbunden ist. Wenn unsere Schiffe sich bewegen, werden sie von den Netzen zerschnitten und zerstört.«

Gavron starrte auf die Schirme. Das ergab einen gewissen Sinn, aber es machte den Kampf um so komplizierter. »Dann dürfen wir die einzelnen Schiffe nicht länger ignorieren.« Doch wenn sie jetzt versuchten, jede Einheit abzuschießen, könnte das Schwarmschiff die Gelegenheit zur Flucht ergreifen. »Befehlen Sie den Hammer- und Amboß-Sektionen, jedes feindliche Schiff anzugreifen. Der Rest der Flotte soll mir folgen. Wir werden einen Angriff gegen das Schwarmschiff fliegen. Ich will, daß sämtliche Photonentorpedos scharf und abschußbereit sind.«

»Bestätigt«, sagte Tarvok und begann damit, die Befehle an die übrigen Schiffe weiterzugeben.

Mit einem Blick auf die taktischen Anzeigen stellte Gavron fest, daß er noch dreiundneunzig Schiffe hatte. Auf die Hammer- und Amboß-Sektion entfielen… siebenundzwanzig. Damit standen ihm sechsundsechzig Schiffe für den Angriff zur Verfügung. Zweifellos gab es weitere Verteidigungskräfte, die der Schwarm ihm entgegenwerfen würde, doch zumindest einigen dieser sechsundsechzig Schiffe müßte es gelingen, dem Mutterschiff ernsthafte Schäden zuzufügen.

»Wissenschaftsoffizier!« rief er.

»Bereit«, antwortete Ladra von ihrer Station.

»Ich vermute, Sie haben das Zielobjekt untersucht.«

»Natürlich«, bestätigte sie.

»Ich muß wissen, an welchen Stellen ein Angriff auf das Schwarmschiff am aussichtsreichsten ist«, sagte er zu ihr. »Die Schwachpunkte. Alle Luftschleusen. Die Triebwerkssektionen. Jede empfindliche Stelle.«

Sie nickte. Auf einem kleinen Nebenmonitor in seiner Armlehne entstand eine Schemazeichnung. Mehrere Bereiche waren mit blinkendem Grün unterlegt. »Die Hangars«, teilte sie ihm mit. »Die Hülle des Mutterschiffs läßt sich von unseren Sensoren nicht durchdringen, aber dies sind die Stellen, von denen die Kampfeinheiten gestartet wurden.« Eine weitere Markierung im Heckbereich des Schiffes leuchtete auf. »Hier scheinen sich die Triebwerke zu befinden«, erklärte sie. »Ich weiß nicht, wie verletzlich diese Stelle ist, aber die Erfahrung besagt, daß hier immer ein Schwachpunkt liegt.« Schließlich wurden mehrere Bereiche an den Spitzen der weit ausladenden Flügel des Schiffes markiert. »Die Kollektoren«, sagte Ladra. »Hier werden Staub, Trümmer und Gas gesammelt, um sie als Treibstoff weiterzuverarbeiten. Wenn die Flügel zerstört sind, kann das Schiff kein Material mehr absorbieren.«

»Ausgezeichnet.« Er wandte sich an Tarvok. »Halten Sie sich bereit, diese Informationen an die anderen Kreuzer zu übermitteln«, befahl er. »Ich werde die genauen Ziele bestimmen. Auf meinen Befehl wird der Angriff gestartet.« Er ging schnell die Liste der strategisch wichtigen Punkte durch und teilte seine Schiffe in Fünfergruppen auf, die jeweils ein Zielgebiet anfliegen sollten. Selbst wenn sie auf heftigen Widerstand stießen, sollten einige seiner Schiffe das Ziel erreichen. Für seine eigene Angriffsstaffel suchte er sich einen Hangar aus. »Die zugewiesenen Ziele werden übermittelt«, brummte er zufrieden.

Die Feindschiffe waren immer noch in Kämpfe mit den Hammer- und Amboß-Sektionen verwickelt. Beide Seiten mußten Verluste hinnehmen. Zwei weitere Einheiten der Aliens vergingen in grellen Explosionsblitzen, während eins seiner Schiffe durch einen Monofilament-Torpedo desintegriert wurde. Auf dem Schlachtfeld befanden sich immer noch achtunddreißig Feindschiffe gegen zwanzig Einheiten seiner Flotte. Seine Männer würden weitere Verluste erleiden, aber sie verschafften ihm den Freiraum, den er für den bevorstehenden Angriff brauchte.

»Jetzt!« knurrte er. »Geben Sie das Zeichen zum Vorrücken. Der Angriff beginnt!«

»Wovon reden Sie?« fragte Sisko. Torks Schmährede gegen sein eigenes Volk ergab für ihn nicht viel Sinn.

»Ich habe jetzt ein klares Bild von der Situation«, erwiderte Tork. »Es wird Zeit, daß wir das Wurmloch verlassen. Ich muß zum Schwarm zurückkehren und die Erkenntnisse weitergeben, die ich gewonnen habe. Ich werde Ihnen unterwegs alles erklären.«

Sisko nickte und gab den Befehl zur Kursumkehr. Die Triebwerke erwachten zum Leben, der Flitzer wendete und setzte sich in Bewegung. Erneut rasten sie durch den irrwitzigen Wirbel aus Farben. »Die Wesen haben Ihnen zu dieser Erkenntnis verholfen?«

»Ja«, sagte Tork. »Sie zwangen mich, das anzuerkennen, was ich unbewußt wohl längst erkannt hatte. Ich hatte mich dieser Wahrheit verweigert, aber jetzt kann ich die Augen nicht mehr davor verschließen.

Bei meinen Studien der heiligen Schriften war mir aufgefallen, daß die Texte, die vom Zweihundertvierten und Zweihundertfünften Schwarm zitiert werden, leicht von dem abweichen, was der Überlieferung des

Ersten Schwarms zugeschrieben wird. Ich war immer davon ausgegangen, daß diese fehlerhafte Übermittlung der Schriften auf die Revolte des Zweihundertdritten Schwarms zurückzuführen ist. Doch das war nicht möglich, weil die späteren Schwärme wieder korrekt aus den Schriften des Ersten Schwarms zitierten. Ich war einem Irrtum unterlegen, der mir nun klargeworden ist.

Die Schriften des Ersten Schwarms wurden vom Zweihundertdritten Schwarm geändert. Was wir für die reine Überlieferung halten, ist in Wirklichkeit eine Fälschung. Hosir muß etwas Derartiges zumindest geahnt haben, weil er mich kurz vor meinem Aufbruch fragte, woher ich wisse, daß die Rebellion des Zweihundertdritten Schwarms fehlgeschlagen sei. Ich wußte es, weil die Aufzeichnungen es besagten.

Aber die Aufzeichnung wurden geändert!« Er schüttelte den Kopf. »Ich hatte einfach im guten Glauben auf die Wahrheit der Geschichte vertraut, ohne meinen Verstand zu benutzen und sie aufmerksam zu studieren.«

»Das geht uns allen so«, sagte Sisko zu ihm. »Wir akzeptieren Dinge, ohne sie in Frage zu stellen, weil wir glauben, daß sie den Tatsachen entsprechen.«

»Vielleicht«, sagte Tork. »Aber in diesem Fall hatte die Täuschung tödliche Folgen.«

Der Flitzer brach in einer letzten Lichtkaskade aus dem Wurmloch hervor. Die Öffnung zog sich hinter ihnen zusammen und wurde dann unsichtbar. Sisko drehte sich wieder zu Tork um.

»Wohin?« fragte er.

»Nach *Deep Space Nine*«, antwortete Tork. »Ich muß mit dem Schwarm Kontakt aufnehmen. Captain, könnten Sie außerdem Sahna und Dax von Bajor zurückrufen? Ich weiß, daß wir ihre Hilfe benötigen, wenn wir Erfolg haben wollen.«

»Natürlich.« Sisko schaltete eine Verbindung zu Bajor. Kurz darauf schaute er in Kiras Gesicht. »Major, kehren Sie bitte mit Dax und Sahna nach *DS Nine* zurück. Es ist mir gleichgültig, ob Sie sie kidnappen müssen, damit sie mitkommt. Tun Sie es einfach.«

Kira brachte ein Lächeln zustande. »Zu solch extremen Maßnahmen besteht kein Grund«, erwiderte sie. »Sahna ist ohnehin ganz versessen darauf zurückzukehren. Sie und Dax haben etwas von großer Bedeutung entdeckt, Captain.«

»Heben Sie sich die Neuigkeit für später auf«, sagte Sisko. »Ich möchte, daß Sie sich unverzüglich in Bewegung setzen.«

»Verstanden.« Der Bildschirm erlosch.

»Was könnten sie herausgefunden haben?« überlegte Sisko.

»Ich habe den Verdacht, daß sie ungefähr zur gleichen Erkenntnis wie ich gekommen sind«, beantwortete Tork seine Frage. »Sahna hatte die Daten, die Hosir mir gab, bevor ich den Schwarm verließ. Sie sind in einem ungewöhnlichen Kode verschlüsselt, aber ich vermute, es handelt sich um die wahren Informationen, die der Erste Schwarm an künftige Generationen weitergeben wollte.«

»Warten wir damit, bis alle versammelt sind«, schlug Sisko vor. »Gehe ich recht in der Annahme, daß darin eine Möglichkeit liegt, wie sich der Schwarm aufhalten und Bajor retten läßt?«

Tork nickte. »Ja, Captain. Vielleicht gelingt es uns sogar, die ursprüngliche Programmierung des Schwarmschiffs wiederherzustellen. Aber ich glaube nicht, daß wir es auf friedliche Weise erreichen können. In den Reihen unserer Feinde gibt es zu viele Machtinteressen.«

»Unserer *Feinde*?« wiederholte Sisko.

»Ja, Captain«, erwiderte Tork lächelnd. »Zumindest

haben wir ein gemeinsames Ziel: den Schwarm aufzuhalten. Ich verspreche, daß ich alles, was in meiner Macht steht, unternehmen werde, um das Überleben Bajors zu sichern.«

»Es sieht so aus«, murmelte Sisko, »daß die Propheten es wieder einmal geschafft haben.«

Bree seufzte und richtete sich dann an ihrer Station auf. »Geschafft«, gab sie ihren Kollegen bekannt. »Der Text unserer Botschaft ist fertig und bereit, an die Öffentlichkeit des Schwarms übermittelt zu werden.«

»Dann fangen Sie an!« rief eine Stimme.

»So einfach ist das nicht«, erwiderte Bree. »Der Zugang zu den Computern wird durch eine Sicherheitssperre blockiert. Durch unsere Revolte haben wir Dron und seine Kollegen alarmiert und ihnen verraten, was wir wissen. Er unternimmt alles Nötige, um uns zu isolieren, damit wir keine Unruhe stiften können, bevor Bajor absorbiert wird.«

»Dann müssen wir etwas dagegen unternehmen«, sagte ein anderer.

»Auch das ist nicht so einfach.« Bree schüttelte den Kopf. Sie war von intelligenten Leuten umgeben, die jedoch nicht in der Lage waren, die politische Dimension dieser Situation zu beurteilen. »Dron kontrolliert durch Schwarmmeister Raldar die Sicherheitskräfte. Und diese kontrollieren die Kommunikationssysteme des Schwarms. Wir können uns nicht mit den Sicherheitskräften anlegen. Es darf nicht zum offenen Kampf kommen. Den würden wir höchstwahrscheinlich verlieren«, fügte sie nüchtern hinzu. »Wir sind keine Kämpfer.«

»Wollen Sie also sagen, daß wir gar nichts tun sollen? Daß Dron Erfolg haben wird?«

»Nein«, antwortete Bree. »Ich will damit sagen, daß wir das Problem auf andere Weise lösen müssen. Wir sind Wissenschaftler. Wir müßten in der Lage sein, das Problem auf unkonventionelle Weise zu bewältigen.«

Ein jüngeres Mitglied ihres Personals kam näher. »Ich kenne mich ganz gut mit Computern aus«, sagte die Frau zögernd. »Wenn der Zugang gesperrt ist, könnte ich vielleicht den Kode knacken. Soll ich es versuchen?«

»Natürlich.« Bree trat zur Seite, damit ihre Kollegin sich an die Arbeit machen konnte. »Genau das habe ich gemeint. Wenn Dron gerissen vorgeht, müssen wir versuchen, noch gerissener zu sein.« Sie blickte ihre Leute voller Zuneigung an. »Schließlich sind wir doch ein ganzes Stück schlauer als Dron und die anderen, nicht wahr?«

Bevor jemand antworten konnte, wurden sie durch einen schweren Schlag gegen die Tür erschreckt. »Sicherheit!« rief eine Stimme. »Öffnen Sie!«

»Nein!« rief ein Astronom voller Panik. »Wir dürfen sie nicht hereinlassen!«

»Aber wir können sie auch nicht aufhalten«, widersprach Bree. »Sie werden die Tür aufbrechen, was für sie letztlich nur eine kleine Verzögerung wäre.«

»Was schlagen Sie vor?« wollte der Mann wissen. »Daß wir kapitulieren?«

»Niemand redet von Kapitulation.« Bree humpelte zur Tür hinüber und drückte auf den Öffnungskontakt an der Wand. Die Irisblende glitt auf und enthüllte ein halbes Dutzend männlicher Schwarmmitglieder. Alle waren mit Strahlern bewaffnet. »Ach, sind Sie gekommen, um uns zu belästigen?«

Der Anführer trat ein und schaute sie mit funkelnden Augen an. »Meister Raldar hat uns gebeten, dafür zu sorgen, daß Sie alle isoliert bleiben«, erwiderte er. »Sie handeln in verräterischer Weise, und wir dürfen nicht zulassen, daß es so weitergeht.«

»Tatsächlich?« sagte Bree und starrte den Mann angestrengt an. »Ich kenne Sie. Sind Sie nicht… Dimas?«

»Ja«, antwortete der Offizier mit finsterer Miene.

»Das dachte ich mir. Ich war einer Ihrer Lehrer.« Sie schnaufte verächtlich. »Ich hatte immer gedacht, Sie seien ein intelligenter Schüler. Eine Schande, daß ich mich so sehr in Ihnen getäuscht habe.«

»Nicht ich habe unrecht gehandelt«, entgegnete Dimas würdevoll. »Ich gehorche dem Wort der Schwarmmeister, was Sie offensichtlich nicht tun.«

»Wenn das so ist…«, sagte Bree. »Hat man Ihnen auch gesagt, *warum* wir ihrem Wort nicht gehorchen?«

»Das müssen wir nicht wissen«, erwiderte Dimas. »Nur daß Sie nicht gehorchen wollen.«

Bree schnaufte erneut. »Ah, gut gesprochen!« sagte sie spöttisch. »Wie ich sehe, benutzen Sie Ihr Gehirn nur dazu, Ihre Ohren auf Abstand zu halten. Als nächstes werden Sie mir sicherlich sagen, daß Sie nur Ihren Befehlen gehorchen und daß es überhaupt keine Rolle spielt, wie diese Befehle lauten.«

»Ich…«, begann Dimas, doch dann hatte er sich wieder gefaßt. »Sie versuchen, mich davon abzuhalten, meine Arbeit zu tun.«

»Ja«, bestätigte Bree zu seiner Überraschung. »Aber ich bitte Sie in erster Linie, sich anzuhören, was ich zu sagen habe. Sie kennen mich. Bin ich eine gefährliche oder bösartige Person?«

»Nein«, sagte Dimas zögernd.

»Und wenn man Ihnen befehlen würde, uns alle zu töten, würden Sie gehorchen, ohne nachzudenken?«

»So etwas würden die Schwarmmeister niemals befehlen!« protestierte Dimas. »Das ist undenkbar.«

»Immerhin haben sie bereits getötet«, offenbarte Bree dem Mann. »Das Blut Tausender Unschuldiger klebt an unseren Händen. Und wenn wir nichts unternehmen, wird noch viel mehr Blut hinzukommen.«

Sie konnte erkennen, welche inneren Konflikte Dimas bewegten. In der Ausbildung hatte er von Raldar gelernt, jedem Befehl ohne Wenn und Aber Folge zu leisten. Bree jedoch hatte all ihren Schülern das Bedürfnis vermittelt, alles in Frage zu stellen. Wessen Einfluß würde sich als stärker erweisen?

»Was meinen Sie damit?« fragte Dimas schließlich.

»Auf dem Planeten, der absorbiert wurde, lebten intelligente Wesen«, erklärte Bree. »Und in diesem Augenblick ist das Schwarmschiff zu einer weiteren bewohnten Welt unterwegs. Da die Wesen, die dort leben, ihn nicht verlassen wollen, verfolgt Dron das Ziel, ihren Tod in Kauf zu nehmen und ihren Planeten trotzdem zu absorbieren.«

»Er will sie töten?« fragte Dimas fassungslos. »Haben Sie Beweise für das, was Sie sagen?«

»Jede Menge«, teilte Bree ihm mit und deutete auf die junge Frau am Computer. »Wir bemühen uns, sie dem gesamten Schwarm zugänglich zu machen. Jeder muß erfahren, daß wir durch Dron alle des Mordes schuldig geworden sind. Aber wir können die Sicherheitssperre nicht überwinden.«

Dimas ging mit schnellen Schritten zum Computer und gab der Frau einen Wink, daß sie beiseite treten sollte. »Ich muß mir diese Beweise ansehen«, sagte er. »Wenn es stimmt, was Sie gesagt haben… dann werde ich die Sperre ausschalten und die Informationen für Sie verbreiten.«

Bree wandte sich lächelnd an ihre eingeschüchtert dreinblickende Kollegin. »Sehen Sie?« sagte sie. »Ich wußte, daß es noch andere Möglichkeiten gibt. Dron hat die Macht des Schwarms unterschätzt, wenn er glaubt, er könne uns alle zu Mördern machen.«

Dron schlug wütend mit der Faust auf den Konferenztisch. »Raldar!« tobte er. »Sie Dummkopf! Kann ich niemals darauf vertrauen, daß Sie meine Befehle ausführen?«

Der Sicherheitsmeister rieb sich nervös die Hände. »Ich verstehe nicht«, wehrte er sich. »Was habe ich getan?«

»Es geht darum, was Sie *nicht* getan haben!« erwiderte Dron. »Beziehungsweise was die Sicherheitskräfte nicht getan haben, die Sie losgeschickt haben, um Bree und die anderen Astronomen zu verhaften. Und was noch viel schlimmer ist: Wie es scheint, haben die Leute sich auf ihre Seite geschlagen. Jemand entfernt systematisch die Sicherheitsblockaden aus dem Computer, so daß sie wieder Zugang zu allen Netzwerken haben.«

Raldar schüttelte den Kopf, während er die Informationen auf dem Bildschirm musterte. »Das verstehe ich nicht«, stöhnte er.

»Zumindest das ist inzwischen hinreichend erwiesen«, gab Dron sarkastisch zurück. »Ich gebe Ihnen noch eine letzte Chance. Gehen Sie in die Astronomie-Abteilung. Nehmen Sie nur Sicherheitsleute mit, denen Sie unbedingt vertrauen können. Halten Sie diese Verräter sofort auf! Töten Sie sie, wenn es nicht anders geht, aber sorgen Sie dafür, daß es aufhört!«

26

Gavron betrachtete seine Bildschirme mit tiefer Genugtuung. Die Hammer- und Amboß-Einheiten kämpften immer noch mit den feindlichen Schiffen. Beide Seiten erlitten schwere Verluste. Auf dem Hauptschirm konnte er gerade noch das Ende eines Einzelkampfes verfolgen. Ein cardassianischer Kreuzer deckte ein Schwarmschiff mit konzentriertem Phaserfeuer ein, worauf dieses sich zurückzuziehen versuchte, doch der cardassianische Pilot war – natürlich! – überlegen. Er klammerte sich an das Feindschiff, wie sehr es sich auch wehren mochte. Trotz der Schilde konnte das Alien-Schiff dem Feuer nicht auf Dauer widerstehen. Kurz darauf war es nur noch ein lautloser Feuerball, und das cardassianische Schiff flog weiter, um sich auf einen neuen Gegner zu stürzen.

»Alle Schiffe haben Angriffsformation eingenommen«, meldete Tarvok mit hörbarer Erregung in der Stimme. »Der Angriff beginnt… jetzt!«

Gavrons Pilot brachte das Flaggschiff in die korrekte Position und beschleunigte dann in Richtung Schwarmschiff. Der Waffenoffizier hatte sich tief über seine Konsole gebeugt und wartete auf den richtigen Augenblick, um seine Salve aus Photonentorpedos abzufeuern. Auf dem taktischen Schirm sah Gavron, wie seine anderen Schiffe mit dem gleichen Manöver begonnen hatten. Er lächelte zufrieden über die bevorstehende Verheerung, die sie anrichten würden.

Laserstrahlen schossen in ihre Richtung, während sie sich dem Schwarmschiff näherten.

»Automatisches Feuer«, meldete Ladra von der wissenschaftlichen Station. »Höchstwahrscheinlich von Computern gesteuert. Unsere Schilde halten.«

»Könnte es uns gefährlich werden?« fragte Gavron.

»Ja«, bestätigte Ladra. »Aber dazu wären mehrere direkte Treffer nötig. Je schneller wir den Angriff durchführen, desto besser.«

»Verstanden«, sagte Gavron und beschloß, diese Gefahr zu ignorieren. Computergesteuertes Feuer war in Kampfsituationen bekanntermaßen unzuverlässig, und ein paar Verluste konnte er verkraften.

Der erste kam, noch während er darüber nachdachte. Es gab einen kurzen Explosionsblitz auf dem Schirm, dann wurde das Feuer vom Schwarmschiff fortgesetzt.

Er wollte den Piloten ermahnen, sich nicht davon irritieren zu lassen, doch seine Leute benötigten keine Ermunterung. Der Pilot schien nur dem Angriff entgegenzufiebern und keinen Gedanken an einen Treffer zu verschwenden. Die Kampfmoral seiner Leute war ausgezeichnet, daran bestand kein Zweifel.

Die Spitze seiner Angriffsflotte näherte sich jetzt dem Schwarm. Laserfeuer schnitt durch den Weltraum, doch die Schüsse gingen häufig daneben. Trotzdem verglühte ein zweites cardassianisches Schiff in einem blütenförmigen Feuerball, und kurz darauf ein drittes.

»Erste Torpedostaffel abgefeuert«, teilte Ladra mit.

Gavron sah die kleinen Funken, die sich von seinen Schiffen in der ersten Reihe lösten, die unmittelbar darauf abdrehten, um einem Gegenschlag zu entgehen. Er grinste, während auf den Treffer wartete.

An mehreren Stellen erfolgten gleichzeitig Explosionen, die Trümmer und Rauch in den Weltraum schleuderten. Im nächsten Moment war es vorbei.

»Sechzehn Treffer«, meldete Ladra. »Geringe Schäden an zwei Luftschleusen. Ihre Schilde haben das meiste abgehalten.«

War das alles? Gavron beugte sich weiter vor, um das Bild auf dem Sichtschirm anzustarren, während das Flaggschiff die zweite Angriffsstaffel anführte.

»Anflug«, befahl er dem Piloten und wandte sich dann an den taktischen Offizier. »Feuern Sie alle Torpedos ab, die wir haben, wenn wir nahe genug dran sind.«

Der Sichtschirm war nun vollständig von der glatten Metalloberfläche des Schwarmschiffs ausgefüllt, während sie daran vorbeirasten. Nach den taktischen Anzeigen kam ihr Ziel immer näher. Gavron umklammerte die Armlehnen seines Sessels und wartete gespannt auf den entscheidenden Augenblick.

»Torpedos abgefeuert«, gab der Waffenoffizier bekannt.

»Bringen Sie uns weg von hier!« bellte Gavron. »Sichtschirm auf Hecksicht!«

Als sie sich vom Schwarmschiff entfernten, zeigte der Bildschirm die Luftschleuse, die das Ziel ihres Angriffs gewesen war. Weitere Laserstrahlen wurden von ihren Schilden abgelenkt, ohne Schaden anzurichten. Gavron achtete nicht darauf, sondern konzentrierte sich auf den Zielbereich.

Die Zone wurde von heftigen Explosionen zerrissen, die die glatte Hülle des Mutterschiffs mit klaffenden Löchern übersäten. Mit den gezackten Rändern wirkten sie wie aufgerissene, mit spitzen Zähnen bewehrte Mäuler, die Gas, Rauch und Flammen ins Vakuum spuckten.

»Alle Schiffe sollen sich zum zweiten Angriffsmanöver formieren«, befahl Gavron.

Pakat spürte, wie das zweite Schwarmschiff erzitterte, und blickte auf seine Bildschirme. Es war noch keine Zeit gewesen, einen neuen Sicherheitsmeister zu ernennen, so daß er persönlich die Verteidigungskräfte kommandierte. Sie hatten wie befohlen die Netze aus Monofilamenten eingesetzt und mittlerweile fast die Hälfte der angreifenden Schiffe ausgeschaltet. Doch ein Teil der Feinde war durch ihre Linien gebrochen, und nun erlitt das Mutterschiff Schaden.

Warnleuchten flackerten rund um Luftschleuse sieben. Ein Bildschirm zeigte, daß sie getroffen war und Luft und Gegenstände in den Weltraum gesogen wurden. Die Reparaturteams versiegelten die Sektion, doch es gab nun ein Loch in der Hülle des Schwarmschiffs. Der Feind würde diese Schwäche ohne jeden Zweifel ausnutzen.

Diese Cardassianer waren offensichtlich stärker als er oder Dron vorhergesehen hatten, und sie griffen mit einer Verbissenheit an, die er niemals für möglich gehalten hätte. Doch es gab Möglichkeiten, diese Aggressivität gegen sie einzusetzen. Sie würden den beschädigten Bereich ein zweites Mal angreifen. Pakat lächelte.

Er würde sie um den leichten Sieg betrügen, mit dem sie offenbar rechneten.

Er drückte eine Taste des Computers, worauf das Gesicht von Meister Premon erschien. »Es ist Zeit«, sagte er. »Machen Sie sich bereit.«

»Verstanden.« Der Bildschirm wurde wieder schwarz.

Pakat studierte die holographischen Darstellungen, die über dem Tisch hingen. Sie zeigten, daß sich die fremden Schiffe zu einem zweiten Angriff formierten. Ihre Ablenkungstruppen waren fast vollständig zerstört, und von den Einheiten des Schwarms waren noch sechzehn übrig. Diese suchten sich unverzüglich Ziele unter den noch übriggebliebenen cardassianischen Schiffen aus und starteten den Angriff. Der Kommandant der Cardassianer würde höchstwahrscheinlich einen Teil seiner Kräfte abstellen, um gegen die Schwarmschiffe zu kämpfen, doch die anderen würden zweifellos das Angriffsmanöver auf Luftschleuse sieben wiederholen.

Er lächelte. Der Schwarm war auf ihren Angriff vorbereitet...

»Machen Sie sofort die *Defiant* startbereit«, befahl Sisko, als er mit Tork im OPS eintraf. Er blickte sich um. »Chief«, rief er, als er O'Brien entdeckte. »Wie ist der Status des Schiffs?«

»Sie ist wieder voll einsatzfähig«, meldete O'Brien mit einem Grinsen.

»Wir brauchen vielleicht alles, was sie zur Verfügung hat«, teilte Sisko ihm mit. »Wir starten, sobald Kira und Dax eingetroffen sind.« Während O'Brien sich hastig auf den Weg zur *Defiant* machte, wandte Sisko sich an Lieutenant Soyka. »Wann werden sie hier sein?«

»In weniger als fünf Minuten, Captain«, antwortete Soyka. »Sie haben soeben um Andockerlaubnis gebeten.«

»Gut. Sagen Sie ihnen, daß sie so schnell wie möglich die *Defiant* aufsuchen sollen. Wir werden unmittelbar darauf starten. Sehen Sie zu, daß bis dahin alle Vorbereitungen abgeschlossen sind.«

»Von meiner Seite aus können Sie sofort losfliegen, Captain«, erwiderte Soyka. »Viel Glück!«

»Danke.« Sisko wandte sich an Tork. »Gehen wir. Auch wenn wir einen genauen Plan entwickelt haben, bevor wir das Schwarmschiff erreichen, wird uns nicht mehr viel Zeit bleiben, ihn umzusetzen.«

»Ich verstehe.« Tork folgte ihm mit schnellen Trippelschritten zum Turbolift. »Ich habe ein oder zwei

Ideen, wie wir vorgehen könnten, aber wir sollten zunächst mit den anderen darüber diskutieren.«

»Ich bin ganz Ihrer Meinung.« Als Sisko aus der Liftkabine trat, wäre er beinahe mit Quark zusammengestoßen.

»Captain«, legte der Ferengi los. »Ich muß entschieden dagegen protestieren...«

»Jetzt nicht, Quark«, knurrte Sisko verärgert. »Ich habe wichtigere Probleme als Ihre Profite.«

»Sie stürzen mich ins Verderben!« rief Quark entsetzt. »Aber ich will doch nur...«

»Heben Sie sich Ihre Beschwerden für später auf«, brummte Sisko, als er sich an ihm vorbeidrängte.

Quark blickte Sisko und dem seltsamen Alien nach. Es sah ganz danach aus, daß der Captain einen Plan hatte...

Als er in seine Bar zurückeilte, begrüßte er die Gäste mit einem breiten Grinsen. »Ich wette zehn zu eins, daß es Sisko gelingt, den Schwarm aufzuhalten«, verkündete er. »Nimmt jemand die Wette an?«

Es fanden sich in der Tat einige Interessierte...

»Jetzt müssen wir mit Schwierigkeiten rechnen«, gab Dimas bekannt, als er von der Kontrollkonsole zurücktrat. »Raldar kann es nicht entgangen sein, daß ich seine Befehle rückgängig gemacht habe. Es ist nur noch eine Frage der Zeit, bis er reagiert.«

»Das denke ich auch«, stimmte Bree zu. »Aber in welcher Form wird das geschehen?«

Dimas verzog die Nase. »Wie ich Dron kenne, müssen wir von einem Angriff auf diese Räume ausgehen. Zuallererst wird er versuchen, uns zum Schweigen zu bringen.«

»Das ist sinnlos«, sagte Bree und deutete auf den Computer. »Die Information wird bereits verbreitet. Es nützt ihm nichts mehr, uns zu isolieren.«

Dimas brachte ein Lächeln zuwege. »Sie denken logisch. Dron jedoch neigt zu etwas emotionaleren Reaktionen.«

»Das kann ich mir vorstellen.« Sie zuckte die Schultern. »Sie sind der Sicherheitsexperte. Welche Optionen haben Sie anzubieten?«

Dimas hatte offensichtlich bereits darüber nachgedacht. »Wenn wir hierbleiben, werden sie uns angreifen. Aber ich glaube nicht, daß sich die meisten Ihrer Kollegen aus der Astronomie gut im Kampf verteidigen können. Daher schlage ich vor, daß wir diejenigen hier zurücklassen, die weniger zu befürchten haben, wenn sie kapitulieren.«

Bree nickte. »Und die anderen?«

Er grinste erneut. »Ich denke, daß Angriff die beste Art der Verteidigung ist – meinen Sie nicht auch? Während Raldar nach uns sucht, sollten wir die Gelegenheit nutzen, den Schwarmmeistern einen empfindlichen Schlag zu versetzen.«

»Obwohl wir nur eine Handvoll sind?«

»Die Kräfteverhältnisse sind irrelevant«, erwiderte Dimas. »Es geht darum, daß wir an der richtigen Stelle zuschlagen. Im Augenblick liegt unsere beste Möglichkeit darin, das Kontrollzentrum auszuschalten. Wenn wir Drons Truppen lange genug hinhalten können, wird die Information, die wir auf den Weg geschickt haben, bereits alle Ebenen erreicht haben, wenn sie uns zu fassen bekommen. Und dann würde es mich sehr überraschen, wenn wir die einzigen wären, die gegen die Schwarmmeister rebellieren.«

Bree bedachte ihn mit einem erfreuten Lächeln. »Dimas, als junger Mann haben Sie offenbar viel gelernt.«

»Ich hatte sehr gute Lehrer«, erwiderte er. »Wollen wir jetzt entscheiden, wer uns begleiten soll?«

Die cardassianische Flotte flog erneut auf das Schwarmschiff zu. Gavron befahl fünfzehn seiner Kreuzer, sich am Kampf gegen die noch vorhandenen Verteidigungslinien des Feindes zu beteiligen. Dann ignorierte er diesen Nebenschauplatz und konzentrierte sich auf ihr Ziel. Er hatte noch neununddreißig Schiffe einschließlich seines Flaggschiffs, und alle waren hundertprozentig einsatzfähig.

»Greifen Sie die zwei beschädigten Sektionen an«, befahl er Ladra. »Bündeln Sie das Hauptfeuer auf die Stellen, wo wir beim ersten Mal die Hülle aufgerissen haben. Wir werden den Riß vertiefen und das fremde Schiff auseinanderbrechen lassen. Und diesmal können sie nicht darauf hoffen, sich erneut zu regenerieren!« Er wandte sich an seinen Waffenoffizier. »Bereiten Sie alles für maximales Sperrfeuer vor. Ich will, daß Sie jeden noch vorhandenen Torpedo in die Lücke feuern.«

»Bestätigt!« rief der Offizier begeistert. Er war genauso begierig auf diesen Kampf wie Gavron.

»Starten Sie den nächsten Angriff«, befahl Gavron, worauf Tarvok seine Anweisung an die übrigen Schiffe der lädierten Flotte weitergab. Gavron lächelte zufrieden. Es war ein schwerer Kampf, aber sie würden ihn gewinnen. Mit ihrer nächsten Salve würden sie dem Schwarmschiff einen schweren Schlag versetzen. Wahrscheinlich war ein dritter Angriff nötig, um es endgültig auszuschalten, aber das müßte genügen.

Er würde einen glorreichen Sieg feiern! Der Triumph würde ihn in die höchsten militärischen Ränge zurückkatapultieren, womit er endlich die Macht gewann, die ihm zustand. Jene, die sich in der Vergangenheit gegen ihn verschworen hatten, würden nicht wagen, es noch einmal zu tun, wenn er als Retter von Cardassia Prime bejubelt wurde.

Seine Soldaten arbeiteten ruhig und effizient. Jeder

spürte den bevorstehenden Triumph. Sie alle waren stolz darauf, in dieser ruhmreichen Stunde dazu beigetragen zu haben.

Dann begann das Angriffsmanöver. Die übrigen Schiffe schlossen die Reihen, als sie sich dem Schwarmschiff näherten und wieder in die Lasersalven flogen.

Die unvermittelt eingestellt wurden.

Gavron runzelte verblüfft die Stirn. Was ging hier vor sich? Dem Feind konnte wohl kaum so plötzlich die Energie für die Waffen ausgegangen sein. Wie kam es dann zu dieser ungewöhnlichen Veränderung? Auf einmal nagte eine Befürchtung an seinen Gedanken. Die Aliens führten etwas im Schilde…

»Das Schwarmschiff verändert seine Konfiguration«, meldete Ladra. »Ich registriere merkwürdige Bewegungen.«

»Auf den Schirm!« bellte Gavron.

Während sie sich dem Schiff näherten, begann sich die flache Form der Flügel zu verändern. Sie krümmten sich nach oben, als wollte das Schiff die anrückenden Angreifer in die Arme schließen.

Was hatte das zu bedeuten? Der Grund für die Einstellung des Laserfeuers war nun offensichtlich – die Geschütze hätten bei dieser Konfiguration das eigene Schiff beschossen. Besaß der Schwarm möglicherweise eine andere Waffe, mit der sie nicht gerechnet hatten? Wenn ja, was konnte es sein?

»Ich registriere eine zunehmende Energiekonzentration«, meldete Ladra. Sie waren bereits zwischen die gewölbten Flügel geraten und flogen jetzt über dem Hauptkörper des Schwarmschiffs hinweg. Vor ihnen lag verlockend das klaffende Loch der Luftschleuse, die sie bei ihrem ersten Anflug zerstört hatten.

Gavron war irritiert und zutiefst beunruhigt. »Rückzug!« rief er. »Bringen Sie uns so schnell wie möglich von hier weg! Geben Sie allen Einheiten den Befehl zum Ausweichmanöver!«

Der Pilot reagierte ohne Verzögerung und zog die Nase des Flaggschiffs hoch, hinaus in den freien Weltraum. Tarvok übermittelte die Befehle an den Rest der Flotte. Es würde einen kurzen Moment dauern, bis sie Gavrons Manöver nachvollziehen konnten.

Und dieser Moment wurde ihnen zum Verhängnis.

Energien sammelten sich im Raum zwischen den nach oben gekrümmten Flügeln. Es waren die gleichen ehrfurchtgebietenden Gewalten, die Darane IV auseinandergerissen hatten. Sie verbrannten die cardassianischen Angreifer in bläulichem Feuer, zerfetzten sie zu winzigen Trümmern, um das Metall und alle anderen Komponenten zu absorbieren.

Die Ausläufer dieser zerstörerischen Energiewelle schwappten über einen Flügel von Gavrons Flaggschiff. Es stöhnte und schüttelte sich, als der Flügel zerrissen und in seine Bestandteile aufgelöst wurde. Dann waren sie frei und taumelten unkontrolliert vom Schwarmschiff fort.

Hinter ihnen waren von der cardassianischen Flotte nur noch Wolken aus gasförmigem Metall übrig, die sich rasch verflüchtigten.

27

Unmittelbar nachdem die *Defiant* Kurs auf das Darane-System genommen hatte, berief Sisko eine Konferenz in seinem Besprechungsraum ein. Daran nahmen Tork und Sahna sowie Dax und Kira teil. »Ich denke, es wird Zeit, daß wir unsere Notizen vergleichen«, sagte Sisko. »Tork, warum erklären Sie nicht als erster, was Sie in Erfahrung gebracht haben?«

»Meine Erkenntnis ist erschreckend simpel«, begann Tork betrübt. »Nach unserer offiziellen Geschichte hat der Erste Schwarm das Schwarmschiff erbaut und den Großen Plan entworfen. Zumindest das steht einwandfrei fest. Später kam es zur Rebellion des Zweihundertdritten Schwarms, der das Ziel des Großen Plans ändern wollte. Die Rebellion wurde niedergeschlagen und der Schwarm wieder auf den rechten Weg gebracht. Doch das ist mit Sicherheit eine Lüge, die gezielt über all die Jahrtausende aufrechterhalten wurde.

In Wahrheit verlief die Revolte erfolgreich. Die Rebellen übernahmen die Kontrolle über den Schwarm von den wahren Schwarmmeistern. Ihr Problem war, daß sie niemals hoffen konnten, die gesamte Bevölkerung des Schwarms von Ihren Ansichten überzeugen zu können. Statt dessen ließen sie es so aussehen, als hätten sie den Kampf verloren und ihre Ziele nicht erreicht. In Wahrheit veränderten sie den Großen Plan, doch nur sehr langsam, im Verlauf mehrerer Generationen. Ihre Nachfolger setzten diese Veränderungen behutsam fort, damit sie nicht bemerkt würden. Da der Große Plan erst in vielen hundert Generationen verwirklicht werden sollte, hatten sie dazu mehr als genügend Zeit.

Der *wahre* Große Plan sah vor, daß der Schwarm den intergalaktischen Raum durchquerte, um dann im nächsten Sternsystem nach einer Welt zu suchen. Der wesentliche Punkt besteht darin, daß es sich um einen unbewohnten Planeten handeln sollte. Ich bin mir nicht sicher, was dann geschehen sollte, aber es ging dabei um einen friedlichen Abschluß der Reise. Der Zweihundertdritte Schwarm änderte diesen Plan. Diese Leute gingen davon aus, daß das Überleben des Schwarms höchste Priorität besaß, und sie waren der Überzeugung, daß der Große Plan falsch war. Sie zogen es vor, die neue Lebensweise des Schwarms beizubehalten und das Mutterschiff zu duplizieren, um seine Überlebenschancen zu verbessern. Sie fanden, daß eine Fortsetzung der großen Reise die beste Möglichkeit war, das Überleben unserer Spezies zu gewährleisten. Sie veränderten die Aufzeichnungen und Computerprogrammierungen, um es so aussehen zu lassen, als wäre ihr Plan mit dem ursprünglichen Großen Plan identisch. Davon bin ich jetzt überzeugt, und ich glaube, daß wir mit dem Großen Schwarmmeister reden und die Wahrheit bekanntmachen müssen. Wenn der Schwarm mit den Tatsachen vertraut ist, wird er nicht erlauben, daß die Zerstörung Bajors wie geplant durchgeführt wird.«

»Ich finde, das ist reichlich naiv gedacht, Tork«, wandte Kira ein. »Dron besitzt die Macht, und alles verläuft nach seinen Wünschen. Er wird nicht einfach kapitulieren, nur weil Sie Wahrheit und Vernunft auf Ihrer Seite haben.«

»Wir sind kein gewalttätiges Volk«, erklärte Tork.

»Sobald die Wahrheit bekannt ist, wird Dron seine Macht verlieren.«

»Es gibt noch mehr, was dir bislang unbekannt ist«, teilte Sahna ihm mit. »Dax und ich haben die Daten untersucht, die du von Hosir erhalten hast. Wir glauben, daß es sich um die Kodierung des ursprünglichen Großen Plans handelt.«

»Tatsächlich?« Tork war erstaunt und begeistert. »Es ist euch gelungen, die Daten zu entschlüsseln?«

»Zumindest einen Teil«, schränkte Dax ein. »Der Rest besteht aus Befehlskodes, mit denen ich nichts anfangen kann. Vermutlich beziehen sie sich auf die technischen Funktionen des Schwarmschiffs. Doch ansonsten…« Sie warf Sahna einen Blick zu.

»Es stimmt, was du vermutet hast«, bestätigte Sahna. »Der Große Plan wurde wirklich geändert. Der Originalplan sah die Suche nach einem unbewohnten Planeten vor. Wenn der Schwarm eine Welt erreichte, die unbewohnt, aber für Leben geeignet war, sollte dieses Programm in Aktion treten.«

»Ich verstehe.« Tork runzelte die Nase, während er ihr angestrengt zuhörte. »Aber was genau bewirkt dieses Programm?«

»Ich bin mir nicht sicher«, erwiderte Sahna seufzend. »Vielleicht könnte ich es dir sagen, wenn ich mehr von der Funktion unserer Schiffscomputer verstünde, aber mit meinen Möglichkeiten kann ich es nicht. Ich weiß nur, daß dies der ursprüngliche Große Plan war. Und wir sollten versuchen, ihn wieder in Kraft zu setzen.«

Dax rief eine Darstellung des Darane-Systems auf. »Hier sind die Überreste von Darane Vier«, sagte sie und zeigte darauf. »Die zwei Schwarmschiffe, die sich bislang dort aufgehalten haben, haben sich inzwischen in Bewegung gesetzt. Eins hat Kurs auf Cardassia Prime genommen und wird zur Zeit von der Dritten Flotte der Cardassianer angegriffen. Das andere bewegt sich in Richtung Bajor, obwohl es vorübergehend den Flug abgebrochen hat, wie es scheint. Es steht nicht allzuweit von Darane Drei entfernt. Das ist ein mittelgroßer Planet, der Leben tragen könnte, auf dem sich aber keines entwickelt hat. Er entspricht nahezu vorbildlich den Bedingungen, die der Erste Schwarm für eine Zielwelt aufgestellt hat.«

Tork nickte. »Wenn wir das Schwarmschiff also etwas näher heranbringen, könnte der Große Plan immer noch durchgeführt werden.«

»Dem dürfte nichts entgegenstehen«, sagte Dax. »Abgesehen von unserem kleinen Problem mit den Schwarmmeistern. Ich bezweifle, daß Dron und seine Kollegen einem solchen Vorgehen zustimmen.«

»Dann müssen wir sie davon überzeugen«, entgegnete Tork und griff nach Sahnas Hand. »Wir haben gemeinsam eine Lösung entwickelt«, sagte er glücklich. »Der Große Plan wird wieder in Kraft treten, und es wird keine Notwendigkeit mehr bestehen, Bajor oder irgendeine andere Welt zu absorbieren.«

»Ich bin überglücklich, Liebster!« sagte Sahna.

Sisko hüstelte. »Ich störe nur ungern die Harmonie, aber wir stehen immer noch vor dem Problem, wie wir die Computer des Schwarmschiffs dazu bringen sollen, das Programm auszuführen.«

»Natürlich!« Tork war wieder ganz bei der Sache. »Ist es möglich, aus dieser Entfernung mit dem Schiff zu kommunizieren?«

»Wenn man uns antwortet«, sagte Sisko. »Ich werde versuchen, eine Verbindung herzustellen.« Er schüttelte den Kopf. »Ich hoffe sehr, daß die Vernunft am Ende siegt, aber ich bezweifle, daß Dron – oder wer immer jetzt die Macht hat – sich ohne weiteres die Kontrolle aus der Hand nehmen läßt.«

»Was sollte er sonst tun?« fragte Tork.

Kira schnaufte. »Glauben Sie mir, Despoten finden immer einen Weg.«

Gavron starrte schockiert und angewidert auf seine taktischen Anzeigen. Sie verrieten ihm, daß ihm neben der *Charak* noch genau drei Schiffe geblieben waren. Das waren nicht genug, um einen Kampf zu entscheiden, und erst recht nicht, um einen Krieg zu gewinnen. Seine Hoffnungen und Träume hatten sich verflüchtigt, genauso wie seine Flotte unter dem Gegenangriff des Schwarmschiffs.

»Verloren«, murmelte er und löschte die Anzeigen. Die Tatsache, daß sämtliche Verteidiger des Schwarms ebenfalls zerstört waren, spielte jetzt kaum noch eine Rolle. Er blickte finster auf das schreckliche Bild, das der Hauptsichtschirm zeigte. Dort hing das Schwarmschiff, dessen vernichtende Energiewaffe im Augenblick schwieg. Doch sie würde wieder in Aktion treten, wenn er einen weiteren Angriff auf das Schiff wagen sollte. Es gab keine Möglichkeit, sich der Hülle zu nähern, ohne vernichtet zu werden.

Es gab zwar noch die andere Seite des Schiffs, die nicht durch die zerstörerischen Energien geschützt wurde. Allerdings waren auch dort Lasergeschütze vorhanden, und vermutlich standen längst weitere Kampfschiffe zur Verteidigung startbereit in den Hangars. Und dort gab es keine Schwachstelle wie die zerstörte Luftschleuse, auf die sich die Cardassianer stürzen konnten.

»Ihre Befehle, Gul?« fragte Tarvok leise.

Ja, die Befehle. Er konnte nicht ewig grübeln und seine Wunden lecken. Das Schwarmschiff war immer noch auf dem Weg nach Cardassia Prime. Dort stand zwar die Heimatflotte, aber vermutlich würde sie im Kampf kaum größere Erfolge als Gavron erzielen. Er mußte davon ausgehen, daß er die letzte Verteidigungslinie vor Cardassia Prime war. Die Ehre eines ruhmreichen Sieges war für ihn verloren, doch es gab immer noch eine Chance für ihn, der Schande und Unehre zu entgehen.

Er drehte sich zu Ladra herum. »Die Triebwerke des Schwarmschiffs«, sagte er langsam und bedächtig. »Haben sie Schaden erlitten?«

Sie studierte ihre Instrumente. »Nur geringfügig«, gab sie bekannt. »In diesem Bereich gibt es einen kleinen Riß in der Außenhülle.«

»Doch die Maschinen arbeiten ohne Beeinträchtigung?«

»Ja.«

Gavron dachte eine Weile über diese Tatsachen nach. »Dann müssen wir für eine Beeinträchtigung sorgen«, beschloß er und wandte sich wieder an Tarvok. »Rufen Sie die übriggebliebenen Schiffe. Wir greifen noch einmal an. Unser gemeinsames Ziel ist die Schwachstelle an den Triebwerken. Wir werden der Gefahrenzone zwischen den Flügeln ausweichen und über die Unterseite angreifen. Rechnen Sie mit heftigem Widerstand, und machen Sie alle noch vorhandenen Photonentorpedos bereit.«

»Bestätigt«, sagte Tarvok und widmete sich seiner Konsole, um die Befehle weiterzugeben.

»Waffenoffizier«, sagte Gavron. »Wie viele Torpedos haben wir noch?«

»Vierundzwanzig«, antwortete der Offizier. »Ich kann sie alle in einer Salve abfeuern, wenn Sie es wünschen.«

»Tun Sie das«, befahl Gavron. »Bringen Sie sie ins Ziel, zum frühestmöglichen Zeitpunkt. Wir könnten beim Anflug getroffen werden, und ich möchte sicherstellen, daß es nicht umsonst war.«

»Verstanden.«

Gavron studierte seine Konsole. Der beschädigte

Flügel seines Schiffes würde ihnen keine besonderen Probleme bereiten. Keine lebenswichtigen Sektionen waren betroffen, und der Antrieb hatte keinen Schaden erlitten. Ein Geschütz war vernichtet, aber das spielte im Augenblick keine entscheidende Rolle. Sie konnten auf jeden Fall angreifen – vorausgesetzt, die Aliens hatten keine weiteren Überraschungen auf Lager.

»Kurs liegt an«, rief der Pilot. »Ich warte auf Ihren Befehl.«

»Dann kann es losgehen!« knurrte Gavron. »Alle Schiffe sollen angreifen!«

Wieder einmal nahm die *Charak* Fahrt auf und näherte sich dem Schwarmschiff. Die letzten drei Kreuzer schlossen auf, als auch ihre Waffen einsatzbereit waren. Dies war vermutlich ihr letztes Aufgebot. Wenn sie versagten, war nicht mehr viel übrig.

Das Schwarmschiff kam näher, als sie an der Unterseite entlangflogen. Wie Gavron erwartet hatte, eröffneten die Lasergeschütze sofort das Feuer.

»Die Schilde halten«, rief Tarvok, als das Schiff unter einem Volltreffer erzitterte. Als es ein zweites Mal getroffen wurde, rief er: »Leistung auf fünfundneunzig Prozent abgefallen!«

Während des Anfluges wurden die vier Schiffe von einem Sperrfeuer aus Laserstrahlen eingedeckt. Ein heller Blitz auf dem Bildschirm, und sie waren nur noch zu dritt. Gavron starrte angestrengt auf den Schirm und wünschte sich, daß das Ziel endlich auftauchte, daß die *Charak* mit größerer Geschwindigkeit flog. Seine Finger klammerten sich um die Armlehnen seines Sessels, und er hörte, wie das Material unter dem Druck knirschte.

»Ziel kommt in Reichweite«, meldete Ladra.

»Torpedos feuerbereit«, rief der Waffenoffizier.

»Weiter, weiter«, murmelte Gavron. Eine neue Lasersalve schlug in ihre Schilde.

»Leistung bei achtzig Prozent«, meldete Tarvok. »Fällt weiter.«

Es führte zu nichts, sich jetzt darüber Sorgen zu machen. Das einzige, was noch zählte, war das Ziel. Gavron verdrängte seine Angst. Sie würden es schaffen. Sie mußten es schaffen!

Ein weiterer Lichtblitz auf dem Sichtschirm zeigte die Zerstörung eines zweiten Kreuzers an. In dieser Situation schmerzte der Verlust an Feuerkraft stärker als der Verlust seiner Soldaten.

»Ziel erfaßt«, rief Ladra. Dann schrie der Waffenoffizier: »Torpedos abgefeuert!«

Sie wurden weiter von Laserfeuer bestrichen, während sie sich vom Schwarmschiff zurückzogen und sich auf Abstand brachten, um einen besseren Überblick über das zu haben, was nun kommen würde.

»Auch das zweite Schiffe hat die Torpedos gestartet«, rief Ladra. »Sie sind auf Zielkurs.« Noch während sie sprach, erstrahlte der Hauptsichtschirm wieder in einem Lichtblitz, als ihr letzter Begleiter vernichtet wurde.

Aber das Schiff hatte noch seine tödliche Fracht ins Ziel bringen können!

Gavron starrte angestrengt auf den Sichtschirm, der die Triebwerksektion des Schwarmschiffs zeigte. Es waren ein Dutzend riesiger Aggregate, allesamt aktiv, während sich das Schiff durch den Weltraum bewegte. Er konnte das Zielgebiet kaum erkennen, denn es war nur ein winziger Fleck auf der glatten Oberfläche des fremden Schiffes.

»Einschlag in drei Sekunden«, sagte Ladra. »Zwei… eins…«

Etwas über dreißig Photonentorpedos gingen nahezu gleichzeitig ins Ziel. Der Sichtschirm versagte, als sie in kurzer Folge explodierten. Ladra, die noch ihre Sensoren hatte, rief: »Volltreffer!«

Als das Licht verblaßte und die Explosionswolke sich auflöste, konnte Gavron wieder das Schwarmschiff erkennen. Es war immer noch da, doch jetzt befand sich ein großes Loch an der Stelle, wo zuvor nur ein kleiner Riß gewesen war. Energieblitze zuckten durch den hundert Kilometer langen Spalt, während Wolken aus Gas und festem Material in den Weltraum geschleudert wurden.

»Bericht!« rief er.

»Der Feind ist angeschlagen«, antwortete Ladra. »Zwei der Aggregate sind vollständig zerstört. Drei weitere sind schwer beschädigt. Der Hauptantrieb scheint nicht mehr richtig zu funktionieren. Ich schätze, daß sie gerade versuchen, ihn herunterzufahren.«

»Nein!« fauchte Gavron. »Das dürfen wir nicht zulassen. Wenn es uns gelingt, die Triebwerke vollständig unbrauchbar zu machen, ist das Schiff nicht mehr als ein Wrack. Damit wäre Cardassia gerettet. Wir müssen einen weiteren Angriff starten.«

»Gul«, sagte der Waffenoffizier leise. »Wir haben keine Torpedos mehr. Und mit Phaserfeuer allein werden wir kaum etwas ausrichten.«

»Ich weiß.« Gavron erhob sich aus seinem Sessel. »Wir haben nur noch eine einzige Waffe.« Er mußte gar nicht deutlicher werden. Ladra und Tarvok nickten nur zum Zeichen, daß sie verstanden hatten. »Machen Sie alles für einen weiteren Anflug bereit«, befahl er dem Piloten. »Nehmen Sie Kurs auf die Triebwerksektion und bringen Sie uns mit maximaler Geschwindigkeit ins Ziel.« Dann drehte er sich zu Ladra um. »Bereiten Sie die Überladung des Antimateriekerns vor.«

»Verstanden.«

Gavron war zufrieden. Es gab keine Klagen, kein Gejammer, keine Fragen. Er konnte stolz auf seine Leute sein. Sie würden seinen Befehlen gehorchen – bis zum letzten Augenblick ihres Lebens.

Der jetzt nicht mehr weit entfernt war.

»Bericht!« brüllte Pakat den Bildschirm an, auf dem ihm Premons schockiertes Gesicht entgegenstarrte. »Welche Schäden haben wir erlitten?«

Premon schüttelte den Kopf. »Es ist furchtbar«, antwortete er. »Hier unten ist Tod und Vernichtung. Zwei der Triebwerke sind ausgefallen. Drei stehen kurz vor dem Versagen. Wir müssen den Antrieb ausschalten, um eine gefährliche Überladung zu verhindern. Wir sind in großen Schwierigkeiten.«

Wie hatte das geschehen können? Diese verdammten Cardassianer! »In Ordnung«, sagte Pakat schroff. Er tippte neue Befehle ein. »Pakat an Hangarkontrolle. Ist die nächste Verteidigungsstaffel immer noch nicht startbereit?«

»Jeden Augenblick«, antwortete ihm der Einsatzleiter. »Wir sind fast soweit.«

»Dann *beeilen* Sie sich!« schrie Pakat. Die Sache wurde allmählich viel zu gefährlich. Er hatte niemals damit gerechnet, daß diese Cardassianer so erbarmungslos oder einfallsreich sein würden. Er blickte sich gehetzt in seinem Kommandozentrum um. Er war wütend und hatte Angst. Sie mußten weitere Schwierigkeiten abwehren, obwohl nur noch eins der cardassianischen Schiffe übrig war.

Mehrere Bildschirme zeigten ihm die verwüstete Sektion. Gewaltige Stücke waren aus dem Schwarmschiff in den Weltraum gerissen worden. Die Zahl der Toten und Verwundeten ließ sich im Augenblick nicht mehr eindeutig feststellen. Die betroffenen Bereiche waren isoliert worden, aber im ganzen Schiff breitete sich Panik aus. Und jetzt mußten sie auch noch den Flug unterbrechen, um ihre Triebwerke zu reparieren.

Der Große Plan schwebte in ernsthafter Gefahr. Nein, es war viel schlimmer: Das gesamte Schwarmschiff schwebte in großer Gefahr. Wenn sie zu lange aufgehalten wurden, gewann der Feind Zeit, um weitere Truppen zu schicken.

»Das letzte Schiff der Angreifer kehrt zurück«, rief einer seiner Techniker.

Pakat starrte auf die Darstellung. Natürlich konnte er nicht direkt in den Weltraum hinausblicken, sondern war gezwungen, sich auf Computersimulationen zu verlassen. »Schießen Sie es ab!« schrie er. »Halten Sie es auf!«

Wieder eröffneten die Lasergeschütze das Feuer.

Gavron starrte zufrieden auf das Schwarmschiff, dem sie sich unaufhaltsam näherten. Wenn es die Triebwerke abgeschaltet hatte, bestand eine geringere Gefahr, daß sie von den Energien beeinträchtigt wurden. Sie näherten sich in flachem Winkel, um eine gewisse Deckung zu haben, bis sie den Riß in der Hülle erreichten, den sie geschaffen hatten. Und dann…

Tarvok lächelte ihm zu. »Es ist ein guter Tag zum Sterben«, zitierte er das bekannte klingonische Sprichwort.

»Nur solange wir die anderen mitnehmen können«, erwiderte Gavron und lächelte zurück. »Sie sind ein guter Offizier, Tarvok.«

»Heißt das, ich werde bereits auf dem Schlachtfeld befördert?« fragte er grinsend.

»Sprechen Sie mich noch einmal darauf an, wenn dieser Krieg vorbei ist.« Gavron beobachtete, wie das Ziel näherkam. »Ladra?«

»Alles ist bereit. Ich warte nur auf Ihren Befehl«, sagte sie.

»Der Countdown beginnt«, sagte er. »Fünfzehn… vierzehn…«

Es war wirklich ein guter Tag zum Sterben.

Die *Charak* hielt sich dicht an der Hülle des Schwarmschiffs. Immer wieder ließen Lasertreffer die Schilde aufflammen, doch die Cardassianer achteten nicht weiter darauf. Die Schilde verloren zusehends an Kapazität, aber es blieb noch genügend Zeit. Wie ein Pfeil stürzte der Kreuzer in den aufgerissenen Rachen, den die Cardassianer beim vorhergehenden Angriff geschaffen hatten.

Zwei Sekunden vor dem Aufschlag schaltete Ladra die Abschirmungen des Reaktorkerns ab.

Eine Sekunde vor dem Aufschlag flossen die Massen aus Materie und Antimaterie zusammen.

Dann kam der Aufschlag.

Im rasenden Energiesturm der gegenseitigen Vernichtung von Materie und Antimaterie wurde das Schwarmschiff von Kräften geschüttelt, die von den Konstrukteuren niemals berücksichtigt worden waren. Die Maschinensektion verdampfte gemeinsam mit dem hinteren Drittel des riesigen Schiffes. Den Getöteten blieb nicht einmal genügend Zeit, um zu bemerken, daß sie einen schweren Treffer erhalten hatten.

Die Schockwelle lief durch die noch übrigen Sektionen des Schiffes und riß die Verstrebungen der Decks auseinander. Alles andere wurde durcheinandergewirbelt und im Chaos zerfetzt.

Zwölf Sekunden nach der Selbstvernichtung der *Charak* verging das Schwarmschiff in einer gigantischen Explosion, die nicht mehr als Trümmer zurückließ.

28

Wieder einmal war die Brücke der *Defiant* von Leuten bevölkert, in deren Augen eine Mischung aus Verzweiflung und Hoffnung stand. Sisko betrachtete die Besatzung. Kira bereitete die Waffensysteme vor, die sie höchstwahrscheinlich benötigen würden. Odo war über seine Konsole gebeugt und suchte mit den Sensoren beständig die Umgebung ab. Dax konzentrierte sich darauf, das Schiff auf Kurs zum Schwarm zu halten. O'Brien bastelte wie immer an irgendwelchen Geräten, da nichts jemals den Erwartungen des Chiefs entsprechend zu funktionieren schien. Nur Dr. Bashir fehlte in der Stammbesatzung, da Sisko entschieden hatte, daß die Behandlung der Überlebenden auf *Deep Space Nine* wichtiger war. Einer seiner Assistenten hatte den Posten des Bordarztes der *Defiant* übernommen.

Neben seinem Kommandosessel standen Tork und Sahna. Beide wirkten genauso angespannt wie die Besatzung der *Defiant*. Sisko wußte, daß es für sie nicht einfach war, wenn fast alles, woran sie bisher geglaubt hatten, auf den Kopf gestellt wurde. Doch jetzt waren sie fest entschlossen, Bajor zu retten. Es schien, als hätte Yarka recht behalten: Zwei waren bekehrt worden.

Er konnte nur beten, daß es auch genügte.

»Haben Sie etwas?« fragte er Odo.

Der Gestaltwandler blickte auf. »Eine ganze Menge«, brummte er. »Ein Schwarmschiff hängt antriebslos im

Darane-System, aus welchem Grund auch immer. Das andere ist...« Er stockte und brummte dann. Es war kaum möglich, daß Odo blasser als in diesem Augenblick aussah, aber Sisko war sich völlig sicher, daß ihm dieses Wunder gelungen war. »Das andere Schiff ist *weg*.«

»Weg?« wiederholte Sisko. Alle drehten sich zu Odo um und starrten ihn an; er fühlte sich unter den Blicken der Anwesenden sichtlich unwohl.

»Ich registriere enorme Strahlungswerte«, meldete er. »Und eine sich ausdehnende Wolke aus Trümmern und Plasma. Wenn ich eine Vermutung äußern soll, würde ich sagen, daß die Cardassianer es geschafft haben, das Schwarmschiff zu zerstören, das nach Cardassia Prime unterwegs war. Dabei scheint auch ihre gesamte Flotte vernichtet worden zu sein. Dort gibt es nichts mehr außer Strahlung und einer Trümmerwolke.«

Sisko wandte sich an Tork und Sahna, die beide wie vor den Kopf geschlagen waren. »Es tut mir leid«, sagte er behutsam. »Sie hatten sicher Freunde und Verwandte in diesem Schiff.«

»Wir haben es nicht anders verdient«, sagte Tork und schluckte. »Wie haben Darane zerstört. Es ist völlig angemessen, daß wir dafür leiden müssen.« Trotzdem wirkte er zutiefst bestürzt. »So viele – tot.«

»Wir müssen verhindern, daß dem anderen Schwarmschiff das gleiche Schicksal widerfährt«, sagte Sahna mit Entschiedenheit. Offensichtlich kämpfte sie den Schmerz nieder, den sie empfand. »Wenn eins vernichtet werden kann, kann mit dem anderen das gleiche geschehen.«

»Richtig«, stimmte Sisko ihr zu. Er warf Kira einen Blick zu. »Ist es Ihnen schon gelungen, Verbindung zum Schwarm herzustellen?«

»Sie können unseren Ruf empfangen«, sagte Kira,

»aber sie antworten einfach nicht, aus welchem Grund auch immer.«

Sisko rieb sich das Kinn. »Vielleicht haben sie beobachtet, was dem anderen Schiff zugestoßen ist. Sagen Sie Ihnen, daß Sie als nächste an der Reihe sind, wenn sie uns nicht zuhören.«

»Es wäre zumindest einen Versuch wert«, murmelte Kira, während sie sich an die Arbeit machte. Kurz darauf verkündete sie: »Der Große Schwarmmeister Dron ist bereit, mit uns zu sprechen.« Sie schaltete sein Bild auf den Hauptsichtschirm.

Dron blickte mit finsterer Miene auf sie herab. Sisko konnte dem schmerzvollen Ausdruck entnehmen, daß er über das andere Schwarmschiff Bescheid wußte. »Sisko«, knurrte der Schwarmmeister. »Was wollen Sie von mir?«

»Es geht nicht darum, was ich will«, erwiderte Sisko und deutete auf Tork und Sahna. »Sondern um das, was Ihr Volk will. Blasen Sie den Angriff auf Bajor ab, solange noch Zeit dazu ist.«

Dron zog eine Grimasse. »Bajor muß absorbiert werden! Dieses Ziel ist jetzt dringlicher als je zuvor.« Er wandte den Blick für einen Moment von der Kamera ab. »Sie haben bestimmt bemerkt, daß das zweite Schwarmschiff durch ein Selbstmordkommando zerstört wurde. Jetzt sind nur noch wir übrig, um den Großen Plan zu vollenden. Wir werden trotz aller Rückschläge weitermachen.«

»Das ist Wahnsinn, Dron«, sagte Tork erregt. »Nicht die Bajoraner sind verrückt, Sie sind es! Geben Sie den Plan auf, und zwar sofort. Es ist nicht der wahre Große Plan.«

Dron zuckte nur die Schultern. »Also haben Sie die Wahrheit entdeckt?« fragte er. »Das spielt jetzt keine Rolle mehr. Ich vermute, daß der von uns gegangene Hosir das Geheimnis an Sie verraten hat.«

»Zum Teil«, gestand Tork ein. »Aber es gab viele andere Hinweise.« Dann stutzte er, als ihm die Bedeutung der Worte Drons bewußt wurde. »Sie *wußten*, daß der Große Plan geändert wurde?«

»Natürlich wußte ich es, Sie Dummkopf«, entgegnete Dron. »Alle Großen Meister seit dem Zweihundertdritten Schwarm waren eingeweiht. Genauso wie viele andere Schwarmmeister. Der ursprüngliche Große Plan wurde geändert, weil er unrealistisch war und niemals funktionieren konnte. Die Rebellen erkannten, daß der Große Plan aufgrund unserer Agoraphobie nicht mehr durchzuführen war. Der neue Plan ist unsere einzige Hoffnung auf Überleben.«

»Durch Diebstahl und Mord?« Tork war entsetzt. »Wie konnten Sie so etwas in Kauf nehmen und sogar unterstützen? Sie wurden erwählt, weil Sie angeblich der Beste für diesen Posten sind. Sie übernahmen die Verantwortung für die Unantastbarkeit des Großen Plans. Das Wohlergehen des Schwarms sollte Ihre wichtigste Sorge sein.«

Dron verzog amüsiert die Nase. »Seien Sie doch nicht so naiv, Tork!« erwiderte er spöttisch. »Wenn Sie schon soviel wissen, sollten sie auch alles erfahren. Die Berufung ist genauso eine Täuschung wie der Große Plan. Die Computer treffen ihre Entscheidung lediglich aufgrund dessen, was ohnehin die Neigungen des Betreffenden sind. Die Berufung ist genausowenig unfehlbar wie alles andere. Ich habe meine Stellung erreicht, weil ich die Neigung dazu hatte, weil ich sie erreichen wollte, nicht weil sie mir vom Schicksal vorherbestimmt wurde.«

Tork schwankte unter diesen neuen Betrugsenthüllungen. »Alles?« fragte er keuchend. »*Alles* war eine Lüge?«

»Davon können Sie ausgehen«, stimmte Dron ihm zu. »Aber ich habe keine Lust, diese Angelegenheit weiter mit Ihnen zu diskutieren. Captain«, sagte er, als er seine Aufmerksamkeit wieder Sisko zuwandte. »Ich gebe zu, daß es mich überrascht, daß Sie Tork und Sahna tatsächlich zurückbringen wollen, statt sie als Geiseln festzuhalten, aber ich danke Ihnen dafür. Liefern Sie sie ab, und verschwinden Sie dann wieder. Sie sind hier nicht länger willkommen.«

Sisko grinste. »Ich halte immer mein Wort, Dron«, erwiderte er. »Ich habe Ihnen gesagt, daß ich sie gesund und unversehrt zurückbringe, und hier sind sie. Aber ich werde nicht verschwinden.«

»Wenn Sie es nicht tun, werden wir Sie vernichten«, teilte Dron ihm mit.

»Sie starten ihre Kampfschiffe, Captain«, rief Odo. »Ich zähle zehn Einheiten.«

»Alarmstufe Rot«, befahl Sisko ruhig. »Schilde und Waffensysteme aktivieren.«

»Dron!« rief Tork. »Das ist Wahnsinn! Es gibt keinen Grund, dieses Schiff anzugreifen. Ihnen droht überhaupt keine Gefahr.«

»Dummkopf«, murmelte Dron und wollte die Verbindung unterbrechen.

»Warten Sie!« rief Tork verzweifelt. »Sie müssen das ursprüngliche Programm wiederherstellen und den wahren Großen Plan zur Ausführung bringen.«

»Niemals«, entgegnete Dron entschieden. Der Bildschirm wurde dunkel und zeigte wieder die Sterne.

»Nun«, sagte Kira gelassen. »Das hätte besser verlaufen können.«

Sisko drehte sich zu Tork und Sahna um. »Was wollen Sie jetzt tun?« fragte er freundlich. »Dron kannte die Wahrheit von Anfang an und hat nicht die Absicht, sie bekanntwerden zu lassen.«

Tork dachte eine Weile nach, während Sahna ihm aufmunternd über den Panzer strich. »Ich werde dir folgen, wohin du mich auch führst«, sagte sie nur.

Tork nickte. »Captain, könnten Sie Ihren Transporter dazu benutzen, um uns an Bord des Schwarmschiffs zu bringen?«

»Nicht solange unsere Schilde stehen«, antwortete Sisko. »Und die Schilde des Schwarmschiffs lassen sich auch nicht durchdringen.«

»Ich verstehe.«

»Wir können unsere Schilde nicht herunterfahren, wenn wir angegriffen werden«, ergänzte Kira. »Dann wären wir ohne jeden Schutz.«

»Keine Sorge«, erwiderte Tork. »Es gibt eine andere Möglichkeit.« Er trat an ihre Konsole und betrachtete die Bildschirme. »Die zehn Kampfschiffe werden in Kürze hier sein. Wir müssen sie ausschalten.«

»Völlig richtig«, stimmte Kira mit einem gewissen Sarkasmus zu. »Und wie sollen wir das anstellen.«

»Ich bin ein Schwarmmeister«, sagte Tork lakonisch. »Ich kenne sämtliche Sicherheitskodes.« Er begann damit, Befehle in die Kommunikationskonsole einzutippen. »Wir werden einfach ein Signal übermitteln, das die Waffensysteme und den Antrieb außer Funktion setzt.«

Auf Kiras Gesicht bildete sich ein breites Grinsen. »Sie gefallen mir, Tork!« rief sie begeistert. »Machen Sie weiter.«

Sahna wandte sich an Sisko. »Wenn Sie uns in das Schwarmschiff bringen können«, sagte sie, »wäre es dann auch möglich, uns in das Kontrollzentrum der Triebwerkssektion zu bringen? Es liegt nicht weit von den Räumen der Schwarmmeister entfernt.«

»Dazu bräuchte ich die Koordinaten«, sagte Sisko. »Chief, haben Sie die Position der Konferenzräume gespeichert?«

»Natürlich, Captain.« O'Brien lächelte. »Und wenn Sahna weiß, wie weit dieses Kontrollzentrum entfernt ist, kann ich ein bißchen mit den Zahlen jonglieren und versuchen, Sie nicht allzuweit entfernt abzusetzen.«

»Ausgezeichnet«, sagte Sisko und nickte Sahna zu, die zu O'Briens Station eilte.

Der Hauptsichtschirm zeigte, wie sie sich allmählich dem übriggebliebenen Schwarmschiff näherten. Die zehn Abfangjäger konnte Sisko nicht erkennen, aber ihre Bewegungen wurden von den Sensoren verfolgt. Er hoffte, daß Tork seine Befehlssequenz abgeschlossen hatte, bevor sie gezwungen waren, auf die Angreifer zu feuern. Es fiel ihm immer schwerer, die Schwarmmitglieder als Gegner oder Feinde zu betrachten, nachdem sich herausgestellt hatte, daß nur die Schwarmmeister für das Geschehen um Darane IV verantwortlich waren. Der Großteil der übrigen Bevölkerung hatte keine Ahnung von diesen Dingen.

»Annäherung«, murmelte Dax.

»Ich beobachte die angreifenden Schiffe«, meldete Odo. »Sie aktivieren ihre Waffensysteme.«

Sisko blickte sich zu Kira und Tork um. Beide hatten sich mit konzentrierten Mienen über ihre Konsole gebeugt. Sie warfen sich gleichzeitig einen Blick zu, dann schlug Kira mit der Hand auf die Kontrollen.

»Die Schiffe verlieren Energie«, gab Odo bekannt. »Auch ihre Waffensysteme sind nicht mehr einsatzbereit.«

»Gute Arbeit«, sagte Sisko. Jetzt hatten sie ein Problem weniger, um das sie sich Sorgen machen mußten.

»Wir empfangen einen Anruf vom Schwarmschiff«, meldete Kira. »Möchten Sie ihn annehmen oder ignorieren, Captain?«

»Legen Sie ihn auf den Hauptsichtschirm«, entschied Sisko. »Vielleicht möchte Dron mit mir reden.«

Erneut füllte das Gesicht des Großen Meisters den

Bildschirm aus. »Sie haben den Schwarm verraten!« schrie er. Seine Worte galten offensichtlich Tork.

»Im Gegenteil«, erwiderte Tork ruhig. »*Sie* haben es getan. Setzen Sie jetzt wieder die ursprüngliche Programmierung in Kraft.«

»Nein«, zischte Dron zurück. »Sie verstehen überhaupt nicht, was das bedeuten würde. Was immer Sie versuchen, Sie werden niemals Erfolg damit haben.«

»Wir werden es versuchen, bis wir Erfolg haben«, widersprach Tork. »Sie müssen diesen sinnlosen Kampf aufgeben.«

Der Bildschirm erlosch.

»Ich denke, das können wir als ein *Nein* auffassen«, bemerkte Odo.

»Was hat er damit gemeint?« fragte Sahna besorgt. »Als er sagte, wir wüßten nicht, was wir tun?«

»Er blufft«, vermutete Kira. »Er versucht alles, um Sie aufzuhalten.«

»Vielleicht«, räumte Tork ein. »Auf jeden Fall spielt es keine Rolle. Wir werden wie geplant weitermachen. Es ist die einzige Möglichkeit, mein Volk vor den Lügen und Bajor vor der Vernichtung zu bewahren. Uns bleibt keine andere Wahl. Wir müssen darauf vertrauen, daß der Erste Schwarm das Wohl unseres Volkes im Sinn hatte, im Gegensatz zu Dron.«

»Wir nähern uns dem Schwarmschiff«, rief Dax. »Sie haben die Schilde aktiviert.«

»Ich registriere eine Energiekonzentration«, fügte Odo hinzu. »Es sieht aus, als wollten sie eine Waffe gegen uns einsetzen.«

»Die Lasergeschütze«, erklärte Tork knapp. »Als nächstes werde ich versuchen, die Waffen und die Kontrollen der Luftschleusen und der Schilde zu blockieren. Wenn es mir gelingt, können wir den Transporter einsetzen, um in das Schiff zu gelangen.« Er tippte neue Befehle ein.

»Sie werden sicher versuchen, die Kodes zu ändern«, warf Sisko ein. »Wollen wir hoffen, daß es ihnen nicht schnell genug gelingt, um uns aufzuhalten.«

»Die Schilde fallen«, bestätigte Dax. Auf dem Schirm konnten sie erkennen, wie sich gleichzeitig die Luftschleuse öffnete, die Tork sich ausgesucht hatte. »Anflug«, sagte Dax knapp und lenkte dann die *Defiant* in den geräumigen Hangar. Mit den Manövrierdüsen brachte sie das Schiff zum Stehen, während sich die äußeren Schotten wie eine Irisblende schlossen und sich das innere Schott öffnete. Sobald der Durchgang weit genug war, ließ Dax die *Defiant* ins Schwarmschiff schweben.

Für die meisten Besatzungsmitglieder war es das erste Mal, daß sie das Innere des Schwarmschiffs sahen. Mehrere Laute der Überraschung und Bewunderung waren zu hören. »Hübsche Technik!« lautete O'Briens Urteil. Dax konzentrierte sich darauf, die *Defiant* entlang der Hauptachse des Schwarmschiffs weiterfliegen zu lassen. Zum Glück herrschte in der Umgebung kein allzu großer Luftverkehr.

»Das Außenteam sollte sich auf den Transportereinsatz vorbereiten«, sagte Sisko. »Tork, Sie nehmen Sahna, Dax, Odo und Kira mit. O'Brien, scannen Sie noch einmal den Zielsektor. Wir wollen vermeiden, daß sie in einer Wand materialisieren.« Er übernahm den Pilotensitz, nachdem Dax ihren Platz geräumt hatte. »Ich wollte sie schon immer mal selbst fliegen«, sagte er mit einem Grinsen zu ihr.

»Mach sie nicht kaputt, Benjamin«, erwiderte Dax augenzwinkernd. »Sonst müssen wir per Anhalter nach Hause fliegen.«

»Ich werde aufpassen.«

Während das Außenteam eilig die Brücke verließ, konzentrierte Sisko sich darauf, sie so nahe wie möglich an das Zielgebiet heranzubringen.

O'Brien fluchte und blickte von seiner Konsole auf. »Captain, in unmittelbarer Nähe des Zielgebiets registriere ich starke Energieentladungen. Es sieht ganz danach aus, als würde dort ein Kampf ausgetragen.«

»Das könnte zumindest erklären, warum das Schwarmschiff den Flug unterbrochen hat«, erwiderte Sisko. »Sie sollten das Außenteam in sicherer Entfernung absetzen und ihnen raten, die Phaser bereitzuhalten. Möglicherweise sind wir mitten in einen Bürgerkrieg hineingeraten.«

Sie waren kaum materialisiert, als Kira auch schon ihren Phaser in der Hand hatte und sich im Korridor umblickte, in dem sie mit den anderen eingetroffen war. Neben ihr stand Odo, der ebenfalls seine Waffe bereithielt. Dax untersuchte die Umgebung mit dem Tricorder. »Direkt voraus befinden sich sieben Personen«, gab sie bekannt. »Vermutlich greifen sie das Kontrollzentrum an.«

»Dann sollten wir zu ihnen stoßen«, sagte Tork eifrig. »Vielleicht sind sie gekommen, um Dron aufzuhalten.«

»Vielleicht«, brummte Odo. »Vielleicht auch nicht. Lassen Sie uns vorausgehen. Sie und Sahna folgen uns. Wir haben mehr Erfahrung mit solchen Situationen als Sie.« Dann führten er und Kira die Gruppe durch den Korridor.

Sie kamen auf einen freien Platz, der direkt vor dem Kontrollzentrum lag. Die Fenster waren mit Jalousien verschlossen, und die sieben Aliens, die Dax registriert hatte, hatten sich hinter Barrikaden verschanzt und feuerten auf den abgeriegelten Bereich.

»Die Leute wollen das Zentrum stürmen«, murmelte Odo. »Aber zu welcher Seite gehören sie?«

Tork blickte sich über die Schulter um. »Da ist Meister Raldar«, rief er. »Und sechs seiner Männer. Sie stehen ohne Zweifel auf Drons Seite.«

»Dann schalten wir sie aus«, entschied Kira. »Die Leute, die von ihnen angegriffen werden, müssen auf unserer Seite stehen.« Sie stand auf und feuerte zwei kurze Salven mit ihrem Phaser ab. Odo und Dax schlossen sich ihr an. Die sechs Sicherheitsleute brachen zusammen, ohne zu bemerken, was ihnen widerfahren war.

»Haben Sie sie getötet?« fragte Sahna besorgt.

»Nur betäubt«, erwiderte Kira knapp. Raldar war ihrem ersten Angriff entkommen, da er beim Geräusch der Phaser sofort in Deckung gegangen war. »Verdammt.« Sie feuerte wieder, traf aber nur die Barrikade, hinter der Raldar sich versteckt hatte.

»Wir werden nicht ohne Schwierigkeiten an ihm vorbeikommen«, bemerkte Dax. »Er sitzt an einer strategisch günstigen Stelle und hat vermutlich längst Verstärkung angefordert.«

»Aber er ist nicht auf mich vorbereitet«, warf Odo ein und drückte Kira seinen Phaser in die Hand. »Ich bin gleich zurück.«

Dann zerschmolz er zu einer Pfütze.

Sahna keuchte auf und sprang zurück. »Was…?«

»Er ist ein Gestaltwandler«, erklärte Kira. »Wollen wir hoffen, daß Raldar genauso auf ihn reagiert.« Sie grinste und sah zu, wie Odo über den Metallboden zur Barrikade floß. Raldar zeigte sich für einen kurzen Moment, um auf sie zu feuern. Seine Waffe verschoß eine Art elektrischer Ladung, die ein verbranntes Loch in der Wand neben Kira hinterließ. Sie ging wieder in Deckung und feuerte erst, als Raldar Ruhe gab.

Dabei sah sie, daß Odo verschwunden war. Dann baute sich seine humanoide Gestalt hinter der Barrikade wieder auf. Ein Schrei von Raldar war zu hören, dann war es still.

»Alles in Ordnung«, rief Odo. »Er wird uns in nächster Zeit keine Schwierigkeiten mehr machen.«

Kira führte die Gruppe zur Barrikade, während Odo Raldars Körper beiseite schaffte. »Und was jetzt?« fragte sie, als sie neben ihm in Deckung ging.

»Wir sollten Kontakt mit den Leuten aufnehmen, die sich dort drinnen befinden«, schlug Dax vor, die gleichzeitig mit Tork und Sahna nachgekommen war. »Wir müssen irgendwie hineinkommen, und ich würde mir nur ungern den Weg freischießen. Dabei könnten die Computer beschädigt werden.«

Kira nickte und rief dann: »He, Sie da drinnen! Hier spricht Major Kira! Wir sind gekommen, um Ihnen zu helfen. Tork und Sahna sind bei uns!«

Nach einer Weile antwortete ihnen eine Stimme: »Beweisen Sie es!«

Tork stand auf. »Ich bin hier«, rief er. »Wir sind mit Freunden gekommen. Wir müssen ins Kommandozentrum.«

Es gab eine weitere kurze Pause, und dann öffnete sich der Hauptzugang. »Kommen Sie herein«, forderte die Stimme sie auf. »Schnell. Weitere Sicherheitskräfte sind bereits unterwegs.«

Tork führte die anderen an, während sie durch die halb geöffnete Tür hasteten. Sobald die kleine Gruppe drinnen war, wurde die Tür wieder verschlossen und mit verschiedenen Gegenständen verbarrikadiert. Kira stellte erstaunt fest, daß der Mann, der sie hereingeholt hatte, ebenfalls das Abzeichen der Sicherheit an seinem Panzer trug. »Was geht hier vor?« wollte sie wissen.

»Hier«, rief eine weibliche Stimme von den Computerkontrollen.

Sahna lachte erleichtert auf. »Bree! Was machst du denn hier?«

»Eine Revolte anführen, das siehst du doch!« antwortete Bree fröhlich. »Dron ist natürlich stinksauer, aber die Wahrheit über den Mord an den Bewohnern von Darane läßt sich nicht mehr unterdrücken. Die Information hat für beträchtliche Unruhe gesorgt.«

»Wenn Sie glauben, daß *das* für Unruhe sorgt«, warf Kira ein, »dann warten Sie ab, bis Sie gehört haben, was Tork und Sahna herausgefunden haben.«

Während die beiden ihre Kollegen über ihre Entdeckung informierten, nahm Kira Kontakt mit der *Defiant* auf. »Wir haben das Kontrollzentrum erreicht«, meldete sie. »Hier haben sich Freunde von Sahna verschanzt, also sieht es vorläufig ganz gut aus. Wie steht es bei Ihnen?«

»Gut«, hörte sie Siskos Antwort. »Es hat ein paar halbherzige Versuche gegeben, gegen uns vorzugehen, aber es droht keine wirkliche Gefahr.«

Kira wandte sich wieder Tork zu, der am Ende seines Berichtes angelangt war. »Hosir hat uns diese Daten vermacht«, erklärte er. »Damit können wir den wahren Großen Plan wieder in Kraft setzen. Die Zerstörung bewohnter Welten ist darin nicht vorgesehen. Aber wir wissen nicht, was er statt dessen bewirken wird.«

»Warum stehen wir dann noch herum und diskutieren?« entgegnete Bree. »Wir sollten die Daten in den Computer eingeben und abwarten, was geschieht.« Sie trat an die Hauptnavigationskonsole. »Tirhe, schalten Sie die Triebwerke wieder ein«, befahl sie. »Wir müssen uns auf den Weg zur nächsten unbewohnten Welt machen.«

Als Tork damit begann, die Daten aus seinem Computer an die Einheiten des Kontrollzentrums zu übertragen, meldete die Kommunikationskonsole einen Anruf. Dimas überprüfte den Vorgang und blickte stirnrunzelnd auf. »Es ist Dron«, sagte er.

»Ich rede mit ihm«, sagte Tork und gab den Computer an Sahna weiter. »Setz du die Arbeit fort«, forderte er sie auf. »Ich muß noch einmal versuchen, Dron zu überzeugen.« Sie nickte und machte mit der Datenübertragung weiter. Tork stellte sich vor den Bildschirm. »Was wollen Sie?« fragte er.

Kira sah, daß im Hintergrund des Bildes Vegetation zu erkennen war. Offenbar hatte Dron sein Büro verlassen und war unterwegs. Wohin, war nicht allzuschwer zu erraten. Sie nickte Odo zu. »Wir müssen mit einem weiteren Angriffstrupp rechnen.«

»Dann sollten wir sie gebührend empfangen«, antwortete er und blickte sich zu Dimas um. »Es gibt Schwierigkeiten.«

»Damit habe ich gerechnet«, gab Dimas zu und hob seinen Strahler. »Wir sollten wieder an den Ausgängen Stellung beziehen.«

Kira verfolgte das Gespräch zwischen Tork und Dron, während sie nach einem guten Platz suchte, um sich zu verteidigen. Sie hockte sich neben eins der verriegelten Fenster und schoß mit dem Phaser ein kleines Loch hinein, durch das sie schauen und feuern konnte.

»Sie müssen sofort mit diesem Wahnsinn aufhören!« verlangte Dron. »Sie haben keine Ahnung, was Sie anrichten!«

»Ich führe den Großen Plan zu Ende«, teilte Tork ihm gelassen mit. »Was immer jetzt geschieht, ist genau das, was geschehen sollte.«

Dron fluchte. »Ist Ihnen denn niemals in den Sinn gekommen, warum wir den Großen Plan änderten?« fragte er. »Der ursprüngliche war undurchführbar. Er mußte modifiziert werden.«

»Der Erste Schwarm hat das Schwarmschiff erbaut«, stellte Tork fest. »Diese Leute wußten, was sie taten. Ich bin bereit, auf ihr Urteilsvermögen zu vertrauen.«

»Seien Sie doch nicht so ein Narr!« flehte Dron ihn an. »Ihr Plan bestand darin, das Schiff aufzugeben und wieder auf einem Planeten zu leben. Und Sie wissen genau, daß so etwas nicht durchzuführen ist. Unser Volk kann nicht unter freiem Himmel leben. Sie selbst sind der Beweis dafür.«

Tork schüttelte den Kopf. »Ich bin der Beweis, daß wir es überleben werden, wenn es notwendig ist. Wenn der Große Plan vorsieht, wieder auf einem Planeten zu leben, dann soll es so sein. Wir werden uns anpassen, wenn wir uns des Überlebens würdig erweisen.« Einer der Sicherheitsleute keuchte erschrokken auf, aber Tork achtete nicht weiter darauf.

»Sie sind wahnsinnig!« rief Dron. »Die Aliens haben Ihren Verstand völlig verwirrt.«

»Nein«, erwiderte Tork kühl. »*Sie* wollten meinen Verstand verwirren, Dron. Sie und all jene, die uns über viele Generationen hinweg systematisch belogen haben. Sie haben versucht, einen Keil zwischen Sahna und mich zu treiben. Sie ließen Harl wegen Sabotage und Mordes anklagen. Sie haben den Großen Plan unterdrückt, und sogar jetzt noch sind Sie bereit, zur Erreichung Ihrer Ziele zu lügen und zu morden. Das Wohlergehen des Schwarms ist Ihnen gleichgültig. Sie sind nur an Ihrer eigenen Macht interessiert. Aber das ist jetzt vorbei.«

»Noch nicht«, knurrte Dron. »Ergeben Sie sich und lassen Sie von Ihrem verrückten Plan ab. Sonst werden Sie die Konsequenzen tragen müssen.«

»Wir haben uns nichts mehr zu sagen.« Tork unterbrach die Verbindung. Dann blickte er sich nervös zu Kira um. »Ich vermute, daß sein verwirrter Geist irgendeinen neuen Plan ausgebrütet hat.«

»Sie haben recht«, warf Odo ein und deutete nach draußen. »Schauen Sie sich das an.«

Tork eilte an Kiras Seite, worauf sie beide auf den

freien Platz hinausblickten, auf dem sich nur einige verstreute Barrikaden befanden. Aus einer Nebenstraße erklang ein knirschendes Geräusch, und dann erschien die Schnauze einer großen Maschine. Sie bewegte sich auf riesigen Rädern und walzte alles nieder, was sich in ihrem Weg befand. Sie war etwa sieben Meter lang und drei Meter hoch. An der Vorderseite waren große Klingen angebracht, zwischen denen eine kleine Düse hervorragte.

»Eine Drohne«, sagte Tork besorgt. »Sie wird zum Verschrotten eingesetzt.«

»Und ich habe den unguten Verdacht, daß sie gekommen ist, um unsere Stellung zu verschrotten«, murmelte Odo.

Ein lauter Knall war zu hören, und dann spuckte ihnen die Maschine einen Flammenstrahl entgegen. Die Leute von *Deep Space Nine* und die Sicherheitskräfte warfen sich zu Boden, als die Wand in einer schweren Explosion über ihnen zusammenbrach.

29

Kira schrie, als Teile der Wand auf sie stürzten. Staub und Rauch drangen in ihre Lungen. Hustend und würgend kämpfte sie sich unter den Trümmern hervor, wischte sich über die tränenden Augen und verfluchte ihre Schmerzen. Doch sie hatte noch Glück gehabt. Die blutigen Überreste eines Mitglieds der Sicherheitstruppen bewiesen ihr, daß es anderen viel schlimmer ergangen war.

Nach Luft schnappend kam Tork in ihrer Nähe unter den Trümmern zum Vorschein. Als sie sah, daß er lebte, blickte Kira sich im Kontrollzentrum um.

Die Schockwelle schien die anderen weiter nach hinten geworfen zu haben, aber wie es aussah, hatten sie keine schwereren Verletzungen davongetragen. Einer der Techniker schien sich den Arm gebrochen zu haben, und Brees Stirn war blutig. Doch sie ließ sich nicht daran hindern, wieder zum Navigationscomputer zurückzuklettern.

Neben Kira wuchs Odo wie aus dem Nichts empor. »Wir hatten Glück«, sagte er zu ihr. »Die Jalousien scheinen das meiste abgehalten zu haben.«

Kira blickte auf ihren Phaser, den sie immer noch mit verkrampften Fingern hielt, und verzog das Gesicht. Wenn sie damit die gepanzerte Drohne aufhalten wollte, konnte sie genausogut mit Steinen danach werfen. Sie schlug auf ihren Kommunikator. »Kira an Sisko. Wir brauchen Hilfe, und zwar sofort!«

Sisko drehte mit der *Defiant* in Richtung Kontrollzentrum ab. Laserfeuer wurde von den Schilden absorbiert, ohne Schaden anzurichten. Die Verteidigungseinrichtungen des Schwarms konnten nicht zuviel Energie einsetzen, ohne Schäden im eigenen Schiff zu riskieren. »Wir sind unterwegs«, teilte er Kira mit.

»Phaser sind einsatzbereit«, meldete O'Brien von der taktischen Konsole. »Nach den Sensordaten wird in der Nähe des Kontrollzentrums geschossen. Sie müssen völlig den Verstand verloren haben. Wenn sie sogar dort Schäden an den Instrumenten in Kauf nehmen, wer weiß, was sonst noch alles geschieht?«

»Ich glaube nicht, daß Dron im Augenblick allzu vernünftig denkt«, sagte Sisko. »Er sieht, wie ihm die Macht entgleitet, also versucht er, Tork um jeden Preis aufzuhalten. Wir dürfen mit dieser Drohne kein Risiko eingehen. Sie darf nicht noch einmal feuern. Erledigen Sie das Ding mit dem ersten Schuß, Chief, und machen Sie sich keine Sorgen um mögliche Opfer.«

»Verstanden, Captain.« O'Brien machte sich an die Arbeit. »Wir kommen in Reichweite. Ich feuere… jetzt!«

Kira beobachtete, wie die *Defiant* in Sicht kam und beim Anflug beinahe mit einem Turm zusammengestoßen wäre. Dann glühten die Phasergeschütze auf, und sie wandte den Blick ab.

Zwei parallele Strahlen fuhren aus dem Himmel herab und in die Drohne. Eine Sekunde lang war die Maschine in strahlendes Licht gebadet, dann löste sie sich in nichts auf – genauso wie die drei Schwarmmitglieder, die kurz zuvor ins Freie gesprungen waren.

Sie kam wankend auf die Beine und überblickte das Trümmerfeld auf dem Platz durch das klaffende Loch, das einmal die Wand des Kontrollzentrums gewesen war. Hier sah es in der Tat wie auf dem Schlachtfeld eines Krieges aus.

»Dron ist tot«, sagte Tork nicht ohne eine gewisse Befriedigung. »Er wurde bei diesem Angriff getötet, der uns gerettet hat. Raldar war ebenfalls bei ihm. Den dritten habe ich nicht erkannt.«

»Dann hat es wenigstens die Richtigen erwischt«, murmelte Kira und drehte sich wieder zu Sahna, Bree und den anderen um. »Wie sieht es bei Ihnen aus?«

»Der Datentransfer ist abgeschlossen«, antwortete Sahna. »Das Programm wurde aktiviert. Sobald wir Darane Drei erreicht haben, sollte es mit der Arbeit beginnen.«

Bree wirkte nervös. »Sind Sie sicher, daß es wirklich eine gute Idee ist?« fragte sie. »Ich weiß, daß es der Wille des Ersten Schwarms war, aber... wenn Dron die Wahrheit gesagt hat, verdammen wir unser Volk dazu, wieder auf einem Planeten zu leben. Es ist darauf nicht vorbereitet. Vielleicht sollten wir noch etwas abwarten. Schließlich ist es jetzt nicht mehr so dringend.«

»Nein«, entgegnete Tork mit Entschiedenheit. »Wenn wir abwarten, raffen sich die noch übrigen Schwarmmeister vielleicht zu einem neuen Angriff auf. Und wenn wir den Schwarm fragen, ob wir dem wahren Großen Plan folgen sollen, wird vermutlich eine heftige Diskussion entbrennen. Viele könnten dafür sein, zu Drons Plan zurückzukehren. Wir müssen handeln, und zwar sofort, ganz gleich, wie schwerwiegend die Konsequenzen sein mögen.« Tork legte Kira freundlich eine Hand auf den Arm. »Jetzt ist vielleicht der beste Augenblick für Sie, sich zurückzuziehen«, schlug er vor. »Das hier ist unser Schicksal. Wir müssen uns ihm allein stellen.«

»Verstanden«, sagte Kira und steckte ihren Phaser ein. »Viel Glück!« Sie tippte auf ihren Kommunikator, während Odo und Dax zu ihr traten. »Sie sehen ja furchtbar aus!« sagte sie zu ihrer rußverschmierten Kollegin.

»Ich kann mir nicht vorstellen, daß Sie an der neuen Farbgebung Ihrer Uniform Gefallen finden«, erwiderte Dax.

Als Kira an sich herabblickte und die blutroten Flecken entdeckte, mußte sie feststellen, daß sie sich verletzt hatte. Sie verzog das Gesicht. »Anscheinend muß ich schon wieder eine neue Uniform bestellen«, sagte sie seufzend. »Ich hasse es, diese blöden Formulare auszufüllen!« Dann aktivierte sie ihren Kommunikator. »Kira an Sisko. Ich glaube, Sie können uns jetzt wieder an Bord holen, Captain.«

Dax hielt die *Defiant* in einem synchronen Orbit, mehrere Planetendurchmesser von der felsigen Oberfläche von Darane III entfernt. Sie blickte sich lächelnd zu Sisko um. »Wir können alles weitere hervorragend aus der ersten Reihe beobachten«, teilte sie Sisko mit.

Sisko erwiderte ihr Lächeln. »Danke, alter Knabe.« Dann sah er sich auf der Brücke um. Kira war soeben zurückgekehrt – mit einer Bandage über der linken Schulter und einem Pflaster auf der Stirn. »Wie fühlen Sie sich?«

»Miserabel«, antwortete Kira grinsend. »Aber ich will das hier auf keinen Fall verpassen. Ist schon etwas passiert?«

»Nein.« Sisko wandte seine Aufmerksamkeit wieder dem Hauptsichtschirm zu.

Das Schwarmschiff trieb langsam auf den wartenden Planeten zu. Die Flügel waren wieder in derselben Position, die sie bei der Absorption von Darane IV eingenommen hatten. Die gewaltige Konstruktion hing über dem Globus im Weltraum, als wollte sie ihn in die Arme schließen.

Niemand sprach ein Wort. Sisko bemerkte, daß O'Brien fieberhaft jeden verfügbaren Sensor ausrichtete, um das Kommende aufzuzeichnen.

Dann begann es.

Das seltsame blaue Feuer spielte über die Unterseite des Schwarmschiffs, als würden Blitze hin und her zucken. Es begann langsam, bis sich die Intensität steigerte und sich das Licht von Blau zu blendendem Weiß veränderte. Es waberte im Raum zwischen den Flügeln, und dann schoß der erste Feuerstrahl auf die tote Planetenoberfläche hinunter. Es folgten einige weitere Entladungen, und dann regnete ein Gewitter aus Feuer vom Schwarmschiff auf Darane III herab. Kurz darauf glühte der gesamte Planet in einem grellen blauweißen Licht.

»Ist etwas schiefgegangen?« fragte Odo.

»Ich weiß es nicht«, gab Sisko zu. »Lassen Sie uns einfach abwarten.«

Der Globus begann unter dem Energieregen zu erzittern. Er schien zu kochen und jeden Augenblick explodieren zu wollen. Doch gerade als Sisko den Eindruck hatte, daß der Planet diese Energien nicht länger aushalten konnte, veränderte sich das Licht. Ein goldenes Flimmern mischte sich in den Feuerstrom und kroch über die verwüstete Oberfläche. Die Welt glühte immer noch, aber die Farbe wechselte zu einem dunklen Gold und schließlich zu Umbra.

Dann *geschah* etwas mit dem Schwarmschiff. Eine Welle lief durch die gigantischen Flügel, als würde es im nächsten Moment unter einer Tarnvorrichtung unsichtbar werden. Kurzzeitig wurde das Gebilde wieder stabil, doch dann verblaßte das Schiff und wurde immer durchsichtiger.

»Mein Gott!« stöhnte O'Brien. »Es ist ein Inversionsfeld... aber mit einer Energie, wie ich sie noch nie…« Vor ehrfürchtigem Staunen versagte ihm die Stimme.

Der Vorgang setzte sich fort. Das Glühen, das den Planeten einhüllte, wurde stärker und heller, während ein Transfer gewaltiger Energiemengen begann. Das Schwarmschiff wirkte immer unwirklicher, während das Feuer immer heller und strahlender brannte. Schließlich erfolgte eine blendende Explosion aus Licht…

…und dann war das Schiff verschwunden.

Nur das Farbenspiel auf der glühenden Planetenoberfläche blieb. Die Erscheinungen wirbelten wie Irrlichter um Darane III und berührten die Welt überall mit ihren zärtlichen, strahlenden Fingern.

Als das Glühen allmählich nachließ, konnte Sisko verschwommene Strukturen auf der einstmals öden Oberfläche erkennen. Er war fest davon überzeugt, daß es sich um Wasser handelte! Große Ozeane, kleinere Seen und Flüsse, die aus dem Weltraum kaum zu erkennen waren. Die grauen, staubfarbenen Felsen, die früher einmal die Oberfläche von Darane III gebildet hatten, waren verschwunden. An ihre Stelle war Vegetation getreten.

»Vergrößerung«, befahl er. »Gehen Sie so nahe wie möglich ran.«

Dax führte die Anweisung aus, worauf der Sichtschirm flimmerte und dann wieder klar wurde. Sie blickten jetzt auf riesige Waldflächen hinab, auf dichte Dschungel, die auf der einstmals toten Welt wuchsen. Darüber bildeten sich erste Wolken.

»O'Brien?« rief er, ohne den Blick auch nur eine Sekunde vom Schirm abzuwenden. »Was sagen Ihre Instrumente dazu?«

»Ich weiß nicht, was *ich* dazu sagen soll!« rief der Chief fassungslos. »Da unten gibt es eine atembare Atmosphäre, Pflanzen, Tiere… und ich messe die typischen Werte für große Städte, die sich allesamt auf dem südlichen Kontinent konzentrieren«, fügte er hinzu. »Und Millionen von Lebensformen. Ich würde sagen, der Schwarm hat eine neue Heimat gefunden.«

Tork schnappte nach Luft, als er sich aufrichtete. Es war ein sehr seltsames Gefühl gewesen, sich im Griff der Kräfte zu befinden, die sie entfesselt hatten. Vorübergehend hatte er befürchtet, daß diese Energien sie alle vernichten würden, doch dann hatte er ein tiefes Gefühl des Friedens empfunden, als das Schwarmschiff sich aufgelöst hatte.

Jetzt stand er auf der Oberfläche ihrer neuen Welt. Vor ihm lag die Stadt, die ihm aus dem Schiff so vertraut war, nachdem sie unversehrt auf den Planeten versetzt worden war. Überall um ihn herum materialisierten Gestalten. Er erkannte Sahna und lief glücklich zu ihr. Dann erschienen Bree, Dimas und alle anderen Schwarmmitglieder auf der Oberfläche des Planeten.

Eine Million Lebewesen blickten auf und sahen zum ersten Mal den offenen Himmel über ihren Köpfen. Sie schrien und rollten sich zu gepanzerten Kugeln zusammen, um der Realität zu entfliehen, die sie nicht ertragen konnten.

Tork beobachtete seine schockierten Artgenossen mit Traurigkeit in den Herzen. »Es wird nicht leicht für sie«, sagte er.

»Sie werden sich damit abfinden«, beruhigte Sahna ihn. »Es ist möglich. Du hast es bewiesen.«

»Ja«, stimmte er ihr zu. »Das habe ich.«

Kira atmete tief durch. »Wie es scheint, hat sich am Ende alles zum Guten gefügt«, bemerkte sie.

Dax nickte. »Ihnen steht auf jeden Fall ein großes

Abenteuer bevor. Ich frage mich, wie sie es überstehen?«

»Wenn sie Tork und Sahna ähnlich sind«, meinte Sisko, »würde ich mir keine allzu großen Sorgen um sie machen. Trotzdem brauchen sie in Zukunft viel Unterstützung und Rat. Das Leben auf einem Planeten unterscheidet sich sehr vom Leben im Weltraum.«

Kira grinste schief. »Es gäbe da außerdem ein paar Tausend Flüchtlinge von Darane IV, die eine neue Heimat suchen«, gab sie zu bedenken. »Wenn sie den unschuldigen Angehörigen des Schwarms verzeihen können, wäre es möglich, daß sie eine Menge voneinander lernen.«

Sisko lächelte. »Das klingt sehr gut. Glauben Sie, daß Sie Shakaar von dieser Idee überzeugen könnten?«

»Darauf können Sie wetten«, erwiderte Kira. »Zumindest würde ich jede Wette annehmen, wenn ich Quark wäre.« Sie schnippte mit ihren unverletzten Fingern. »Sollten wir Shakaar nicht Bescheid sagen, daß Bajor außer Gefahr ist.«

»Natürlich«, stimmte Sisko zu. »Ich denke, es wird ihn brennend interessieren. Und dann dürfte er sich darauf freuen, Jaro sagen zu können, wohin er gehen soll.« Er warf einen letzten Blick auf den Hauptsichtschirm. Die neue Welt sah wunderschön aus, während sich erstmals Wolken über der Oberfläche bildeten. »Sie haben ein faszinierendes Leben vor sich«, sagte er leise. »Ich könnte sie beinahe beneiden.«

Dax lächelte. »Nur beinahe?« spöttelte sie.

»Ja.« Sisko deutete auf den Schirm. »Ich wette, dort unten gibt es hervorragenden Boden für Baseballplätze, alter Knabe. Aber jetzt werden wir nach *Deep Space Nine* zurückfliegen. Dort wartet noch jede Menge Arbeit auf uns.«

Als Dax die *Defiant* auf Kurs brachte, lehnte Sisko

sich in seinem Kommandosessel zurück. Es war sehr knapp gewesen, aber wieder einmal war es ihm gelungen, sich irgendwie durchzuschlagen. Vielleicht war er besser, als er jemals geglaubt hatte. Oder er hatte einfach nur mehr Glück, als er jemals für möglich gehalten hätte.

Oder vielleicht hatte Yarka am Ende doch recht behalten – daß es der Wille der Propheten war…

STAR TREK™

in der Reihe
HEYNE SCIENCE FICTION & FANTASY

STAR TREK: CLASSIC SERIE

Vonda N. McIntyre, Star Trek II: Der Zorn des Khan · 06/3971
Vonda N. McIntyre, Der Entropie-Effekt · 06/3988
Robert E. Vardeman, Das Klingonen-Gambit · 06/4035
Lee Correy, Hort des Lebens · 06/4083
Vonda N. McIntyre, Star Trek III: Auf der Suche nach Mr. Spock · 06/4181
S. M. Murdock, Das Netz der Romulaner · 06/4209
Sonni Cooper, Schwarzes Feuer · 06/4270
Robert E. Vardeman, Meuterei auf der Enterprise · 06/4285
Howard Weinstein, Die Macht der Krone · 06/4342
Sondra Marshak & Myrna Culbreath, Das Prometheus-Projekt · 06/4379
Sondra Marshak & Myrna Culbreath, Tödliches Dreieck · 06/4411
A. C. Crispin, Sohn der Vergangenheit · 06/4431
Diane Duane, Der verwundete Himmel · 06/4458
David Dvorkin, Die Trellisane-Konfrontation · 06/4474
Vonda N. McIntyre, Star Trek IV: Zurück in die Gegenwart · 06/4486
Greg Bear, Corona · 06/4499
John M. Ford, Der letzte Schachzug · 06/4528
Diane Duane, Der Feind – mein Verbündeter · 06/4535
Melinda Snodgrass, Die Tränen der Sänger · 06/4551
Jean Lorrah, Mord an der Vulkan Akademie · 06/4568
Janet Kagan, Uhuras Lied · 06/4605
Laurence Yep, Herr der Schatten · 06/4627
Barbara Hambly, Ishmael · 06/4662
J. M. Dillard, Star Trek V: Am Rande des Universums · 06/4682
Della van Hise, Zeit zu töten · 06/4698
Margaret Wander Bonanno, Geiseln für den Frieden · 06/4724
Majliss Larson, Das Faustpfand der Klingonen · 06/4741
J. M. Dillard, Bewußtseinsschatten · 06/4762
Brad Ferguson, Krise auf Centaurus · 06/4776
Diane Carey, Das Schlachtschiff · 06/4804
J. M. Dillard, Dämonen · 06/4819
Diane Duane, Spocks Welt · 06/4830
Diane Carey, Der Verräter · 06/4848
Gene DeWeese, Zwischen den Fronten · 06/4862
J. M. Dillard, Die verlorenen Jahre · 06/4869
Howard Weinstein, Akkalla · 06/4879
Carmen Carter, McCoys Träume · 06/4898
Diane Duane & Peter Norwood, Die Romulaner · 06/4907
John M. Ford, Was kostet dieser Planet? · 06/4922

STAR TREK™

J. M. Dillard, Blutdurst · 06/4929
Gene Roddenberry, Star Trek I: Der Film · 06/4942
J. M. Dillard, Star Trek VI: Das unentdeckte Land · 06/4943
Jean Lorrah, Die UMUK-Seuche · 06/4949
A. C. Crispin, Zeit für gestern · 06/4969
David Dvorkin, Die Zeitfalle · 06/4996
Barbara Paul, Das Drei-Minuten-Universum · 06/5005
Judith & Garfield Reeves-Stevens, Das Zentralgehirn · 06/5015
Gene DeWeese, Nexus · 06/5019
D. C. Fontana, Vulkans Ruhm · 06/5043
Judith & Garfield Reeves-Stevens, Die erste Direktive · 06/5051
Michael Jan Friedman, Das Doppelgänger-Komplott · 06/5067
Judy Klass, Der Boaco-Zwischenfall · 06/5086
Julia Ecklar, Kobayashi Maru · 06/5103
Peter Norwood, Angriff auf Dekkanar · 06/5147
Carolyn Clowes, Das Pandora-Prinzip · 06/5167
Michael Jan Friedman, Schatten auf der Sonne · 06/5179
Diana Duane, Die Befehle des Doktors · 06/5247
V. E. Mitchell, Der unsichtbare Gegner ·06/5248
Dana Kramer-Rolls, Der Prüfstein ihrer Vergangenheit · 06/5273
Barbara Hambly, Der Kampf ums nackte Überleben · 06/5334
Brad Ferguson, Eine Flagge voller Sterne · 06/5349
J. M. Dillard, Star Trek VII: Generationen · 06/5360
Gene DeWeese, Die Kolonie der Abtrünnigen · 06/5375
Michael Jan Friedman, Späte Rache · 06/5412
Peter David, Der Riß im Kontinuum · 06/5464
Michael Jan Friedman, Gesichter aus Feuer · 06/5465
Peter David/Michael Jan Friedman/Robert Greenberger, Die Enterbten · 06/5466
L. A. Graf, Die Eisfalle · 06/5467
John Vornholt, Zuflucht · 06/5468
L. A. Graf, Der Saboteur · 06/5469
Melissa Crandall, Die Geisterstation · 06/5470
Mel Gilden, Die Raumschiff-Falle · 06/5471
V. E. Mitchell, Tore auf einer toten Welt · 06/5472
Victor Milan, Aus Okeanos Tiefen · 06/5473
Diane Carey, Das große Raumschiff-Rennen · 06/5474
Diane Carey, Kirks Bestimmung · 06/5476
L. A. Graf, Feuersturm · 06/5477
A. C. Crispin, Sarek · 06/5478
Simon Hawke, Die Terroristen von Patria · 06/5479
Barbara Hambly, Kreuzwege · 06/5681
L. A. Graf, Ein Sumpf von Intrigen · 06/5682
Howard Weinstein, McCoys Tochter · 06/5683

STAR TREK™

J. M. Dillard, Sabotage · 06/5685
Denny Martin Flinn, Der Coup der Promethaner · 06/5686
Diane Carey/Dr. James I. Kirkland, Keine Spur von Menschen · 06/5687
William Shatner, Die Asche von Eden · 06/5688
William Shatner, Die Rückkehr · 06/5689
William Shatner, Der Rächer · 06/5690
Peter David, Die Tochter des Captain · 06/5691
Dean Wesley Smith/Kristine Kathryn Rusch, Die Ringe von Tautee · 06/5693
Diane Carey, Invasion – 1: Der Erstschlag · 06/5694
Dean Wesley Smith/Kristine Kathryn Rusch, Tag der Ehre – 4: Das Gesetz des Verrats · 06/5702

STAR TREK: THE NEXT GENERATION
David Gerrold, Mission Farpoint · 06/4589
Gene DeWeese, Die Friedenswächter · 06/4646
Carmen Carter, Die Kinder von Hamlin · 06/4685
Jean Lorrah, Überlebende · 06/4705
Peter David, Planet der Waffen · 06/4733
Diane Carey, Gespensterschiff · 06/4757
Howard Weinstein, Machthunger · 06/4771
John Vornholt, Masken · 06/4787
David & Daniel Dvorkin, Die Ehre des Captain · 06/4793
Michael Jan Friedman, Ein Ruf in die Dunkelheit · 06/4814
Peter David, Eine Hölle namens Paradies · 06/4837
Jean Lorrah, Metamorphose · 06/4856
Keith Sharee, Gullivers Flüchtlinge · 06/4889
Carmen Carter u. a., Planet des Untergangs · 06/4899
A. C. Crispin, Die Augen der Betrachter · 06/4914
Howard Weinstein, Im Exil · 06/4937
Michael Jan Friedman, Das verschwundene Juwel · 06/4958
John Vornholt, Kontamination · 06/4986
Mel Gilden, Baldwins Entdeckungen · 06/5024
Peter David, Vendetta · 06/5057
Peter David, Eine Lektion in Liebe · 06/5077
Howard Weinstein, Die Macht der Former · 06/5096
Michael Jan Friedman, Wieder vereint · 06/5142
T. L. Mancour, Spartacus · 06/5158
Bill McCay/Eloise Flood, Ketten der Gewalt · 06/5242
V. E. Mitchell, Die Jarada · 06/5279
John Vornholt, Kriegstrommeln · 06/5312
David Bischoff, Die Epidemie · 06/5356
Peter David, Imzadi · 06/5357
Laurell K. Hamilton, Nacht über Oriana · 06/5342

STAR TREK™

Simon Hawke, Die Beute der Romulaner · 06/5413
Rebecca Neason, Der Kronprinz · 06/5414
John Peel, Drachenjäger · 06/5415
Diane Carey, Abstieg · 06/5416
Diane Duane, Dunkler Spiegel · 06/5417
Jeri Taylor, Die Zusammenkunft · 06/5418
Michael Jan Friedman, Relikte · 06/5419
Susan Wright, Der Mörder des Sli · 06/5438
W. R. Thomson, Planet der Schuldner · 06/5439
Carmen Carter, Das Herz des Teufels · 06/5440
Michael Jan Friedman & Kevin Ryan, Requiem · 06/5442
Dafydd ab Hugh, Gleichgewicht der Kräfte · 06/5443
Michael Jan Friedman, Die Verurteilung · 06/5444
Peter David, Q² · 06/5445
Simon Hawke, Die Rückkehr der Despoten · 06/5446
Robert Greenberger, Die Strategie der Romulaner · 06/5447
Gene DeWeese, Im Staubnebel verschwunden · 06/5448
Brad Ferguson, Das letzte Aufgebot · 06/5449
Kij Johnson/Greg Cox, Die Ehre des Drachen · 06/5751
J. M. Dillard/Kathleen O'Malley, Wahnsinn · 06/5753
Dean Wesley Smith/Kristine Kathryn Rusch, Invasion – 2: Soldaten des Schreckens · 06/5754
J. M. Dillard, Star Trek VIII: Der erste Kontakt · 06/5757
Diane Carey, Tag der Ehre – 1: Altes Blut · 06/5763
J. M. Dillard, Star Trek IX: Der Aufstand · 06/5770

STAR TREK: DIE ANFÄNGE
Vonda N. McIntyre, Die erste Mission · 06/4619
Margaret Wander Bonanno, Fremde vom Himmel · 06/4669
Diane Carey, Die letzte Grenze · 06/4714

STAR TREK: DEEP SPACE NINE
J. M. Dillard, Botschafter · 06/5115
Peter David, Die Belagerung · 06/5129
K. W. Jeter, Die Station der Cardassianer · 06/5130
Sandy Schofield, Das große Spiel · 06/5187
Dafydd ab Hugh, Gefallene Helden · 06/5322
Lois Tilton, Verrat · 06/5323
Esther Friesner, Kriegskind · 06/5430
John Vornholt, Antimaterie · 06/5431
Diane Carey, Die Suche · 06/5432
Melissa Scott, Der Pirat · 06/5434
Nathan Archer, Walhalla · 06/5512

STAR TREK™

Greg Cox/John Gregory Betancourt, Der Teufel im Himmel · 06/5513
Robert Sheckley, Das Spiel der Laertianer · 06/5514
Diane Carey, Der Weg des Kriegers · 06/5515
Diane Carey, Die Katakombe · 06/5516
Dean Wesley Smith/Kristine Kathryn Rusch, Die lange Nacht · 06/5517
John Peel, Der Schwarm · 06/5518
L. A. Graf, Invasion – 3: Der Feind der Zeit · 06/5519
Diane Carey, Neuer Ärger mit den Tribbles · 06/5723
L. A. Graf, Tag der Ehre – 2: Der Himmel von Armageddon · 06/5725

STAR TREK: STARFLEET KADETTEN
John Vornholt, Generationen · 06/6501
Peter David, Worfs erstes Abenteuer · 06/6502
Peter David, Mission auf Dantar · 06/6503
Peter David, Überleben · 06/6504
Brad Strickland, Das Sternengespenst · 06/6505
Brad Strickland, In den Wüsten von Bajor · 06/6506
John Peel, Freiheitskämpfer · 06/6507
Mel Gilden & Ted Pedersen, Das Schoßtierchen · 06/6508
John Vornholt, Erobert die Flagge! · 06/6509
V. E. Mitchell, Die Atlantis-Station · 06/6510
Michael Jan Friedman, Die verschwundene Besatzung · 06/6511
Michael Jan Friedman, Das Echsenvolk · 06/6512
Diane G. Gallagher, Arcade · 06/6513
John Peel, Ein Trip durch das Wurmloch · 06/6514
Brad & Barbara Strickland, Kadett Jean-Luc Picard · 06/6515
Brad & Barbara Strickland, Picards erstes Kommando · 06/6516
Ted Pedersen, Zigeunerwelt · 06/6517
Patricia Barnes-Svarney, Loyalitäten · 06/6518
Diana G. Gallagher, Tag der Ehre – 5: Ehrensache · 06/6530

STAR TREK: VOYAGER
L. A. Graf, Der Beschützer · 06/5401
Dean Wesley Smith/Kristine Kathryn Rusch, Die Flucht · 06/5402
Nathan Archer, Ragnarök · 06/5403
Susan Wright, Verletzungen · 06/5404
John Betancourt, Der Arbuk-Zwischenfall · 06/5405
Christie Golden, Die ermordete Sonne · 06/5406
Mark A. Garland/Charles G. McGraw, Geisterhafte Visionen · 06/5407
S. N. Lewitt, Cybersong · 06/5408
Dafydd ab Hugh, Invasion – 4: Die Raserei des Endes · 06/5409
Karen Haber, Segnet die Tiere · 06/5410
Jeri Taylor, Mosaik · 06/5811

STAR TREK™

Melissa Scott, Der Garten · 06/5812
David Niall Wilson, Puppen · 06/5813
Greg Cox, Das schwarze Ufer · 06/5814
Michael Jan Friedman, Tag der Ehre – 3: Ihre klingonische Seele · 06/5815

DAS STAR TREK-UNIVERSUM, 2 Bde.,
von *Ralph Sander* · 06/5150
DAS STAR TREK-UNIVERSUM, 1. Ergänzungsband
von *Ralph Sander* · 06/5151
DAS STAR TREK-UNIVERSUM, 2. Ergänzungsband
von *Ralph Sander* · 06/5270

Ralph Sander, Star Trek Timer 1996 · 06/1996
Ralph Sander, Star Trek Timer 1997 · 06/1997
Ralph Sander, Star Trek Timer 1998 · 06/1998
Ralph Sander, Star Trek Timer 1999 · 06/1999

William Shatner/Chris Kreski, Star Trek Erinnerungen · 06/5188
William Shatner/Chris Kreski, Star Trek Erinnerungen: Die Filme · 06/5450

Phil Farrand, Cap'n Beckmessers Führer durch
STAR TREK – DIE CLASSIC SERIE · 06/5451
Phil Farrand, Cap'n Beckmessers Führer durch
STAR TREK – DIE NÄCHSTE GENERATION · 06/5199
Phil Farrand, Cap'n Beckmessers Führer durch
STAR TREK – DIE NÄCHSTE GENERATION – Teil 2 · 06/6457

David Alexander, Gene Roddenberry – Die autorisierte Biographie · 06/5544
Judith & Garfield Reeves-Stevens, Star Trek Design · 06/5545
Nichelle Nichols, Nicht nur Uhura · 06/5547
Leonard Nimoy, Ich bin Spock · 06/5548
Lawrence M. Krauss, Die Physik von Star Trek · 06/5549
Judith & Garfield Reeves-Stevens, Star Trek – Deep Space Nine:
Die Realisierung einer Idee · 06/5550
Herbert F. Solow & Yvonne Fern Solow, Star Trek:
Das Skizzenbuch – Die Classic-Serie · 06/6469
Judith & Garfield Reeves-Stevens, Star Trek – Phase II: Die verlorene Generation ·
06/6470
Herbert F. Solow/Robert H. Justman, Star Trek – Die wahre Geschichte ·
06/6499
J. M. Dillard, Star Trek: Wo bisher noch niemand gewesen ist · 06/6500

Diese Liste ist eine Bibliographie erschienener Titel,
KEIN VERZEICHNIS LIEFERBARER BÜCHER!